말할 수
없는
　　　　것들

**UNSPEAKABLE THINGS**

Copyright © 2020 by JESS LOUREY
All rights reserved.

Korean translation copyright ⓒ 2022 by NEVERMORE BOOKS
This edition is made possible under a license arrangement originating with Amazon Publishing, www.apub.com, in collaboration with EYA Co.,Ltd

이 책의 한국어판 저작권은 EYA Co.,Ltd를 통한
Amazon Publishing 사와의 독점계약으로 네버모어가 소유합니다.
저작권법에 의하여 한국 내에서 보호를 받는 저작물이므로 무단전재 및 복제를 금합니다.

# UNSPEAKABLE THINGS

## 말할 수 없는 것들

JESS LOUREY

제스 로리 장편소설
안현주 옮김

NEVERMORE

내게 출구를 보여준, 패트릭에게

### 작가의 말

나는 1980년대 미네소타의 페인스빌에서 자란 수백 명의 아이들 중 한 명이었다. 나는 작은 마을이면 어디든 오후 9시에 아이들에게 집으로 들어가라고 경고하는 통행금지 사이렌이 있다고 생각하며 유년시절을 보냈다. 치한 체스터\*가 부기맨\*\*의 흔한 별명이고, 피핑 톰\*\*\*이 드물지 않다고 생각하면서. 나는 집에서 일부는 유치하고, 나머지는 제법 심각한 나만의 문제들을 품고 있었지만, 아이들을 사냥하는 남자에 대한 소문들은 내 10대 시절 전후의 배경음악이 되었다.

나는 1988년에 고등학교를 졸업하고, 이후에 미니애폴리스로 이사했다.

---

\* 《Chester the Molester》: 잡지 〈허슬러〉에 연재되었던 만화. 해당 작품을 연재한 작가 틴슬리는 자신의 딸을 성추행한 혐의로 유죄 판결을 받기도 했다. 치한, 성추행범 등을 일컫는 의미로 쓰인다.
\*\* Bogeyman: 어른들이 아이들을 겁줄 때 주로 말하는 가상의 괴물.
\*\*\* Peeping Tom: 엿보기를 즐기는 사람, 관음증 환자 등을 뜻하는 말.

내가 대학교 중퇴를 준비하던 1989년 10월 22일, 제이컵 웨털링*이 페인스빌에서 약 50킬로미터쯤 떨어진 미네소타의 세인트조지프에서 납치됐다. 내 어린 시절의 소문들—밤에 나가면 체스터가 너를 잡아간다!—이 되살아났다. 제이컵의 사진이 사방에 있었다. 사람들은 마스크를 쓴 총 든 남자에게 납치당한 그 다정한 얼굴의 열한 살짜리를 찾으려고 한데 모였다. 며칠이 몇 주, 몇 년이 되었고, 제이컵은 결코 발견되지 않았다. 한 지역 블로거가 제이컵의 실종과 1980년대에 여덟 명이 소년들이 페인스빌 인근에서 납치됐다 풀려난 사건을 연관 짓는 글을 쓰기 전까지는. 제이컵을 납치한 자는 27년 뒤에야 체포되었고, 그자는 관계 당국을 제이컵의 유해로 안내했다.

그 경험은 나를 괴롭혔다. 그리고 그 사건은 중서부에 사는 우리들 대부분을 괴롭혔다. 시골 공동체와 아이들의 안전에 대해 우리가 안다고 자부해온 것들을 뒤집으면서. 사건들의 실화 버전은 여러 곳에서, 가장 유명하게는 〈인 더 다크〉**의 시즌 1에서 잘 다루어졌다.

내가 목소리를 주어야 하는 것은 그 사건들의 감정적인 영향이었다. 나는 만성적인 두려움 속에서 자라난 내 기억에서 일관성을 창조할 필요가 있었다. 캐시 맥다월, 이 이야기의 허구적인 여주인공이 내게 와서 자기 얘기를 해달라고 애걸했을 때, 나는 내 기회를 보았다.

---

* Jacob Wetterling: 제이컵 웨털링은 1989년 10월 22일 미국 미네소타 세인트조지프에서 11살의 나이로 납치되어 행방불명되었다. 이 사건으로 '웨털링법'이 제정되었으며, 범인인 대니 하인리히는 27년이 지난 2016년에야 경찰에 붙잡혀 범행을 자백했다.

** 〈In the Dark〉: 미국 공영 방송 APM에서 제작하는 팟캐스트. 시즌 1, 2에서는 실제 범죄를, 3에서는 코로나의 영향을 다뤘다.

이 이야기는 실제 사람들과 사건들에서 영감을 얻었지만, 완전한 허구다. 하지만 나는 가브리엘이라는 캐릭터로 그 아홉 명의 소년들 모두의 마음속 선함을 기리기를 희망한다.

읽어주신 모든 분들께 감사함을 전한다.

## 프롤로그

그 지하실의 외로이 울부짖는 냄새는 내 안에 살아 있었다.

그 냄새는 대개 내 두뇌 속 그늘진 한구석에 틀어박혀 있었지만 내가 릴리데일을 떠올리는 순간 총총히 다가와 나를 질식시키려 들었다. 그 냄새는 포식 동물이 사는 동굴의 악취, 입과 굶주림뿐인 졸고 있는 거대한 괴물이 내뿜는 질식할 듯한 두려움이었다.

통조림병들이 괴물의 이빨이었고, 줄에 매달린 백열전구가 그 목젖이었다. 괴물은 차분하게, 끝없이, 교외 지역의 아이들이 자신의 등뼈인 계단으로 굴러 떨어지길 기다렸다.

괴물은 우리가 저 목젖 줄을 찾아 무턱대고 휘적거리게 했다.

우리의 손가락이 그 줄을 스치도록.

빛이다!

그 안도감은 사탕이었고, 태양이었고, 1달러 은화들이었으며, 그 괴물이 우리를 홀랑 삼켜 천년 동안 소화시키기 전 우리가 마지막으로 느낀 좋은 것이었다.

하지만 그건 틀렸다.

나의 상상력은, 내가 익히 들어왔듯, 상당했다.

지하실이 괴물이 아니었다.

그 남자가 그랬다.

그리고 그자는 수동적이지 않았다. 그는 사냥을 했다.

나는 그날 저녁 이후로 릴리데일로 돌아가지 않았다.

경찰이, 그다음에는 엄마가 내 방의 무언가를 원하는지 물었지만 나는 아니라고 말했다. 많은 사람들이 혼동하긴 하지만, 나는 열세 살이었지 바보는 아니었다.

이제 그의 장례식이 나를 집으로 불렀고, 저 지하실 냄새가 내 얼굴 깊숙이 코와 뇌가 만나는 곳에 낚싯바늘처럼 자리를 잡으며 복수심에 차 두 배로 돌아왔다. 내 잠 속까지 기어들어 내가 다시 그 흙무덤 같은 지하실에 갇혔다고 확신하게 했다. 나는 몸부림치며 고함을 질러 남편을 깨우곤 했다.

남편은 나를 안아주었다. 남편은 그 이야기를 알았다.

적어도 안다고 생각했다.

나는 내 첫 소설로 그 사건을 널리 알렸고, 전국을 누비는 북투어에서 그 영감을 나누었다. 다만 어쩐지 나는 누구에게도, 노아에게조차 그 목걸이는 언급하지 않았다. 어쩌면 너무 소중해서. 어쩌면 그저 나를 바보로 보이게 할지도 몰라서.

나는 눈을 감고 그 목걸이를 그려볼 수도 있었다. 목걸이 줄은, 요즘은 너무 묵직하게 여겨지겠지만 1983년에는 유행의 정점이었고, 그 줄에 걸린 종이비행기 장식처럼 금이었다.

나는 그 종이비행기 목걸이가 릴리데일에서 나가는 내 티켓이라고 믿었다.

  나는 내가 정말 날 수 있을 거라고 생각하지 않았다. *뼁 치시네*, 그 옛날 우리가 말했듯이. 하지만 그 목걸이를 걸었던 소년이라면? 가브리엘? 나는 그가 모든 걸 바꾸리라 확신했었다.

  그리고 그는 그런 것 같다.

# 1

"15! 2점, 15! 4점, 그리고 페어로 2점." 세피가 활짝 웃었다.

아빠가 테이블 건너편에서 함께 웃었다. "좋은 솜씨야, 캐스?"

나는 얼굴에서 고소함을 지우려 애썼지만 실패하며 내 카드를 내려놓았다. "15! 2점, 15! 4점, 15! 6점, 그리고 플러시로 10점!"

엄마가 우리 말을 움직였다. "우리가 이긴다."

나는 어깨춤을 추었다. "원한다면 한 수 가르쳐줄게, 세피."

세피는 눈을 굴렸다. "패배를 인정하지 않는 사람이 되는 법?"

나는 웃음을 터뜨리며 팝콘을 파고들었다. 엄마가 엄청나게 짭짤하고 맥주 효모를 뿌린 팝콘을 산더미만큼 만들어놓았다. 우리가 게임의 밤을 시작하기 한 시간 전에. 그릇은 거의 바닥나 딱딱한 알갱이들만 남아 있었다. 나는 살짝 하얀 부분이 보이는 것들을 찾아

---

\* 크리비지(Cribbage)라는 2~4인용 카드 게임의 점수를 내는 방식으로, 서로 카드를 한장씩 바닥에 버리면서 그 숫자의 합이 15이면 2점, 버린 카드가 페어면 2점 등으로 점수를 낸다.

파고들었다. 부분만 튀겨진 알갱이는 그만한 가치가 있는 맛이었다.

"한 잔 더 할래?" 아빠가 일어나 끈적거리는 5월 공기에 물방울이 맺힌 엄마의 반쯤 남은 잔을 가리켰다. 올해는 여름이 일찍 오고 있었다. 최소한, 그게 내 생물학 선생님인 패터슨 선생님이 한 말이었다. 덕분에 농작물이 정말로 엉망이 될 거라고.

선생님은 정말로 신경 쓰이는 듯했지만, 나는 내가 뜨거운 방학을 기다리는 유일한 학생이 아니었다고 장담할 수 있다. 세피와 나는 구운 콩만큼 갈색으로 몸을 태우고, 우리의 검은 머리를 금발로 염색할 계획이었다. 세피가 친구의 친구에게 피부에는 베이비오일을, 머리카락에는 식초 물을 뿌리면 값비싼 코코넛향 태닝오일과 선 인\*만큼이나 효과가 있을 거라고 들었다. 우리는 우리 땅의 끄트머리, 배수로 때문에 숲이 갈라지는 곳에 발가벗고 누울 자리를 찾기로 몰래 얘기해두었다. 그 생각에 나는 몸이 떨렸다. 남자애들은 햇볕에 그은 자국을 좋아하지 않았다. 나는 영화 〈리틀 다링〉\*\*을 보면서 그걸 배웠다.

엄마는 잔을 들어 비운 다음 아빠에게 넘겼다. "고마워, 자기."

아빠는 엄마 쪽 테이블로 성큼성큼 걸어와 잔을 받기 전에 몸을 숙여 진하게 입을 맞추었다. 이제는 내가 세피와 함께 눈을 굴리고 있었다. 엄마와 아빠—주로 아빠—는 그들이 여전히 이토록 사랑하다니 운이 좋은 거라며 자주 우리를 설득하려 했지만, 웩.

아빠는 엄마에게서 입을 떼자마자 우리의 표정을 눈치챘다. 아빠

---

\* Sun In: 염색약 제품명.

\*\* 〈Little Darlings〉: 1980년에 개봉한, 10대 여자아이 두 명이 주인공으로 등장하는 미국 영화.

는 특유의 가식적인 헛웃음을 지으며, 엄마의 어깨를 주무를 수 있게 잔 두 개를 다 내려놓았다. 그들은 사람들이 항상 얘기하는 매력적인 커플이었다. 엄마가 아름다웠다는 것은 엄마를 찍은 흐릿한 사진들이 증명했다. 세피와 나를 임신하면서 엉덩이와 허리가 불긴 했지만, 엄마는 여전히 윤기 나는 갈색 머리와 커다란 눈을 가지고 있었다. 아빠 역시 잘생겼고, 찰스 브론슨*적인 무언가가 있었다. 그들이 어쩌다 함께하게 됐는지는 분명했으며, 특히 엄마는 와인을 한 잔 마시면 자신이 고등학교 다닐 때부터 늘 나쁜 남자에게 얼마나 끌렸는지 털어놓곤 했다.

내 직계 가족은 적었다. 엄마와 진 이모, 내 언니인 페르세포네(우리 부모님은 그리스식 이름을 좋아했다), 그리고 아빠. 나는 아빠 쪽 친척들은 알지 못했다. 그들은 쓰레받기에 쓸어 담을 가치도 없다는 것이, 적어도 외할아버지가 심각한 심장 마비로 돌아가시던 겨울에 외할머니에게 단언하신 말씀이었다. 외할머니는 대꾸하지 않았다. 외할머니는 계절과 관계없이 늘 갓 구운 빵 냄새를 풍기는 온순한 숙녀분이었다. 외할아버지가 돌아가시고 몇 주 뒤에 외할머니는 뇌졸중(Stroke)으로 돌아가셨다. 수영 동작**처럼 들리겠지만 그렇지 않다.

그들은, 우리 엄마의 부모님은 내가 세 살 때 아들을 잃었다. 내 짐작에 삼촌은 거친 사람이었던 것 같다. 79년형 카마로를 타고 경주하다가 죽었는데, 아마도 술을 마시고 있었을 거라고 사람들은 말했다. 내가 리처드 삼촌에 대해 기억하는 건 한 가지뿐이다. 그의

---

\* Charles Bronson: 1970년대에 거친 남성적인 이미지로 인기를 끌었던 미국 남자 배우.
\*\* Stroke는 수영에서 팔 젓는 동작을 뜻하기도 한다.

장례식에서의 일이었다. 진 이모가 울고 있었는데 우리 엄마가 더 크게 울고 있었고, 엄마는 외할아버지에게 다가가 안으려고 했다. 외할아버지는 등을 돌렸고, 엄마는 길 잃은 아기보다 더 슬픈 얼굴로 거기 서 있었다.

나는 엄마에게 외할아버지가 왜 엄마를 안으려 하지 않았는지 물어본 적이 있다. 엄마는 내가 리치의 장례식에서 뭔가를 기억하기엔 너무 어렸고, 게다가 과거는 과거로 남아야 한다고 했다.

"난 너희 엄마가 세상에서 가장 아름다운 여자라고 생각한다." 현재로 돌아와, 아빠가 눈을 감고 꿈꾸는 듯한 얼굴을 하고 있는 엄마의 어깨를 주무르며 말했다.

"그건 알아요." 나는 말했다. "그냥 방이나 잡아요."

아빠의 미소가 옆으로 살짝 기울면서 아빠가 양쪽 팔로 커다란 호를 그렸다. "난 집 전체를 다 가졌는걸. 어쩌면 네가 긴장을 푸는 법을 배워야 할 것 같구나. 다음엔 네 어깨를 주물러주마."

내 눈이 세피를 향했다. 세피는 카드의 구부러진 모서리를 튕기고 있었다.

"난 됐어요." 내가 말했다.

"세피? 네 목이 굳었는데?"

세피는 어깨를 으쓱했다.

"그래야 내 딸이지!" 아빠는 세피에게 다가가 자신의 손을 언니의 앙상한 어깨에 올렸다. 세피는 나보다 두 살 위였지만 뭐를 먹어도 날씬했고, 토끼 이빨이며 보조개가 〈리틀 다링〉의 주인공인 크리스티 맥니콜과 똑 닮았다. 세피에게 그 말을 하느니 내 머리카락을 씹어 먹겠지만.

아빠는 세피를 주무르기 시작했다. "좋게 느끼는 건 좋은 거야." 아빠는 세피에게 중얼거렸다.

그게 내 속을 간질였다. "크리비지 게임 한 판 더 해도 되요?"

"좀 이따." 아빠가 말했다. "먼저, 나는 모두의 여름 꿈을 듣고 싶구나."

나는 신음소리를 냈다. 아빠는 꿈에 열광했다. 아빠는 우리가 원하는 모든 걸 이룰 수 있지만, 먼저 '그걸 봐야' 한다고 믿었다. 히피스럽지만, 사람이란 적응하기 마련인가 보다. 세피와 나는 시선을 교환했다. 우리는 말할 필요도 없이 금발로 탈바꿈하겠다는 우리 계획을 아빠가 허락하지 않으리라는 걸 알았다. 여자는 누구를 위해서 무엇이 되려고 애쓰지 말아야 한다, 아빠는 그렇게 말했다. 우리가 스스로의 정신과 육체를 지배할 필요가 있다고.

다시 말하지만, 웩.

"나는 진 이모를 보러 가고 싶어요." 나는 제안했다. 엄마는 눈이 반쯤 감겨가고 있었지만 여동생 이름이 나오자 눈을 반짝 떴다. "그거 멋진 계획이구나! 캐나다까지 차를 끌고 가서 일주일 지내고 올 수 있겠다."

"멋지네." 아빠가 동의했다.

내 심장이 솟구쳤다. 우리는 협동조합 상점들이 있는 세인트클라우드보다 멀리 고속도로를 타고 나간 적이 없었지만, 이제 엄마가 종신직 자리를 얻었고 이번 여름에는 장거리 자동차 여행에 대한 얘기가 있었다. 그래도, 나는 진 이모를 찾아가자고 제안하기가 두려웠다. 엄마와 아빠가 기분이 안 좋으면 그 생각을 영원히 깔아뭉갤 터였고, 나는 정말로 진 이모와의 시간이 필요했다. 나는 이모를 죽을 만큼 사랑했다.

이모는 내가 평범한 척하지 않아도 되는 유일한 사람이었다.

이모는 내가 태어났을 때 그 자리에 있었고, 그 이후에도 엄마를 돕기 위해 몇 주간 머물렀지만, 이모에 대한 내 첫 기억은 리처드 삼촌의 장례식 직후였다. 진 이모는 엄마보다 열 살 어려서 당시 열일곱 살이 채 안 되었다. 나는 많이들 그러듯 내 목을 쳐다보고 있는 이모를 발견했다.

눈을 돌리는 대신, 이모는 미소를 지으며 말했다. "네가 200년 전에 태어났으면 사람들이 너를 익사시켰을 텐데."

이모는 내 목이 어깨와 만나는 부분을 빙 둘러 있는, 미스터 T*의 금목걸이들 중 하나처럼 두꺼운 붉고 밧줄 같은 흉터를 말하고 있었다. 듣기론 내가 탯줄을 목에 감고, 베리펀치맛 플라보아이스**처럼 파란 몸에, 숨을 쉬지 않는 와중에도 커다랗게 뜬 눈으로 엄마에게서 튀어나왔다고 한다. 내가 너무 빨리 나와서 의사가 나를 떨어뜨렸다.

적어도 내가 들은 얘기는 그랬다.

간호사 중 한 명이 달려들어 탯줄을 풀고 그 아래서 내 목을 조르고 있던 양막 띠를 벗길 때까지 나는 인간 딩글베리***가 되어 거기 매달려 있었다. 그 순발력 있는 간호사가 그걸 자른 다음 내가 울음을 터트릴 때까지 나를 철썩철썩 때렸다. 그녀는 내 목숨을 구했지만

---

\* Mr. T: 1983년 미국 NBC에서 방영된 드라마 〈A특공대 (The A-Team)〉 등에 출연한 전직 레슬러 출신의 미국 남자 배우.

\** Fla-Vor-Ice: 가는 막대기 형태로 포장되어 냉동실에 얼려 먹는 과일맛 젤리 브랜드.

\*** Dingleberry: 월귤나무의 일종.

그 띠는 내게 낙인을 찍었다. 엄마는 내 병변이 처음엔 성난 주홍색 뱀처럼 보였다고 했다. 꽤 인상적이었던 것 같다. 어쨌든, 나는 그 간호사가 마침내 나를 넘겨줄 때 살짝 떨지 않았을까 싶다. 그 전체적인 대소동이 정확히 성공적인 일은 아니었으니까. 게다가 〈로즈메리의 아기〉가 2년 전쯤 극장에서 크게 성공했다. 그 방의 모든 이들이 무엇이 그렇게 강한 힘으로 나를 자궁 밖으로 밀어냈는지 궁금해하고 있었던 게 틀림없다.

"스스로 목을 두 번이나 조르려고 했던 아기를 키우는 건 불운을 가져왔을 텐데." 진 이모는 다정하게 내 턱 아래를 간질이며 말을 마쳤다. 나는 그 자리에서 그건 괜찮은 농담이라고 생각했다. 엄마는 그녀의 언니였고, 둘 다 나를 사랑했으니까.

진 이모가 내게 던지기 좋아하던 짓궂은 말이 또 있다. "지구여, 네가 뭘 하는지 안다면 너는 잘못된 곳에 있도다." 이모는 그 말을 하면서 두꺼운 눈썹을 움직이고 상상의 시가를 기울였다. 나는 그 행동이 어디서 나왔는지 몰랐지만 이모가 하도 깔깔거려서, 그 웃음이 햇빛 속에 쏟아진 구슬들 같아서 나도 따라 웃었다.

진 이모의 방문은 항상 그렇게 시작했다. 나를 익사시킨다는 농담, 알찬 인생의 인용구들, 그런 다음 우리는 이모의 서바이버*나 조니 쿠거** 테이프들에 맞춰 춤을 추고 노래했다. 이모는 이모의 여행들에 대해 전부 쏟아냈고, 내게 암스테르담에서 몰래 들여온 꿀빛 액체를 맛보게 해주거나 이모가 너무 사랑하는 비스킷 한 팩을 주

---

\* Survivor: 1980년대 유행한 미국 록밴드.
\*\* Johnny Cougar: 미국의 가수이자 배우, 감독.

었는데, 나는 그게 오래된 짠 크래커 같은 맛이 아닌 척했다. 세피도 함께하고 싶었을 것이고, 주변을 맴도는 걸 보기도 했지만 세피는 진 이모라는 놀이기구에 뛰어오르는 방법을 결코 잘 알지 못했다.

나는 알았다.

진 이모와 나는 잘 맞았다.

덕분에 아빠가 나보다 세피를 훨씬 더 좋아해도 괜찮았다.

나는 코를 찡그렸다. 아빠는 마사지를 너무 열심히 하고 있었다. 아빠가 세피의 어깨를 너무 오래 주무르는 바람에, 권한 건 아빠인데도 엄마가 엄마와 아빠의 잔을 다시 채우러 떠났다.

"세피." 나는 언니의 눈이 감겨 있었고 그게 멈췄으면 싶었기 때문에 이렇게 물었다. "언니의 여름 꿈은 뭐야?"

언니는 조용히, 거의 속삭이듯이 말했다. "나는 데리퀸에서 일자리를 얻고 싶어."

아빠의 손이 주무르길 멈췄다. 뭐라 표현할 수 없는 표정이 아빠의 얼굴을 스쳐 갔고, 나는 아빠의 모든 씰룩거림을 기억할 수 있을 것 같았다. 아빠는 거의 즉시 그 기묘한 표정을 지우고, 수염이 1센티미터쯤 들리는 얼빠진 미소를 지었다. "근사하구나! 대학 입학금을 모을 수 있겠는걸."

세피는 고개를 끄덕였지만 갑자기 너무 슬퍼 보였다. 12월 이후 언니는 온통 우울하고, 수수께끼 같았다. 그 기질 변화가 언니의 가슴이 자라는 것과 일치해서(산타클로스가 배달했네! 나는 언니를 그렇게 놀려댔다), 나는 〈레밍턴 스틸〉*의 로라 홀트 없이도 그 둘이 연관이

---

* 〈Remington Steele〉: 1982~1987년 미국 NBC에서 방영한 탐정 드라마.

있다는 걸 알아차렸다.

양손에 새 잔을 들고 식당으로 돌아온 엄마의 관심이 아빠를 향했다. "크리비지 한 판 더 할까?"

나는 뒤로 기대 부엌 시계를 살짝 보았다. 10시 30분이었다.

내가 아는 모든 아이들이 내게 취침 시간이 없다는 걸 멋지게 생각했다. 그 애들이 맞을 터였다. 그래도 내일은 7학년의 마지막 주 첫 날이었다. "난 자러 갈래요. 셋이 하는 게임 하세요."

엄마가 끄덕였다.

"빈대한테 물리지 마라!" 아빠가 말했다.

나는 세피를 흘끗거리지 않고 걸어 나왔다. 세피를 술 마시고 있는 엄마 아빠와 두고 떠나는 것이 약간 불안했지만, 나는 이걸로 예전에 때로 우리가 같이 잘 때 둘만 남은 밤이면 늘 세피가 먼저 잠들었던 빚을 면제해줄 참이었다. 세피는 내가 세피와 같이 침대에 기어들게 해주었고 그건 좋았지만 그런 다음 세피는 빛처럼 빨리 잠들어버렸고, 나는 모든 소리에 고뇌해가며 누워 있어야 했다. 우리 집처럼 낡은 집에서는 밤에 설명할 수 없는 쿵쿵거림과 삐걱거림이 많은 법이다. 내가 입과 코만 빼고 이불에 파묻혀 마침내 잠에 빠져들 참이면 세피는 잠꼬대를 해서 나를 바로 다시 깨워놓았다.

나는 욕실로 걸어가며 열심히 떠올렸지만 우리가 마지막으로 한 침대에서 잤던 때가 기억나지 않았다. 나는 얼굴을 씻은 다음 내일 입을 옷을 생각하며 칫솔로 손을 뻗었다. 45분 일찍 일어나면 머리를 마는 핫롤러를 쓸 수 있을 테지만 세피에게 허락을 받지 못했고, 식탁에서는 이미 물러나왔다. 나는 이를 닦고, 내 머리카락 끝을 오렌지색으로 변하게 하는 것 같은 금속성의 우물물로 헹궈 뱉었다.

식당 구석을 가로지르지 않고는 위층의 내 침실로 갈 수 없었다. 나는 생각에 깊이 잠겨 눈을 바닥에 고정하고 어깨는 귀까지 치켜들었다. 숙제는 했고, 내 폴더는 스카치테이프를 붙인 이음매 근처의 찢어진 부분을 제외하곤 새것처럼 훌륭한, 창고 세일에서 건진 트래퍼 키퍼* 속에 정리되어 있었다.

내일 첫 수업은 영어여야 했지만, 대신 우리는 전교생을 대상으로 하는 강연을 위해 체육관으로 곧장 가야 했다. 사방에 들러붙은 포스터들이 그걸 여름 안전 심포지엄(Summer Safety Symposium)이라고 선언했고, 몇몇 똑똑한 8학년 학생들이 뱀 심포지엄이라고 불렀다. 스스스(SSS). 나는 이번 주에 릴리데일의 아이들이 사라졌다가 달라져서 돌아온다는 소문들을 들었다. 모두가 들었다. 버스에서 고학년 아이들은 외계인이 아이들을 붙잡아가서 조사하고 있는 거라고 주장했다.

나는 외계인들에 대해 전부 알았다. 내가 가게 계산대 줄에서 기다리고 있을 때, 〈내셔널 인콰이어러〉 표지에서 엘리자베스 테일러의 뱀파이어 원숭이 아기 사진 바로 아래 커다란 눈의 녹색 괴물들이 나를 쳐다보고 있었다.

맞다. *외계인들.*

아마도 그 심포지엄은 그런 소문들을 잠재우려는 의도겠지만 나는 내일 그걸 여는 것이 좋은 생각 같지 않았다. 우리의 일과가 깨지면—한 학기의 마지막 주라는 것이 더해져서—모두가 미쳐버릴 터였다.

---

* Trapper Keeper: 미국 학생들이 많이 사용하는 종이, 필기도구 등을 넣을 수 있는 서류철.

나는 계단을 반쯤 올랐을 때 목 뒤의 잔털을 오싹하게 하는 노크 소리를 들었다. 소리는 내 바로 아래서, 지하실에서 나는 것처럼 들렸다. 그건 새로운 소리였다.

엄마, 아빠, 세피도 말을 멈췄으니 그 소리를 들은 것이 틀림없었다. "낡은 집이란." 마침내 아빠가 날카로운 목소리로 말했다.

나는 남은 계단과 층계참을 달려가 내 방 방문을 꼭 닫고 잠옷으로 갈아입은 다음, 티셔츠와 테리* 반바지를 빨래바구니에 던지고 알람시계를 맞췄다. 나는 핫롤러를 시도해보기로 했다. 세피가 자기 거라고 하지도 않았고, 누가 알아? 내가 심포지엄 동안 가브리엘 옆자리에 앉게 될지. 나는 내 최고 모습을 보여야 했다.

나는 뼈가 녹을 만큼 피곤했지만 내 보물 선반 꼭대기에 놓인《넬리 블라이의 믿거나 말거나》에 죄책감이 들었다. 진 이모가 이른 생일 선물로 그 책을 내게 보내주었다. 책은 '열네 살에 수학 교수가 된 마틴 J. 스팔딩에 대한 이야기'나 '사랑이 늘 죽음을 가져오는 불행한 여인!', '아름다운 안토니아' 같은 가장 환상적인 이야기들과 그림들로 가득했다.

나는 그 이야기들을 더 오래 읽을 수 있게 하룻밤에 딱 하나씩 아껴 읽고 있었다. 나는 진 이모에게 언젠가 내가 작가가 될 거라고 털어놓았다. 그런 목표를 달성하려면 연습과 훈련이 필요했다. 내가 얼마나 피곤하든 상관없었다. 나는 오늘 밤의 넬리를 공부해야 했다.

나는 아무 페이지나 펼쳤다가, 그 즉시 당당한 독일 셰퍼드의 스케치에 끌렸다.

---

* Terry: 수건이나 목욕 가운 등에 쓰이는, 고리 모양 털이 촘촘한 직물.

## 넬리 블라이의 믿거나 말거나!

**30일 만에 세계를 일주한 개!**
코치는 그의 가족이 제2차 세계 대전을 피해 독일에서 도망쳐야 했을 때 어쩌다 뒤에 남겨진 독일 셰퍼드다. 코치가 세계를 반 바퀴 돌아 가족의 새로운 캘리포니아 집에 나타났을 때 그 가족의 놀라움을 상상해보라! 코치는 화물선에 몰래 숨어들어 바다를 건넌 다음 자신의 가족을 찾아왔다고 여겨진다. 이런 걸 개의 사랑이라고 하지!

나는 만족해서 미소를 지었다. 나도 이 정도는 쓸 수 있었다. 내 계획은 방학하자마자 일주일에 한 개씩 넬리의 초고를 시작하는 것이었다. 나는 내가 '캐시의 여름 글쓰기 의무 조항'이라 부르는 계약서도 썼다. 거기엔 내 포트폴리오를 넬리 블라이 인터내셔널 유한 회사에 노동절 전까지 넘긴다는 계획과 내가 계약 사항을 이행하지 못할 경우의 벌칙(일주일간 TV 금지)이 포함되어 있었다. 나는 셰피를 증인으로 삼아 거기 서명했다.

나는 내 보물 선반에 커다란 노란색 표지의 책을 올려놓고, 기지개를 켜며 내 근육들을 확인했다. 내 근육들이 내 침대 아래서 쭉 뻗고 자기를 원하는지, 아니면 벽장에서 몸을 말고 짧게 자기를 원하는지.

쭉 뻗고, 그들이 말했다.

그럼, 좋아. 나는 침대에서 베개와 이불을 잡아채서 베개를 먼저 박스 스프링* 아래로 밀어 넣었다. 그다음 등을 깔고 이불을 끌고 들어갔다. 가장 안쪽 구석에 닿으려면 몸을 구겨 넣어야 했다. 달빛이 내 방으로 쏟아져, 나는 머리 위 검은 똬리들을 알아볼 수 있었다.

그것들이 내가 잠에 빠져들기 전에 마지막으로 본 것들이었다.

---

\* Box Spring: 침대 매트리스나 의자 밑면의 구조물에 포함되는 나선형 스프링.

# 2

"아빠가 아직 자고 있어." 다음 날 아침 내가 부엌에 들어서자 엄마가 말했다. "너무 시끄럽게 하지 마."

그건 아침 식사는 시리얼이라는 암호였다.

나는 노려봤다. "엄마는 아빠가 늦잠 자는 게 공평하다고 생각해요?"

엄마는 저녁 식사를 위해 해동할 고기를 꺼내고, 아빠가 점심에 뭘 먹을지 확실히 알 수 있게 한 다음, 엄마가 먹을 점심 식사를 준비하며 부엌을 분주하게 돌아다니고 있었다. "인생이 공평하다면, 굶주리는 애들이 없겠지." 엄마가 내 쪽을 보지도 않고 말했다.

나는 마음에 들지 않았다. "나도 나이 들면 종일 자도 되겠네요."

엄마가 경직됐고 나는 한순간 내가 지나쳤나 걱정했다. 엄마는 대체로 참았지만, 뚜껑이 열리면 완전히 폭발했다. "아빠는 예술가의 시간을 유지하는 중이야." 엄마가 마침내 냉장고 깊숙이 손을 넣으며 말했다. "아빠가 새 작품을 시작했거든."

그것으로 아빠가 왜 주말 내내 특히 이상했는지 설명이 됐다.

도니 맥다월은 예술가이자 군인이다, 그게 아빠가 사람들한테 하는 말이었다. 하나는 자신이 선택했고, 다른 하나는 자신이 선택하지 않았다고 아빠는 말하곤 했다. 제대 후에 아빠와 엄마는 세인트클라우드에서 잘해보려 했지만 도시는 아빠에게 너무 분주했다. 아빠는 미래는 시골에서, 그러니까 아빠가 자신의 뿌리로 돌아갈 수 있고 개척자처럼 자연 그대로, 자유롭게 살 수 있는 곳에서 발견될 거라고 선언했다.

엄마와 아빠는 내가 네 살 때 급하게 릴리데일로 이사했다. 세인트클라우드에서 살던 시절에 대한 내 유일한 기억은 한 블록 아래 친구네 집에서 일찍 집에 왔다가, 엄마의 단짝 친구와 함께 침대에서 홀딱 벗고 있는 아빠를 발견한 일이다. 엄마의 친구도 홀딱 벗고 있었다. 나는 엄마를 찾아 달려 나왔고 자전거를 타고 주변을 돌고 있는 엄마를 발견했다. 울면서. 엄마는 나에게 말하려 하지 않았다. 나는 리처드 삼촌의 장례식에서 외할아버지가 엄마에게 등 돌렸던 일에 대해 물었던 것과 달리 그 일에 대해서는 다시 묻지 않았다.

그 외에는 그 집에 대해 별로 기억나지 않았다. 내게 이곳은 우리가 이주한 곳이 아니라, 고향이었다. 나는 지금은 길에서 집을 가려주는, 동화 속 장미덤불처럼 두꺼운 라일락 무리를 심던 엄마와 아빠를 기억하지 못한다. 부모님이 창고를 아빠의 작업실로 바꾸었을 무렵, 나는 걸음마를 떼고 있었다. 그들이 빨간색 헛간을 물결치는 아라비아 스타일 은신처로 리모델링했을 무렵, 나는 내벽을 페인트 칠할 만큼 자랐다. 너무 많이 바른다고 세피가 투덜대긴 했지만.

아빠, 그는 적어도 낮 동안에는 바깥에 있기를 좋아했다. 밤이면 술병을 손에 쥐고 작업실이나 지하실로 '개인적인 작업'을 하러 갔다. 아니면 TV 앞에 늘어져 술을 마셨고, 팽팽한 침묵을 지키거나 엄청 말이 많아져서 자신이 어떤 정글에서 납을 한가득 삼켰고 다시는 생선 냄새를 맡을 수 없게 됐는데, 왜냐하면 그게 마지막으로 먹은 음식이었고 자신의 내장 나머지와 함께 쏟아지는 걸 봐야 했기 때문이라고 떠들었다. 자주 있지는 않았지만, 아빠는 술을 계속 마시면 나나 세피를 숨은 곳에서 발견한 괴물을 보듯 바라보았고, 그러면 엄마는 우리가 일찍 잠자리에 들어 다음 날 아침까지 내려오지 않는 게 최선이라고 말하곤 했다.

지난밤 같은 게임의 밤은 드물었고, 그보단 아빠의 기이한 주말이 더 많았다.

새 프로젝트라면 설명이 됐다. 아빠는 늘 작품을 큰돈에 팔 수도 있지만 스스로 자본주의 기계의 톱니바퀴가 되고 싶지 않다고 떠벌렸다. 작품을 많이 팔진 않았지만 아빠의 조각들은 인상적이었다. 아빠는 날카로운 금속을 자르고 구부리고 용접해서 가장 예쁜 창조물과 꽃 들을 만들어냈다. 어떻게 강철과 색칠한 주석으로 3미터 높이의 금낭화를 만들어내는 건지, 그 대조가 내게 강한 인상을 주었다. 그 꽃은 너무 사실적이고 너무 부드러워 보여서, 그게 실제 꽃이고 우리가 그 줄기의 개미가 아니라는 걸 확인하려면 손을 대봐야만 했다. 하지만 손을 대보면 그건 겨울이면 차갑고 여름이면 델 듯이 뜨거운 금속일 뿐이었다.

아빠는 자신만 정확한 범위를 아는 16,000평짜리 우리의 취미 농장에 윌리 웡카 원더랜드를 만들었다. 아빠는 우리의 도움으로 숲 사이로 오솔길을 내고, 연철 속눈썹을 빛내며 솟구치는 금속 호박

벌들과 금속 데이지 정원 사이로 숨바꼭질을 할 수 있는 비밀 통로들을 이리저리 비틀며 야생의 상당 부분을 개간했다. 방문하는 사람마다 감명을 받았고, 아빠는 적어도 1년에 두 번, 아빠의 전설적인(그의 말이다) 파티를 열어서 사람들이 꼭 감탄하게 했다.

"이렇게 창의적인 아빠를 두다니 너희는 정말 운이 좋구나!" 손님들은 그렇게 떠벌리곤 했다. "너희 가족은 모두 정말 독특해. 내 어린 시절도 이랬으면 좋았을 텐데! 너희도 너희가 얼마나 운이 좋은지 알고 있니?"

나는 사람들이 그런 말을 하는 이유를 이해한다. 그리고 때로는 그들이 너무도 확신에 차 있어서 그들의 꿈의 솜털을 아주 살짝 들이마시기 시작할 때도 있었다. 그건 정확히 내가 주변을 둘러보고 어른들이 뭘 하고 있는지 보게 될 때까지만 지속됐다. 그걸 생각하면 내 위장이 뒤틀린다.

"내가 조용히 계란 요리를 할 수 있어요."

"충분히 조용하진 않지." 엄마가 말했다.

"난 시리얼이 좋아요." 세피가 한가롭게 들어와 선언하듯 말했다.

나는 세피를 노려보려고 돌아봤지만 세피의 모습에 너무 놀라버렸다. 세피는 온 얼굴에 화장을 떡칠해놓았다. 아마 아빠가 아직 자고 있으니 안전하리라 생각했나 본데, 엄마가 세피를 ZZ 탑\* 뮤직비디오 속 색정광 여자처럼 보이는 얼굴로는 집 밖에 나가게 해줄 리가 없다.

나는 기침을 했다.

---

\* ZZ Top: 미국의 록밴드.

엄마는 계속 종종걸음치고 있었다.

나는 다시, 더 크게 콜록거렸다.

엄마가 세피를 흘끗 봤다. 엄마의 눈이 커다래졌다가 곧 가늘어졌다. 그러더니 갑자기 맥 빠진 얼굴이 되었다. "둘 다 점심 싸주마."

나는 볼을 부풀렸다. 나는 다리털도 밀지 못하는데 세피는 메리 케이\* 가 언니에게 재채기한 것 같은 얼굴로 나간다니 말도 안 돼. 하지만 내가 항의하기 전에 세피가 나를 놀라게 했다.

"엄마가 우리 태워다줄 수 있어요?" 세피가 엄마에게 물었다.

나는 볼에 가득 찼던 공기를 모두 뺐다. 잘했어, 나는 얼굴로 세피에게 말했다. 오늘 아침 내가 만 핫롤러는 계획대로 되지 않았다. 학교까지 차를 타고 간다는 건 오늘의 머리를 같은 반 아이들에게 가능한 한 늦게 선보일 수 있다는 뜻이었다. 작은 마을에서 그건 중요했다. 이곳에서는 우리가 어떤 모습이어야 하는지 모두가 알았다. 다른 모습으로 나타날 때는 완벽해야지, 안 그랬다간 큰일이었다.

나는 분명 완벽하지 못했다.

"아니." 엄마는 집에서 만든 빵의 포장을 벗겨 여섯 조각으로 자르며 말했다. "7시 전에 출근해서 성적 확인서에 서명해야 돼."

나는 재빨리 생각했다. 결국 오전 버스를 타게 된다면, 최소한 컬리 템플\*\* 로 불리게 될 걸 예상할 수 있었다. 어쩌면 로지네 로지나다\*\*\* 나.

"우리 과학 선생님이 계절 학기 수업에 빈 화분이 필요하댔어요." 내

---

\* Mary Kay: 화장품 브랜드.

\*\* Curly Temple: 머리와 몸에 바르는 제품 브랜드.

\*\*\* Roseanne Roseannadanna: 미국 SNL에 등장한 캐릭터. 거대한 곱슬머리가 특징적이다.

가 말했다. "아빠가 지하실에 몇 개 가지고 있지 않아요? 엄마가 확인서를 내고, 또 다른 선생님을 도울 수 있게 우리랑 화분들을 릴리데일까지 실어준 다음 엄마의 첫 수업 전에 킴벌로 돌아갈 수도 있잖아요! 윈윈윈이죠."

엄마의 눈썹이 좁혀졌지만, 나는 엄마가 생각해보고 있다는 걸 알 수 있었다. "좋아." 마침내 엄마가 말했다.

세피와 나는 꺅 소리 질렀다.

"아빠가 화분들이 지하실에 있다고 했단 말이지?" 엄마가 물었다. 그건 엄마 맘이 바뀌기 전에 가서 화분들을 집어 오라고 우리에게 말하는 엄마의 방식이었다.

"넵!" 나는 말했다.

아빠는 세피와 내가 우리 집의 흙바닥 지하실과 헛간을 피하는 걸 선호했다. 그 두 장소는 어른들만 가야 한다고 아빠는 말했다. 나는 보통 지하실을 피하는 데 아무 문제 없었다. 내가 딱 한 번 지하실을 탐험했을 때 그곳은 시체를 기다리는 무덤처럼 보였다. 무엇보다 세피와 나는 아빠가 버섯을 키우고 있다고 생각했는데, 지하실에서 나는 냄새에다 아빠가 아빠의 파티가 시작되면 루트비어 통처럼 돌리는 말린 버섯 때문이었다. 하지만 엄마의 허락이 있다면, 그리고 그게 학교까지 태워다준다는 의미라면 나는 기꺼이 지하실로 돌진하리라. 나는 지하실 문을 향해 몸을 돌렸다가 아빠와 거의 정면충돌할 뻔했다.

내 생각엔, 우리 여자 셋은 모두 얼어붙었다. 나는 분명 그랬다. 내 심장이 갈비뼈를 계속 두드렸다.

나는 아빠의 눈을 피하며 물러섰다.

"지하실에는 절대 가지 말라고 했을 텐데." 아빠는 낮고 위험한 목소리로 으르렁거렸다. 아빠는 하얀 헤인스* 외에는 아무것도 입고 있지 않았다. 뺨이 달아올라서, 나는 아빠의 허벅지 위쪽 맹렬한 털과 아빠의 팬티 바로 위 동일한 털에서 시선을 돌렸다. 세피와 나는 돈을 모아 아빠에게 크리스마스에 가운을 사드렸었다. 딱 한 번 그걸 입었을 때, 아빠는 가운의 앞섶을 여미지 않았다.

"당신이 안 쓰는 낡은 화분을 몇 개 가져오려는 거야." 엄마가 말했다. 나는 엄마의 목소리가 애원하듯 들리는 것이 마음에 들지 않았다. "캐시의 과학 선생님이 그게 필요하대."

아빠의 침묵이 아빠와 엄마 사이에 무기처럼 놓였다. 엄마가 먼저 그걸 침범할 리 없는 것이, 엄마는 한 번도 그런 적이 없었고, 결국 아빠가 말했다.

"당신한테는 절대가 무슨 뜻인지 모르겠지만," 아빠가 말했다. "나한테는 그게 절대라는 뜻이야."

엄마는 두 개의 돌 사이에 끼어 앞에서 보면 멀쩡해 보이다가 걸어 나가면 팬케이크처럼 눌렸다는 걸 알게 되는 만화 속 캐릭터처럼 납작해졌다.

"미안해." 엄마가 말했다. "당신이 옳아."

아빠는 히죽거림과 눈썹을 이용해서 엄마의 어리석음을 지적하며, 당연히 *내가* 옳지라고 하듯 노려보았다. 나는 전혀 움직이지 않았다. 나는 내 머리카락, 혹은 내 몸 어디로도 아빠의 관심을 끌고 싶지 않았다.

---

* Hanes: 속옷 브랜드.

"애들을 학교에 데려다주려던 참이었어." 엄마가 겨울 유리처럼 밝은 목소리로 제안했다.

안돼안돼안돼안돼, 아빠한테 화낼 거리를 더 주지 마.

나는 위험을 무릅쓰고 세피를 흘끗거렸다. 세피도 같은 생각 중이라는 걸 알 수 있었다. 세피가 왜 학교까지 태워다 주길 원했는지는 모르겠지만, 우리 둘 다 그것에 흥분해버렸다.

"그럼 가는 게 좋겠네." 아빠가 시계에 대고 비웃으며 말했다. "타임머신이 있는 게 아니라면."

나는 숨을 내쉬었다.

엄마는 만들고 있던 샌드위치들을 힐끗 보았다. 나는 엄마가 우리의 점심값과 아빠에게 맞서는 대신 얻을 평화를 계산하고 있다는 걸 알 수 있었다. "당신이 맞아." 엄마가 말하며 빵을 다시 봉투에 집어넣었다.

그러면서 엄마는 눈가를 훔쳤다.

빵 봉투를 비틀어 봉한 후에, 엄마는 걸어가 아빠에게 키스했다. 내가 서 있는 곳에서도 아빠의 냄새를 맡을 수 있었다. 시큼한 술, 아침에 나는 입 냄새, 땀. 웩. 그리고 갑자기 지하실 가는 거에 왜 그리 난리래?

세피가 내 손을 잡아 밖으로 끌고 나왔다.

# 3

영어를 가르치는 일 외에도, 엄마는 가을에는 크로스컨트리 코치였고, 12월에 시작하는 졸업 앨범 고문이었으며 봄에는 연설을 지도했다. *첫 해에 전부 등록하지 않으면 학교에서 종신 자격을 주지 않을 거야*, 엄마는 말했다. 내가 아는 건, 비록 10분 정도만이라도, 내가 엄마와 함께 킴벌 고등학교에 있는 시간을 사랑했다는 것이다.

엄마는 교직원이었기 때문에 특권층이었고, 세피와 나는 그 일부가 되었다. 엄마의 머리 모양과 옷이 구식이라는 것은 문제가 되지 않았다. 사람들은 교사에게서 그런 것을 기대했으니까. 중요한 것은 엄마가 똑똑하다는 것이었다. 그리고 자신의 일에 유능하다는 것도. 나는 사람들이 엄마를 대하는 태도에서 그것을 알 수 있었다.

"좋은 아침이에요, 맥다월 선생님!" 일찍 등교한 학생들이 엄마에게 재잘거렸다.

엄마는 마주 웃어주었다. 우리는 교무실로 향하고 있었고, 나와 세피는 엄마 옆에서 점잖은 척하고 있었다. 엄마는 우리가 차에 있어도 된다고 했지만, 어림없지. 나는 내 머리가 얼마나 웃겨 보이는지조차 신경 쓰지 않았다.

우리가 교무실에 다다랐을 때, 비서인 베티가 이미 자리에 있었다. 그녀는 가려워 보이는 바지를 너무 높이 추켜올려 입는, 저 친근하고 수다스러운 여자들 중 한 명이었다. 우리가 걸어 들어가자 그녀의 얼굴이 환해졌다.

"머리가 참 예쁘구나, 캐시!" 그녀는 내가 채 문을 다 지나치기도 전에 말했다.

나는 내 머리를 쓰다듬었다. 나는 푸들을 만져본 적이 있었다. 그 털이 내 머리보다 더 잘 넘어갔다. 하지만 어쩌면 내 머리카락이 차를 타고 오는 사이 좀 가라앉았을까? 그러면 학교에서 스트레스를 훨씬 덜 받을 텐데.

"고맙습니다."

"그리고 세피, 네 눈의 그 파란 아이섀도가 아주 예쁘구나!"

세피가 얼굴을 붉혔다.

여기가 최고의 장소였다. 모든 것이 여기서는 너무 평범했다, TV 드라마처럼.

"오늘은 덥겠네요." 베티가 무슨 서류를 건네더니 창문 쪽으로 고갯짓을 하며 말했다.

엄마는 미소 지었다. "하지만 여름 방학까지 고작 한 주 남았는걸요. 일주일 동안은 뭐든 참을 수 있죠."

베티가 고개를 끄덕였다. "이렇게 일찍 학교에 오다니 멋지네요, 페그. 당신이 이 학교 최고의 교사인 거 알죠, 그렇죠?"

그럴 줄 알았어.

"정말 친절하시네요." 엄마는 건네받은 서류에 자신의 이름을 적었다. 사인을 마치고 엄마는 펜으로 입술을 살짝 두드리며 내 예상보다 좀 더 오래 그 서류를 들여다보았다. "애들을 학교에 데려다줘야 하지만, 이 서류에 추가할 일이 있으면 7시 반까지는 돌아올 거예요."

"선생님의 직업 정신은 남다르다니까요." 베티는 환하게 웃었다. 그런데 그 눈이 나와 세피를 향하면서 이내 미소가 모닥불 속의 플라스틱처럼 녹아 없어졌다. "선생님 딸들은 릴리데일에 다니지 않나요?"

우리는 여전히 자부심을 뽐으며 고개를 끄덕였다. 내 머리 모양은 근사했고, 세피의 얼굴은 예뻤고, 엄마의 직업 정신은 남달랐다. 우리는 베티가 우리에게 하려는 다음 칭찬을 기다렸지만, 그녀는 갑자기 너무 불편해 보였다.

"뭔데요?" 엄마가 서류를 내밀며 물었다. "괜찮아요?"

베티는 나와 세피에게 또 다시 걱정스러운 시선을 보내다가 이내 팽팽한 미소를 짓고는 고개를 저었다. "나는 괜찮아요. 학교에서 좋은 하루 보내렴, 얘들아."

베티는 침을 삼키려고 했지만, 침이 사라진 듯 보였다.

엄마가 그걸 알아차렸다. "뭔가 잘못됐군요."

베티가 움찔했나? "그냥… 소문이에요."

엄마의 눈썹이 가운데서 만나려 했다. "어떤 소문요?"

베티는 나와 세피를 다시 흘끗거렸다. 그녀는 분명 우리 앞에서는 아무 말도 하고 싶지 않아 했지만, 엄마는 받아들이지 않았다.

"나는 우리 딸들한테 비밀을 만들지 않아요." 엄마가 말했다.

베티는 숨을 거칠게 들이쉬었다. "지난 주말에 릴리데일에서 한 남자애가 강간을 당했대요." 그녀는 그 말을 한 단어처럼 전부 붙여서 말했다. 지난주말에릴리데일에서한남자애가강간을당했대요.

내가 그 말을 분석해낸 뒤에도, 여전히 그건 말이 되지 않았다. 남자애들은 강간당하지 않았다. 강간이란 여자애들에 대한 거였다. 저 외계인 납치 얘기에 뭐가 있는 게 아니라면? 나는 어리둥절해서 엄마를 쳐다보았다.

하지만 엄마는 발끝에서부터 돌로 변하는 것처럼 보였고, 전혀 도움이 되지 않았다.

"누구였대요?" 세피가 물었다.

헬리콥터가 머리 위로 날아가는 타타타 소리에 우리 모두의 관심이 창문으로 휙 돌아갔다. 아빠는 항상 헬리콥터는 재수가 없다고 말했다. 베티의 행동을 보니 그녀도 동의하는 것 같았다.

베티는 목청을 가다듬으며 세피의 질문을 무시했다. 그녀는 엄마 쪽으로 몸을 기울이며 낮은 목소리를 냈다. "사람들 말이 미니애폴리스에서 온 갱단이 그런 짓을 했대요."

내 맥박이 춤을 췄다. 갱단. 창문으로 아침 바람이 들어와 난방기 위에 쌓여 있던 종이들을 휘리릭 넘겼다. 공기는 슬로우 쿠커 냄새처럼 짙고 양배추 같은 냄새를 풍겼다. 엄마는 여전히 움직이지 않았다.

아무도 베티의 마지막 말에 대답하지 않았는데도 베티는 다시 목청을 높였다. "미니애폴리스 갱단이 남자애들을 엿보고 있다가 제일 해치기 쉬운 애로 골라서 잡아간대요."

그녀는 얼굴에 부채질을 하며 잠깐 쉬었다. "하지만 내가 여기서 소문을 퍼뜨리려는 건 아니에요. 이미 스스로 잘 굴러가고 있으니까. 그냥 선생님이 아셨으면 했어요, 당신 아이들을 안전하게 지킬 수 있게."

나는 그녀가 말한 '아이들'이 나와 세피를 뜻하는지 아니면 엄마의 학생들을 뜻하는지 알 수 없었다. 아마도 둘 다이리라.

"릴리데일에서만 그랬대요?" 엄마가 물었다. 엄마의 목소리는 차갑게 들렸다.

베티는 나와 세피를 다시 곁눈질했다. "아직까지는요."

4

우리 교장인 야노프스키 선생님이 얼굴에는 미소를 띠고 손에는 통통한 마이크를 들고 체육관 한가운데로 성큼성큼 걸어 나왔다. "우리 여름 안전 심포지엄에 온 걸 환영합니다, 여러분!"

처음엔 아무도 그녀의 말을 듣지 않았다. 나는 교장 선생님이 어떻게 해결하는지 지켜봤다. 선생님은 신경 쓰지 않았다. 선생님은 우리 중 누구보다 오래 살 수 있으리라. 그녀를 보면 알 수 있었다. 우리가 마침내 진정되자 선생님은 자신이 그걸 계획한 척했다.

"고마워요." 그녀의 미소가 환해졌다. "오늘, 우리 심포지엄에 운 좋게도 아주 특별한 초청 강사를 모셨답니다. 릴리데일의 바우어 경사님입니다."

중학생인 우리들 중 몇 명이 경찰을 두려워할 이유가 있다는 듯, '짭새'와 '경찰'이라고 속삭이는 웅성거림이 청중을 휩쓸고 지나갔다. 게다가 바우어 경사는 우리가 체육관에 들어갔을 때부터 파란색 유니폼을 입고 한쪽에 계속 서 있었는데, 어떻게 그 강사가 놀라울 수 있는지 모를 일이었다. 그의 막내딸이 페르세포네와 같은 9학년이었다. 나는 아빠의 파티들 중 하나를 통해서, 내가 원하는 것보다 더 그를 잘 알았다.

그는 미소를 지으며 느긋하게 나서 야노프스키 선생님에게서 마이크를 받아들었다. "안녕, 얘들아." 그가 우렁차게 말했다. "여름 준비 된 사람?"

야유 소리와 발 구르는 소리가 관람석을 뒤흔들었다.

바우어 경사는 빈손을 들어올렸다. 머리 위 전등 불빛에 그의 은빛 손목시계가 반짝거렸다. "그럴 줄 알았다." 그가 싱글거리며 말했다. 그는 까칠한 수염 때문에 가려워 보이는 두꺼운 붉은 입술의 미소를 가지고 있었다. "나는 그리 멀지 않은 과거에 여기 학생이었다. 그래서 너희가 다가올 방학을 얻을 자격이 있다는 걸 알지. 하지만 지금은 들어주길 바란다."

그는 마이크를 탁탁 두드리더니 계속했다. "왜냐하면 이건 중요하기 때문이다. 우리는 이번 방학에 여러분의 안전을 위해 결정된 새 프로그램을 시작하고, 내가 여러분에게 그에 대해 전달하고자 한다. 그건 통행금지시간부터 시작한다."

그 말에 불평의 물결이 일었지만, 나는 대부분의 아이들이 통행금지시간이 뭔지조차 몰랐으리라 장담한다. 애들은 그저 어른이 너를 위한 것이라고 얘기할 때는 불평을 해야 한다고 알 뿐이었다. 나도 가담했는데, 이유야 무슨 상관이람. 관람석 앞 열을 차지했던 선생님들이 돌아서서 우리를 조용히 시켜야 했다. 그때 마침내 나는 저 아래 오른쪽에 있는 가브리엘을 보았다. 그를 보면 진 이모에게 편지를 받을 때와 같은 따뜻한 즐거움이 느껴졌다.

모두 다시 조용해졌을 때, 바우어 경사는 진이 빠진 표정으로 계속했다. "통행금지시간은 정확히 오후 9시부터다. 여러분 모두 해가 지기 전에 각자의 집에 있어야만 한다." 그의 목소리에서 달라진 무언가가 강당을 얼어붙게 했다.

그게 내 등골을 오싹하게 했다. 처음엔 오늘 아침 베티가 강간당한 남자애에 대해 얘기하더니, 이번엔 이거였다. 엄마가 차를 타고 오는 길에 우리는 아무 걱정 안 해도 된다고 했지만, 베티는 분명 걱정스러워 보였다. 바우어 역시 그랬다. 갑자기 우리의 온 관심이 그에게 쏠렸다. 그는 그것을 감지한 듯 몸을 돌려 허리에 찬 권총이 완전히 드러나게 했다. 내가 앉은 자리에서 총은 조그맣고 가짜처럼 보였고, 총집에 담긴 채 그의 무자비한 검정 벨트에 매달려 있었다.

나는 그가 누구를 쏴본 적이 있는지 궁금했다.

그는 우리와 마주 보기 위해 엉덩이를 휙 돌렸고, 나는 더 이상 그의 무기를 볼 수 없었다. "시내에 사이렌이 울리는 소리가 들릴 거다." 그는 계속했다. "토네이도에 쓰는 것과 같은 소리지. 1분간 지속될 거고, 사이렌이 끝나도 계속 밖에 있으면 규칙 위반이 될 거다."

이번엔 아우성을 잠재울 수 없었다. 아이들은 일어나서 소리를 질러대고 있었다. 나는 엉덩이뼈에 닿는 딱딱한 나무를 느끼며 자리에 앉아 있었다. 시내에서 6킬로미터쯤 벗어나면 사이렌을 들을 수 없을 테니 통행금지시간에 신경 쓸 이유는 없었다. 하지만 내가 걸어서 가게에 갈 수 있거나 공원에서 애들을 만날 수 있는 곳에서 살았다고 해도, 그때 나는 그걸 신경 쓰지 않았을 것 같다.

바우어 경사는 그 아우성 위로 말했다. "여러분이 부모나 보호자와 동행한다면," 그는 말했다. "여러분은 말썽에 휘말리지 않을 것이다. 동행하는 어른이 누군지 분명히 알아두도록."

나는 아무 생각 없이 목의 흉터를 긁었다. 쓸데없는 말이었다. 누가 밤에 모르는 어른과 함께 돌아다닌다고? 나는 그의 손목시계를 다시 응시하며 그 주변으로 구불거리는 검은 손목 털이 보인다고 상상했다. 아빠의 파티에서 우연히 그와 마주쳤을 때 그는 그 시계를 차고 있었다, 그것과 그의 인식표를. 그는 틀림없이 나를 알아차리지도 못했을 것이다.

애들이 전부 다시 통제를 벗어나서 합주부 교사인 코널리 선생님이 나서야 했다. 모두가 코널리 선생님을 사랑했다. 그는 그런 교사였다―젊고, 똑똑하고, 우리를 인간처럼 대하는 교사. 나는 사실 그에게 별 감정이 없었지만, 반 여자애들 대부분이 그를 좋아했다. 나는 그저 그가 풍기는 시나몬과 사과가 섞인 냄새와 카키색 바지의 주름을 좋아할 뿐이었다. 그는 지금 그 바지를 입고 바우어 경사에게 다가갔고, 경사는 코널리 선생님이 다가가자 맹세코 움찔했다. 나는 경사가 자기 무대를 넘겨주고 싶지 않은 거라고 생각했다.

그는 심지어 코널리 선생님이 마이크를 손으로 가리고 경사의 귀에 뭐라고 말하려 하자 고개를 홱 돌리기까지 했다. 하지만 코널리 선생님이 뭐라고 했든 효과가 있어서, 선생님은 이내 마이크를 쥐고 있었다.

"경사님께 주목해주겠니?" 코널리 선생님은 부탁했다.

네 번 더 반복해야 했지만, 마침내 모두 입을 닫았다.

"고맙다." 코널리 선생님이 마이크를 다시 전혀 고마워 보이지 않는 경사에게 돌려주었다.

경사는 기침을 했다. "내가 말했듯이, 너희 모두 9시 통행금지시간을 지키는 것이 중요하다. 나와 동료 경찰들은 오후 8시 30분부터 순찰을 돌 거고, 위반하는 아이들을 찾기 위한 순찰차들도 추가될 거다. 우리한테 잡히지 마라."

바우어 경사의 말은 외할머니 외할아버지의 집에서 TV로 본—당연히 그들이 살아 있을 때 말이지만—영화 〈치티 치티 뱅뱅〉*을 생각나게 했다. 영화 속 악당들 중 한 명인 차일드캐처는 인간 모습의 기괴하고 무서운 인형이었다. 그의 코는 길어도 너무 길었고, 그의 입술은 바우어 경사의 입술과 비슷하게 축축하고 빨갰다. 차일드캐처는 아이들을 자신의 우리로 꾀기 위해 거대한 막대사탕과 반짝이는 태피**를 들고 있었다.

*내게 잡히지 마.*

나는 꼼지락대며 오싹함을 떨쳤다.

"한 가지 더 있다." 바우어 경사가 릴리데일 초중등학교가 이제껏 목격한 가장 짧고 가장 형편없는 심포지엄을 마치며 말했다. "항상 짝을 지어 다니도록. 이번 여름에는 너희 중 누구도 혼자 다니는 모습을 보고 싶지 않구나."

그것이 우리를 모두, 마지막 한 명까지 숨죽이게 했다.

이번엔 그것이 말도, 심지어 그의 목소리도 아니었다.

나는 그것이 우리에게 어떤 일이 다가오는지 그 조짐을 느낀 첫 번째 순간이라고 생각한다.

---

\* Chitty Chitty Bang Bang: 동화를 원작으로 하는, 1968년 영국 뮤지컬 영화.
\** Taffy: 사탕의 일종.

# 5

"캐시!"

내 이름은 두 번째 수업으로 향하는 웅성거리는 목소리들의 흐름에 거의 삼켜졌다. 나는 누가 나를 소리쳐 부르는지 볼 수 없었다.

"캐시! 여기다."

마침내 나는 내 영어 교사인 킨첼호 선생님을 발견했다. 선생님은 밥 호프˚와 옆모습이 닮은 키 작은 빨강머리의 남자였다. 그는 제인 오스틴 농담 전문이었다. 나는 밀려드는 애들을 피해 옆으로 비켜섰다. "안녕하세요, 킨첼호 선생님. 선생님이 목동 역할을 맡으셨나요?"

"누군가는 너희 기차들이 교실을 제대로 찾아가는지 확인해야 하지 않겠니." 그가 한쪽 눈을 찡긋하며 말했다. "너한테 얘기하고 싶었다. 과제를 아주 잘했더구나."

---

˚ Bob Hope: 미국의 유명 코미디언.

내 볼이 즉시 붉어졌다. 결코 자부심이 아니라 사실 당황스러움에 가까운 어떤 감정이 베티의 경고에 이어 심포지엄에서 남아 있던 롤러코스터의 불쾌감과 한데 뒤섞였다. "벌써 제 과제를 읽으셨어요?"

나는 J. D. 샐린저의 단편소설 〈에스메를 위하여 : 사랑 그리고 비참함으로〉에 나타난 크로노그래프의 상징주의에 대해 나의 최고작을 써냈다. 그 과제물에는 다섯 장의 인용 페이지도 추가되어 있었다. 나는 지난달 자습 시간을 몽땅 도서관에서 자료를 찾으며 보냈고, 지난 금요일에 초조하게 과제를 제출했었다.

"두 번." 그가 미소 지으며 말했다.

나는 고개를 숙였다. "감사합니다."

"너는 작가야, 캐시. 거부하지 마라."

더 이상 참을 수 없었다. 나는 정수리가 쪼개질 정도로 활짝 웃었다. 우리가 이미 다음 수업에 들어갔어야 한다는 걸 알리는 종이 울려서 킨첼호 선생님은 나에게 가라고 손짓했다. 나는 그의 따스한 칭찬을 꼭 끌어안고 합주부 연습실로 쓸려갔다. 선생님이 내게 작가가 되어야 한다고 말한 것이 이번이 처음은 아니었지만, 선생님들이란 가끔 스스로 교육을 선택하는 바람에 자기 삶을 낭비했다고 느끼지 않도록 학생들에게 닭살 돋는 말들을 해야 하는 법이었다. 나는 킨첼호 선생님이 그런 경우가 아니기를 바랐지만 그건 결코 알 수 없었다.

시험해볼 방법이 하나 있었다. 나는 나의 《넬리 블라이의 믿거나 말거나》 글들이 출간되어 내 첫 번째 상을 받을 때까지 기다릴 터였다. 나는 킨첼호 선생님을 시상식이 열리는 도시, 아마도 뉴욕으로 초대하겠지만 이유는 말하지 않으리라. 우리는 차를 몰고 가 객석에 함께, 심지어 나란히 앉을 것이다. 나는 안경을 쓰고 진지한 표정을 하겠지만 공식 석상을 위해 끈 없는 빨간색 드레스를 입을 것이다. 우리는 좋았던 옛날에 대해 이야기를 나눌 테고, 이내 그들이 내 이름을 부르겠지. 나는 짐짓 놀란 척하며 실례를 구하고 천천히 무대에 올라 미소를 지으며 손을 흔들리라. 나는 마이크에 다가가 이렇게 말할 것이다.

*제가 오늘 이 자리에 있는 것은 저의 영어 선생님이 저를 믿어줬기 때문입니다….*

그가 그때 운다면, 나는 그가 내내 진심이었다는 것을 알게 될 것이다.

나는 아이들의 바다를 헤치며 합주부 연습실로 들어갔다. 대부분은 아직도 자기 친구들과 얘기하면서 자리로 천천히 움직이고 있었다. 습관적으로 나는 지난 가을까지 내 단짝 친구였던 린과 하이디를 찾았다. 우리의 부모님들이 자주 어울렸고 등등. 하지만 우리는 친구이기를 그만뒀고, 나는 그 뒤로 이 무리에서 저 무리로 널을 뛰고 있었다.

당신은 전체 학급이 고작 87명뿐이라면 모두 가까우리라 생각할지도 모르겠다. 틀렸다. 작은 마을 아이들은 강물 속 자갈돌들이다. 물살에 떠밀려 고립되었다가 모였다가 흐름이 더 강해지면 다시 헤쳐져 완전히 새로운 무리 속에서 자신을 발견한다. 어쩌면 큰 도시도 그럴까, 나는 모르겠다.

린이나 하이디는 보이지 않았다.

가브리엘도.

활기를 띠기 시작한 악기들의 불협화음이 벽처럼 내게 부딪혔다. 코널리 선생님은 그가 있어야 하는 오케스트라 석에 없었다. 내 기분이 솟구쳤다. 어쩌면 선생님은 아직 안 오셨나 보다.

나는 내 클라리넷을 가지러 서둘러 움직였다.

악기 보관실은 학교 전체에서 내가 가장 좋아하는 장소들 중 하나였다. 뒤쪽에 평소 보면대 무더기에 가려져 있는 비밀 문이 있었다. 그 문은 고작 무릎 높이까지 올라왔고 우리 부모님이 여기서 고등학교를 다니던 시절 증축 건물이 세워지기 전에 남은 것이었다. 그 문은 이전에 학교의 급탕기와 보일러를 보관하는 곳이었지만 지금은 큰 침실 크기의 빈 공간으로 남겨진 시멘트 발린 공간으로 이어졌다. 그 공간은 대체로 잠겨 있었지만 지금은 열려 있었고, 몰래 들어가 이런저런 짓들을 할 수 있었다. 어떤 애들은 자기들이 그 안에서 담배를 피웠다고 맹세했지만, 나는 그걸 증명할 냄새를 맡은 적이 결코 없었다.

지금 트럼펫들이 조율 중이고 드럼 스틱이 두드려대고 남자애들이 서로 밀쳐대고 여자애들이 수다를 떠는 본 연습실의 소음에 비하면 그곳은 조용하고 어둡고 평화로운 무덤이었고, 나는 그곳에 숨기를 좋아했다. 클라리넷들은 왼쪽 뒤에 보관되어 있었고, 내 중고 케이스는 허리 높이에 있었다. 나는 케이스를 열고 안을 뒤져 리드를 꺼내 축축해지게 입에 물고 악기를 조립했다. 내가 미니애폴리스 갱단의 눈에 띄지 않고 릴리데일을 거쳐갈 방법을 고심하고 있을 때 보관 창고에서 한 목소리가 나를 깜짝 놀라게 했다.

"캐시?"

나는 꺅 소리치며 펄쩍 뛰었다. "린?"

그 애는 선반들과 비밀의 방 문 사이 사각 지대에 숨어 있었다. 하지만 그 애가 내 이전 단짝 친구라는 사실은 나를 달래주지 않았다. 그 애는 온통 잿빛인 얼굴에 눈물이 얼룩져 끔찍해 보였다. 린과 나는 예전에 우리가 친했을 때 서로의 곁에서 여러 번 울었지만 이렇게는 아니었다. 이 눈물은 겁에 질려 운 결과처럼 보였다. 내 배속이 더욱 뒤틀렸다. 나는 위기를 다룰 용기가 없었다.

그 애의 끄덕거림이 나를 혼란스럽게 했다. 자기가 린이라고 동의하고 있는 건가?

"여기 뒤에서 뭐 해?" 나는 내 목소리에서 날뛰는 심장 박동 소리를 들으며 물었다. "합주가 금방 시작될 거야."

그 애는 몸의 아래 부분을 감춰둔 채 약간 몸을 숙였다. "나갈 수가 없어."

나는 어깨 뒤쪽 문 밖을 흘끗 돌아보았다. 악기 보관실은 합주부 연습실의 맨 윗줄과 같은 높이였고, 그건 U자형 연습실의 뒤쪽을 둘러싼 드럼 치는 애들만 안을 볼 수 있다는 뜻이었다. "악기 잃어버렸어?"

그 애는 고개를 저었다. *아니, 그게 아니야*라는 듯이.

나는 오늘 그 애를 본 적이 있는지 생각해보았다. 뒤이은 생각이 내 피를 얼어붙게 했다. 린 역시 지난 주말에 미니애폴리스에서 온 갱단에게 강간당했나? 린은 4학년 때 내게 나의 첫 번째 우정 핀을 주었었다. 우리는 한 남자애를 두고 다툰 적이 없었다. 린이 래리 윌콕스를 좋아했을 때, 나는 에릭 에스트라다를 골랐다. 린이 보 듀크를 원했던가? 나는 류크로 만족했다. 우리는 영원한 친구라고 맹세했었다, 지난 가을, 린이 전화를 그만 걸기 전까지.

내 목소리는 사포처럼 나왔다. "누가 너를 다치게 했니?"

"나 생리했어."

나는 눈을 깜박였다. "지금?"

린은 고개를 끄덕였다. "그런 것 같아."

린은 불빛 속으로 나왔다. 그 애의 황갈색 코듀로이 바지 앞섶에 색이 더 짙은 부위가 있었다. 똑바로 보지 않으면 거의 그림자로 여길 법했지만 그 애가 돌아섰을 때, 나는 피를 감출 도리가 없다는 걸 알았다.

"그게 전부 한꺼번에 쏟아졌다고?"

린은 내 질문을 무시했다. "나 어떡하지, 캐시?"

나는 그 얼룩에서 눈을 떼어냈다. "보건실로 가자. 선생님한테 생리대가 있을 거야."

나는 그걸 써야만 했던 적이 없었다. 사실, 상황이 달랐다면 나는 린이 먼저 생리를 시작한 걸 질투했을 터였다. 하지만 지금 린은 불쌍한 마음 외에 다른 감정을 느끼기엔 너무 겁에 질려 보였다.

"이러고 나갈 순 없어! 모두가 볼 거야."

나는 다시 어깨 뒤를 흘끔 보았다. 합주부 연습실은 여전히 카오스였다. "아닐지도 몰라. 코널리 선생님이 아직 안 나타나셨거든."

린은 다시 조용히 울기 시작했다.

그걸 보자니 마음이 아팠다. 린이 옳았다. 모두가 볼 터였다. 그리고 릴리데일 같은 동네에서는 사람들이 이런 걸 잊게 해주지 않는다. 나는 특별함을 잃지 않도록 9일에 한 번씩만 입는 내 예쁜 청록색 재킷을 벗었다. "자."

"네가 아끼는 코트잖아."

내 미소에 내가 놀랐다. 린이 기억하고 있었다. "괜찮아. 엄마가 또 하나 만들어주실 거야. 그걸 허리에 두르면 아무도 보지 못할 거야. 내가 앞서 걸을게."

린은 재킷을 허리에 단단히 매고 자신의 뺨을 문질렀다. "나 운 것처럼 보여?"

"아주 조금." 나는 거짓말을 했다. 린의 얼굴은 말벌에 쏘인 것처럼 보였다. "하지만 네가 연습실에서 눈길을 돌리고 정말로 시간이 궁금한 듯이 시계 쪽을 보면 아무도 눈치채지 못할 거야."

"고마워."

린은 내 손을 잡았고, 나는 누군가 나를 필요로 한다는 것이 크리스마스처럼 느껴졌다.

우리가 안전하지 않다는, 더 이상은 아니라는 것만 빼고.

바우어 경사가 그걸 확실히 했다.

# 6

리틀 존스는 릴리데일에 있는 네 개의 바 중 하나였다. 그 바는 팩맨이 있는 유일한 곳이었지만 아빠가 그곳을 제일 좋아하는 건 그래서가 아니었다. 아빠는 그들이 그 게임을 들여놓기 전부터 리틀 존스에 다녔다. 그냥 어떤 장소들은 누군가에게 다른 곳보다 더 안락하게 느껴지는 것 같다.

리틀 존스라면 나는 거의 이해했다. 그곳은 은밀한 느낌이 감도는 구석진 술집으로, 답답하고 연기가 자욱하며, 카운터에는 탁한 액체에 떠다니는 족발과 계란 피클이 담긴 병들이 있고, 그 뒤 선반에 호박색, 녹색, 그리고 투명한 술들이 즐비하게 늘어서 있었다. 한쪽 벽면에는 다트 판들이 줄지어 걸려 있었고, 다른 쪽 벽에는 팩맨이 번쩍였다. 바에 가면 남자들이 나와 세피를 뚫어져라 쳐다봤지만, 우리는 그 안에 들어서면 어떤 비밀의 일부가 된 느낌을 받았다.

"우리가 25센트짜리를 네 개씩 가져도 되요?" 나는 5월의 화창한 오후를 뒤로하고 술집의 어두운 굴에 적응하려 눈을 깜빡이며 아빠에게 물었다. 〈투펠로 허니〉*가 배경음악으로 흘렀다.

나와 세피가 버스에서 내렸을 때, 아빠는 평소보다 느긋해 보였다. 엄밀히 말해 행복해 보이지는 않았지만, 대화를 할 수 없을 만큼 자기 머릿속에 깊이 들어간 것 같지는 않았다. 아빠는 용접용품들을 구하러 시내로 나가야 하고, 세피와 내가 짐 싣는 걸 도우러 따라나서야 한다고 말했다. 나는 가고 싶지 않았다. 산더미처럼 쌓인 숙제 외에도 베티의 경고며, 그다음엔 그 끔찍한 심포지엄이 나를 조마조마하게 했다. 생애 처음으로, 나는 내가 시내에 나가고 싶은지 확신이 들지 않았다.

아빠는 우리에게 선택권이 없다고 했다.

릴리데일에 도착하자, 아빠는 거의 나중에 생각난 것처럼 리틀 존스에 들르자고 했다. "더운 날이구나." 그가 말했다. "한잔하면서 식히면 좋겠다."

나한테는 오케이였다. 대개 우리가 리틀 존스에서 멈출 때면 아빠는 우리에게 탄산음료를 사주었고—나에겐 포도, 세피에게는 딸기—어쨌든, 취할 만큼 오래 머물지는 않았다. 낮에, 공공장소에서는 아니었다. 하지만 내 눈이 적응하고 바에 두 사람만—카운터를 훔치고 있는 바텐더와 펩시콜라 캔을 들고 벽에 기대서 있는 바우어 경사—있다는 것을 알아차렸다. *그럴 줄 알았어.*

우리가 여기 있는 건 우연이 아니었다. 바우어 경사와 우리 아빠는 무언가 하려는 참이었다. 그걸 알자 내 목구멍이 끈적끈적해졌다. 아빠는 바로 걸어가 발을 난간에 얹고 카운터 가장자리를 움켜

---

* Tupelo Honey: 가수 밴 모리슨의 1971년 발표 앨범.

쥐었다. "위스키에 물 타서." 아빠가 말했다.

나는 그 바텐더를 알아보지 못했다. 그는 우리 선생님 대부분보다 나이가 더 많았고 얼굴이 불도그 같았다. 그는 한쪽 눈은 나와 세피에게 두고 다른 쪽 눈은 아빠를 위해 섞는 술에 두고 있었다. 나는 그가 위스키를 적게 넣었다는 걸 눈치챘다. 난 아빠가 화를 내리라 확신했지만 아빠는 그저 카운터 위로 5달러를 던지며 히죽거렸다.

"우리 딸들한테 탄산 한 잔씩." 그가 말했다. "그리고 잔돈은 애들이 비디오 게임을 할 수 있게 25센트짜리로 줘요."

아빠는 술을 움켜쥐고, 유니폼을 입지 않았지만 마치 입은 듯 반듯하게 있는 바우어 경사에게 천천히 다가갔다. 나는 그가 우리 아빠랑 여기 술집에서 온갖 좋지 않은 짓들을 꾸밀 게 아니라, 남자애들을 해치고 있는 누군가를 잡으러 밖에 나가 있어야 한다고 생각했다.

"저는 딸기로 마실게요, 동생은 포도로 주세요." 세피가 내 관심을 도로 바텐더에게로 끌어당기며 말했다.

그는 냉장고에 다가가 밤처럼 어두운 보라색과 마라스키노 체리처럼 밝은 빨간색의 이슬 맺힌 탄산음료 두 병을 꺼내어 카운터 가장자리에 보관하는 병따개로 딸까닥 뚜껑을 땄다. 나는 기대감으로 입안에 고인 침을 삼켰다. 바텐더가 병 두 개를 카운터에 올려놨다. 나는 이미 그 달콤한 포도를 맛보고 음료가 식도를 미끄러져 내 배속을 채우는 걸 느끼며 한 걸음 나서서 내 병으로 손을 뻗었다.

거의 손에 쥐었을 때 그가 내게 곧장 말했다.

"바엔 애들 금지다." 그가 으르렁거리듯 말했다.

그 말이 나를 후려쳤고, 얼굴이 즉시 달아올랐다. 나는 아빠를 흘끗 봤지만 아빠는 바우어 경사에게 몸을 숙이고 너무 가깝게 붙어서 거의 그의 귀에 키스하고 있었다. 나는 우리가 처음 리틀 존스에 발을 들인 이후 누군가 나와 세피를 쫓아내기를 기다려왔다. 그것이 여기 있는 흥분의 일부였다. 하지만 나는 그 순간이 오기를 원치 않았고, 그것이 나를 얼마나 작게 만드는지에 대해서도 분명 준비가 안 되어 있었다.

바텐더는 웃지 않으려고 애쓰는 듯 보였지만, 좋은 의미는 아니었다. 그는 그 탄산들을 따놓고 우리에게 그걸 마실 수 없다고 말하는 자신이 비열하다는 걸 알았다. 나는 그 포도 맛 소다를 가져올 수 없었다. 그가 그런 말로 나를 후려친 다음에는 아니었다. 그러면 구걸이 되리라. 우리는 싸울 태세를 갖췄고 그와 나, 우리는 세피가 앞으로 나서서 병 두 개를 잽싸게, 바의 어느 부분도 건드리지 않으려고 주의하면서 낚아채지 않았다면 영원히 서로의 눈을 들여다보고 있었을 터였다.

"죄송해요." 세피는 바텐더에게 말했다. "제 동생도 대신해서 죄송해요."

바텐터는 세피를 노려봤지만 아빠의 5달러짜리 지폐를 집고 카운터에 동전 네 개를 내던졌다. 나는 아무렇지 않게 그 동전들을 움켜쥐었지만 그와 눈을 맞추지는 않았다. 세피가 팔꿈치로 나를 쿡 찔렀지만 그럴 필요 없었다. 나는 아빠와 바우어 경사 가까이, 팩맨 머신이 있는 구석으로 향했다.

그들이 함께 있는 모습을 보는 건 여전히 이상했다. 1년 전까지 아빠는 경찰을 기생충보다 더 싫어했다. 경찰은 우리의 자유를 앗아가려는 정부의 앞잡이라고 했다. 그러더니 갑자기 아빠는 바우어 경사를 아빠의 파티에 초대하기로 결정했다. 그 아이디어는 엄마를 놀라게 했지만, 아빠는 솔직히 털어놓지 않았다. 아빠는 아빠와 바우어의 관계가 꽤 오래전, 고등학교까지 거슬러 올라가고, 그러니 그들이 최근에 서로를 보살피기로 결정한 것도 별일은 아니라고 엄마에게 상기시켰다. 바우어는 지난 가을 파티에 딱 한 번 참석했지만 그와 아빠는 그 이후 서로 마주칠 온갖 종류의 이유들을 발견한 것 같았다.

"내가 먼저 할게." 25센트 동전을 팩맨 기계에 집어넣던 세피가 내 관심을 다시 끌며 말했다. 그 웅웅대는 음악 소리가 내 피를 흐르게 했다. 나는 팩맨을 정말 잘했다. 세피는 형편없었지만 계속 시도했다.

곁눈질로, 나는 바로 성큼성큼 돌아가는 아빠를 보았다. 바텐더가 물 탄 위스키 새 잔과 바우어를 위한 맥주 한 병을 놓고 기다리고 있었다. 아빠는 돈 얼마를 쾅 내려놓고 둘 다 움켜잡았다. 나는 아빠가 엄마의 수표책을 얼마나 쓰고 있는 건지 궁금했다.

세피는 자신의 팩맨으로 점들을 우적우적 삼키고 있었다. 아빠는 바우어에게 돌아갔다. 그들은 이번 술로 한층 더 시끄러워졌다.

"…때까지 그 여자를 박아서…" 바우어 경사가 당신이 우리 아빠이거나 근처에서 비디오 게임을 하고 있지 않으면 들을 수 없을 만큼 조용히 말했다.

아빠가 낄낄거렸다.

나는 내가 갑옷을 입고 있으면 좋겠다고 바라면서 팩맨 게임 화면에 빠져들었다.

"…버섯들이 있지…" 아빠가 여전히 웃으며 말했다.

나는 그 말에 생기가 돌았다. 아빠가 우리에게 리틀 존스에서 버섯 피자를 사준 적이 한 번 있었다. 그건 저 완벽하게 둥근 냉동 피자 중 하나였고 바텐더가 그걸 토스터 오븐에 넣었다. 그건 정말 맛있어서, 나는 그 피자를 끝도 없이 먹어치울 수 있었다. 나는 더 들어보려 했지만 두 사람은 이제 한층 조용해졌다.

나는 그들이 지난 주말에 해를 입은 남자애에 대해 얘기하고 있다고 생각했다. '강간'과 '몇 년마다 전염병처럼' 같은 말들이 나를 향해 둥둥 떠왔다.

내 일부는 바우어에게 릴리데일의 어느 남자애가 베티 말처럼 정말로 공격당했냐고 묻고 싶었다. 그 일이 정말로 일어났다면 분명히 내가 누군지 알았을 터였다. 애들은 심포지엄 이후로 온통 그 얘기만 속삭거리고 있었지만 나는 당시에 그 공격에 대해 물어볼 만큼 친한 친구가 없었다.

이내 팩맨에서 내 차례가 됐다. 나는 거의 시작하자마자 보너스를 얻었다.

# 7

 피자는 없었고, 술과 나쁜 말들뿐이었다.
 세피와 나는 동전이 떨어져서 팩맨 게임이라는 피난처 근처에 웅크리고 탄산음료가 오래 가도록 아주 조금씩 홀짝이고 있었다.
 모든 남자들이 우리 아빠와 바우어 경사와 저 강간하는 미니애폴리스 갱단 같지는 않아, 나는 생각했다. 저 바깥엔 좋은 남자들도 존재해.
 내가 그걸 아는 이유는 가브리엘 때문이었다.
 가브리엘 웰스턴.
 나는 지난 12월에 그와 함께하는 미래를 계획하기 시작했다.
 당연히 나는 가브리엘이 누군지 이미 알고 있었다. 그는 나보다 한 살 위였고 TV 안내 책자 표지에 나올 법하게 잘생겼다. 릭 슈로더* 부류의 잘생김. 그의 아빠는 치과 의사였고 엄마는 아빠 치과의

---

* Ricky Schroder: 영화 〈챔프〉, 〈소공자〉 등에서 아역을 맡아 인기를 끌었던 미국 남자 배우.

접수 담당이었다. 그는 나와 같은 버스를 탔고, 브랜드가 전혀 없는, 심지어 Lee조차 안 달린(엄마가 뒷주머니에 웃고 있는 황금빛 태양을 수놓아서, 그런 척할 수도 없었다), 내 손바느질한 청바지를 비웃지 않는 이 동네에서 유일한 아이였다. 그 인간적인 품위만으로도 그에게 반했을 테지만, 12월의 어느 날, 세피가 구토성 감기에 걸려 집에 있는 바람에 세피 없이 학교 버스에 타야 했던 날이 있었다. 그 빈자리에 가브리엘이 미끄러지듯 들어왔다.

처음으로 내 옆에 앉았다!

나의 심장 박동이 치솟았다. 나는 버스 창문 안쪽에 맺힌 레이스 같은 서리 패턴을 연구하고 있었다. 로르샤흐\*가 미네소타로 이사하기만 하면 잉크를 엄청나게 아낄 수 있었을 거라고 생각하면서. 하지만 그런 생각들은 가브리엘의 허벅지가 내 허벅지에 닿자마자 땅에 처박혀 조각났다. 버스엔 그가 택할 수 있던 다른 자리가 엄청나게 많았다. 이건 인생 사건이었다. 그가 너무 가까이 있어서 나는 그의 엄마가 쓰는 인공적인 달콤한 건조기 시트 냄새를 맡을 수 있었다. 그에게 이렇게 가까이 있다니 심장이 터질 것 같았다. 사람들이 우릴 보고 있나? 그가 내게 데이트를 신청할까? 진실한 사랑의 고백을 들려주려나?

그럴 리가.

"야, 여기 벙어리장갑 있어." 그는 똑바로 앞을 보며 내게 벙어리장갑을 내밀었다. 그의 목소리는 매끄럽고 너무 빨랐다.

---

\* Rorschach: 좌우 대칭되는 일련의 패턴을 통해 인격을 진단하는 로르샤흐 검사를 발견한 스위스의 정신의학자.

수치심의 산불이 내 뺨에 불붙었다. 모두를 에스키모로 만들 정도로 기온이 아래로 뚝 떨어지면 버스를 탈 때마다 매번, 내 장갑은 주머니에 숨겨졌다. 나는 시내에서 나오는 길에 불 피운 통 주위로 파카를 입고 옹기종기 모여 있는 펭귄들을 분명히 목격했다. 공기는 너무 차가워서 눈에 보일 정도였다. 푸르스름한 회색 안개로. 그리고 너무 빨리 들이쉬면 콧구멍이 얼어서 막혀버릴 터였다. 나는 당연히 장갑을 가지고 나온다. 하지만 엄마가 헌 스웨터를 재활용한(정말이지, 광기의 끝은 어디일까?) 그 홈메이드 아크릴 대참사를 걸치느니 얼음과자 손가락이 나왔다.

가브리엘은 손목에 따뜻해 보이는 플리스 안감의 굴곡이 엿보이는 가죽 장갑을 당당하게 끼고 있었다. 그가 내게 내밀고 있는 것도 같은 스타일이지만 닳아 있었다. 그 장갑들은 뜨겁게 달군 손 베개처럼 아주 따뜻해 보였고 버스는 너무 빙하 같아서 나는 누군가 문을 활짝 열어놨다고 확신했다. 하지만 나는 그걸 받을 수 없었다, 당연하게도. 나는 내 볼품없는 헌 스웨터 벙어리장갑을 주머니에서 홱 잡아당겼다. "나도 장갑 있어."

그의 눈썹이 휘었다. "나도 우리 엄마한테 그렇게 말했어."

내 홍조가 너무 원자폭탄 급으로 달아올라서, 버스의 오렌지색 껍데기가 순전히 내 수치심을 동력으로 화르르 터져 우리를 달까지 쏘아 올리지 않은 것이 기적이었다. 가브리엘과 그의 엄마가 내 얘기를 했다니. 나는 그들이 이런 얘기를 했으리라 확신했다. 우리가 얼마나 가난한지, 터진 뒤쪽에 풀칠을 한 내 겨울 재킷은 너무 빨리 앉으면 하얀 깃털이 얼마나 팝콘 방귀처럼 많이 터져나오는지, 나와 세피가 어쩌다 나는 세 살, 세피는 다섯 살이었던 이래 늘 똑같은 머리 모양—앞머리가 있는 긴 머리—을 하고 다니는지, 왜냐하면 그게 우리 엄마가 아는 유일한 머리 자르는 방법이니까. 좋기는 젠장, 그는 세피에게 줄 장갑 한 짝도 가지고 있는 게 틀림없었다. 맙소사. 사람이 부끄러움으로 죽을 수도 있을까? 왜냐하면 그게 가능하다면, 나도 서명해야 하니까.

가브리엘은 앞을 보면서 계속 말했고, 그때 나는 그가 릭 슈로더가 아니라는 것을 알았다. 그는 더 귀여웠다. 맙소사, 그는 릭 스프링필드˙에 가깝게 잘생겼다. "하지만 엄마는 네가 이걸 가져가면 나한테 엄청난 호의를 베푸는 거라고 하셨어. 네가 받지 않으면 우리 집에는 공간이 없으니 구세군에 갖다줘야 하고, 그럼 내가 혼자 자전거를 타고 가야 한다고. 이 추위에."

나는 내가 창피하지 않게 그가 거짓말하고 있다는 걸 알 수 있었다. *세상에*, 그는 고작 열세 살이었다. 어쩌면 그렇게 섬세할 수 있을까? 내 유일한 선택지는 이 반창고를 잽싸게 떼어버리는 것이었다. "고마워." 나는 그 장갑을 낚아채서 내 재킷 주머니에 쑤셔 넣었다. 추위로 부어터진 내 손에는 가혹한 일이었지만, 나는 장갑의 안락함에 빠질 수 없었다, 당장은 아니었다. 피어오른 내 홍조가 사라지기까지 적어도 하루는 기다려야 했다.

장갑이 시야에서 사라지고 내가 인조 가죽 좌석으로 녹아들고 싶었을 때(왜냐하면 인생이 끝난 뒤에 소소한 잡담이 무슨 소용이람?) 가브리엘이 불가능한 슛을 날렸다. 그가 내게 은밀한 '부모님은 최악이지만 우리는 멋져' 미소를 날렸다. 그가 어떻게 그걸 해냈는지 모르겠

---

˙ Rick Springfield: 오스트레일리아 출신 록 가수이자 배우.

지만, 그 미소는 그가 내게 호의를 베풀게 허락한 것을 기분 좋게 만들었다.

엉망진창이었다.

그때 그가 로드니 데인저필드* 스타일로 코트 깃을 잡아당겼고, 나는 내 인생을 바꾸게 될 그 목걸이를 처음 발견했다.

나는 그걸 가리켰다. "그거 새거야?"

그는 미소를 지으며 엄지손가락을 줄에 걸어 작은 장식물을 당겼다. 그건 작은 금빛 종이비행기였다. "응, 엄마가 크리스마스 선물로 주셨어. 나는 조종사가 될 거야."

"너무 예쁘다." 나는 한숨을 지었다. 내 손이 목을 향했다. 나는 내 흉터의 익숙한 고리 모양 온기를 주물렀다. 나는 그 목걸이가 내 흠을 가려줄지 궁금했지만, 맹세하건대 그냥 스치는 생각이었을 뿐이다. 그 뒤에 일어난 일이 아니었다면 두 번 다시 생각하지 않았을 터였다.

"너한테 잘 어울리겠다." 가브리엘이 말했다.

그리고 그게 내가 처음 공식적으로 그를 내 남자친구로 상상한 때였다.

믿어달라, 나도 안다. 중고 페트인 내가 릴리데일에서 제일 인기 많은 남자애랑 데이트를 한다? 그건 어림없는 일이었다. 너무나 터무니없는, 불가능하리만큼 가능성이 희박해서 누구에게도, 심지어 진 이모에게조차 말하느니 홀딱 벗고 툰드라를 가로지를 일이었다. 하지만 그의 다정함에는 내 심장에 곧장 꽂히는 무언가가 있었고,

---

\* Rodney Dangerfield: 미국 영화배우.

그게 사랑 아니었을까? 신데렐라 이야기가 될 터였다. 구두를 가져다주는 대신, 가브리엘은 내 흉터를 완벽하게 가려줄 목걸이를 주겠지만. 그가 조종사가 되기 위해 학교를 떠나면, 나는 그와 함께 가리라. 우리는 충분히 나이를 먹으리라. 우리는 함께 완전히 새로운 삶을, 평범한 삶을 꾸릴 것이다.

그 통학 버스 사건 이후로, 나는 그에 대한 내 사랑을 주머니 근처에 지니고 다녔다. 그 사랑을 장갑과 맞바꾸어 그때 그곳에서 그에게 건네야 했지만 부끄러움의 가시덤불이 너무 날카로웠다. 그것들이 물러났을 즈음에는, 그 사랑을 불러일으키는 것이 어리석게 느껴졌다. 그러다 그것이 희미해졌고 내가 할 수 있는 것은 기회를, 그와 내가 어울리면서 서로에게 사랑의 화살을 쏘아댈 상황을 기다리는 것뿐이었다.

그때가 오면, 나는 아주 가볍게 말하리라. *있잖아, 네가 나한테 장갑이 필요하다고 생각했던 거 기억나?*

*그래,* 그는 웃음을 터뜨리겠지. *그 후로 계속 너한테 내 종이비행기 목걸이를 주고 싶었어.*

그리고 거기서 우리의 관계가 피어나리라.

매일, 나는 그 기회를 기대했다.

그게 내일일 수도 있었다.

"갈 시간이다." 아빠가 마침내 말했다. 그의 얼굴이 반짝거리고 있었다. 나와 세피의 탄산음료와 동전들은 떨어진 지 오래였고 우리의 위장은 꼬르륵거리고 있었다. 우리는 문가에 앉아서 아빠가 그 암시를 알아차리고 떠나기를 기다리고 있었지만 아빠는 바우어와의 열띤 대화에 사로잡혀 있었다. 우리는 아빠를 따라 밖으로 나왔다.

"친구는 가까이 두고, 적은 더 가까이 두라." 아빠는 우리가 마침내 밴에 들어갈 때 허세 가득한 목소리로 그렇게 말했다.

하지만, 나는 아빠가 겁에 질렸다는 걸 알 수 있었다.

엄마는 우리가 평일 밤에 이렇게 늦게까지 나와 있는 것도, 아빠가 술 마시고 운전하는 것도 좋아하지 않겠지만 그게 다가 아니었다. 아니, 아빠는 유령이라도 본 듯이 겁에 질려 있었고, 그게 나를 불안하게 했다.

세피는 더 심했다. 그런 게 틀림없었다. 그게 세피가 술 마신 아빠에게 말 걸기에 대한 규칙을 깬 이유에 대한 유일한 설명이었다. "괜찮아요, 아빠?"

세피는 더 이상은 좀처럼 그를 그렇게 부르지 않았다. 나는 아빠가 대답하리라 생각하지 않았지만 아빠는 마침내 허세 가득한 목소리로 말했다.

"무서울 게 전혀 없는 나라에 사는 남자가 가능한 만큼 괜찮지."

나는 그게 무슨 뜻인지 궁금했다. 아빠와 바우어는 엄청나게 많은 것들에 대해 얘기했다. 음, 그게 뭔지 묻지는 않을 테지만, 이런 기분의 아빠에게는 아니었다. 나는 유리창에 손을 대고 바깥을 흘끔거렸다. 나는 시내의 반짝이는 불빛들이 내 손가락 끝에 연결되어 있다고, 내가 오케스트라를 이끄는 지휘자처럼 그것들을 지휘할 수 있다고 상상했다. 우리는 용접용품들을 사지 않았다.

세피도 나도 다음 질문을 하지 않자, 아빠가 툴툴거렸다. "바우어 말이 우리 집 옆 호수 부지를 개발하고 있고, 거기 공급할 새 전선을 깐다고 하더구나. 그 주변을 온통 파고 짓고 하겠지. 우리 재산세가 지붕을 뚫고 치솟을 거고."

나는 끄덕였다. 말이 됐다. 아빠는 우리에게 그만한 돈이 없어서 겁에 질렸다. 그래서 그렇게 불안했던 거였다.

하지만 그건 내가 왜 그렇게 갑자기 쫓기는 기분이 드는지는 설명해주지 못했다.

# 8

"토마토 수프네. 우웩."

나는 고개를 저었다. 헤더 콜은 퍼블리셔스 클리어링 하우스의 스테이크 경마*에서 이긴다고 해도 불평을 할 것이다. 나는 토마토 수프가 괜찮았다. 특히 토마토 수프는 구운 치즈와 애플파이와 같이 나오니까. 나는 이걸 위해 내 마지막 점심값을 아껴뒀다. 점심 식사 카드는 한 끼당 85센트씩 8.50달러였고 나는 베이비시터 일로 번 돈으로 그걸 샀다. 나는 내가 제일 좋아하는 식사가 나올 때만 따끈한 점심을 먹었다. 나머지 시간엔 안에 뭘 싸든 오래된 사과 냄새가 나는 갈색 점심 봉투를 가져왔다.

"네가 먹기 싫으면 내가 네 토마토 수프 먹어줄게."

헤더는 몸을 돌려 노려봤다. 나는 개인적으로 받아들이진 않았다. 나는 헤더를 반일제 유치원 시절부터 알아왔다. 그건 그냥 그 애 얼

---

\* 내기 경마.

굴이었다. "먹기 싫다고는 안 했어."

나는 자리를 찾기 위해 카페테리아를 둘러봤다. 안은 플라스틱 쟁반에서 금속 포크들이 짤랑거리는 소리, 크게 웃는 소리, 웅웅거리는 대화 소리로 시끄러웠다. 학기가 거의 끝나 여름 방학이 되어가기 때문에 선생님들은 정해진 식사 시간이 20분이 지나도록 우리의 발광을 잠재우거나 정리하지 않고 있었다.

그 말은 내가 앉을 자리가 확보되지 않았다는 뜻이었다.

유일한 빈자리는, 역시나 반일제 유치원 이후로 죽 같은 학년에 있는 이비 옆이었다. 그 애의 왼쪽 눈은 똥색이었다. 누구도 그런 색깔 돌을 보면, 멈춰서 차지 않으리라. 다른 쪽 눈은 바다 유리 돌 같은 초록색이었다. 나의 목 흉터와 그 애의 눈은 우리를 한데 뭉치게 할 것 같았지만, 그렇지 않았다. 우리가 어울리면 우리는 우리의 특이함이 우리에게 부여한 모든 유리함을 잃는다. 괴짜 한 명=특이성, 괴짜 두 명=이상함이다.

이비가 나와 눈을 맞추었다. 그 애는 미소 짓지 않고, 필요하면 앉아도 된다는 뜻으로 빈자리를 흘끗 보기만 했다. 그렇게 해준 게 맘에 들었다. 우리 둘 다 진실을 알았다. 우리가 친구가 될 것처럼 굴지 않기.

"안녕." 나는 그 자리에 앉으며 말했다.

"안녕." 이비는 한손에는 마커를, 다른 손에는 치즈 샌드위치를 들고 말했다. 이비는 가까이서 보면 여우상이었다. 모든 걸 가려버리는 색깔이 다른 눈들 때문에 그 점을 잊게 된다. 하지만 그 애는 뾰족한 코에 작고 날카로운 이를 가졌고, 그건 내가 기억했어야 했다. "뭐 하고 있어?"

그 애는 날카로운 이로 샌드위치 끝을 베어 물고 나머지는 내려놓은 다음 자신이 그리고 있던 종이를 들어올렸다. 우리는 농장 같은 냄새가 나는 애들, 뚱뚱한 애들, 나와 이비 같은 서커스 별종들, 그리고 새로 전학 온 애가 있는 부적응자 테이블에 있었고, 우리 중 누구도 서로 대화하고 있지 않았다. 당연히 여기 있는 누구에게도 내가 가브리엘에게 반한 것을 고백할 수 없었다.

나는 이비가 손으로 그린 전단에 초점을 맞추고 큰 소리로 읽었다. "놀이 시간, 매주 토요일 11시부터 2시, 밴더퀸 공원." 이비는 둥근 글씨에 색칠을 하고 그네 타는 두 여자아이를 그려넣었다. 나는 움찔했다. 그건 너무 유치했다. "놀이터 모임을 정하려고?"

이비는 눈동자를 굴리면서 전단을 다시 테이블에 내려놓고, 여자애들 머리에 파란 리본을 그렸다. "못 들었어?"

이보다 사람을 더 방어적이게 하려는 질문이 있을까? 나는 경험해본 적이 없다. 게다가 사람들은 주말 동안 공격당한 남자애에 대해 더 이상 속삭이고 있지 않았다. 온통 외쳐대고 있었다. 나는 오늘 아침, 갱단과 외계인뿐 아니라 생각할 수 있는 모든 소문을 다 들었다. 이제는 뱀파이어도 있었다. 어떤 이야기들에서는 그 남자애가 고문을 당했고 자신을 잡아간 사람들의 피를 마셔야 했으며 집까지 나체로 걸어가야 했다고 했다. 단지 누구도 그 이야기들에 포함시킬 이름을 갖지 못한 것 같았다. 누가 공격당했는데?

나는 아무도 아니었다고, 그건 사람들을 물어뜯으며 릴리데일을 질주하다가 사라질 소문을 나르는 개라고 결론내릴 참이었다.

나는 내 구운 치즈 끝을 뜯어 수프에 담갔다. 그걸 내 입 속에 던져 넣으며 나는 크림 같은 치즈가 짭짤한 수프와 섞여 드는 걸 음미했다. 나는 가브리엘을 찾다가 건너편 중앙 테이블에 앉아 있는 그를 발견했다. 당연하지. 그는 이 구내식당의 왕일 터였다. 그는 제일 귀엽고, 멋지고, 나이가 많았다. 그에겐 못되거나 거만한 친구들도 있었지만 본인은 안 그랬다. 여기서는 그 종이비행기 목걸이가 안 보였지만, 나는 그가 그걸 차고 있다고 확신했다.

그가 예기치 않게 내 쪽을 흘끗 보더니 보조개를 당기며 미소를 지었다. 내 심장이 쿵쾅거리고 눈이 접시에 처박히고 뺨이 달아올랐다. 내가 그를 찾던 동시에 그도 나를 찾고 있었나? 내가 입을 벌리고 씹고 있었을까?

"애들이 납치되고 있어."

나는 이비를 보았다. 그 애가 무슨 말을 하고 있는지 잊고 있었다.

"뭐라고?"

이비는 전단지를 두드렸다. 그 애는 손톱조차 뾰족했다. "누군가 애들을 공격하고 있어. 이 동네에 엿보고 다니는 사람도 있어. 그들은 아마 동일한 사람일 거야. 하지만 나는 그들이 내 어린 시절을 훔치게 놔두지 않을 거야. 그래서 놀이 시간을 만들고 있어. 안전하고 공개된, 우리 아이들이 함께 모일 수 있는 공간을."

*하지만 나는 그들이 내 어린 시절을 훔치게 놔두지 않을 거야.* 맙소사, 누가 그렇게 말을 한담? 우리가 루저 테이블에 있는 것도 놀랍지 않았다.

나는 이비의 전단 쪽으로 고개를 까딱했다. "그거 잘되길 바라."

이비는 어깨를 으쓱하고 그림으로 돌아갔다. 그 태도의 어떤 점이 나를 불안하게 했다. 이비는 너무… 확신에 차 있었다. 다른 애들은 모두 소문을 나누고 있었지만 이비는 무언가를 아는 듯 보였다.

나는 피부를 타고 오르는 따끔거리는 소름이 맘에 들지 않았다.

"뭘 봐?" 나는 내 목의 흉터를 보고 있는 전학생에게 물었다. 그 남자앤 열 살 이상으로 보이지 않았다. 어쩌면 키 작은 열한 살일지도 몰랐다.

"아무것도." 그는 얼른 자기 식판으로 눈을 떨구며 말했다.

나는 쏘아봤다.

"쟤 막 여기로 이사 왔어." 이비가 그림에서 눈을 떼지 않고 말했다. 이비는 자기가 그의 여행 가이드인 양 말했다. "쟤 이름은 프랭크야, 내년에 6학년이 되겠지만 선생님들이 오늘은 어쩌야 할지 몰랐지. 쟤 부모님이 여름 방학 전에 애들을 만나볼 수 있게, 며칠 안 남았지만 학교에 가길 바라셨어."

나는 그에게 얼굴을 찡그렸다. 그는 거기 모든 답이 담긴 것처럼 자기 음식을 탐구하고 있었다. 학교가 3일 남았는데 걔를 알아봤자 아무 소용이 없다. 내겐 더 긴급한 관심거리들이 있었다. 예를 들어, 이비는 자신의 사과 파이를 건드리지 않았다. 나는 이비가 그걸 먹을 건지 물어볼까 생각했다. 이비는 모서리 조각들 중 하나를 얻었고 그 조각들에는 파우더 슈가 프로스팅이 듬뿍 발라져 뚝뚝 흐르고 있었다. 하지만 나는 새로운 대화를 시작하고 싶지 않았다. 내 어깨를 톡톡 치는 손길이 파이를 완전히 잊게 했다.

"여기 네 재킷." 린이 하이디와 어깨를 나란히 하고 서 있었다.

나는 재킷이 깨끗해 보여서 안심했다.

"나 생일 파티 할 거야." 린이 분홍색 봉투를 내밀었다. "여기 네 초대장."

린이 봉투를 내 손에 올려놨을 때 내 심장은 조심스러운 행복감에 뛰어올랐다. 봉투는 진 네이트 애프터 배스 스플래쉬 미스트* 같은 냄새가 났고, 풍선껌 스티커들로 꾸며져 있었다. 나는 '캐시 래시개' 혹은 나의 보다 덜 즐거운 다른 별명들이 앞에 휘갈겨져 있을까 봐 그걸 보기가 두려웠다. 하지만 봉투에는 아무 이름도 적혀 있지 않았다. 린은 나를 초대할 계획이 없었다, 어제 합주부 연습실에서 그 일이 있기 전까지는.

나는 씹고 있던 음식물 덩어리를 삼켰지만 내 말은 여전히 우물거렸다. "언제야?"

물론 나는 린의 생일이 언제인지 알고 있었다. 린의 생일은 내 생일 일주일 전이었고, 우리는 유치원 이후 매년 서로의 생일을 축하해주었다. 어느 여름에는 우리 부모들이 같이 파티를 열어주기도 했다.

"이번 일요일. 초대장에 있어." 린은 미소를 지었지만, 작고 굳은 미소였다.

"고마워."

린은 고개를 끄덕이고 몸을 빙글 돌렸다. 그 애 청바지는 게스였다. 나는 한숨을 쉬었다.

"너희는 더 이상 친구가 아닌 줄 알았는데."

나는 이비를 쳐다봤다. 이비는 여전히 그림을 그리고 있었다. 작은 마을은 모두가 모든 걸 안다. 다만 이비의 목소리에 담긴 그건 슬픔인가? 나는 갑자기 이비가 초대받지 못한 파티의 초대장을 쥐고 있는 게 꼴사납게 느껴졌다. 나는 초대장을 내 뒷주머니에 욱여넣

---

* Jean Nate After Bath Splash Mist: 목욕 후에 사용하는 보습 제품 브랜드.

었다. "아마 나는 안 갈 거야."

이비가 자기 식판을 내 쪽에 가깝게 밀었다. "내 애플파이 먹어도 돼."

손을 뻗는 내 입가에 침이 고였다.

"하지만 파티에 가게 되면 조심해." 이비가 말했다. "밖에 혼자 남지 않게. 애들이 납치될 때 완전히 사라지지 않거든. 그 애들은 돌아와. 그리고 돌아올 때면, 달라지지."

이 말에 내 위장이 최악으로 요동쳤다. "그게 무슨 뜻이야?"

이비는 식당 저편 마크 클램칙을 가리켰다. 모두들 그를 클램이라고 불렀는데, 그의 성 때문이기도 했고, 게다가 그 애는 조용했다.˙ 그의 아빠는 새 지역으로 이사하는 집들을 따라가는 '와이드 로드'라는 픽업트럭을 몰았고, 그래서 많은 시간을 길에서 보냈기 때문에 클램과 그의 형제들은 주로 그들의 엄마가 키웠다. 그들의 집은 말 그대로 길의 잘못된 쪽에 있었고, 나는 실제로 의미하는 바는 '사실은'일 때 '말 그대로'라고 말하는 그런 사람들 중 한 명이 아니다. 클램칙은 잔디밭이 잔디라기보다 흙에 가깝고 시끄러운 개들이 페인트칠이 벗겨진 울타리들 뒤에서 서성대는 기찻길 옆에서 살았다.

동네 사람들은 그 지역을 할로(Hollow)라고 불렀다.

할로 애들은 모두 나와 같은 버스를 탔기 때문에 나는 그들을 잘 알았다.

클램은 자신의 제멋대로인 환경을 심장까지 받아들였다. 다시 말해서 교장실 앞에 앉아 있는 날이 그렇지 않은 날보다 많다는 뜻이

---

˙ Clam에는 '조개' 또는 '조개처럼 말이 없는'이라는 뜻이 있다.

다. "클램이 지난 주말에 공격당한 애였어?"

이비는 고개를 끄덕였다. "우리 엄마가 병원에서 야간 근무를 하고 있었고, 클램이 실려 왔을 때 그 자리에 있었어. 그 일은 일요일에 벌어졌지. 그래서 이제 통행금지시간이 생긴 거야."

토마토 수프가 내 목구멍에서 얼어붙었다. 이건 더 이상 떠도는 소문이, 소문을 나르는 개가 아니었다. 이건 이비의 엄마가 본 거였다. 복잡한 식당 저편에서 클램은 리키 팅크에게 헤드락을 걸고 있었고, 웨인 존슨이 구경하고 있었다. 그들 셋은 친구였기 때문에 어른의 눈에는 남자애들 장난처럼 보일지도 몰랐다. 당신이 클램과 같이 자랐다면, 그런 행동이 그의 기분이 아주 안 좋다는 경고라는 것을 알리라. "하지만 쟤는 학교에 돌아왔잖아?"

이비가 아랫입술을 씹었다. 그 애의 날카로운 이는 짙은 분홍빛 살에 대비되어 놀랄 정도로 하얗게 보였다. "응. 바로 다음 날. 어제."

구름이 태양을 지나가면서 식당에 그림자가 드리워졌다. 오늘의 최고 온도는 24도로 예보되어 있었지만, 어두운 구석들에서 냉기를 몰아낼 만큼 봄은 오래지 않았다. "클램에게 그런 짓을 한 게 도시에서 온 갱단이야?"

이비는 눈을 굴렸다. "내가 말했잖아, 걔를 데려간 건 아마 피핑 톰일 거라고. 모두가 그를 치한 체스터라고 부르잖아. 우리 엄마는 클램이 그날 밤을 병원에서 보내야 했다고 했어. 기저귀를 차야 했대."

수천 개의 바늘 발을 가진 개미들이 내 발목을 가로질러 두피를 향해 행진하기 시작했다. "더 이상 이 얘기는 하고 싶지 않아." 나는 속삭였다. 점심 먹은 게 배 속에서 요동쳤다. "난 그냥 저 비행기 목걸이를 얻고 싶어."

"뭐?"

나는 고개를 흔들며 식판을 움켜쥐고 주방을 향해 걸었다. 그리고 돌아서서 이비가 여우 형태의 그림자를 드리우는지 확인하고 싶은 충동과 싸워야 했다.

목공소가 있는 학교 끄트머리에 여자 화장실이 있었다. 그 누구도 사용하지 않는 곳이었다. 나는 식판을 떨군 다음, 혼자만의 시간을 갖기 위해 그곳으로 향했다. 안에는 빈칸이 세 개 있었다. 나는 문에서 가장 먼 곳을 택했다. 나는 변기에 쭈그리고 앉아서 무릎을 꼭 끌어안아 발을 바닥에서 띄웠다. 여기서 빨리 나가지 않으면 대수학에 늦을 테지만 숨을 돌려야 했다.

어쩌면 아빠가 지난밤에 두려워한 건 돈이 아닐지도 몰랐다.

어쩌면 아빠는 클램이 받은 공격에 대해 무언가 알고 있는지도 몰랐다.

나는 누군가가 화장실로 들어오는 소리를 들었다.

"…학교에는 더 나아요." 어떤 여자가 말하고 있었다. 가정 교사인 퍼글리시 선생님처럼 들렸다. 내 심장이 가라앉았다. 선생님들과 함께 화장실에 있는 건 최악이었다. 선생님들이 저 인간다운 잡음들을 내는 걸 들으면 마음이 불안해졌다.

수도꼭지가 틀어졌다. 아마 선생님들은 그냥 몸단장을 하고 있는 것 같았다. 나는 칸막이 아래로 발 두 쌍을 훔쳐봤다. 그때 나는 만일 그들이 같은 행동을 했다면 자신들이 여기 단 둘만 있다고 생각하지 않으리라는 것을 깨달았다. 비록 다리가 떨려오긴 했지만, 내가 아직 무릎을 안고 있었으니까 괜찮았다.

"코널리 선생님은 자기 일에 뛰어나요. 그리고 그게 학교에 가장 좋은 거죠." 다른 여자가 응수했다. 나는 그게 교장 선생님인 야노프스키 선생님이라고 확신했고, 이제 그들이 일 얘기를 하고 있으니 내가 여기 있다고 절대로 알릴 수 없었다.

"그 사람이 피핑 톰이어도요?"

내 입이 말랐다. 코널리 선생님이?

"그 사람은 피핑 톰이 아니에요, 캐롤." 야노프스키 선생님이 말했다. "내 경력을 걸지요."

"지금 딱 그렇게 하고 계신데요." 퍼글리시 선생님이 응수했다. "교장 선생님도 그 사람이 동성애잔 거 아시잖아요."

"캐롤!"

나는 얄팍한 금속 칸막이들 너머로 선생님의 어깻짓을 거의 들을 수 있었다. "제가 선생님이 모르는 말씀을 드리는 것도 아니잖아요. 다 큰 남자가, 여전히 자기 부모님이랑 같이 살죠. 그 사람 어머니가 지난주에 심장 마비를 겪었고요. 그 얘기 들으셨어요? 그걸로 그가 자신의 충동을 더 이상 통제할 수 없었다는 게 설명이 되죠. 그런 종류의 스트레스는 사람을 미치게 하잖아요."

구두 굽들이 내 옆 칸으로 딸깍거리더니 뒤이어 화장지가 풀리는 빙그르르 소리와 코를 푸는 흥흥 소리가 들렸다. 야노프스키 선생님은 퍼글리시 선생님의 미끼를 물지 않고 있었지만 그래도 퍼글리시 선생님은 전혀 기죽지 않았다. "해를 입은 남자애도 이제 동성애자로 변할 수 있어요. 그런 생각을 해보긴 하셨어요?"

그 말에 공포의 전율이 나를 관통했다. 그런 것이 전염성이 있었어?

"내가 어떻게 하면 좋겠어요?" 야노프스키 선생님이 세면대 근처에서 물었다. "당했다는 이유로 애를 학교에서 내쫓아요?"

퍼글리시 선생님이 내 옆 칸에서 걸어 나왔다. 가벼운 휙 소리가 그녀가 사용한 휴지를 던졌다고 내게 알려주었다. "이제 교장 선생님이 터무니없게 구시네요." 그녀는 말했다. "저는 그냥 대비를 하시라고 말씀드리고 있는 거예요. 학부모들에게서도 같은 내용을 들으실 테니까."

야노프스키 선생님이 한숨을 쉬었다. 선생님이 대답할 기회를 갖기 전에 화장실에서 또각또각 나가버렸기 때문에 나는 선생님의 대답을 듣지 못했다.

퍼글리시 선생님은 코를 푼 다음 손을 씻지 않았다.

나는 다리를 내리고 손가락의 경련을 털었다. 내 장갑을 움켜잡고, 화장실에서 나오기 전에 양쪽을 확인했다.

안전했다.

다만 나는 릴리데일이 다시 안전해지리라고는 생각하지 않았다.

# 9

스쿨버스 창문으로 밀려드는 공기는 갓 짠 라임 냄새를 풍겼고, 정신없는 하루였지만 나는 종잡을 수 없는 희망으로 가득했다. 여름이 오고 있었다. 나는 세피에게 화장실에서 엿들은 얘기를 하고 있었지만 별 보람은 없었다.

"선생님들 말을 엿듣지 말았어야지."

세피는 가브리엘 자리의 통로 건너편에 우리의 새 자리를 맡아놨다. 그 자린 장갑 사건 이후 내가 세피를 설득해 옮긴 자리였지만, 가브리엘은 아직 타지 않았다. 릴리데일 스쿨버스들은 고등학교 학생들을 먼저 태웠고, 내 생각엔 순서가 거꾸로 된 것 같지만 아마 학교 측에선 나이가 위인 애들이 어린 아이들보다 차 타는 시간을 더 잘 견디리라 생각한 것 같다.

고등학생들을 먼저 태운 뒤에 버스들은 초등학교와 중학교가 붙어 있는 곳에 도착해서 우리들 8학년 학생들을 실은 다음 공식적인 노선을 시작했다. 시내 애들이 먼저 내렸고, 릴리데일 언저리에 사는 할로 애들이 내린 다음, 깊숙한 교외 지역 아이들이 가장 마지막으로 내렸다. 아침에는 그 노선이 반대였다. 그 말은 세피와 내가 가장 먼저—태양이 지평선에 거의 솜털만큼도 닿지 않았을 때—타고 가장 마지막에 내린다는 뜻이었다.

이 거지같은 합의의 아주 작은 보너스는 가브리엘이 버스를 타는 날에, 걸어오고 걸어가는 그를 보게 된다는 것이었다. 어떤 오후엔 그의 엄마가 덩굴장미와 비비추들이 양옆에 늘어서 길을 녹색 카펫으로 만들고 있는 그 집의 널찍하고 깔끔해 보이는 현관 포치에서 그를 기다리고 있었다. 그녀는 그를 보는 것이 늘 행복해 보였다. 나는 그녀가 나를 어떻게 생각하는지 궁금했다.

그 생각이 나를 부르르 떨게 하며 현실로 데려왔다.

"그래, 잘도 내가 엿듣지 말았어야 했겠다." 나는 세피에게 말했다. "내가 그러려고 그런 것도 아니고."

클램이 통로를 으스대며 내려오다 팔꿈치로 내 어깨를 쳤다, 아마도 우연히. 나는 그가 공격당했다는 증거를 찾으려 그의 등을 관찰했다. 그는 여전히 평소보다 거칠게 행동하고 있는 것 같았지만, 그게 다였다. 나는 베티가 말하던 아이가 그 애라는 것을 세피가 아는지 궁금해하며 그가 아프게 한 부위를 문질렀다. 클램은 우리 버스를 거의 평생 타고 다녔다. 세피는 나만큼, 아마 나보다 더 그를 잘 알았다. 게다가 클램의 단짝 친구인 웨인 존슨이 세피에게 홀딱 반해 있었고, 세피도 그 마음에 응하고 있는 듯이 보였다. 그는 세피보다 한 살 아래였고 우리보다 더 가난했지만, 세피는 그 관심을 즐겼다. 어쩌면 웨인이 무슨 말을 했을지도 몰랐다.

나는 목소리를 낮췄다. "클램한테 무슨 일이 있었는지 들었어?"

세피는 잔뜩 부루퉁한 얼굴로 어깨를 으쓱했다. 나는 내가 탄 이후로 세피가 계속 짜증을 내며 내게 관심을 반만 쏟고 있다는 것을 깨달았다.

"맙소사, 셉, 왜 그래?"

버스가 연석에서 휘청거리며 멀어졌다. 가브리엘은 없었다.

햄처럼 얼굴이 붉은 우리 버스의 운전사 칼이, 아마도 내가 그러고 있었듯이 가브리엘을 찾아 모든 남자애들을 확인하는 듯이 보였다. 세피가 답하기까지 시간이 너무 오래 걸려서 나는 세피가 내 말을 안 들었다고 생각했다. 마침내, 세피가 내 얼굴을 똑바로 쳐다봤다. "나 화학에서 낙제할 거야."

그 말은 내게 뱀이 문 것 같은 충격을 주었다. "아빠가 안 좋아하실 거야." 아빠는 우리나 우리 집에 어떤 관심이든 쏠리는 것을 싫어했다.

세피는 침울하게 자기 손을 바라봤다. "나도 알아."

내 내장이 깊이, 더 깊이 가라앉았다. 아빠는 누구에게나 동등하게 화를 내는 사람이었다. 그가 세피에게 화가 난다면, 모두의 삶이 비참해질 거였다. "어떻게 그럴 수가 있어?"

세피는 어깨를 으쓱하고 발밑에 놓인 낡은 책가방을 찼다. "어쨌든 바보 같은 수업이야."

세피의 턱이 떨렸다. 일이 나쁨에서 더 나쁨으로 가고 있었다. 세피는 발리볼을 잘하고 결코 선을 넘지 않는 내성적인, 대체로 C를 받는 학생이 되어서 스스로를 눈에 띄지 않게 해왔다. 하지만 지금 울면, 세피는 끝이다. 눈물은 우리 주변의 무신경한 녀석들이 '울보'와 운이 맞는 아무 말을 떠올리자마자 세피에게 끔찍한 별명이 생길 것을 보장했다.

버스가 학교에서 멀어지기 시작했다. 클램과 부딪친 부분을 계속 문지르던 내게 어떤 생각이 떠올랐다. "언니, 낙제할 거라고 했잖아. 그 말은 아직 낙제하진 않았다는 뜻이지, 그치? 내가 공부 도와줄까?"

세피는 몸을 숙여 책가방에서 봉투를 하나 꺼냈다. "해볼 순 있겠지, 하지만 별 차이 없을 거야. 어쨌든 이틀 동안 성적을 D로 올리지 않으면 계절 학기를 들어야 한다는 편지에 엄마 아빠의 서명을 받아야 해."

"세피, 이 바보야, 전혀 다르지. 우리가 오늘 밤이랑 내일 열심히 해서 언니가 기말에 충분히 좋은 성적을 받으면, 언니는 통과야. 그러면 계절 학기도 없고, 화난 아빠도 없다는 뜻이지. 언니도 아빠가 그냥 나쁜 소식을 전하는 것보다 우리가 계획을 제시할 때 더 좋아하는 거 알잖아."

나는 세피가 머리를 굴리는 걸 알 수 있었다. "내가 이틀 밤에 화학을 전부 배울 수 있을까?"

나는 신음했다. "전혀 몰라?"

"어려운 수업이라고! 그리고 타타르 선생님은 최악이고. 너도 고등학교 가면 알 거야."

나는 의심스러웠다. 게다가 엄마는 늘 나쁜 선생은 벽이 아니라 창문이라고 했다. 나는 따지려고 입을 열었지만 내가 말을 뱉기 전에 버스의 분위기가 폭발했다.

"초록 고블린이다!"

누가 고함쳤는지 몰랐지만, 우리의 반응은 자동적이었다. 버스의 내 쪽에 있던 모든 아이들이 숨을 죽이고 녹색 쉐비 임팔라를 찾아 창문에 얼굴을 딱 붙였다. 통로 건너편 애들은 우리에게 고블린이 보이는지 확실히 하라고 아우성치고 있었다. 그는 아마 고등학교 때 얻었을 그 별명을 영원히 가지고 있었다. 그는 릴리데일에 다녔고, 아빠와 같은 시기에 졸업했다.

고블린은 온통 각지고 수염투성이인 냉혹한 얼굴에, 너무 얇아서 베어낸 자국에 불과한 입술, 검은 도자기 인형 같은 눈을 가졌다. 그는 마흔 살이 넘었을 리가 없는데도 시큼한 냄새를 풍기는 것처럼 보였다. 그는 대체로 혼자 지냈지만 섬뜩한 주파수를 뿜어서 아이들의 레이더에 걸리곤 했다. 그의 차가 우리의 비틀대는 버스를 지나칠 때면, 우리 모두 '초록 고블린이다'라고 외치고 숨을 죽이는 것이 절대 불변의 규칙이었는데, 그가 버스 노선의 끝에, 우리 집에서 바로 길 하나 아래쪽에 살았기 때문에 이런 일은 생각보다 자주 있었다. 우리는 공공장소에서 그와 마주쳤을 때도 숨을 참아야 했지만 그가 우리의 이웃이었기 때문에 세피와 나는 가끔 그 규칙을 흘려버렸다. 특히 1년 중 이 시기에 우리가 자전거로 그의 땅에서 산딸기가 자라는 곳을 확인하러 갈 때면 그를 목격하곤 했다. 그 산딸기들은 그의 집 배수로 쪽 길에서 살짝 벗어난 곳에 자랐지만 우리는 둘 다 항상 너무 겁을 먹어서, 산딸기가 일찍 익어 햇빛에 루비처럼 반짝거리는데도 그것들을 따러 달려가지 못했다.

"오보다. 고블린이 아니다!" 나는 소리쳤고, 우리들의 입에서 빠져나오는 공기 소리가 너무 요란해서 풍선 공장에서 사고라도 터진 듯이 들렸다. 하지만 학기의 마지막 주에 고블린을 목격할 가능성에 대한 흥분이 우리 모두를 자극했고, 칼은 지친 눈으로 여전히 남자애들을 훑어보고 있었지만 조용히 시키기를 포기했다. 세피는 성적에 대해 잊어버렸고 우리, 모든 아이들은 웃음을 터뜨리며 여름에 대해 떠들었으며 나는 기분이 좋았다. 칼이 우리 집 진입로에 차를 세우고 세피와 내가 버스에 마지막 남은 두 아이가 될 때까지는.

  우리는 구름처럼 먼지가 이는 길에 내려 깜박거리며 눈에서 먼지를 떨었다. 우리는 웃으면서 서로 팔꿈치로 찌르고 있었지만, 그 좋은 분위기는 우리를 기다리고 있는 것을 봤을 때 형편없는 코트처럼 날아가 버리고 말았다. 세피는 어떤지 모르겠지만, 나의 맥박은 날뛰고 있었다. 아빠가 폭풍이 몰아치는 얼굴로 그 자리에 서 있었기 때문이다. 아빠의 윗입술은 아빠가 기분이 나쁜 상태이며, 기꺼이 이 기분을 나눠서, 대단히 고맙다고 말하듯 비웃음을 띠며 뒤로 재껴져 있었다.

# 10

 아빠는 버스가 움직이기 시작했을 때 팔짱을 끼고 서 있었고, 나는 이비가 내게 했던 말, 내가 화장실에서 엿들은 말, 클램, 고블린 목격, 린이 내 앞에서 생리를 시작한 일, 심지어 가브리엘의 목걸이도 잊었다. 아빠의 얼굴이 미사일처럼 우리에게 꽂혔기 때문이었다. 학교에서 세피가 집에 오는 길에 편지를 '분실'했을 경우에 대비해 아빠에게 전화한 것이 틀림없었다. 어떤 아이들은 그렇게들 한다. 우리는 아니었다. 우리는 부모님에게 절대 거짓말하지 말라고 교육받았다.

 한 줄기 땀이 내 등을 타고 내려와 내 트레이닝 브라로 흡수되었다. 매미들이 맴맴거리고 있었고, 마르디 그라\*의 탕녀들처럼 꽃가루를 뿜어대는 라일락의 먼지 낀 호사스러운 냄새가 났다. 입술을 핥자 소금 맛이 났다.

---

\* Mardi Gras: 사순절에 들어가기 전, '재의 수요일' 전 화요일. 참회의 화요일. 사육제.

아빠와 세피는 총잡이처럼 서로를 노려보았지만, 세피는 이미 기가 죽고 있었다. 아빠가 이렇게 화를 낼 때 그의 녹색 눈은 안와에서 빙글빙글 돌며 용의 분노를 뿜어냈다. 나는 세피 뒤로 숨고 싶었지만 그러면 비겁할 터였다.

"안녕, 아빠." 나는 그 긴장 상태를 가르며 말했다. "우리 어떤 일 해야 돼요?"

아빠는 나를 무시했고, 그게 세피를 궁지로 몰았다. 세피는 늘 물렁했고, 그의 돌처럼 차가운 침묵이 세피를 눈물짓게 했다. "미안해요, 아빠, 내가 화학에서 낙제할 것 같아요." 세피는 훌쩍거렸다. "여름 계절 학기를 들어야 할지도 몰라요."

나는 세피의 손을 잡았다. "어쩌면 그렇다는 거지, 확실하지 않아요. 내가 언니 공부를 도와준다고 벌써 얘기했어요. 기말 시험에서 잘하면 분명히 통과할 거고, 아무도 언니를 확인하러 여기 나오지 않을 거예요."

나는 너무 빨리 말하고 있었다. 아빠는 여전히 나를 보지 않았다. 아직 말을 하지도 않았는데, 그건 고함치는 것보다 열 배는 나빴다.

꼬박 1분 더, 세피를 자신의 구두 바닥에 붙은 더러운 무엇인 양 쳐다보고 난 뒤, 아빠는 갑자기 휙 돌아서서 쿵쾅거리며 진입로를 지나쳐 집으로 향했다.

"아빠?" 나는 소리쳤다.

세피의 울음이 울부짖음으로 번졌다.

"그렇게 나쁘지 않아." 나는 세피를 달랬다. "아빠가 안 보일 때까지 기다렸다가 엄마가 집에 있나 보자."

엄마는 거의 항상 아빠가 스스로의 주문을 벗어나게 달랠 수 있었다. 때로 나는 그것이 돈을 내는 것 외에 이 지구상에서 엄마의 주된 책무라고 생각했다. 아빠는 진입로를 벗어나 과일나무들을 지나서 집 안으로 쿵쿵대며 걸어가 등 뒤로 문을 쾅 닫았다. 내 어깨가 안도로 처졌다. 집은 이런 기분의 아빠에게 최고의 장소였다. 아빠는 햇빛을 비껴날 테고, 술을 마시면 곧바로 진정되리라.

나는 아빠가 세피의 엉덩이를 때리거나 할 거라고 걱정하지 않았다. 아빠는 우리 중 누구도 결코 때리지 않았고, 거기에 굉장한 자부심을 품고 있었다. 아빠의 엄마의 세 번째 남편은 폭력적이었다. 그는 뭐든 규칙을 어기면 아빠를 때렸고, 때로는 별것도 아닌 걸로, 웃기만 해도 때렸다고 아빠는 말했다. 그건 아빠가 맞설 만큼 크기 전까지 계속되었다. 아빠는 교활하게도 이 시점에서 이야기를 멈추곤 했다.

*나는 함부로 대할 수 있는 사람이 아니야*, 그의 말려 올라간 입술이 그렇게 말하곤 했다.

하지만 때리는 것보다 더 심한 것들도 있다.

우리는 주도로와 집 사이에 있는 작은 둔덕을 올랐다. VW* 밴이 별채 주방 앞에 주차되어 있었고, 그건 엄마가 벌써 집에 있다는 뜻이었다. 나는 숨을 크게 내쉬었다. "빨리 와, 세피! 엄마가 아빠한테 술을 만들어줄 테고, 우리는 이걸 전부 바로 잡을 수 있어."

우리는 민들레 솜털을 짓이기며 집을 향해 달려갔다. 내 얼룩 고양이 민더가 쓰다듬어 달라고 내게 달려들었지만 시간이 없었다. 우리는 베란다를 지나 달려가 거실 테이블에 가방을 떨구고 부엌에서 엄마와 아빠를 발견했다. 아니나 다를까, 아빠는 거기서 얼음 없

---

\* 폭스바겐. V와 W가 겹친 로고 때문에 VW라는 별칭이 생겼다.

는 톨 드링크*를 들고 있었다.

우리가 들어가자 엄마의 눈이 떨렸지만, 엄마는 우리에게 미소를 던졌다. 나는 엄마가 걱정스러운 얼굴을, 아빠가 성난 얼굴을 하고 있음에도 그들이 얼마나 잘생겼는지에 감탄해버렸다.

"학교는 어땠니?" 엄마가 물었다.

나는 가능한 한 몸을 곧추세웠다. "세피가 화학에서 낙제할 것 같아요. 하지만 내가 언니 공부를 도와줄 거고, 언니는 통과할 거고, 그럼 괜찮을 거예요."

엄마는 분명히 아빠를 향한 말인데도 세피와 눈을 맞췄다. "나도 동의해."

아빠는 한 잔 가득한 투명한 액체를 꿀꺽꿀꺽 마신 다음 엄마에게 잔을 돌려줬고, 엄마는 말없이 잔에 보드카 반, 물 반을 다시 채웠다.

아빠는 그 두 번째 잔을 잘 받아 쥐자 마침내 말했다. "세피, 학교가 얼마나 중요한지 알잖니."

나는 그 자리에서 뺨의 근육이 즉시 풀어진 사람이 나만이 아니라고 확신한다. 세피는 울음을 멈췄고, 엄마의 눈에서 억눌린 표정이 마개를 뽑은 욕조 물처럼 빠져 나갔다. 아빠가 침묵 뒤의 첫 마디로 늘, 어떻게 상황을 가지고 노는지 당신도 알 수 있을 것이다. 때로 아빠는 음울해지거나 오싹해졌다. 하지만 이번엔 정상적인 이야기를 하고 있었다. 나, 엄마, 그리고 세피는 재빨리 그걸 부추겼다.

"그럼." 엄마가 말했다. "너희 나이엔 그게 가장 중요한 거야."

"나도 알아요." 세피가 얼굴을 훔치며 열렬히 동의했다. "내가 잘

---

\* Tall Drink: 술에 소다수, 과즙, 얼음 등을 넣고 긴 유리잔에 부어 마시는 음료수.

못했어요. 타타르 선생님은 구제불능이지만 내가 과외라도 받았어야 했어요."

"내가 언니를 도와줘야겠죠, 아빠?" 이 말에 내 간이 노래진 것 같았다. 아빠를 남자 아기인 양 달래는 데 동참하다니, 하지만 그게 효과가 있었다.

아빠는 남은 술 반을 단숨에 꿀꺽꿀꺽 들이켰다. "내가 이성적인 남자라서 다행인 거야, 페르세포네, 그리고 너도 이 얘기를 듣길 바란다, 캐스. 내 계부는 개새끼였어. 만약 내가 낙제를 했다면 나를 피투성이가 되게 팼을 거야. 난 우리 딸들에게 그보다 나은 걸 바란다."

엄마가 아빠의 허리에 팔을 둘렀다. 세피와 나는 동정 어린 표정을 지었다, 세피의 표정은 진짜였다고 생각하지만. 우리는 이 이야기를 무한수의 150배쯤 들었다.

"내가 얼마나 합리적인지 알아?" 그가 계속했다. "나는 우리의 새 이웃들이 소파 옮기는 걸 도우려고 내 바깥 작업을 멈췄지. 그랬지 않아, 페그?"

엄마는 미소 지었다. "좋은 사람들 같더라. 그들의 성은 고메즈야."

"세상의 소금이지." 아빠의 말들이 불분명해졌다. "하지만 교육을 잘 받지는 않았어."

아빠와 엄마가 서로에게 고개를 끄덕였다. 아빠와 엄마는 각각 예술사와 교육에서 거머쥔 석사 학위를 자랑스러워했다.

"옛 스웬슨네요?" 내가 물었다. 우리는 버스 노선상 그곳을 지나갔다. 고블린의 집을 돌아 우리 집까지 직진으로 달리기 직전에. 스웬슨 부인은 자기 부엌에 미용실을 열고 가욋돈을 벌곤 했다. 그녀는 한쪽 귀당 5달러씩 받고 내 귀를 뚫어주었지만 한쪽 귀는 감염이

심해져서 귀걸이를 제거하고 구멍이 막히게 둬야 했다.

엄마는 고개를 끄덕였다. "바로 그 집이야."

"'매매' 표지판이 아직 현관 밖에 있던데." 세피가 말했다.

"이제 곧 내릴 거다." 아빠가 말했다. 아빠는 느긋해져서 목소리가 점점 거만해지고 있었다. "그 사람들이 애가 셋이라고, 가끔씩 아이 돌봐줄 사람이 필요할 거라고 하더라."

세피의 얼굴이 환해졌다. 세피는 메이크 미 프리티 바비 헤드*를 사기 위해 돈을 모으고 있었다. 확실히 지금은 엄마와 아빠에게 언니가 미용사가 되겠다는 자신의 꿈을 좇기 위해 대학을 포기하기로 결정했다고 말할 때는 아니었다.

"내가 할 수 있어요!" 세피가 말했다.

아빠가 코웃음을 쳤다. "네가 화학을 통과하지 않으면 어림없지. 캐시는 할 수 있겠지."

"좋아요." 내가 말했다, 좀 너무 빠르게.

아빠의 보드카로 번들거리는 눈이 마침내 내게 꽂혔다. "너는 학교에서 어떠냐, 캐시?"

나는 아빠가 무엇을 좇는지 알았다. 아빠는 시작이 어땠든, 자신의 훈육을 수치 한 방울로 마무리하기를 즐겼다. 나는 대답하고 싶지 않았다. 세피에게 창피를 주는 데 한몫하고 싶지 않았다. "괜찮아요."

"아직 그 단짝 친구랑 노니? 린? 안 본 지 좀 됐는데."

내 뺨이 타올랐다. 지금은 생일 초대장을 언급할 때가 아니었다. "아니, 이제 아니에요."

---

\* Make Me Pretty Barbie head: 바비 인형의 머리 부분 장난감.

"걔네 부모님이 지난 가을 우리 파티에 왔었지, 페그? 그때 우리한테 그렇게 잘하지 않았던 것 같아."

엄마는 아빠의 팔을 다독였다. "물 좀 더 줄까?"

아빠는 남은 술을 끝내고 잔을 엄마에게 건넸다. 세피와 나는 긴장해서 엄마가 보드카를 더 넣는지 지켜봤다. 엄마는, 신께 감사하게도, 그러지 않고 잔을 세라믹 물통 아래 들고 있었다. 우리는 세인트클라우드에 있는 공용 수도에서 1.8리터짜리 병 열 개를 채웠다. 그 물들은 미시시피 강물을 직접 여과해서 구름처럼 깨끗한 맛이 났다. 우리 집의 금속이 함유된 우물물보다 훨씬 나았다.

"얘들아." 엄마가 말했다. "둘 다 가서 저녁 먹기 전까지 공부하는 게 어때? 너희 아빠와 나는 다음 파티를 위해 계획할 게 있단다."

"뭐라고요?" 내가 양손을 움켜쥐며 말했다. 9월에 열렸던 지난 파티는 린의 부모님의 처음이자 마지막이었고, 바우어 경사의 처음이었다. 나는 또 다른 파티가 있으리라 짐작하면서도 언제나 지난 파티가 마지막이길 바랬다.

"그래, 토요일에." 아빠가 말했다. "우리는 여름의 시작을 축하할 거다. 이전 어느 때보다 더 성대할 거야. 어쩌면 나라에서 저 전선들을 놓고 우리가 사생활을 모두 잃기 전 마지막 파티가 될지도 모르지."

세피와 나는 서로를 보지 않았지만 세피도 나처럼 생각하고 있다는 건 얼굴을 보지 않아도 알 수 있었다. 우리는 세피의 방으로 터덜터덜 향했고, 곧장 화학을 파고들었다. 내가 세피에게 퀴즈를 내고 세피가 기초를 파악하면서 두어 시간이 지났다. 세피는 노력하지 않았기 때문에 화학에 바보가 됐지만, 원래는 똑똑했다. 우리가 내일 밤 다시 함께 공부한다면 세피가 통과할 수 있다는 걸 나는 알았다.

"있잖아, 세피." 나는 세피가 한자리에서 가능한 만큼 주기율표를 암기했을 때 불렀다. "버스에서 말하려고 했어. 베티가 어제 아침에 말했던, 그 공격당한 남자애가 클램이래. 학교에서 그거에 관해 심포지엄을 했어, 왜 우리가 거기 있는지 정확히 말해주진 않았지만. 시내에 통행금지시간이 생길 거래."

"나도 알아." 세피가 말했다.

나는 세피가 모른다는 걸 알 수 있었다. "이비 말이 클램이 상당히 심하게 당했대. 이비는 그게 갱단이라고 생각하지 않아. 그게 피핑 톰이라고 생각하더라고. 그 얘기 들어봤어?"

"다들 하는걸."

나는 한숨을 쉬었다. 세피는 정말이지 똑똑하게 굴 필요가 있었다. "그치. 하지만 내 생각은 이래. 나는 그게 한 사람이든 갱단 전체든 상관없는 것 같아. 누가 클램을 다치게 하고도 무사했다면, 다시 시도할 거야."

나는 세피가 그 말을 머릿속에서 굴리는 걸 지켜보았다. "누가 그랬든 경찰이 잡겠지."

나는 바우어 경사를 떠올렸다. 그다지 확신이 가지 않았다. "내가 이유를 밝혀내 볼 거야." 나는 생각도 하지 않고 말했다. 하지만 일단 그 말이 나오자 옳게 느껴졌다. 나는 《넬리 블라이의 믿거나 말거나》에 기고하는 작가가 될 터였고, 그거야말로 독자적인 추적 보도 같지 않나? 게다가, 내가 클램을 해한 사람이 누군지 밝혀낸다면 얼마나 많은 사람들이 내 친구가 되고 싶어 하겠어?

엄청, 엄청 많겠지.

그 생각은 일단 뿌리를 내리자 자라났다. 엄마가 저녁 먹으러 내려오라고 우리를 불렀을 즈음, 나는 심지어 조사할 때 어떤 종류의 옷을 입을지에 대해 계획을 세우고 있었다.

내 흥분은 파티 계획으로 활기가 넘치는 엄마와 아빠를 보자 사라져버렸다. 토요일에 무슨 일이 벌어질지 생각하니 엄마의 닭고기에서 재 같은 맛이 났다. 세피도 제대로 먹지 않았다. 우리는 재빨리 먹고 설거지를 하고 우리 방으로 향했다.

숙제를 마치자 거의 11시였다. 내 방 창문이 열려 있어서 늦은 5월 저녁의 먼지 냄새 섞인 선선한 기운이 들어와 내 방을 잠자기에 완벽한 온도로 만들었다. 나는 지쳤지만 할 일이 있었다.

나는 《넬리 블라이의 믿거나 말거나》를 펼치고 그 종이에 내 얼굴을 밀어 넣어 종이 냄새를 맡으며 그 냄새가 내 뺨을 타고 오르게 했다. 나는 책을 내려놓고 글자들이 점자로 쓰인 척하며 눈을 감고 손가락으로 글자들을 따라갔다. 눈으로 읽을 일만 남자, 나는 몰두하기 시작했다.

## 넬리 블라이의 믿거나 말거나!

**6킬로그램의 무사마귀를 지고 다닌 나무 남자**

인도네시아의 엔지니어였던 수카르노 밤방은 나무껍질 같은 무사마귀로 뒤덮여 나무 남자라는 별명을 얻었다! 그의 손과 발은 종양으로 덮여 있었고 그의 팔, 상반신, 얼굴에도 종양이 나타났다. 그는 무사마귀를 너무 오래 가졌던 나머지 이제는 그것들을 자신의 일부로 생각한다.

나는 책을 덮고 한숨을 쉬었다. 수카르노와 나는 할 얘기가 많을 것 같았다. 가끔은 나도 내 문제들이 어디서 끝나고 어디서 시작되는지 알 수 없었다. 우리가 아빠와 함께 살 필요가 없다면 삶은 괜찮을 터였다. 나는 엄마에게 그 얘기를 했다, 여러 번. 엄마는 내가 극적으로 굴고 있다고 했다.

잘 시간이었다. 내 몸이 빨리 자길 원했다.

내 옷장의 포옹 속에서, 나는 너무 푹신해서 세피와 내가 어깨를 다치지 않고 그 위에 서서 공중제비를 할 수도 있는, 할머니가 내게 만들어주신 구름 같은 보랏빛 누비이불 속을 파고들었다. 머리 위로 팔을 뻗으면, 손가락 끝으로 옷걸이들을 풍경처럼 연주할 수 있었다. 그 달콤한 팅커벨 노래는 보통 내 뼈들을 진정시켰다.

모든 것이 잠을 위해 완벽하게 준비되었지만, 잠이 오지 않았다. 그리고 나는 이유를 정확하게 알았다. 이유는 갈증이었다. 그건 두 시간 전에 시작됐지만, 나는 내 방을 떠날 수 없었다. 아빠가 아래 부엌에서 어슬렁대고 있었고, 아빠가 내는 소리가 내 방 바닥의 환풍구 쇠창살을 지나며 확대되었다.

그 쇠창살은 이 집이 나무를 때는 외풍 심한 낡은 농가였을 때 2층까지 열기가 올라오게끔 설치되었던 것이다. 우리는 이제 보일러가 있어서, 세피와 나는 이 바닥 구멍을 감시용 구멍으로 용도를 변경했다. 우리는 몇 시간이고 우리 귀를 그 쇠창살에 대고 엄마와 아빠가 싸우거나 파티를 하거나 역겨운 짓을 하는 소리를 들었다. 한 번은 빈 오트밀 통을 급조해서 양면에 구멍들을 뚫고 끈으로 그것들을 묶었다. 우리는 쇠창살을 제거하고 그 오트밀 승강기를 구멍 사이로 떨어뜨렸다. 엄마가 거기다 음식을 넣어주면, 우리는 통을 도로 홱 올려서 배가 아플 때까지 깔깔거리며 뭐든 그 안에 든 것들을 먹었다. 그건 우리가 도로 던져버린 사과 속들을 치우는 걸 잊어서 그게 끈적끈적해질 때까지 계속됐다.

기억들에 정신을 팔리게 하는 것도 소용이 없었다.

갈증 때문에 제정신이 아니었다.

나는 내 이불 둥지 속으로 파고들며 몸을 움직였다. 침을 삼켰지만, 침은 목구멍을 반쯤 구르다 사라질 뿐이었다. 내가 옷장 문을 열고 쇠창살 틈으로 내려다보면 물통이 보인다는 것도 도움이 되지 않았다. 꼭지를 한 번 돌리기만 하면 내 안구까지 채울 충분한 물을 얻을 텐데. 나는 그게 사자들이 영양들을 성공적으로 사냥하는 법이라고 생각했다. 약하고 살찐 동물들이 더 이상 참지 못하고 물을 마시러 올 때까지 물웅덩이 주변에 그저 도사리고 있는 것이다.

나는 그렇게 어리석게 굴지 않을 터였다.

엄마는 9시쯤 자러 갔다. 엄마가 아직 깨어 있다면, 엄마에게 물 한 잔 올려달라고 소리치고 아빠가 끼어들지 않기를 바랄 수도 있을 텐데.

아빠는 뭘 하고 있는 걸까? 밤에 이 시간이면 아빠는 보통 집 반대편에 있는 자기 의자에 들어앉아 있었다. 오늘 밤, 아빠는 차고와 지하실로 가는 문이 달린 식료품 저장실 사이를 오가고 있는 것 같았다. 아빠의 호흡이 평소보다 가쁘게 들렸다.

나는 너무 목이 말랐지만, 나갈 수 없었다.

그것이 내 한 줌의 생활 법칙, 안전하게 머물기 위해 짤랑거리는 행운의 작은 장식물들 중 하나였다.

보호받을 수 있는 곳에서 잘 것.

엄마가 잠자리에 든 뒤에는 화장실에 간다고 나가지 말 것. 나는 만약의 경우를 대비해서 내 침대 아래 양동이를 두었다.

그리고 절대 어두워진 뒤에 물을 마시지 말 것.

# 11

"다음!"

우리 중학교 합주부 연습실에는 모든 금관악기에 고여 있다가 바닥에 떨어진 침의 산물인 독특한 로커룸 냄새가 있다. 나는 그 악취를 뚫고, 빨고 있던 리드를 입에서 홱 잡아 빼서 내 클라리넷 끝에 끼우며 코널리 선생님이 들어오라고 부른 작은 방으로 서둘러 들어갔다. 그 방의 한쪽 벽에는 합주부 연습실 바닥이 내다보이는 은행 창구 같은 창문이 달려 있었다.

나는 지난밤에 그럭저럭 몇 시간을 감은 눈으로 보냈고 그건 오늘 아침 내가 〈다크 크리스탈〉\*의 머펫\*\*처럼 보인다는 뜻이었다. 가브리엘이 버스를 타지 않은 게 거의 감사할 정도였다. 평소라면 내게 수요일 첫 시간에 합주부 수업이 있다는 것은 좋은 점이 될 터였

---

\* Dark Crystal: 1982년 판타지 영화. 눈이 크고 뾰족한 판타지 종족 캐릭터들이 등장한다.
\*\* Muppet: 팔과 손가락으로 조종하는 인형.

다. 그건 내가 코널리 선생님과 시간을 보내게 된다는 의미였다. 하지만 화장실에서 퍼글리시 선생님과 야노프스키 선생님이 그에 대해 하는 말을 엿들은 뒤로 나는 내 수업에 대해 신이 나지 않았고, 불안한 느낌이었다. 코널리가 클램을 공격한 잠재적인 용의자라면 나는 그를 조사할 필요가 있었다.

"안녕하세요, 코널리 선생님." 나는 등 뒤로 문을 닫으며 말하고 내 의자에 앉았다. 헤더 콜과 나는 그 애의 레슨이 끝나고 내 레슨이 시작될 때 서로 아는 척하지 않았다. 그 앤 수석이었고, 나는 올라갈 일 없는 제3연주자였다. 나는 자기소개서를 다채롭게 하려고 합주부에 들어왔다고 할 수 있었다.

선생님은 예의 그 영화배우 같은 미소를 지었고, 덕분에 화장실에서 엿들은 것에 대한 내 걱정은 전부 녹아버렸다. 코널리가 아이를 해치는 사람일 리 없었다. 우리는 모두 그를 사랑했다. 우리 반 아이들 대다수가 그를 허물없이 코널리나 미스터 C라고 불렀다. 나도 그렇게 멋있어지고 싶어서 집에서 연습했었다. 어이, 코널리! 지난 주말에 흥청망청했어요?

그 정도가 내 한계였다.

그는 내가 '창고 세일' 때 얻은 클라리넷을 가리켰다. "그 피리는 어때?"

"아이스크림처럼 달콤해요." 나는 그걸 들어올렸다. 나는 플루트를 연주하고 싶었지만, 엄마와 내가 전국의 모든 떨이 판매를 샅샅이 뒤졌는데도 불구하고 플루트를 발견하지 못했다. 다른 선택은 이 클라리넷 아니면 드럼뿐이었고 스틱은 싸서 새로 살 수도 있었지만, 불행히도 나는 내 영혼을 구제할 만큼 박자를 맞출 수 없었다.

적어도 내 머릿속에서 코널리라고 부르는 그가 웃음을 터뜨렸다. "아름다운 악기야, 너도 알잖니."

나는 내 연습용 의자에 주저앉았다. 익숙한 대화였다. "진정한 예술품이죠."

"아티 쇼와 베니 굿맨의 공통점이 뭔지 아니?"

"색소폰을 연주할 만큼 똑똑하지 않았다는 거요?"

그가 껄껄거렸다. "그런 태도로는 수석 자리에 앉을 수 없을 거다."

"혹은 이 손가락으로는요." 나는 그를 향해 손가락을 흔들었다. "그래도 세상은 계속 돌아가잖아요."

이번엔 폭소가 너무 크게 터지는 바람에 유리 반대편에서 자신의 피콜로 레슨을 기다리고 있던 찰리 클로스가 고개를 돌릴 정도였다. 남자애들이 어떤 악기들을 연주해야 멋진지 메모를 받지 못한 불쌍한 녀석.

"〈아파치〉로 시작하자." 코널리가 내 악보를 펼치고 메트로놈을 켠 다음 둥근 조율 피리를 불었다. 아마도 그 반짝이들이 다 내게 튀었겠지. 나는 첫 음을 낼 준비를 했다가 부족한 재능을 소리로 메우며 열심히 불기 시작했다.

우리가 그 곡을 다섯 번 완주한 뒤에야 그는 만족했다. "나아지고 있구나, 카산드라."

그는 내 이름을 전부 불렀다. 나도 그게 좋았다. "고맙습니다."

그는 일어나 내 연습용 악보를 접어 일어서는 내게 건넸다. 우리의 손가락이 스쳤다. 우연이었지만 그는 내가 자신을 불태우기라도 한 듯이 자기 손을 물렸다.

"죄송해요." 나는 내 클라리넷의 키를 만지작거리며 말했다.

그는 바지 주머니에 손을 밀어 넣었다. 우리 사이에 보이지 않는 벽이 떨어진 것 같았고, 나는 이유를 알 수 없었다.

"너도 팝콘 판매에 참가했니?" 코널리가 그 벽을 무시하며 물었다.

나는 침을 삼켜보려고 했지만 꿀꺽하는 소리만 났다. "올해는 팝콘을 팔아요?"

4학년부터 8학년까지 학생들이 여름 방학 동안 먹을거리, 주로 초콜릿 바를 팔아 매년 고등학생들이 가는 가을 합주부 여행을 위한 기금을 마련하는 것이 전통이었다. 나는 보통 많이 팔지 못했는데, 왜냐하면 *내가 시내에서 얼마나 멀리 살게요.* 대부분 농장들은 적어도 800미터 이상 떨어져 있는 데다 그들은 자기들 먹을 초콜릿 바를 가게에서 살 수 있었다. *대단히 감사합니다.*

"그래." 그는 발치에 놓인 판지 상자를 열어 앞면에 아홉 가지 맛 팝콘이 실린 번쩍이는 전단 한 장을 꺼냈다. 그는 내 손을 건드리지 않게 주의하면서 종이를 내게 내밀었다. "지침은 안에 있다."

나는 그 전단을 움켜쥐고, 들어오는 찰리와 스쳐 나오며 내 눈을 그 현란한 이미지들에 고정시켰다. 그게 눈물을 참는 최고의 방법이었다. 나는 나를 건드린 것이 왜 코널리를 역겹게 했는지 몰랐지만, 뭐 어때, 팝콘을 생각하는 편이 낫다. 나는 과일 맛 나는 생기 있는 빨강과 보라와 파랑의 콘페티 맛이 최고라고 장담한다. 나는 악기 보관실로 향하면서도 여전히 그 전단을 들여다보고 있었지만 내 클라리넷을 분해하느라 전단을 내려놔야 했다. 누구도 중고 클라리넷을 훔치고 싶어 하지 않겠지만, 내 케이스는 손 글씨로 꾸민 마스킹 테이프로 표시되어 있었다.

클라리넷을 집어넣고 나자, 나는 목구멍이 조이는 걸 느끼며 합주부 연습실을 몰래 들여다보았다. 아무도 오지 않고 있었고, 그건 괜찮다는 뜻이었다. 사람들의 물건을 살펴볼 수 있다. 나는 내 기억이 닿는 이래 그 짓을 해왔다. 같은 반 애들의 가방과 지갑과 악기 케이스 들을 샅샅이 뒤지는. 냄새로 미루어 보아 나는 립 리커, 트윙키* 등을 발견할 터였다. 난 결코 아무것도 가져가지 않았다. 그저 들고 있는 게 좋을 뿐이었다. 그런 행동이 자랑스럽지는 않아서, 나는 그에 대해 너무 많이 생각하지 않으려고 했다.

내가 무릎을 꿇고 헤더의 클라리넷 케이스를 끌어당길 때 내 맥박은 정확하게 고동치고 있었다. 나는 그 애가 자신의 새 에이본 립글로스를 거기 넣었다는 걸 확실히 알고 있었다. 그건 초콜릿 칩 쿠키 같은 모양이었다. 두어 주쯤 전에, 헤더가 뚜껑을 비틀어 열고 자기 친구들에게 안에 두 가지 맛—캐러멜과 초콜릿—이 들어 있는 걸 보여주었다. 그런 다음, 헤더는 자기 케이스의 여분의 리드들을 보관하는 칸 안에 그걸 던져 넣었다. 나는 그걸 쓸 생각이 전혀 없었다, 분명히. 그저 그걸 들어보고 싶을 뿐이었다.

"너 같은 모범생이 왜 남의 물건을 뒤지고 있냐?"

나는 죄진 듯이 휙 몸을 돌리며 그 초콜릿 칩 쿠키 콤팩트를 안 보이게 내 주머니에 집어넣었다. 나는 문간에 서 있는 클램을 보고 깜짝 놀랐다. 그는 아주 짧은 청바지에 너무 큰 버클이 달린 벨트, 그리고 1970년대 옷깃이 달린 셔츠를 입고 있었다.

"넌 합주부가 아니잖아."

---

\* 화장품 브랜드들.

멍청한 말이었지만 공포가 너무 요란하게 내 가슴을 두드려서 생각을 할 수 없었다. 누가 그를 해쳤는가라는 사건을 풀겠다는 나의 결심은 갑자기 멀고 우스꽝스럽게 보였다.

클램은 몸을 꼬아 어깨 너머를 보았다. 그의 뒤에 누군가 있나? 다시 몸을 돌렸을 때 그의 얼굴엔 그림자가 졌다. 그는 나이치고 작았지만 단단한 근육을 가지고 있었다. 그가 원하면 태즈메이니아데빌\*처럼 사람을 찢어발길 수 있다는 걸 모든 아이들이 알고 있었다. 하지만 나는 그가 두렵지 않았다. 적어도 방금 전까지는 그랬다. 클램은 남자애들만 때렸다.

다만 지금은 나와 함께 자랐던 그 클램처럼 보이지 않았다.

나는 이비의 이야기를 생각했다. 그가 병원에서 밤을 보냈다는, 그가 기저귀를 차야 했다는. 내 입이 말랐다. 이걸 무슨 낸시 드류\*\* 미스터리로 생각하다니, 내가 아기였다.

"여기 혼자 있냐?" 그가 한 걸음 다가왔다.

나는 이제 그의 냄새를, 그의 옷에 밴 튀긴 음식 냄새를 맡을 수 있었다. 그의 눈은 내가 전에 보지 못한 난폭함을, 공포와 위험 사이의 무언가를 담고 있었다.

나는 그의 옆으로 뛰쳐나갈 수 없었다. 나는 갇힌 채, 그가 내 떨리는 무릎을 볼 수 없기를 바라며 몸을 곧추 세웠다. "한 발만 더 다가오면 내가 널 칠 거야."

---

\* Tasmanian Devil: 작은 곰과 비슷한, 고양잇과의 포유류 동물. 직접 사냥하지 않고 죽은 동물의 시체를 쫓아다니는 탓에 이름만큼 흉악하지 않지만, 흔히 오해받는다.
\*\* Nancy Drew: 1930년에 등장한 소녀 탐정 캐릭터. 책, 드라마, 영화 등 다양한 장르를 넘나들며 큰 인기를 끌었다.

이젠 내가 〈다이너스티〉* 속에 있나? 하지만 여전히 무슨 일이 벌어지는 건지 이해할 수 없었다. 나는 릴리데일 초중등학교에, 불이 켜진 방에 서 있었다. 코널리 선생님과 채 15미터도 떨어져 있지 않았다. 심지어 공기를 가르는 찰리 클로스의 고르지 못한 음도 들을 수 있었다. 하지만 나는 배 속에 갑자기 얼음주머니가 들어찼고, 머리가 멍해졌다. 나는 정말로, 진심으로 두려웠다. 평생 클램을 알아왔다.

이 클램이 아닐 뿐.

그는 비웃으며 엄지손가락을 벨트 고리에 걸었다. 그의 너무 짧은 바지는 두꺼운 청바지였고, 쇠고리와 지퍼는 보기 흉한 구리로 되어 있었다. "나는 너를 해칠 수 있어." 그가 속삭였다. "하지만 내가 말하는 대로 하면 안 그럴게."

그의 말은 기이하게, 마치 메아리처럼, 혹은 그가 제대로 이해하지 못하고 외운 대로 읊는 새로운 언어인 것처럼 들렸다. 내 두뇌가 내가 100번은 눌렀던 전등 스위치나 내 클라리넷 케이스 아래 보관한 무지개 트래퍼 키퍼 같은 불안감을 없애주는 표지들을 지워버렸다. 어느 것도 도움이 되지 않았다. 클램은 무언가 잘못됐다.

"누가 너를 공격했다는 거 알아." 내가 말했다.

그는 마치 그의 색이 더 밝아진 듯이 차분하고 분명해졌다. "너는 좆도 몰라."

"누가 그랬어?" 나는 물었다. 그 말은 다급하게 나왔다. 내 턱이 잠긴 듯이 느껴졌고, 나는 숨을 제대로 쉴 수 없었다.

---

* Dynasty: 1981~1989년에 방영된 드라마. 두 집안의 이야기를 그렸다.

클램은 뭔가 말을 하려는 듯이 입을 열었다가 꽉 닫아버렸다. 그 움직임이 풀무처럼 작용해서 그의 눈에 미친 듯한 불길을 일으켰다. 누군가 클램을 해쳤고, 그는 내게 같은 짓을 하려는 참이었다.

찰리는 100만 킬로미터 바깥 피콜로 수업에서 계속 끽끽거렸고 나는 고함조차 지를 수 없다는 걸 깨달았다. 아무것도 아닌 일로 소란을 일으키는 거라면 바보 같을 테니까. 클램은 더 가까이 달려들었다. 내 눈에서 항복을 읽은 게 틀림없었다. 나는 뒤로 물러서다 완전히 밀어 넣지 않은 코넷\* 케이스에 걸려 넘어졌다. 내가 넘어지면서 쌓여 있던 심벌즈가 요란하게 바닥에 떨어졌다.

합주부 연습실의 문이 열렸다. 발소리가 우리를 향해 달려왔다. 코널리 선생님이 눈을 크게 뜨고 문간에 나타났다. 나는 그를 보고 안도감에 울 뻔했다.

"맙소사, 카산드라, 너 괜찮니?"

나는 끄덕이고, 심벌즈를 쌓기 위해 벌떡 일어섰다. 내가 깔고 넘어진 오른쪽 손목이 욱신거렸고, 내 흉터는 질주하는 심장과 함께 고동쳤다. 나는 갑작스럽게 느껴지는 수치심이 싫었다.

"좋아, 다행이구나." 코널리 선생님의 초점이 클램에게 옮겨가며 그의 얼굴이 팽팽해졌다. "클램칙 군, 내가 자네에게 제안했던 정원 일을 맡기로 결심했다고밖에 생각되지 않는데?"

클램의 어깨가 처지고 그의 엄지손가락이 그의 고리들에서 떨어졌다. 코널리 선생님은 간단하게 그의 기를 꺾어 그의 풍선에서 나쁜 공기를 모두 빼냈다. "아뇨." 클램은 코널리 선생님 옆을 비집고

---

\* Cornet: 트럼펫처럼 생긴 작은 금관 악기.

지나가며 말했다.

코널리 선생님은 그가 나가는 걸 지켜본 뒤 내게 몸을 돌렸다. "정말 괜찮니, 카산드라?"

나는 눈을 깜박여 눈물을 뒤로 삼켰다. 코널리에게 내가 우는 걸 보이고 싶지 않았다. 그건 멍청하니까, 이건 전부 너무 멍청하니까. 난 심지어 방금 무슨 일이 일어난 건지 알지도 못했다. "넵, 그냥 제 클라리넷을 집어넣고 있었어요. 찰리의 레슨은 끝났나요?"

"일찍 끝내는 편이 낫겠구나." 그는 나를 이상하게 쳐다보고 있었다. "내가 교실까지 같이 가줄까?"

"아뇨, 괜찮아요."

코널리는 옆으로 비켜서 내가 지나가게 했다. 내 다리는 아직도 떨렸지만, 나는 내 팝콘 전단지와 트래퍼 키퍼를 움켜쥐고 문을 향해 한 발 한 발 나아갔다.

나는 어깨를 으쓱하며 내게 온통 동물처럼 굴던 클램에 대한 비참한 공포를 떨쳤다. 아무도 그걸 보지 못했다.

제4기 공민학 수업에 들어가기 전에, 걱정스러워 보이는 비서가 나를 교장실로 불렀다.

## 12

 야노프스키 선생님에게 가는 길에 나는 손가락과 발가락이 간지러웠다. 나는 이전에 한 번도 불려간 적이 없었다. 선생님이 내가 화장실에서 본인과 퍼글리시 선생님을 엿본 걸 알았을까? 내 심장이 내려앉았다. 심지어 더 나쁠지도 몰랐다. 어쩌면 코널리가 오늘 아침 클램이 악기 보관실에서 이상하게 굴었다고 말했지도 모른다. 그들이 나를 증인으로, 그에 대해 말하라고 부르는 걸까? 이 이론은 복도 끝에 있는 야노프스키 선생님의 교장실에서 부루퉁한 얼굴로 나오는 클램을 보자 힘을 얻었다. 나는 그 모습에 몸서리쳤다. 그는 내 쪽을 보지 않았다.
 비서는 교장 선생님의 사무실로 곧장 데려갔다. 선생님은 통화 중이었다.
 "방금 들어왔네요." 야노프스키 선생님이 수화기에 대고 말했다.
 내 귀가 타올랐다. 선생님이 나에 대해 누구랑 전화를 하고 있었지?

선생님은 전화를 끊고 책상 앞에 있는 의자를 가리켰다. 거기 주저앉았던 것 같지만, 내 몸은 차갑게 식었고, 나는 더 이상 아무것도 느낄 수 없었다.

"내가 널 여기로 왜 불렀는지 아니, 카산드라?"

그녀의 입에서 불리는 내 본명은 코널리 선생님에게서 그랬던 것처럼 좋게 들리지 않았다. "아뇨, 선생님."

그녀의 입술이 더 엄격해졌다. "주머니를 비워볼 수 있겠니?"

나는 내 자신 속에서 아래로 깊이 곤두박질치며 내 눈이었던 구멍들을 올려다보고 있었다. 헤더의 초콜릿 칩 쿠키 콤팩트가 클램이 나를 놀라게 했을 때 쑤셔 넣은 내 오른쪽 앞주머니에 여전히 들어 있었다. 나는 내 청바지에 도드라진 그 윤곽을 내려다본 다음 야노프스키 선생님을 올려다보았다. 그녀는 정말로 실망스러워 보였다. 나는 그 차가운 플라스틱 물건을 확 잡아당겨 선생님 앞에 내밀었다.

"그거 네 거니?"

내가 고개를 흔들자 내 머리카락이 눈에 드리워졌다. 당연히 아니지.

"누구 거지?"

"헤더요." 나는 속삭였다.

"콜?"

"네, 선생님." 수치심이 완전해졌다. 눈물이 위협했지만 나는 눈물을 밀어 넣었다.

야노프스키 선생님은 잠시 손에 얼굴을 묻었다. 찰나의 순간, 나는 선생님이 나를 보내줄 거라 생각했다.

"바우어 경사님을 불렀다." 선생님이 말했다.

내가 들이킨 숨이 너무 커서 선생님을 놀라게 했다.

"경사님은 너를 교도소에 보내지 않을 거야." 선생님이 내 충격을 잘못 읽고 말했다. "경사님은 그저 네가 다시 한 번 이런 행동을 하면 어떤 일이 생길지에 대해 너에게 말씀해주실 거다. 나는 네가 뭘 훔쳤다는 자체가 놀랍다는 말을 해야겠구나, 카산드라. 너는 내 최고의 학생들 중 한 명이야. 집에서 무슨 일이 있는 거니?"

대답은 포탄처럼 튀어나왔다. "아뇨."

야노프스키의 눈이 반짝거렸다. 한순간, 나는 내가 다 불어버리리라 생각했다. 사람들은 우리가 얼마나 창조적인지 이해하지 못할 거다, 아빠는 늘 말했다. 사람들에게 우리가 어떻게 사는지 얘기하면, 그들은 우릴 갈라놓을 거야, 너희들을 낯선 사람들과 살게 하겠지. 네가 그걸 원한다면 그건 네 선택이다, 하지만 나는 분명 원하지 않아.

하지만 선생님은 다음 질문을 하지 않았다, 내 가정생활에 대해서는.

"헤더에게 그 애 걸 훔친 것에 대해 사과해야 할 거다. 헤더가 지금 오는 길이란다."

신이라도 이제는 내 눈물을 멈출 수 없으리라. 클램이 왜 나에 대해 얘기한 걸까? 나는 그 립글로스를 가지려고 하지 않았지만, 야노프스키 선생님은 그걸 믿지 않을 터였다. 바우어도 마찬가지일 것이다. 그냥 냄새만 맡고 싶었어요, 내가 그걸 가진 척하면서요. 잘도 믿겠다.

"마지막으로, 넌 오늘 방과 후에 남게 될 거다." 야노프스키 선생님의 목소리가 점점 다정해졌다. "하지만 이걸 네 생활기록부에 남기지는 않으마, 카산드라. 이제 울음을 그치렴. 우리 모두 실수를 한단다. 되풀이하지 않으면, 넌 괜찮을 거야."

나는 고개를 끄덕였다, 비참하게. 나는 생애 단 한 번도, 방과 후에 남은 적이 없었다. 세피도 마찬가지였다. 방과 후에 남는다는 건 부모님이 개입한다는 뜻이었고, 아빠는 명확히 했다. *레이더 아래 머물러라.* 이건 세피가 화학에서 낙제하는 것보다 분명 더 나빴다. 야노프스키 선생님의 창문 밖에서 비추는 햇살의 밝은 빛이 비현실적이었다. 나는 내가 그걸 볼 자격조차 없다고 느꼈다. 바우어 경사의 경찰차가 멈췄다. 그는 전화를 받았을 때 근처에서 순찰을 돌고 있었던 게 분명했다.

"저기 오시는구나." 야노프스키 선생님이 말했다. 그녀의 목소리가 다시 사무적이 되었다.

헤더가 그보다 먼저 교장실에 들어왔다. 그 애는 내가 그랬듯 교장실로 안내됐을 때 겁에 질려 보였다. 내 안에서 질투심이 빠르고 뜨겁게 타올랐다가 이내 녹아들었다. 그 애는 여기서 나가겠지.

"야노프스키 선생님?" 그 애가 말했다.

교장 선생님은 나를 가리켰다. "카산드라가 할 말이 있다는구나."

나는 헤더와 눈을 맞출 수 없었다. 나는 야노프스키 선생님의 책상 모서리에서 그 플라스틱 초콜릿 칩 쿠키 상자를 낚아채서 내밀었다. "내가 네 립글로스를 가져왔어. 미안해."

헤더는 내 손에서 그걸 뽑아냈지만 당장 아무 말도 하지 않았.

나는 그 애를 훔쳐보았다. 헤더는 미간에 주름을 짓고 그 립글로스를 응시하고 있었다.

"미안하다고 했어." 내가 말했다.

"이게 있는 걸 잊고 있었어." 헤더는 야노프스키 선생님을 보았다. "저는 가도 돼요?"

"그래, 헤더. 고맙다. 그리고 여기서 있었던 일을 친구들과 나눌 이유는 없겠지."

아마도 야노프스키 선생님은 좋은 의미로 말했겠지만, 그녀는 중학교가 어떤 식으로 돌아가는지 분명 모르는 것 같았다. 나는 내 새 별명이 뭐가 될지 궁금했다.

헤더가 나갈 때 바우어 경사가 들어왔다. 그는 몸을 돌려 헤더가 나가는 걸 지켜본 다음 고개를 젖히고 나를 살펴보았다. 나는 그가 조각들을 한데 모으는 걸 보았다. 야노프스키 선생님이 그에게 전화했을 때 내 이름을 말하지 않은 게 분명했다.

우리 학생 중 한 명이 도둑입니다. 오셔서 그 애에게 두려움을 심어주시겠어요?

기꺼이요.

"너는 도니의 딸이지?"

"네." 나는 말했다. 나는 그에게서 시선을 떼지 않았다. 야노프스키 선생님과 헤더 앞에서는 수치스러웠지만, 그에게는 그러지 않을 터였다. 나는 아빠의 파티에서 본, 그가 크리스티에게 하던 짓을 떠올렸다. 온통 구부러진 몸, 꼭 감겨 있던 그들의 눈, 땀투성이에 텁텁한 냄새가 나던 그들의 피부, 저 은색 손목시계와 몸을 밀쳐낼 때 짤각 소리를 내던 인식표만 몸에 걸쳤던 그.

"여기서부턴 제가 맡죠." 바우어가 교장 선생님을 교장실에서 물러나게 할 수 있다는 듯이 말했다.

"괜찮으시면 남겠습니다." 선생님이 말했다.

나는 그녀를 껴안고 싶었다. 박아서, 그와 아빠는 리틀 존스에서 그런 얘기를 하고 있었다. 박아서, 그리고 버섯, 그리고 몇 넌마다 전염병처럼. 나는 그 대강의 조각들만 들었을 뿐이지만 그 단어들은 고장 난 피아노가 내뱉는 음처럼 신경을 건드렸다.

"저는 상관없습니다." 바우어가 모자를 손에 들고 선생님의 책상 가장자리에 걸터앉으며 말했다. 그는 셔츠 주머니에서 펜을 꺼냈지만 종이를 집어 들진 않았다. 그저 펜의 엉덩이를 눌러댔다. 딸칵딸칵. 딸칵딸칵. "도둑질이 나쁘다는 건 너도 알지?"

"음." *당신도 우리 아빠 파티에서 당신이 하던 짓이 나쁘다는 거 알죠?*

"뭐라고?" 딸칵딸칵. 딸칵딸칵.

"예."

"너희 아빠도 당신 딸이 도둑이라는 걸 들으면 아주 실망하실 거다." 그가 말했다. "그렇게 생각되지 않니?"

"예." *하지만 그게 아빠를 곤란하게 할 때만 그렇죠.*

"다시 이런 짓을 하면, 너는 결국 소년원에 가게 될 거다." 딸칵딸칵. 딸칵딸칵. "그러고 싶니?"

"아뇨."

나는 그가 나를 바라보는 방식에서, 더 수치스러워하지 않는 나를 불만스럽게 여긴다는 걸 알 수 있었다. 그리고 나는 수치스러웠다, 하지만 말했듯이, 그가 그걸 알게 하지 않을 터였다.

"좋아." 마침내 그가 말했다.

## 13

 

우리는 작년에 우등 영어반에서 《주홍글씨》를 읽었다. 야노프스키 선생님의 교장실에서 걸어 나오며, 맙소사, 나는 그 책을 완전히 새로운 차원으로 이해했다. 남은 하루 동안 애들이 나를 쳐다보던 방식이 최악의 부분은 아니었다. 최악은 몇몇 선생님들, 예를 들면 킨첼호 선생님이 나를 너무 친절하게 대하는 방식이었다. 시금치가 뽀빠이에게 기운을 주듯 연민이 굴욕을 채웠다. 하지만 나는 그날을 버텨서 살아남았고, 교실들 끝에 있는 방과 후 교실까지 한참을 걸어갔다. 거기 이르자, 나는 내 목숨이 달려 있기라도 한 것처럼 내 숙제에 집중했다.

나는 누가 나를 데리러 올지, 엄마일지 아빠일지 몰랐다.

당연히, 나는 엄마가 오길 바랐다, 엄마가 얼마나 실망할지 보고 싶지는 않았지만. 내가 왜 그런 짓을 하고 있었는지 진실을 말할 수도 없었다. 내가 남의 물건 냄새를 맡고 싶다고 느꼈다고 하면 엄마가 너무 슬퍼할 테니까. 더 깊이 생각할수록, 나는 아빠가 오기를 기대하게 됐다. 아빠는 미친 듯이 화를 낼 테지만, 세피에게 열을 좀 덜 내게 되리라.

아빠가 방과 후 교실 문으로 느긋하게 들어올 때쯤에는, 나는 아빠를 보는 게 거의 행복할 정도였다.

"이리 와." 아빠가 교실 모니터를 신경 쓰지 않고 으르렁대듯 말했다.

나는 주섬주섬 내 책들과 트래퍼 키퍼를 챙겼다. "감사합니다, 커니프 선생님." 나는 나오면서 선생님에게 말했다. 그녀는 읽고 있던 책에서 고개를 들지도 않고 끄덕였다.

아빠는 정문을 향해 딱딱하게 행군하듯 걸었다. 복도는 트랙을 마무리하고 로커룸으로 가는 아이들과 프로젝트를 하느라 늦게까지 남아 있는 8학년 두어 명 외에는 대부분 텅 비어 있었다. 나는 가브리엘이 근처에 없어 방과 후 교실을 떠나는 나를 볼 수 없다는 사실이 정말 기뻤다.

나는 아빠의 기분을 읽어보려 했지만 아빠는 너무 빨리, 그리고 아무 말 없이 걷고 있었다. 나는 최악을 대비했다. 불평 없이 내 불행을 받아들일 터였다. 외출 금지를 당하고, 더 많은 집안일이 주어지겠지. 그 정도는 감당할 수 있다. 이제 내가 가시방석에 앉았으니, 아마 세피가 아이 보는 일을 맡을 테고. 세피가 나보다 더 그 돈이 필요했다.

학교 바깥의 태양이 눈을 멀게 했다. 덕분에 세피가 밴의 앞좌석에 앉아 있다는 걸 알아차리는 데 잠깐 시간이 걸렸다. 세피의 얼굴은 엄숙해 보였다. 젠장. 좋아. 이건 내가 생각했던 것보다 더 안 좋았다. 나는 옆문을 열고 들어갔다. 세피는 뒤를 돌아보지 않았다. 아빠가 아빠 자리로 기어들었다.

정적 속에 앉아 있던 다음 순간 아빠가 활짝 웃는 얼굴로 홱 돌아 보았다. "아빠가 거기서 널 탈출시켰지 않냐?"

아빠는 오른손을 들어 올렸고, 세피가 하이파이브를 했다. 아빠는 그 손을 내게 돌려 손바닥을 내밀었고, 나는 어리둥절해서 똑같이 했다.

"우리 딸이 범죄자라니." 아빠가 껄껄거리며 말했다. "너 정말 립글로스가 필요했나 보구나."

세피가 눈을 크게 뜨고 끄덕이며 나를 돌아봤다. "그거 다시 줘야 했어?"

"응." 내가 말했다. 내 머릿속이 빙글빙글 돌고 있었다. "아빠 화 안 났어요?"

아빠는 밴의 시동을 걸고 단숨에 차를 돌리며 백미러로 나를 응시했다. "다시 그러면 화를 내겠지, 하지만 누구나 실수를 하는 법이야. 게다가, 바우어를 데려오다니 말도 안 되지. 나는 헛소리는 상대 안 한다."

야노프스키 교장 선생님의 집무실에 불려간 이래 내 심장 주변에 껴 있던 얼음이 녹았다. "고마워요, 아빠."

"그래. 이제 쇼핑 좀 하러 가자. 파티하려면 많이 쟁여놔야 해."

내 호흡이 걸렸다. 그래서 아빠의 기분이 좋은 거였다. 뭐, 받아들여야지.

"뭘 사야 해요?" 세피가 말했다.

아빠는 리스트를 들고 운전하면서 읽기 시작했다. "위스키, 맥주, 믹스 너트, 감자 칩, 치즈, 편육."

내 배가 꼬르륵거렸다. 적어도 파티하는 동안 우리가 잘 먹게 된다는 건 좋은 점이었다. 나는 여행 정신에 휘말리기 시작했다. "집에 갈 때는 세피가 운전해요?"

"그거 좋은 생각이구나! 너는 어때, 페르?"

세피는 어깨 너머로 내게 불쾌한 시선을 쏘았다. 세피는 기어가 자동일 때는 꽤 괜찮은 운전자였다. 꼭대기가 공 모양인 스틱으로 변속해야 하는 이 커다란 금속 좌약에서는? 별로였다. 나는 그 얘기를 꺼낸 게 미안했지만 세피를 돕기 위해 그랬다고 스스로에게 말했다.

아빠가 세피의 시선을 알아차렸다. "연습해야 완벽해진다, 페르세포네."

"알았어요." 우리가 투시 팝스*를 나눠주는 주류 가게에 차를 세우자 기분이 좋아진 세피가 말했다. 세피가 열다섯 살인지는 몰라도, 나보다 단 것을 더 좋아했다. 그때 나는 주차장에서 릴리데일 경찰차를 발견했다. 나는 내 손목 피부를 꼬집었다. 그게 바우어 경사일 가능성이 얼마나 될까?

거의 꽉 찬 주차장에 빈자리가 두 개 있었다. 하나는 하얀색 세단 옆이었고, 다른 하나는 경찰차 옆이었다. 나는 아빠가 세단 옆에 주차할 거라고 확신했지만, 아빠는 경찰차 옆에 나란히 차를 세웠다. 아빠는 시동을 끄고 밴에서 나가 문을 닫고 경찰차의 보조석 창문을 두드렸다. 경찰이 팔을 뻗어 창문을 내렸다.

그렇지. 그건 바우어 경사였다.

---

* Tootsie Pops: 막대 사탕 브랜드.

"안녕, 도니." 그는 아빠에게 말했다. "뭘 도와줄까?"

아빠는 창문에 기댔다. 그들은 말들을 주고받고, 이어 음울한 웃음을 나눴다. 세피와 나 둘 다 밴에서 나와 아빠 옆에서 기다리고 있었다. 바우어 경사가 우리에게 인사하도록 아빠가 한 발 비켜서자 세피가 내 손을 잡았다.

"하루에 두 번을 보는구나, 얘야." 그가 내게 말했다. "네 아빠와 나는 내가 다시는 너를 공무로 보는 일이 없을 거라는 데 동의한단다, 그게 맞니?"

"예, 경사님." 내 말은 내 입에 끈끈하게 달라붙었다. 그들 둘 다 걱정스러운 어른들의 역할을 연기하고 있었다. 나는 그들이 주로 파티에 대해 얘기하고 있었다고 확신했다.

나는 심포지엄을, 고문과 외계인 납치라는 소문을, 클램이 얼마나 사악하게 변했는지를, 자신의 놀이 시간 포스터를 색칠하던 이비를 생각했다. 나는 그들이 내 어린 시절을 훔치게 놔두지 않을 거야. 나는 그가 내게 시선을 두는 걸 원치 않았지만, 진실을 알아야 했다. "바우어 경사님, 통행금지시간이 왜 있나요?"

아빠가 나를 쳐다봤다.

세피가 바짝 다가왔지만 나는 물러서지 않을 거였다. 나는 바우어 경사의 거울 같은 선글라스에 비친 내 모습을 관찰했다. 나는 모기만 했고, 위아래가 뒤집혀, 나와 세피 두 개의 막대사탕 머리가 각각 완벽한 동그라미를 반영하는 햇빛을 막고 있었다.

바우어가 마침내 말했다. "별로 심각한 건 없다. 애들이 돌아다니다 말썽에 휩쓸릴 필요는 없다는 것뿐이야." 그는 아빠에게로 얼굴을 돌렸다. "자네 딸들 잘 봐, 알겠어?"

아빠는 뻣뻣한 손가락 두 개로 이마를 두드리며 그에게 경례했다.

주차장 맞은편에서라면, 바로 그때 아빠와 바우어 경사가 서로 주고받는 표정을, 남자끼리 교환하는 짧은 히죽거림을 놓쳤을지도 모른다. 그들은 둘만의 비밀을, 꼬이고 축축한 무언가를 공유했다. 그걸 보자니 햇빛이 용암처럼 쏟아지는데도 스웨터를 끌어올리고 싶어졌다.

"나는 가는 게 좋겠군." 바우어 경사가 차에 시동을 걸며 말했다. "토요일에 보겠구나!"

세피가 다시없이 공손하게 말했다. "좋아요."

나는 노려봤다.

아빠는 경찰차 위를 철썩 치고, 바우어 경사가 차를 몰고 갈 수 있게 물러섰다. 그가 주차장을 나서자 아빠가 세피에게 팔을 둘렀다. "그렇게 하는 거지, 딸. 경찰이 파티에 있으면 그들이 단속하지 않을 거 아냐, 응?"

세피가 아빠에게 환한 미소를 지었다. "그렇겠네요."

나는 혐오스러운 동시에 질투가 났다. 세피가 그런 식으로 아빠에게 아부할 때는 그게 싫었지만, 인정해야겠다. 아빠의 총애를 받는 것에는 특전들이 있었다. 나는 여전히 세피에게 팔을 두르고 있는 아빠와 세피를 따라 술집으로 들어갔다. 나는 아빠에게 환심을 살 가치가 있을지 저울질하면서도 그 방법들을 살피다가 생각에 너무 골몰한 나머지 위스키 통로를 터벅거리는 남자와 부딪힐 때까지 그를 보지 못했다.

"죄송합니다!" 내 입에서 그 말이 튀어나오는 동시에, 내 몸이 오줌을 싸야 하는 것처럼 부르르 떨렸다.

나는 고블린과 얼굴을 맞대고 서 있었다.

내가 습관적으로 들이마신 숨을 참고 있는 동안 그에 대해 내가 들었던 모든 소문이 파도처럼 밀려들었다. 동물을 괴롭힌대. 악마를 숭배한대. 손가락을 먹는대. 피를 맛보면 미쳐 날뛰다가 악마로 변한대. 그는 미식축구 스타였는데 끔찍한 차 사고로 머리 꼭대기가 날아가서 늘 모자를 쓰고 다니는 거래. 그는 집에 혼자 앉아서 의자를 흔들고 있다가 먹거리랑 맥주를 살 때만 자기 트레일러를 떠난대.

고블린의 야구 모자는 귀까지 바짝 당겨져 있었고, 그의 텅 빈 눈은 그 챙 아래 그늘져 있었다. 그는 '나를 밟지 마라' 뱀* 같은, 구불거리는 타투를 하고 있었다. 그 머리는 그의 옷깃을 핥고, 그의 팔 둘레에 다시 똬리를 틀며 나타났다. 나는 그의 셔츠 아래쪽, 그게 끝나는 부분에서 어떻게 보일지 궁금했다. 그는 덩치가 크고 가슴이 떡 벌어졌지만 뚱뚱하지는 않았다.

나는 이전에 그에게 이렇게 가까이 서본 적이 없었다.

나는 그가 시큼한 늙은 남자 같은 냄새가 아니라 아침에 막 일어나 샤워하기 전의 우리 아빠 같은 냄새를 풍긴다는 것을 깨달았다. 고블린에 대해 그런 걸 알게 된 것이 당황스러웠다. 나는 스스로 웃고 있다는 걸 발견했지만 재빨리 삼켰다. 웃음은 가라앉지 않고 블랙 오일과 악취로 가득한 트림처럼 올라왔다.

그제야 나는 내가 아직도 숨을 참고 있다는 것을 깨달았다. 나는 후, 하고 숨을 내뱉었다.

"죄송합니다." 나는 고블린의 시선에 갇힌 채 말했다. 그는 나를

---

* 똬리를 튼 뱀 아래 '나를 밟지 마라'는 문구가 있는 타투 문양.

노려보고 있었다.

"캐시, 내 뒤에 서라." 아빠가 내 어깨를 꽉 눌렀고 나는 평생 처음으로 아빠의 손이 닿는 게 반가웠다. 안도감에 얼굴이 너무 달아올라서 나는 순간적으로 그걸 분노로 착각했다.

"네, 아빠." 내 말은 공손했고 이상했지만 우리는 큰 무대에서 우리 중 누구도 연습해보지 않은 극을 연기하고 있었다. 아빠는 그걸 느꼈다. 고블린도 그랬다.

그들은 누구도 물러서지 않고 목 뒤의 털을 곤두세운 채 서로를 쳐다보았다. 고블린의 집은 우리 집과 가장 가까운 집들 중 하나로, 우리는 동네 이웃이었지만 엄마와 아빠는 옛 스웬슨네 집으로 이사 온 고메즈 가족을 제외하곤 그에 대해서나 우리 주변에 사는 다른 사람에 대해서 전혀 얘기하지 않았다. 혼자 지내는 게 최고야, 아빠는 말했지만 그들이 서로 뚫어지게 쳐다보는 모습으로 볼 때 아빠는 분명 고블린을 알았다.

고블린은 양 다리에 번갈아 체중을 실으며 목구멍 뒤쪽에서 크-크-크처럼 들리는 낮고 반복적인, 초조한 틱 소리를 냈다. 우리 아빠의 무언가가 그를 극도로 불안하게 했다.

고블린이 먼저 침묵을 깼다. "우리 개 봤나?" 그가 더듬거리며 말했다.

아빠는 대답하기 전에 잠깐 기다렸다. 아빠는 자신이 상황을 주도한다는 걸 고블린에게 알리고 싶어 했다. "그 녀석을 묶어놔야 할 거야. 차들을 쫓아다닌다고."

"봤냐고 물었잖아?"

"아니."

고블린은 껍질에서 씨를 분리해서 홀랑 뱉기 전에 이 말을 곱씹는 듯이 보였다. 그는 아빠를 거칠게 밀치며 지나갔지만, 아빠는 두 발로 단단히 버티고 서서 고블린이 빈손으로 걸어 나가는 모습을 지켜봤다.

"너희 둘, 저 사람 집에는 절대 가지 마라. 그 집 개는 병 걸린 놈이니까." 아빠가 고블린에게 눈을 고정한 채로 우리에게 말했다. "놈을 데려오자마자 내가 그 개새끼를 쏴버려야겠어."

아빠는 내 어깨를 다시 한 번 눌렀지만 이번엔 달랐다. 아빠는 내가 마침내 아빠의 팀에 합류할 생각이 있는지 보려고 나를 시험하고 있었고, 아빠가 내 쪽을 볼 때 그 눈에 담긴 소유욕이 그걸 더 확실하게 했다.

"저놈 말하는 거다, 개가 아니라." 아빠가 말했다.

# 14

저녁 식사는 거의 만찬이었다. 아빠는 고블린과 보인 그 이상한 모습에서 회복되어 신이 난 상태였다. 아빠는 엄마에게 나를 학교에서 구출한 일에 대해, 아빠가 돌아선 방식이며 우리가 거의 부치 캐시디와 선댄스 키드*였다고 말했다. 게다가 막내딸을 탈출시킨 것 외에 엄마의 파티 준비 목록에 있는 모든 걸 구입했고, 쿠폰을 써서 엄마의 돈을 절약했다고도 말했다.

아빠는 고블린에 대해서 엄마에게 말하지 않았지만, 아빠가 새 통행금지시간을 언급했을 때 엄마의 얼굴이 지퍼를 채운 것처럼 굳어서 아빠가 말할 기회가 없었는지도 몰랐다.

"릴리데일에 통행금지가 생겨?"

아빠는 으깬 감자를 한 숟가락 가득 뜨다가 거의 입가에서 멈췄다. "으응, 남자애 둘이 자기들이 납치됐다고 주장했대." 그는 '주장

---

\* 1969년 작 동명의 서부 영화 속 두 캐릭터. 국내에는 〈내일을 향해 쏴라〉로 소개되었다.

했다'는 말을 식초에 절여진 것처럼 내뱉었다. "아마 그중 한 명만 경찰에 갔나 봐."

내 입이 딱 벌어졌다. 남자애 둘. 그건 맞지 않았다.

엄마는 수명이 1년쯤 줄어든 것처럼 보였다. 엄마는 나와 세피에게 몸을 돌렸다. "너희 둘 중에 누가 이거에 대해 아니?"

세피가 어깨를 으쓱했다.

"난 그게 클램뿐이라고 들었어요. 마크 클램칙." 내가 정정하자 엄마는 혼란스러워 보였다. "걔는 8학년이에요."

"불쌍한 아이." 엄마가 중얼거렸다.

"그게 사실이더라도," 아빠가 말했다. "애들은 거짓말을 하지."

"걔는 유괴당한 뒤에 결국 병원에 가야 했다고 들었어요." 나는 내가 정확히 무슨 말을 하고 있는지 확신하지 못하면서 말했다. 나는 '강간'이라는 말을 쓰고 싶지 않았지만 유괴당했다는 것이 정확히 어떤 의미인지 100퍼센트 확신하지 못하기는 마찬가지였다.

"내 친구 엄마가 간호사거든요." 내가 계속했다. "클램이 형편없는 꼴을 하고 있었대요."

"다른 애는 누구야?" 엄마가 물었다.

우리는 모두 아빠를 쳐다봤다. 아빠는 이번엔 소간에 덤벼들고 있었다. 아빠는 그걸 좋아했는데, 거기 든 아연이 아빠에게 슈퍼 파워를 준다고 했다. 그 식감은 내가 토하고 싶게 만들었다. 그건 젖은 책을 씹는 것 같았다.

"또 다른 할로 애라던데." 아빠가 말했다.

세피가 나만큼 놀란 얼굴로 씰룩거렸다. 아빠 말이 맞는다면, 두 번째 남자애 역시 우리와 같은 버스를 탄다는 뜻이었다.

"그 애 이름이 뭐예요?" 내가 물었다.

아빠는 계속 씹었다.

"그 애 이름이 뭐예요?" 내가 다시 물었다.

"남의 일이야." 아빠가 눈을 돌리며 말했다. 무언가를 숨기고 있다는 걸 나는 알 수 있었다. 나는 그게 아빠와 바우어 경사가 공유한 비밀과 관련이 있는지 궁금했다.

"이제 그만." 엄마가 말했다. "다른 사람의 문제들에 대해 지레 짐작하지 말자." 엄마는 래디시 그릇에 손을 뻗어 체리처럼 밝고 통통한 것을 꺼냈다. 엄마는 그걸 직접 길렀다. 시금치와 함께 그건 올해의 첫 작물이었다. 엄마는 씹었다.

그 우적우적 소리가 세피와 나를 펄쩍 뛰게 했다.

세피와 내가 뒷정리를 하는 동안 엄마와 아빠는 거실로 나갔다. 엄마는 채점할 과제 더미를 꺼냈고, 아빠는 거의 매일 밤 그러듯 TV 앞에 자리를 잡았다. 아빠는 TV를 아주 많이 봤다. 많은 사람들이 그리리라. 아마 아빠처럼, 사람들도 자신들의 삶이 박스에 담겨 자신들에게 배달되는 걸 선호하는 것 같았다.

"다른 애가 누군지 알아?" 내가 세피에게 물었다.

세피는 자기가 그릇을 닦겠다고, 나는 물기를 닦고 정리하라고 했다. 세피는 개수대에 마개를 막고 초록색 팜올리브\*를 짠 다음 뜨거운 물을 틀었다. "말들이 많지만 다 그냥 소문일 뿐이야. 클램은 버스에서 괜찮아 보였어."

나는 남은 감자를 긁어 플라스틱 통에 넣은 다음 주걱을 핥았다.

---

\* Palmolive: 비누, 목욕용품, 세제 등을 만드는 회사 브랜드.

"괜찮아 보이지만 걔는 전과 같지 않아. 오늘 밴드 연습실에서 나를 구석에 몰아넣었어."

"클램이?"

"응," 나는 말했다. "다르긴 했지만."

세피는 물을 섞어 거품이 나게 하면서 잠깐 여기 대해 곱씹는 듯했다. "그 립글로스는 왜 훔쳤어?"

"안 훔쳤어." 나는 플라스틱 그릇 위를 은박지로 감쌌다. "그냥 보고만 싶었어. 그때 클램이 나를 발견했지. 나는 생각할 새도 없이 립글로스를 내 주머니에 집어넣었고."

"뭐? 왜 야노프스키 선생님한테 말씀드리지 않았어?"

"왜냐하면 내가 훔쳤다고 말하는 것보다 더 멍청하게 들리니까."

세피는 엄마가 우리에게 가르쳐준 순서대로 뜨거운 비누투성이 물에 접시들을 담그기 시작했다. 유리 먼저, 그래서 얼룩이 생기지 않게. 그런 다음 날붙이 류. 접시와 사발들이 그다음, 냄비와 팬 들은 모든 것에 기름이 돌게 하니까 마지막에.

"안타깝네." 세피가 마침내 말했다.

나는 양팔로 세피의 허리를 감싸고 꽉 안았다. "고마워."

"저리 가!" 세피가 웃음을 터트리며 말했다. "야, 오늘 밤에도 또 내 공부 도와줄 거지?"

"두말하면 잔소리지."

나는 세피의 머리에 들어갈 수 있는 모든 화학을 밀어 넣은 다음, 조용히 내 방으로 돌아갔다.

밤은 습했고, 잉크색이었다. 나는 온통 뜨겁고 강렬한 공기 속에서 폭풍이 오는 냄새를 맡을 수 있었다.

확실히 침대 아래 쭉 뻗고 자는 밤이어야 했지만, 그러면 베개를 뒤집어 그 밑의 서늘함을 획득할 수 없을 터였다. 그래서 나는 옷장을 택했고, 잠이 들 무렵 모기 한 마리가 나를 발견하고 앵앵대며 내 끈끈한 피부에 파고들 때조차 내 결정을 고수했다.

더위와 벌레를 잊기 위해서 나는 내 여름을 상상했다. 내일은 내게 7학년의 마지막 날이었다. 곧 나는 손을 뻗어 꽃가루를 잡으려고 옥수수 줄기 사이를 뛰어다니고, 공기는 풀냄새와 흙냄새로 터질 듯하리라. 여름은 과일과 꽃으로 폭발하는 모든 것을 의미했다. 장미 석영 색깔 구름이 머리 위에서 둥실거리고, 세피와 나는 우리만의 바람을 만들 만큼 페달을 빨리 밟으며, 비밀의 숲과 수생 곤충이 사는 늪지의 냄새가 진하게 풍기는 공기를 가르고 달리리라.

어쩌면 가브리엘이 우리와 함께 놀고 싶을지도 몰랐다. 그를 생각하자 수치심이 내 심장에 다시 기어들려고 위협했지만, 나는 그러게 두지 않았다. 가브리엘은 그 립글로스에 대해 알지 못할 수도 있고, 설사 안다 해도 내가 직접 설명하면 나를 용서해줄 거였다. 세피도 그랬다. 우리는 그 실수를 넘어 유대감을 형성할 테고, 아마, 사랑에 빠지겠지.

그는 내게 그의 종이비행기 목걸이를 줄 것이다.

하지만 학교가 끝나면 무슨 수로 그와 연락을 계속하지? 내가 그를 우연히 마주칠 리는 없었다. *우리는 다른 세계에 산다고요.* 내가 올 여름 그와 확실히 마주칠 유일한 방법은 그가 다니는 교회에 가는 것뿐이었지만 그건 가능성이 없어 보였다. 우리는 무신론자 집안이라고, 적어도 아빠는 그렇게 말했다. 내가 이유를 묻자 아빠는 말했다. "베트남에서, 나는 유일한 신이 하루 더 뜨는 태양이라는 것을 깨달았지. 나는 내가 살아남는다면 또 한 번 태양이 뜨는 걸 절대 당연하게 생각하지 않겠다고 맹세했다."

그건 괜찮게 시작했다고, 하지만 그러자 한동안 너무 많은 종류의 일출이 있었다고, 아빠는 말했다. 그리고 모두 똑같이 보이기 시작했다고.

그래서 우리 집에서는 아무것도 숭배하지 않았다.

아니, 나에겐 학교가 끝나기 전에 가브리엘과 접촉할 하루—내일—가 있었고, 내가 생각할 수 있는 유일한 방법은 그에게 내 연감에 서명해달라고 하는 것뿐이었다. 그 생각은 내게 완벽하게 느껴졌다. 일단 계획을 잡고 나자, 나는 바로 잠들 수 있었다. 모기가 있든 말든.

나는 경고를 뿜어내는 내 피에 깜짝 놀라 깨어났다. 나는 무엇 때문에 잠이 깼는지 알지도 못하면서 숨을 참았다. 내 시계는 옷장 문 밖에 있었다. 시간을 보려면 문을 열어야 했지만, 내 피부 아래 무언가가 내게 가만히 있으라고 말하고 있었다.

천둥소리에 비명이 나왔지만, 이내 나는 안심했다.

폭풍.

그게 나를 깨운 것이었다. 날씨가 마침내 흐트러졌다. 나는 봄비의 묵직한 달콤함을 들이마시며 코를 킁킁거렸다. 온도가 몇 도 떨어져 있었다. 나는 얼굴에 미소를 띠고 내 퀼트 둥지에 파고들었다.

하지만 그때 나는 그 딸깍 소리를 들었다.

그리고 또 한 번.

딸칵.

두 번 더.

딸칵. 딸칵.

너무나 가깝게 들렸다. 아빠가 내 방 바닥 환풍구 바로 아래 있는 게 틀림없었다, 손톱을 깎으면서.

아빠가 내가 깨기 전에 손톱을 몇 개나 다듬었을까? 계단 아래에 오기 전까지 몇 개나 남았을까? 고요가 깨졌다. 내 팔의 털들이 곤두섰다. 나는 내 심장의 쿵쾅거림을 잠재우려 애쓰면서 털들을 쓰다듬었다.

부엌 조리대에 손톱깎이가 닿는 탁 소리가 나를 얼어붙게 했다.

아빠가 계단 아래로 어슬렁어슬렁 걸어왔다.

아빠는 지난 12월 이후 때때로 이런 행동을 했다. 엄마가 같은 달에 졸업 앨범 지도사로 일하기 시작했다. 그 말은 엄마가 늦게까지 일했고, 마침내 집에 오면 너무 피곤해서 비틀거리며 잠자리에 든다는 뜻이었다.

엄마가 없는 어떤 밤에, 매일은 아니지만 가끔, 아빠는 손톱을 깎은 다음 계단으로 살금살금 움직이곤 했다. 모든 바닥이 그가 서 있는 곳의 지도처럼 신음했다.

아빠는 계단 바닥으로 걸어가 결코 첫 단에 발을 올리지 않고, 그곳에서 한 번에 몇 분씩 서 있곤 했다. 내 방은 계단을 올라와 첫 번째 방이었고, 세피의 방은 복도 끝이었다. 우리 사이에 방이 하나 있었고, 주로 창고로 사용되었다. 나는 아빠가 그 창고 방에서 무엇을 꺼내고 싶은지 알지 못했지만, 아빠가 낮 동안에는 그걸 꺼내야겠다는 생각을 전혀 하지 못하는 듯 보이는 것이 나를 유령의 집에 간힌 것처럼 느끼게 했다.

아빠가 계단 밑에 처음 서 있었던 날이 내가 평범한 여자애처럼 침대 위에서 잠들었던 마지막 밤이었다. 아빠는 어떤 밤에도 그 첫 계단을 결코 넘지 않았지만 그럴 수도 있었다.

오늘 밤에 그럴 수도 있었다.

나는 내가 그런 어느 밤에 아빠에게 필요한 게 뭐든 가져가도 괜찮다고, 만약⋯ 만약 아빠가 나와 세피를 깨울까 봐 걱정되면, 그 계단 밑에 도사리고 있는 게 바로 최악의 방법이라고 고함쳐야 했다는 것을 알았다. 하지만 나는 입을 열 수 없었다. 그 유령의 집 같은 느낌이 나를 막았다. 그러다 아침이 오고, 온통 환하고 안전한 태양이 뜨면 나는 그 계단 일을 꺼낼 그럴싸한 이유를 하나도 찾을 수 없었다.

하지만 나는 또 이렇게 내 침대 아래나 내 옷장 속에서 떨면서 대체 내가 왜 그 얘길 꺼내지 않았을까 생각하고 있다. 왜냐하면 아빠가 저기 계단 밑에 서 있고, 나는 나무와 계단 너머 거의 아빠를 볼 수 있기 때문에. 아빠의 얼굴을 잘 떠올릴 수는 없지만 어떨지는 알았다. 술에 반쯤 절어서, 몸은 휘청거리면서.

*아침아, 서둘러.*

나는 내 심장박동을 늦춰 공포의 독이 번지지 않게 막으려 애썼다. 클램이 유괴됐을 때 그가 느꼈던 것이 분명 이런 것이리라. 다른 애가 있다면, 그 다른 남자애도. 클램이 내게 이상하게 굴었더라도, 그때 나는 그들을 너무나 돕고 싶었다. 누가 그들을 해쳤는지 찾아 막고 싶었다. 또 한 번 천둥소리가 하늘을 찢었고, 나는 소리치지 않으려고 혀를 깨물었다. 바람이 나뭇가지들을 집에 닿을 만큼 가깝게 밀어붙이며 나뭇잎과 잔가지들을 외벽에 휘갈겨 아빠에게 계단을 오르지 말라고 경고했다.

아빠는 듣지 않았다.

아빠가 자기 발로 시험하듯 첫 계단을 천천히 밟는 것을, 나는 그 삐걱거리는 소리로 알 수 있었다. 그런 다음 두 번째 계단의 울부짖음은, 내게 마치 내 이름처럼 친숙했다. 내 창자가 꾸르륵거렸고, 나는 갑자기 똥이 너무 마려워서 죽을 것 같았다. 나는 자세를 바꾸다가 옷걸이들의 풍경소리에 깜짝 놀랐다. 나는 눈을 꼭 감고 규칙적으로 호흡하려 애썼다.

엄마, 나는 말했지만 목구멍이 너무 굳어서 소리를 낼 수 없었다.

아빠가 세 번째 계단에서 멈췄다.

아빠가 이렇게 가까이 온 적은 없었다.

두려움이 나를 먹어치웠다.

내 감각이 사라지면서 내 해골 안에 두 단어의 울림만을 남겼다. 도망쳐. 숨어. 도망쳐. 숨어.

다만 아무 데도 갈 곳이 없었다.

바람이 아빠에게 비명을 지르고, 번개가 밤을 가르며 옷장 문 아래 틈새를 대낮처럼 환하게 밝혔다.

아빠는 마침내, 이 마지막 경고를 듣고 물러났다. 아빠는 발을 끌며 아빠와 엄마의 방으로 가 등 뒤로 문을 쾅 닫았다.

나는 내 손톱의 뾰족한 부위가 내 손바닥의 부드러운 살에 남긴 자국을 느끼며 손을 폈다.

나는 아빠가 그 계단을 다 올라오면 죽을 것이다.

그건 진실한 생각, 내가 했던 그 어떤 것보다 더 진실한 생각이었고, 갑자기 나는 그것에 대해 쓰고 싶었다. 내가 무슨 말을 하고 있는지 사람들이 바로 알아차리는 방식이 아니라 병 속의 메시지 같은, 아빠가 깰 수 없는 비밀 암호로. 나는 내가 옷장 속에 보관하는 연필과 스프링 제본된 공책을 꺼냈다. 불을 켜는 위험을 무릅쓸 수는 없었지만, 번갯불이 종종 비춰주어서 간신히 내 뇌와 손 사이의 공간에 타오르는 말들을 써낼 수 있었다.

## 캐시의 믿거나 말거나!

**매일 죽는 여제!**

13세기 중국의 여제인 리우 챙은 어릴 때 사자에게 공격당했다. 그녀는 죽은 척해서 목숨을 구했다. 그날 이후 그녀는 기적적으로 그리고 자발적으로 일출부터 일몰까지 지속되는 코마에 들어갈 수 있었다. 이 기적적인 상황을 진단하기 위해 전 세계 각지에서 의사들이 몰려왔다. 챙 여제의 깊은 명상에 든 상태는 실로 죽음과 닮았다. 그녀는 1톤이 넘는 청동 징을 반복적으로 울려야만 이 '죽음 같은 잠'에서 깨어날 수 있었다.

생각보다 시간이 오래 걸렸지만 글을 마치자 나는 잠들 수 있을 것 같았다. 나는 공책을 덮고 연필과 함께 선반에 도로 집어넣은 다음 깊은 잠에 빠졌다.

# 15

*화창한 날에도 나쁜 소식은 여전히 당신을 찾아든다.*

진 이모의 말이 사실이라면, 그 반대도 마찬가지로 유효해야 한다. 폭풍우 속에서도 좋은 소식이 도착할 수 있고, 그리고 와, 이번 건 트리 밴더\*였다. 보통 폭풍은 아침 전에 끝나지만 이번 폭풍은 계속되고 있었다. 나는 내 생물 선생님인 패터슨 선생님이 이 폭우에 대해 뭐라고 말할지 궁금했다. 많은 비가 내리는 초여름은 농부들에게 좋은 일일 듯했다.

하지만 보다 당면한 문제는, 오늘이 그날이라는 것이었다.

7학년 마지막 날이 아니라, 그렇기도 하지만.

오늘 나는 가브리엘에게 내 연감에 서명해달라고 부탁하고 우리 관계를 굳힐 터였다.

*우우우우우.*

---

\* Tree-Bender: 나뭇가지를 구부리는 도구. 나뭇가지들을 구부릴 정도로 강한 폭풍이었다는 뜻이다.

내가 상상한 바로는, 가브리엘이 내 릴리데일 연감에 서명하려고 기대는 사이 나는 킨첼호 선생님의 기말 시험이 얼마나 어려운지에 대해 농담을 할 터였다. 그러면 가브리엘은 자신이 릴리데일 시네마에서 8월에 상영하는 〈쿠조〉*를 보려고 고대하고 있다고 말할 거고, 나는 말도 안 돼 나도야, 라고 말할 테고, 미처 알아차리기도 전에 그는 자신의 전화번호를 줄 거고, 우리의 여름은 그의 아빠가 운전해주는 데이트들로 더 없이 행복할 테고, 천국에서의 7분**의 그 첫 번째 녹아내릴 듯한 러브 앤 로케츠*** 키스, 그리고 그가 나를 휙 밀쳐 내 발가락이 달을 찌르겠지. 그는 내 흉터가 아름답다고 하면서도 내게 자신의 목걸이를 주려 할 것이다. 그는 그걸 딱 맞는 길이로 만들어주는 고리를 풀어 내 목둘레에 드리우고 고리를 채울 것이다.

공기는 장미의 분홍빛 꿀 냄새로 가득하리라.

그렇게, 내 흠은 사라지리라.

나는 완전히 외울 때까지 그 대화를 연습했다.

불행히도, 나는 가브리엘의 정확한 위치를 찾아내지 못했다.

그는 아침 버스를 타지 않았다. 그걸로 충분히 나쁘지 않다는 듯이, 웨인, 리키, 클램은 평소보다 더 공격적이었다. 학교의 마지막 날이니까 이해도 되지만, 나는 그것이 뭔가 더 있는지, 웨인과 리키가 유괴됐던 다른 할로 남자애인지 궁금했다. 세피와 나는 그에 대해

---

\* 〈Cujo〉: 1983년에 개봉한 미국 공포 영화.

\*\* 미국 10대 청소년들이 많이 하는 게임 혹은 게임의 벌칙. 두 사람이 고립된 장소에서 7분을 보내는 것으로 주로 키스 등의 상황을 의도한다.

\*\*\* 《Love and Rockets》: 다양한 캐릭터의 사랑과 인생을 그려낸 헤르난데스 형제의 만화책 시리즈. 여기서는 강렬하고 폭발적인 사랑이 담겼다는 의미로 쓰였다.

얘기했고, 확실히 알 수 없다고 결론 내렸다.

가브리엘은 우리가 같이 듣는 유일한 수업인 합주부 연습에 빠졌다. 만약의 경우에 대비해서 나는 내 연감을 가슴에 꼭 안고 다녔지만, 오전 수업 중에 복도에서 그를 지나치지도 못했다. 식당에 가는 길에도 내내 그를 보지 못했고, 나는 그게 어떤 전조도 아니기를 바랐다.

나는 불안할 때면 그렇듯 쉴 새 없이 계획하고 정리하기 시작했다. 내가 남은 날 동안 가브리엘을 보지 못하고 그가 버스를 타지 않으면, 나는 학교가 끝난 후 그의 집까지 걸어갈 터였다. 그럴 거다. 내가 그렇게 할 거야. 나는 그 목걸이가 필요했다.

*원한다면 쟁취하는 거야, 진 이모.*

"무료 점심이다!" 내가 카페테리아에 들어갈 때 누군가가 고함쳤다. 나는 몸을 더 곧추세웠다. 엄마가 일찍 일어나서 우리의 점심 도시락을 싸주었고, 그건 이제 종일 일하는 엄마가 좀처럼 하지 않는 일이었지만 엄마는 우리가 마지막 날 기분 좋게 떠나게 하고 싶었던 것 같다. 불행히도, 나는 보지 않고도 그 갈색 봉투에, 기름을 다시 땅콩과 섞이게 하려면 시멘트 믹서로 휘저어야 하는 협동조합의 피넛 버터를 듬뿍 바른 너무 두꺼운 수제 빵, 사과(당연하지), 그리고 아마 아몬드 약간이 들어 있다는 걸 짐작할 수 있었다.

헤더의 친구 보니가 정말 예쁜 무지개 셔츠를 입고 내 옆에 서 있었다. 분명 그 애는 나와 그 쿠키 립글로스에 대해 알았지만 나는 신경 쓰지 않았다, 지금 순간에는. "무료 점심이라는 게 무슨 소리야?"

보니는 까치발로 서서 메뉴를 훔쳐봤다. 보니는 구내식당의 지붕과 창문틀에 퍼붓는 빗소리 너머로 들리게 목소리를 높여야 했다.

"주방을 비우나 봐. 점심 카드가 있든 없든 상관없어." 걔는 내 갈색 봉투에서 눈길을 피하며 말했다. "음식이 상하기 전에 먹어 치워야 된대."

"고마워!" 바깥에 폭풍이 몰아치는 걸 감안해도 내가 너무 크게 말했다.

나는 아이들 틈을 누비고 나아가 쓰레기통에 내 갈색 봉투를 던져 넣은 다음 줄 뒤쪽까지 내내 뛰어갔다. 마침내 앞에 다다르자, 음식은 양이 많이 남진 않았지만 가짓수가 정말 많았다! 깍지콩과 생선 튀김과 시나몬 롤과 애플 소스와 하얀 빵과 버터 샌드위치와 인스턴트 으깬 감자. 나는 양손으로 쟁반을 들 수 있게 내 연감을 팔 아래 꼈다. 그런 다음 앉을 자리를 찾기도 전에 가능한 한 높이 음식을 쌓아올렸다.

남은 빈자리는 이비와 프랭크 맞은편뿐이었다, 전과 똑같이.

오, 뭐. 아무것도 내 걸음을 늦추지 못할 터였다, 내가 공짜 점심 쟁반을 들고 있을 때는 아니지.

"안녕, 얘들아!"

이비가 그 애의 뾰족한 작은 이로 내게 미소 지었다. "안녕, 캐시."

"안녕, 프랭크." 나는 이 말까지 했다. 공짜 시나몬 롤이 내게 넓은 아량을 베풀게 했다. 처음 '아량'이라는 단어를 읽었을 때 무슨 뜻인지는 몰랐지만 나는 그 진가를 알아봤었다.

"안녕." 그 애는 화난 듯이 말했다.

"넌 뭐가 문제야?" 내가 물었다.

그 애가 쏘아보았다. "네 얼굴."

"맙소사." 내가 덩어리 없는 으깬 감자를 열심히 먹기 시작하며 말했다. "문제가 뭔데?"

그가 대답하지 않자, 나는 그를 관찰했다. 그는 턱을 꽉 다물고 화난 얼굴을 하려 애쓰고 있었지만 아랫입술을 떨고 있었다. 나는 불편하게 움찔거렸다. 걔는 엉망이었다.

"새로 오는 건 힘들지." 이비가 말했다. 나는 이비가 프랭크에게 말하고 있는지 나에게 말하고 있는지 확신이 없었다.

"그래." 나는 생각이 있는 것처럼 말했다. 내가 정말 생각하고 있는 것은 그가 클램—그리고 아마 또 한 명의 할로 남자애—이 유괴된 것과 동시에 마을로 이사했다는 것이었다. 아마 그게 그에겐 끔찍한 것이리라. "하지만 그렇게 방어적이어선 안 돼. 친구를 만드는 더 좋은 방법들이 있어."

그는 눈을 굴리며 나를 무시했다. 나는 괜찮았다. 내가 점심을 먹어치우는 사이 이비는 자기 점심을 깨작거렸다.

마침내, 특별한 누군가가 그 애의 시야를 가로질렀다는 것을 깊은 한숨과 오랜 응시가 암시했다. 나는 어깨 뒤를 흘끔 보고 구내식당으로 성큼성큼 들어오는 가브리엘을 보았다. 내 맥박이 저 혼자 더듬거렸다. 하지만 이비가 보고 있는 사람은 그가 아니었다. 코널리 선생님이 구내식당의 군중 주변에 서서 몇몇 학생들과 농담을 하고 있었다. 이비는 미스터 코널리에게 달콤한 눈빛을 보내고 있었다.

음, 이비도 많은 아이들 중 하나였다.

나는 거의 빈 쟁반을 한 손으로 움켜쥐고 다른 손에는 내 연감을 들었다. "나 먼저 가야겠어. 이 나쁜 녀석에다 코널리 선생님께 서명을 좀 부탁드려야 하거든."

나는 합주부 선생님한테 서명을 부탁할 계획은 없었지만, 이제 그가 구내식당에 있으니 프랭크와 이비에게서 벗어나 가브리엘에게 갈 수 있는 구실이 생겼다.

이비는 전혀 신경 쓰지 않았다. 이비는 나시 자기 음식을 깨지락거리기 시작했다. 프랭크는 쳐다보지도 않았다. 내가 루저 테이블에서 걸어 나올 때, 햇빛이 구름 틈새로 새어 나왔다. 맞은편 체육관의 줄지은 창문들을 밝힌 그 눈부신 빛이 여전히 떨어지고 있는 빗방울들에 수천 배 굴절되었다.

나는 거칠게 떠미는 아이들 사이를 누비고 나아가 카툰이 그려진 우유팩 두 개와 두 번째 시나몬 롤을 버렸다. 나머지는 텁텁한 깍지콩과 애플 소스를 포함해서 전부 먹어치웠다. 나는 흠뻑 젖은 양동이에 내 포크를 떨구고, 엉덩이가 큰 주방 아주머니들이 설거지하도록 쟁반을 잔뜩 쌓인 무더기에 밀어 넣은 다음, 가브리엘과 그다음엔 코널리 선생님이 사라진 체육관의 닫힌 문을 향해 빠르게 걸었다.

"어디 불났냐?" 내가 웨인 존슨과 리키 팅크 사이를 비집고 들어가려 애쓸 때 웨인이 내 어깨에 손을 올리며 말했다. 웨인은 잘생긴 애도 아니었고 클램과 마찬가지로 할로 출신이었지만, 3년 전에 웃기는 말을 해서 그 즉시 인기의 산 정상에 올랐다.

4학년과 5학년 학급이 쉬는 시간에 밖에 나와서 '다리 아래 트롤' 놀이를 하고 있었다. 그 해 우리 반엔 호수 같은 눈을 가진 조용한 독일 해외 교환 학생 한 명이 있었다. 그리고 그 애는 소시지 같은 냄새가 났다. 그 애 이름은 디터였다. 디터, 웨인, 그리고 나머지 우리들 전부가 트롤 다리인 정글짐으로 뛰어가려고 기다리고 있을 때 아이스크림 트럭이 종일반 아이들을 유혹하려는 희망으로 딸랑딸랑 종을 울리며 지나갔다.

생각할 겨를도 없이, 소시지 냄새가 나는 디터가 외쳤다. "아이스크림!" 다만 그의 리을(ㄹ)은 길고 이(ㅣ)는 짧아서 그 소리는 '아이스크르으음!'처럼 들렸다.

"아냐." 웨인이 더 크게, 자랑스럽게 외쳤다. "저 종은 아이스크림이 떨어졌다는 뜻이야."

들리는 거리에 있던 우리 모두는 한순간 우리가 평생 거짓말을 들었던 건지 궁금해하며 조용해졌다. 그러다 누군가가 웃음을 터뜨렸고 그냥 그렇게, 웨인은 말썽쟁이에서 공식적인 학급 광대로 승격했다.

사실 그건 우연이었다. 나는 웨인이 자기 말대로 아이스크림 트럭들은 아이스크림이 떨어졌을 때만 소리를 낸다고 믿었다고 장담한다. 그는 농담을 하고 있던 게 아니라, 디터가 몰랐던 무언가를 자기는 안다고 흐뭇해하고 있었다. 하지만 웨인은 영리한 아이는 아니더라도 자신이 황소 눈을 찼을 때 그걸 알 만한 머리는 있었기 때문에 즉시 자기 얼굴에서 혼란을 지우고 웃음소리에 뛰어들었다.

작은 마을 남자애들은 그랬다. 그 애들이 해야 하는 건 유머 하나, 재치 있는 말 하나를 적당한 때 구사하거나 기적의 터치타운을 한 번 하거나 학급 연극에서 로미오 역할을 따면 됐고, 그거면 끝났다. 절대 다시 하지 않아도 됐다. 작은 마을 여자애들은 이랬다. 우리는 남자애들이 그냥 그러고 넘어가게 뒀다. 하지만 지금은 아니었다. 나는 이럴 시간이 없었다.

"가스 불이야, 그리고 그건 네 냄새나는 바지에 났지." 나는 몸을 비틀어 웨인의 손에서 벗어나며 응수했다. 리키가 킬킬거렸다. 리키는 나보다 한 살 어렸고 웨인보다는 두 살 아래로, 자기 손가락의 사마귀를 가리는 반창고 때문에 유명했다. 그 앤 합주부에 든 유일한 할로 남자애였다. 그 애는 학교에서 내준 트롬본 중 하나를 연주했는데, 사마귀 때문에 다른 애는 아무도 그걸 만지려 들지 않았다. 나는 리키가 괜찮은 애라고 생각했다. 아무튼, 걔는 버스에서 한 번도 나를 괴롭히지 않았다.

웨인이 따라오지 않아서 나는 식당의 시끌벅적한 소음이 배경음으로 녹아드는 조용한 체육관으로 살짝 들어갔다. 두 개의 높은 창문이 폭풍우가 몰아치는 날의 흐릿한 햇빛을 네모지게 들이고 있었고, 먼지가 그 빛 속을 한가로이 떠다녔다. 의자들을 접어 벽 쪽에 붙여 놓아 넓은 황금빛 오크나무 바닥이 드러나 있었다. 머리 위로 긴 여름잠을 대비해 농구 골대의 링들이 단단하게 말려 있었다.

가브리엘과 코널리는 어디에도 없었다. 나는 평생 처음으로 혼자 체육관에 있었고, 그 공간 전체가 내게 그 큰 바닥을 가로지르라고 속삭이고 있었다. 학생은 감독 없이 여기 와서는 안 되지만 오늘은 학기 마지막 날이었고, 내가 규칙을 깬 유일한 학생도 아니었다. 나는 모든 문을 훑어보았다. 정말로 여기 혼자 있었다. 나는 반대편을 향해, 로커룸 문들을 향해 뛰어갔다. 내 차이나 플랫*은 나비의 날개처럼 조용했다. 나는 달리고, 날고, 자유롭고, 너무도 기세 좋게 속도를 내서 내 손이 맞은편 벽의 콘크리트 블록을 칠 때 철썩 소리가 메아리칠 정도였다.

---

\* China Flats: 주로 천으로 만들어 가볍고 굽이 없이 납작한 구두.

"카산드라!"

나는 코널리 선생님이 로커룸 계단 꼭대기의 그림자 속에서 나타날 때 꺅 소리를 질렀다. 내 유일한 위안은 선생님이 나보다 더 놀라 보였다는 것이었다. 그의 얼굴은 하얗고, 머리카락은 헝클어져 있었다. 그는 계단 전등을 켰다. 그 빛은 바닥의 호박빛깔에 거슬렸다.

나는 주위를 둘러보았다. 코널리는 혼자였다. 달리기로 기분 좋게 솟구쳤던 내 심장박동이 요동 친 뒤에 제자리로 돌아왔다. 나는 내 연감을 내밀었다. "서명해주시겠어요?"

코널리는 네 번째 손가락으로 이마를 쓸어 흐트러진 머리카락을 제자리로 돌렸다. 그의 눈이 한순간 가려졌고, 이내 그의 따뜻한 미소가 거기 있었다. 그 미소는 교실을 밝힐 수 있었다. "명상하던 중이었단다. 미안하다."

나는 미소 지었다. 평소보다 할 말이 없어진 느낌이었다. 내가 코널리와 단 둘이 있는 건 이번이 처음이었다. 내 말은, 아무도 우리를 볼 수 없는 곳에서. 그는 합주부의 모두에게 개인 레슨을 해주었지만 레슨이 쌓여 있었고, 그건 누군가가 늘 다음으로 자기 차례를 기다리고 있어서 기술적으로 절대 선생님과 단둘일 수 없다는 뜻이었다. 게다가 연습실은 벽에 창문들이 있었다. 그래도 그 작은 연습실에서 이탈리아 배우 같은 냄새가 나고, 새 편지 봉투 같은 옷을 입는 코널리와 같이 앉는 것은 늘 기분 좋게 느껴졌다.

하지만 여기서 우리는 정말로 단둘뿐이었고, 무언가 어긋난 듯이 느껴졌다.

퍼글리시 선생님의 말이 내 뇌 속 TV 스크린을 가로질렀다. *게다가 다 큰 남자가 여전히 자기 부모님이랑 같이 살죠. 그 사람 어머니*

가 지난주에 심장마비를 겪었고요. 그 소식 들으셨어요? 그걸로 그가 자신의 충동을 더 이상 통제할 수 없었다는 게 설명이 되죠. 그런 종류의 스트레스는 사람을 미치게 하잖아요.

내 손이 떨리고 있었다. 코널리는 내 연감을 받지 않고 있었다. 나는 그걸 내 몸 쪽으로 끌어당겼다.

아래쪽에서 로커룸 문 중 하나가 닫히는 부드러운 끼익 소리가 계단 위로 울려 퍼졌다. 어느 계절이고 축축하고 냉랭한 지하실을 난방하기 위해 필요한 오래된 로커룸 히터들의 기름진 냄새가 퍼지는 가운데 우리는 둘 다 그 소리에 긴장했다.

낮은 발소리가 우리를 향해 조용히 다가왔다.

가브리엘이 어리둥절한 미소를 띠고 나타났다.

가브리엘! 내 심장이 쿵쾅거렸다. 그는 내게 깃털을 날리는 그리스 신을 연상시켰다. 그는 너무 가까웠고, 너무 뜻밖이었다. 공기는 삶이 당신의 손아귀에 굴러들어올 때면 그렇듯 달콤해졌다.

코널리는 외야석의 어둠 속으로 섞여드는 듯 보이다가 마음을 바꾸어, 눈에 잘 어울리는 청록색 티셔츠를 입은 가브리엘 쪽으로 다가섰다. 가브리엘의 윗입술은 막 나오는 아주 보드라운 수염으로 덮여 있었다. 내 눈길이 그의 종이비행기 목걸이에 쏠렸다. 내 목덜미의 부드러운 피부에 닿는 그 서늘한 금속을 상상하자 세계가 움직였다.

"너도 있구나." 가브리엘이 내 목 쪽을 가리키며 말했다.

내 무릎이 휘청거렸다. 가브리엘이 내 머릿속을 볼 수 있나?

코널리가 다가와 내게 손을 내밀었다. "우아, 거기!"

나는 스스로를 진정시키며 눈을 깜박인 그 순간에 가브리엘이 가리키고 있던 것은 내가 가슴에 꼭 쥐고 있는, 그가 들고 있는 것과 똑같은 녹색 표지의 연감이라는 것을 깨달았다. 당연히 그는 내 뇌 속을 볼 수 없었다. 맹세컨대, 누구도 몰랐으면 좋겠지만, 나는 가끔 옷을 입은 원숭이처럼 느껴졌다. "코널리 선생님께 서명해달라고 하는 중이야."

"선생님이 내 것도 요청하셨어." 가브리엘이 그 꿀 같은 미소를 지으며 말했다. 그 미소를 받는 쪽이 되는 것은 지하 세계의 삶 이후 처음으로 햇빛을 받는 것처럼 느껴졌다.

"내 최고 제자들이 여름 내내 지니고 다닐 적절한 메시지 없이 한 해를 마무리하게 할 수 없지!" 코널리는 야단스럽게 뒷주머니에서 펜을 꺼내들었다. 내가 그의 최고 제자와 거리가 멀다는 걸 알고 있었지만 그의 말과 쾌활한 어조가 나를 웃음 짓게 했다. 나는 선생님이 내게 준 순간적인 기이한 전율은 잊기로 했다. 모든 꿈이 실현되고 있는 순간에 겁먹을 기운이 어디 있겠어?

"코널리가 너한테도 여름 레슨을 해주시니, 캐시?"

코널리는 지난주에 모든 합주부 학생들에게 올여름 학생들을 흥미롭게 해줄 개인 음악 레슨을 제공하겠다고 선언했었다. 그는 한 시간에 20달러만 받겠다고 했지만, 그건 우리 가족에게는 시간당 2,000달러나 마찬가지였다. 좋은 소식은 무슨. 누가 클라리넷을 더 잘 부는 법을 배우고 싶겠어?

"아니, 나는 그냥 여기 연감에 서명을 받으러 왔어." 나는 가브리엘에게 연감을 내보이며 내 말이 당당하게 들려 자랑스러웠다. 그의 머리카락은 너무 부드러워 보였다. 나는 내 손가락으로 그 머리를 쓰다듬는 걸 상상했고, 그러자 내 팔에 소름이 돋았다. "너도 서명해주면 좋겠다."

"어이어이." 코널리 선생님이 웃으며 내 손에서 연감을 낚아챘다. "내가 먼저야. 그리고 수업에서 못 봐도, 적어도 팝콘 키트 파는 건 너한테 맡길 수 있겠지."

"그럼요!"

"좋아. 올여름에 내 집에 들러라. 너랑 가브리엘이 함께 팔면 어때?"

"그럴게요!"

그리고 우리는 거기, 그 미소와 웃음, 여름날의 꿈과 연감의 서명으로 채워진 안전한 작은 곳에 서 있었고, 그 순간은 우리 셋이 함께 모이는 마지막이 되었다.

내 말은, 살아서는.

# 16

 세피는 내가 창가 옆에 앉을 수 있게 버스 통로 쪽으로 무릎을 돌렸다. 세피는 나의 싱글거리는 얼굴, 습기로 팬케이크가 되어버린 머리카락, 학교 마지막 날 로커를 비우느라 꽉 찬 내 가방을 들여다보았다.
 "무슨 일이야?" 세피가 물었다.
 나는 세피를 무시했다. 대신에, 일어나 열린 창문의 창틀 위에 팔꿈치를 얹고 손에 턱을 괴고 학교 앞을 살피면서 걸어 나오는 가브리엘을 볼 수 있기를 기대했다.
 나는 마지막 순간까지 기다리다 내 연감에 적힌 그의 글을 읽었다.
 *귀여운 캐스, 너의 여름이 너무 빨리 가지 않기를! 또 만나자, 약속이야.*
 *귀여워.*
 *또 만나자.*
 *약속이야.*

내가 '졸도'라는 단어를 처음 읽었던 건, 린과 내가 친했던 시절 (몰래) 빌렸던 린네 엄마의 로맨스 소설에서였다. 나는 그 말이 혐오스러웠다. 마치 여자는 남자의 별난 남자다움에 자기 머리조차 들 수 없는 것처럼. 하지만 여기 내가, 그가 흘려 쓴 연감 노트에 졸도하고 있었다.

세피가 내 청바지 뒤를 잡아당겼다. "너 엉덩이 골 다 보인다."

불가능했다. 나는 셔츠를 안으로 넣어 입고 있었다. 그래도 나는 버스 좌석에 다시 앉아 눈은 감고 미소는 그대로인 채 비에 씻긴 라일락의 달콤한 냄새와 마지막 날의 버스 매연이 나를 적시게 두었다. "가브리엘이 내 연감에 서명해줬어."

"이제 내가 교회도 예약해야 되나?"

세피의 목소리가 내 즐거움을 깎아냈다. 나는 한쪽 눈을 떴다. "무슨 일이야?"

세피의 고개가 꺾여 있었고, 내 쪽을 향한 귀가 세피의 갈색 머리카락 사이로 삐죽 솟아 있었다. 세피는 구석에 릴리데일 고등학교, ISD 734라고 찍혀 있는 편지를 쥐고 있었다. 편지는 세피가 쥐었던 대로 구겨져 있었다.

이제 두 눈이 뜨였다. "세피! 아니지?"

"기말에 낙제했어. 계절 학기를 들어야 해." 세피는 너무 실망해서 울지도 못했다.

"젠장." 나는 기분을 나아지게 할 방법을 찾아 우물거렸다. "하지만 언니, 아빠는 이미 알고 있잖아, 게다가 이번 주말엔 파티가 있으니까 아빠 기분이 좋을 거야. 이건 시기적으로 완벽하다고!"

"말이야 쉽지."

"맞혀볼래?" 내가 세피의 관심을 돌리길 바라며 물었다. 나는 몸을 굽혀 내 배낭을 뒤져 분홍색 초대장을 찾아냈다. "까칠한 린이 나를 자기 생일 파티에 초대했다고 내가 얘기했던가?"

질투심 같은 무언가가 세피의 얼굴을 흐렸지만, 세피 내면의 태양이 이겼다. "말도 안 돼! 너희들은 이제 친구가 아닌 줄 알았는데."

또 다른 버스 운전사가 버스에 올라탔다. 그는 소 경매장의 경매인처럼 아이들을 훑어보더니, 몸을 숙여 칼에게 귓속말을 했다. 칼은 턱을 흔들며 거울로 우리 모두를 쳐다보았다. 눈이 나와 세피에게 머무는 것 같았지만, 그건 전혀 말이 되지 않았다. 칼은 다른 버스 운전사에게 끄덕였고, 그는 곧 내렸다.

버스가 연석에서 휘청거리며 멀어졌다. 가브리엘은 없었다. 오, 뭐 어때. 우리는 이미 올 여름에 만나기로 했는걸. 계획은 이미 가동 중이었다.

나는 봉투로 세피의 무릎을 톡 쳤다. "나도 우리가 이제 친구가 아니라고 생각했었어! 아마 나를 제물로 바치려나 봐."

나는 웨인이 듣고 있는 줄 몰랐지만, 웨인은 낄낄거리며 봉투를 낚아채려고 내 쪽으로 몸을 숙였다. "처녀 제물이 되겠네."

내가 완전히 몸을 돌리기도 전에, 세피는 한 손으로 웨인의 귀를 낚아챘다. 다른 손에는 내 분홍색 파티 초대장을 들고 있었다.

나는 봉투를 쥐고 있는 세피가 내 편이라는 데 든든함을 느꼈다. "클램한테 무슨 일이 있었는지 들었어." 내가 말했다. 클램이 버스를 타고 있지 않았기 때문에 나는 그 말을 해도 안전했다. 클램은 마지막 날에 학교에 남는 벌을 받았다.

웨인의 얼굴이 바람에 닫히는 창문처럼 쾅 닫혔다. "너는 쥐뿔도 모르거든."

세피와 나는 시선을 교환했다. 나는 무언가 큰 덩어리의 가장자리에 있는 느낌이 들었다. "나도 들었거든. 내가 아는 사람의 엄마가 병원에서 일해."

그는 자기 목의 부드러운 살 부분을 꼬집어 비틀었다, 빠르고 난폭하게. 그의 눈이 특별히 반짝거려 보였다. "그래, 음, 그건 걔 잘못이었어."

"무슨 뜻이야?"

웨인은 어깨를 으쓱했는데, 다만 그건 마치 누군가가 그의 어깨끈을 획 당긴 것처럼 부자연스러웠다.

"웨인?" 세피가 물었다.

그가 대답하지 않으려 해서, 나는 세피와 나 둘 다 분명히 생각 중일 질문을 던졌다. "너도 공격당했니?"

그가 갑자기 일어나 버스 뒤쪽을 향했다. 중학생들은 결코 거기 앉지 않았다. 그건 성문율은 아니었지만 그냥 그렇게 하는 일이었다. 세피와 나는 모든 시내 아이들이, 할로 애들까지 다 버스에서 내릴 때까지 조용히 있었다. 웨인과 그 애의 기묘한, 성난 슬픔이 사라지자 우리는 마침내 안심할 수 있었다. 어쨌거나 학교의 마지막 날이었다.

칼조차 〈스트로크〉*가 나오자 라디오 소리를 높이는 데 동의했다. 나는 이미 올리비아 뉴튼 존의 〈육체적으로(Let's get Physical)〉가 운동에 대한 거라고 생각하다 데인 적이 있었기 때문에, 이것도 섹스를

---

* 〈The Stroke〉: 가수 빌리 스콰이어의 1981년 노래.

언급한다고 생각했다. 외곽 지역 아이들이 한 명씩 버스에서 내려, 칼이 지난주 새 가족이 이사한 옛 스웬슨네 집을 지나칠 때쯤에는 열린 창문으로 들어오는 자갈 먼지에 목이 막히고 있는 나와 세피만 남아 있었다. 나는 거의 관심을 두지 않고 있었다. 여름. 나는 그것이 거칠게, 크게, 버스보다 더 크게, 하늘만큼 거대하게 느껴졌다.

정면에 고블린의 집이 있었다. 그걸 보다가 나는 최고의 생각에 사로잡혔다.

"세피! 고블린네 배수로에 산딸기 주우러 가자."

세피는 너무 세차게 고개를 흔들어서 머리카락이 눈에 떨어졌다. "너 미쳤구나."

"아니거든!" 나는 일어서서 내 배낭을 들고 칼에게 소리쳤다. "우리 여기서 내려주세요!"

칼은 말이 별로 없었고 불만 많은 사냥개처럼 보였지만 핼러윈과 부활절에는 젤리빈을 건넸고, 버스에 토한 아이한테 고함치지 않았으며, 2년 전에는 싸움을 말리고는 아무도 이르지 않았다. 그는 지난주에 우리 중 몇몇을 불편할 정도로 오래 쳐다보긴 했지만, 클램이 공격당했으니 그건 모든 버스에서 마찬가지일 터였다.

칼이 응답으로 툴툴거렸다. 나는 버스 운전사들이 여름에 뭘 하는지 궁금했다. 공사 현장 일? 어쨌든, 그는 차를 세웠고 주차 깜박이를 켜고 정지 신호를 내려주었다.

"빨리 와, 세피!" 내가 소리쳤다. 나는 보지 않았지만 세피의 발이 자갈돌을 밟는 소리를 듣기도 전에 세피가 나를 따라오고 있다는 걸 알았다. 우리는 버스가 출발해서 느릿느릿 길을 내려가 마침내 우리 집을 지나치는 걸 지켜봤다.

"우리가 일찍 내렸다고 아빠가 화내실 거야."

"아빠는 눈치도 못 챌걸." 내가 세피의 손을 잡으며 말했다. "그리고 아빠가 눈치채면, 산딸기를 주우러 가야 했다고 말씀드리자. 아빠는 재미있어 할 거야."

세피는 대답하지 않았다. 우린 이미 여기 있었기 때문에 말할 것도 별로 없었다. 나는 고블린의 사유지와 공공 도로를 가르는 가장자리에 이를 때까지 자갈돌을 밟으며 걸었다. 여름 벌레들이 윙윙거리고 찌르륵거렸다. 나는 클로버와 풍부한, 빗물이 스며든 자갈돌의 모래 같은 냄새를 맡았다. 배수로는 아래쪽으로 구부러져 길가 옆은 모래로 덮여 있었고, 고블린의 집 근처로 갈수록 녹색으로 변해갔으며 그 사이에, 내가 기억하는 대로, 일찍 익은 루비 같은 산딸기들이 있었다.

나는 침을 삼켰다. 나는 그 산딸기들이 핑크 레모네이드처럼 달콤 씁쓸하고 행복한 맛일 거라고 확신했다.

고블린의 농가는 그 산딸기 부분에서 100미터 뒤에 있었다. 세피가 그 땅을 가로지르는 '출입 금지' 표시를 가리켰다.

나는 입술을 오므렸다. "딸기는 표시 이쪽에 있잖아. 엄밀히 말해서 우리가 출입하는 건 아니지. 이리 와, 세피. 인생은 한 번뿐이라고."

나는 훨씬 더 많이 설득해야 하리라고 생각했었다. 내가 틀렸다.

오늘까지도 나는 무엇이 세피를 배수로로 뛰어들어 굶주린 동물처럼 산딸기를 움켜쥐게 했는지 모르겠다. 내가 늘 앞장서는 쪽, 늘 선을 넘어서는 쪽이었지만, 예고도 없이, 세피는 숨을 쉬는 것보다 저 산딸기들을 얻는 것이 더 중요한 것 같았다.

나는 세피를 따라 그 배수로에 첫 발을 디디면서 웃고 있었다. 산딸기들을 입에 쑤셔 넣는 세피는 폭식하는 〈세서미 스트리트〉의 쿠키 몬스터처럼 너무 바보 같아 보였다. 나는 세피가 꼬르륵 소리까지 내고 있었다고 맹세한다. 나는 계속 깔깔대면서 세피에게 다가갔다. 산딸기를 먹을 때까지 내내 웃었을 터였다. 고블린의 개가 우리의 낌새를 눈치채고 집 안에서 힘차게 짖어대기 시작하지 않았다면.

우리는 둘 다 얼어붙었다.

다음 순간 고블린이 발치에는 그 흉포한 개를, 손에는 산탄총을 들고 그의 집에서 튀어나왔다. 모자의 챙 아래로 그의 입과 성이 나서 붉어진 얼굴 한 조각만 보였다. 그가 자기 총을 비틀었고, 전원지대에 그 날카로운 소리가 울려 퍼졌다.

세피가 비명을 질렀다. 나도 그랬다.

우리는 뒤를 보지 않고 우리 집으로 전력 질주했다.

거의 150미터 거리였지만, 우리는 운동화로 엉덩이를 칠 정도로 열심히 달려서 기록적인 시간 안에 그 길을 완주했다. 안전하게 우리 집 우편함 안쪽까지 들어서자 우리는 딸꾹질이 날 정도로 깔깔거리며 주저앉았다. 나는 넘치는 생기를 느꼈다. 전력 질주한 탓에 옆구리가 온통 결렸고, 웃으면 아팠지만 웃음을 멈출 수 없었다.

나는 그날을 돌이켜보며, 나도 그 딸기들을 먹었다면 지금 우리는 어디 있을까 생각한다.

세피만 그걸 견뎌야 했다니, 공평하지 않다.

## 17

 새들은 노래하고 귀뚜라미들은 앞발을 한데 문지르고 우리 운동화 바닥에서는 으깨진 어린 양치식물 잎의 냄새가 피어오르고 우리 닭장의 닭들은 꼬꼬댁거리고 재잘거리고 아득한 저편에서 차 한 대가 붕 지나갔다.

 하지만 가까이에서는 못질 소리, 혹은 깎는 소리나 톱질 소리나 용접 소리도 들리지 않았다.

 "아빠가 일하는 소리가 안 들리는데." 내가 아직도 주저앉은 채로 말했다. 웃음으로 인한 걸림은 희미해졌다.

 "나도." 세피가 일어서서 몸을 털고 내게 손을 내밀며 말했다. 추레하게 생긴 검은 고양이가 세피에게 달려와 다리 사이를 휘감았다.

 "안녕, 빔보." 세피는 그 고양이를 쓰다듬으며 말했다. 내가 그 녀석에게 그런 이름을 붙인 것은 녀석이 아무나 자기를 만지게 됐기 때문이지만, 녀석은 특히 세피를 좋아했다.

 "집까지 경주다!" 내가 외치며 앞서 뛰쳐나갔다.

세피는 따라잡을 생각조차 하지 않았다. 이제 고블린에게 쫓기던 흥분이 가셨으니 아마 그 편지가 세피를 풀이 죽게 하고 있는 것 같았다.

"여기 아래다!"

엄마가 진입로와 헛간에서 비스듬히 기울어져 있는 언덕 아래 1,200평의 엄마 마당에서 무릎을 꿇고 있었다. 엄마는 엄마의 삽을 흔들었다. 내 위장이 떨어졌다. 엄마가 학기 마지막 날에 우리를 마당 쇠 삼을 리는 없었다. 게다가 이렇게 일찍 집에서 뭐하고 있는 거지?

"엄마 보이는 거 다 알아!" 내가 망설이자 엄마가 웃으며 고함쳤다.

"엄마!" 나는 징징거렸다. "우리 하루 쉬면 안 돼요?"

"그래, 페그." 아빠가 내 뒤에서 고함쳤다. 나는 펄쩍 뛰었다. 나는 아빠가 오는 소리를 듣지 못했다. "애들 하루 쉬면 안 돼?"

아빠의 녹색 눈이 춤추고 있었다. 아빠는 열려 있는 페이지에 참나리가 그려져 있는 스케치북을 들고 있었다. 그건 근사한 조각품이 될 터였다. 나는 고개를 갸우뚱하고 아빠의 기분을, 아빠의 알코올 수치를 평가했다. 아빠는 취하지 않았고 행복해 보였는데, 말이 되지 않았다. 나는 세피에게 초조한 시선을 던졌다. 세피의 표정이 세피도 나만큼 혼란스럽다고 말해주었다.

엄마가 절단기 앞면에서 먼지를 털며 일어나 통을 집어 들고 우리 쪽으로 천천히 걸어왔다. "아직 심을 게 있어." 엄마는 우리에게 다가와서 말했다. "그리고 내가 내일 일찍 성적표를 걷으러 가야 해서 오늘이어야 해."

"심을 수도 있고, 시내에 갈 수도 있지." 아빠가 말했다. "누가 아빠랑 같이 갈래?"

"나!" 세피가 손을 들었다.

엄마의 통 속에는 아마 한 시간은 소요될 씨앗 꾸러미가 들어 있을 터였다.

"나도!" 나는 말했다. 나는 아빠가 나쁜 바우어를 만나 그들의 나쁜 비즈니스에 대해 더 얘기할까 봐 걱정스러웠지만, 일하는 것보다는 그 편이 나으리라.

아빠가 엄마에게 온 관심을 쏟았다. "자기 생각은 어때?"

엄마가 미소 지었다. 지친 미소였다. "캐시랑 있을게. 나머지 씨앗을 심고, 둘이 돌아오면 먹을 저녁 식사를 준비하고 있을게."

아빠가 온전한 파티 전야 태도로, 숙녀들을 매료시키고 남자들에게는 다 안다는 듯 윙크를 건네며 〈가족 불화〉* 세트로 성큼성큼 들어오는 고정 진행자 리처드 도슨의 모습으로 몸을 숙여 엄마에게 키스했다.

나는 아빠와 세피가 그들을 자유와 시내로 향하게 해줄 밴으로 걸어가는 뒷모습에 속상한 눈길을 던졌다. "이건 불공평해요." 내가 말했다.

엄마가 팔에서 벌레를 털어냈다. "인생은 공평하지 않아. 인생이 공평했으면, 내가 교사 일로 100만 달러를 벌겠지."

"하지만 왜 세피는 가고, 나는 일을 해야 해요?"

엄마가 정원 쪽으로 걷기 시작했다. "학교에서 전화가 왔어. 우리는 세피가 계절 학기를 가야 한다는 걸 알아. 너희 아빠가 세피에게 얘기하고 싶어 했지. 그게 너한테 좋은 시간처럼 들리면, 우리가 자

---

* 〈Family Feud〉: 1970년대 방영을 시작한 미국의 게임 프로그램. 두 가족이 상금을 두고 겨룬다.

리를 마련할게."

나는 입을 꼭 다물었다. 그건 내가 생각하는 재미가 아니었다. 나는 엄마가 세피에 대한 전화를 직장에서 받았는지 궁금했다. "어떻게 오늘 우리보다 먼저 집에 왔어요?"

엄마는 내게 씨앗 봉투를 건넸다. *정원의 달콤한, 트림 안 나는 오이.* "학생들하고 동시에 나왔지." 엄마가 말했다. "성적 매길 게 한 무더기 있었고, 여기서 더 빨리 일할 수 있으니까."

나는 생각을 곱씹으며 끄덕였다. "엄마랑 아빠는 세피에게 화났어요?"

"실망했지." 엄마는 괭이를 잡아 내게 건넸다.

나는 그걸 거름투성이 흙에 박아 북*을 쌓고, 그 위의 뗏장을 갈랐다. "납치당한 릴리데일 애들에 대해서 더 들은 거 있어요?"

엄마는 엄마의 시금치 화단에서 잡초의 잔가지를 잡아 찢고 있었다. 엄마는 잡초 뽑는 걸 멈췄지만 몸을 돌리지 않았다. "별로. 경찰에 갔다는 아이, 마크 클램칙? 그 앤 자기가 마스크 쓴 남자한테 끌려갔다고 한다더라."

내 가슴이 뜨거워졌다. 그 고통, 얼굴 없는 남자에게 붙잡혀가는 너무도 무기력하게 느껴지는 백색 공포. 나는 아빠가 손톱 깎을 때마다 그걸 느꼈다. "마스크?"

"그래." 엄마가 말했다. "불쌍한 것. 네가 걔 안다고 했지?"

나는 말없이 끄덕였다. 엄마는 그걸 보지 못했지만 계속 말했다. "우린 여기서 안전해, 이 교외 쪽에서는. 경찰은 시내 언저리 할로

---

\* 식물의 뿌리를 싸는 흙.

지역을 주시하고 있어."

나는 엄마의 목소리에서 혐오감을, 트레일러에 사는 사람들에 대한 무시를 들었다. 엄마는 그걸 대놓고 말하지 않겠지만, 그건 존재했다. 나는 엄마에게 무서운 주정뱅이들과 함께 사는 사람들에 대해 어떻게 생각하는지 묻고 싶었지만, 하지 않았다. 그런 질문은 엄마를 화나게 할 뿐이었다.

엄마는 바지에 진흙 줄기들을 남기며 손을 문지르다 방금 뭔가 멋진 것이 기억났다는 듯이 ○ 모양 입을 하고 돌아섰다. "깜짝 점심은 어땠어?"

한순간 나는 엄마가 무료 점심에 대해 안다고 생각했지만 그럴 리는 없었다. "응?"

"내가 거기 걸스카우트 씬 민트 넣었거든. 엄마는 그게 네가 가장 좋아하는 건 줄 알지. 지난 2월에 한 상자 사서 오늘을 위해 아껴두고 있었단다."

내 가슴이 부풀어 올랐다. 내가 걸 스카우트 쿠키를 버렸구나. 내가 엄마의 배려를 헛되이 했다는 걸 알면 엄마는 엄청난 충격을 받을 것이다. "고마워요."

엄마는 미소 지었지만 나를 껴안지는 않았다. 내가 기억하는 한, 엄마는 세피와 나를 절대 껴안지 않았다. 하지만 나를 위해 쿠키를 아껴둔 엄마의 생각은 그 어떤 포옹만큼 좋았다.

# 18

늦은 오후는 보라색 클로버 냄새가 났다가, 내가 닭장에 들어가기 위해 고개를 숙이자 검댕, 깃털, 그리고 새똥의 매캐한 반죽 냄새가 났다. 닭장은 방 세 개 길이의 보관 창고였고, 한때 나와 세피에게 근사한 놀이방이었다. 이제 그 세 개의 방은 스컹크들이 밤사이 골을 잡아먹지 않도록 바닥에서 둥지를 띄워 놓은 알 낳는 닭들을 위한 서쪽 방, 잡아먹을 닭들을 위한 중간 방, 그리고 레몬색과 오렌지색의 빻은 곡식들, 굵은 모래를 위한 굴 껍질들, 여분의 급수기들과 음식 통들을 보관하는 저장 공간인 동쪽 방으로 구분되어 있었다.

우리는 잡아먹을 닭들을 대부분 내일 아침에 도축할 거였다. 당장은, 나는 반 자른 플라스틱 우유 통을 알을 품고 있는 닭들 머리에 씌워 닭들을 진정시킨 다음, 내 손을 닭들 아래로 밀어 넣어 따뜻하고 매끄러운 계란들을 꺼냈다. 닭들은 의심스럽게 *꼬꼬댁꼬꼬, 꼬꼬댁꼬꼬*하고 울었지만, 머리를 덮자 내가 계란을 꺼내 가게 두었다.

우리는 전에 아라우카나\*를 키웠었다. 그 닭들의 계란은 연한 초록색, 파란색, 분홍색으로, 부활절 준비 끝이었다. 이제 우리는 지루한 갈색 알을 낳는 평범한 늙은 적갈색 암탉들만 있었다.

달걀을 모으는 규칙적인 움직임이 나를 달래주었다. 나는 클램에 대해, 마스크를 쓴 남자가 그를 덮쳤을 때 얼마나 무서웠을지에 대해, 그리고 내가 버스에서 그 일에 대해 물었을 때 웨인의 성나고 상처받은 얼굴에 대해 생각했다. 웨인은 무슨 뜻으로 클램이 공격받은 일이 본인 잘못이라고 했을까? 아빠가 정말로 자세한 내용을 안다 해도 아빠는 말하지 않고 있었다. 아빠와 세피는 시내에서 돌아온 이후 특히 조용했고, 세피의 얼굴은 운 것처럼 빨갛고 부어 있었다. 엄마는 곧장 세피에게 일을 시키고 저녁 식사를 준비했다. 나는 세피와 내가 고블린의 집에서 우리 집까지 뛰어온 이후 일을 쉬지 못했다.

각다귀 떼가 내 얼굴 근처에서 붕붕거리며 내 눈에서 물을 빨아 먹으려고 했다. 나는 그것들을 찰싹 때리며 달걀 모으는 통을 고리에 다시 걸고 철창 빗장을 건 다음 밖으로 나왔다. 내 피부가 신선한 공기를 기꺼이 받아들였다. 이제 서늘했지만—늦은 5월의 서늘함—그 고요함이 내일은 타는 듯이 더운 날이 되리라는 것을 내게 알려주었다.

아빠가 도축용 그루터기를 앞으로 굴리며 닭장 뒤에서 나타났다. 보아 하니 우리는 머리 자르기를 다시 시작할 모양이었다. 그건 첫해에 우리가 닭들을 죽인 방법이었다. 세피가 닭 부리를 통통한 소

---

\*   Araucanas: 닭의 품종.

녀다운 손가락들 사이에 끼어 잡을 테고, 아빠가 왼손으로 다리를 잡고 오른손으로 손도끼를 휘두를 것이다.

*철컥.*

당신은 전쟁 이후에 아빠가 그 모든 피며 폭력을 원하지 않을 거라고 생각할 거다. 하지만 아빠는 도축하는 날에는 그걸 갈망하기라도 했다는 듯이, 늘 싱글거렸고, 행복해 보였다.

일단 닭들이 머리가 없어지면, 나는 그 꿈틀대는 사체들을 회수하도록 보내졌다. 그것들은 거꾸로 들면 움직였다. 나는 그것들을 캠프용 난로 위에 끓고 있는 깃털 냄비, 우리가 갓 죽은 암탉들을 던져 넣는 거대한 금속 통에 집어넣었다. 내가 아무리 문질러도 젖은 깃털의 더러운 냄새가 며칠이고 내 머리카락에 베어들 테지만, 나는 손도끼를 휘두르는 아빠 옆에 너무 가까이 붙어야 하는 '부리잡기'보다 이 작업을 선호했다. 우리는 학교에서 〈뿌리〉*를 보았고, 쿤타 킨테가 자기 발을 잃는 장면이 계속 내게 남았다.

*탁.*

나는 사랑으로든 돈으로든 그 부리를 잡을 수 없었다.

아빠는, 그는 폭력을 신경 쓰지 않았다. 아빠는 기회가 있을 때마다 확실하게 그걸 언급했다.

"몇 개냐?" 아빠가 도축용 그루터기를 밀면서, 현재로 나를 끌어당겼다.

"네?"

아빠는 내가 들고 있는 통을 응시하다가 나를 보았다. "달걀 몇

---

\* 〈Roots〉: 동명의 소설을 원작으로 한, 미국 ABC에서 1977년에 방영한 TV 시리즈.

개냐고?"

나는 세어보지도 않았었다. "아홉 개요." 나는 추측했다.

아빠는 바로 닭장 앞에서 그루터기 밀기를 멈췄다. 손도끼 부분에 고인 닭 피는 거멓게 변해 있었다. 나는 얼굴을 찌푸렸다. 태양이 그의 바로 뒤에서 비췄다. 아빠는 다 해진 작업복을 입고 있었지만 다윗상의 윤곽을 지녔다. 크고, 강하고, 근육질의. 앞으로 나서 아빠를 껴안을 생각을 하자 몸이 떨렸다. 아빠는 내가 아빠에게 접근하고 싶은 정도로 보자면 구더기가 들끓는 거나 마찬가지였다. 나는 호기심과 함께 그걸 깨달았다. 내가 기억하는 한 늘 그런 식이었다. 어쩌면 모든 여자아이들과 그 아빠들은 그런 법인지도 몰랐다.

아빠가 닭장을 향해 휙 돌아섰다.

"아빠?"

아빠는 멈췄지만 돌아서지 않았다. "엉?"

"내일 닭들을 죽여야 하니까, 세피와 내가 오늘 밤은 쉬어도 돼요?"

아빠는 내게 대답하지 않고 닭장으로 들어섰다. 아빠는 1분 뒤에 달걀 한 개를 손에 들고 나타났다. "한 개 놓쳤구나."

나는 아빠가 달걀을 가져와 내 통에 넣을 때 가만히 서 있었다. 그 달걀은 똥에 싸여 있었다. 씻자면 괴로울 터였다. 자갈돌 길에서 큰 소리가 들려 내 관심을 끌었다. 나는 몸을 돌렸다. 거대한 트럭이 우리의 조용한 길을 지나치고 있었다. 그 등에 '스턴스카운티 전력'이라고 적힌 통이 매달려 있었다.

아빠가 긴장했다. "빌어먹을 침략이 벌써 일어나고 있네." 아빠가 말했다.

나는 그의 목소리에서 증오를 들을 수 있었다. 아빠는 현실 세계를 벗어나기 위해, 누구의 간섭도 없이 자신의 파티를 계속 열고, 조각상들을 세우고, 신비한 숲길을 창조할 장소를 찾기 위해 우리를 여기로 이사시켰다.

"저들은 우리 땅을 빼앗을 수 없어요." 내가 흥분해서 말했다.

아빠는 한동안 조용했다. "그래, 놀아도 돼." 아빠가 마침내 말했다. "하지만 내일 도축 시간이 되면 불평하기 없다."

"좋아요." 내가 말했다. 나는 걸어 나오다 멈췄다. "아빠?"

아빠는 움직이지 않았지만 내게 시선을 고정했다. "엉?"

나는 불안을 거의 떨쳤지만 내가 클램에 대해 버스에서 물었을 때, 겁먹은 동시에 화를 내던 웨인의 이미지를 떨칠 수 없었다. "바우어 경사님이 공격당하는 할로 남자애들에 대해 다른 얘기 더 하지 않았어요?"

엄마의 마당에서 찌르레기 한 무리가 아마도 민더에게 겁을 먹고 날아올랐다.

아빠가 듣기 싫은 소리로 웃음을 터뜨렸다. "걔들은 공격당하고 있지 않아."

내가 한 발 물러섰다. "그게 무슨 뜻이에요?"

"걔들이 그렇게 말한다면 거짓말하고 있다는 뜻이지."

하지만 아빠는 그걸 알 수 없었다. 아빠는 클램의 몸에 자리 잡은 그 짐승의 눈을 들여다보거나 웨인의 얼굴에 떠오른 공포를 보지 못했다. 아빠는 무언가를 숨기고 있었다. 아빠가 평소에 숨기는 것과는 다른, 바우어와 관계된 무언가라는 것을 나는 느낄 수 있었다.

아빠의 서랍들을 뒤져야 할 것이다.

전에 해본 적이 있었다. 지저분한 잡지들, 아빠의 조각품들과 너무 다르게 스케치한 빨강과 검정 그림들, 아빠는 늘 책을 쓰고 있다고 주장하지만 일기처럼 읽히는 것들을 뒤지는 건 기분이 좋지 않았다. 나는 진 이모가 어린 소녀였을 때 아빠에게 쓴 편지들만 제외하고는 딱히 놀라운 건 아무것도 발견하지 못했다. 이모는 아빠를 '최고의 큰오빠'라고 불렀다. 나는 당황했지만, 그들 모두 내가 태어나기 전의 삶이 있었을 테니까.

하지만 나는 아빠의 작업실은 한 번도 기웃거리지 않았다. 혹은 지하실은. 그곳이 엄마와 아빠가 둘 다 집을 비우자마자 내가 시작해야 하는 곳일 터였다. 어쩌면 세피에게 도와달라고 할 수 있을 것이다.

나는 화장실에서 무릎을 꿇고 오래된 칫솔로 욕조 줄눈을 청소하고 있는 세피를 발견했다. "아빠가 오늘 밤 남은 시간은 쉬어도 된대!"

세피는 뒤꿈치를 괴고 앉았다. "설마."

"진짜로! 내일 닭들을 죽여야 하니까. 하지만 아빠는 우리가 윌로웍스 놀이를 해야만 쉴 수 있다고 했어." 나는 싱글거렸다. 세피가 마지막 부분이 거짓말임을 알더라도 상관없었다. 아무려나, 재밌었으니까.

우리는 우리가 다섯 살, 일곱 살이었을 때 이후로 윌로웍스 놀이를 해왔다. 그건 이불을 뒤집어쓰고 벗겨지지 않도록 눈 위에 머리띠를 두르고, 우리를 서로 묶고, 신발을 벗어 양말 바람으로 우리 부지를 둘러싼 숲을 더듬거리며 다니는 놀이였다. 우리가 어디에 이를지는 누구도 몰랐다. 우리는 시간 가는 줄 모르고 윌로웍스 놀이를 하며 웃고, 도꼬마리를 모으고 다녔다. 그건 최고로 재미있었지만 세피는 지난여름 이후 그 놀이를 거부했다. 세피는 그게 자신이 고등학생이 되기 때문이라고 했다. 나는 세피에게 *아마 언니의 작은 젖가슴이 균형을 잃게 하나 봐*, 했다.

세피는 눈을 굴렸지만 그 안에 불꽃이 반짝였다. "그러고 놀기엔 내가 나이가 너무 많은걸."

"이불 탐색에 너무 많은 나이란 없어. 제발. 저녁 식사 전에 잠깐밖에 시간이 없단 말이야."

세피는 칫솔을, 그리고 자신이 청소한 줄눈을 봤다. 남은 줄눈의 회색빛에 비해 그 부분은 밝았다. 나는 세피가 이 거래에서 무엇을 더 얻어낼 수 있을지 고민하고 있다는 걸 알았지만, 세피의 더 착한 본성이 이겼다. "좋아."

"야호!" 나는 세피에게 마음 바꿀 시간을 허용치 않으려고 재빨리 재료들을 찾은 다음, 세피를 밖으로 이끌었다. 우리는 핼러윈의 유령들처럼 이불을 뒤집어쓰고는 벗겨지지 않게 머리띠를 쓰기도 전에 깔깔대기 시작했다.

"우리 서로 발목을 묶자." 세피가 제안했다.

그때 나는 세피가 완전히 몰입했다는 걸 알았다. 발목 묶기는 최고로 어려웠다. 그러려면 우리는 모든 걸음을 맞추어야 했고, 그러지 못하면 감자 포대처럼 굴러 떨어질 터였다. 나는 세피가 매듭을 짓게 했다. 세피는 늘 매듭짓기에 나보다 능했다.

"언니," 나는 언니가 내 발목 주변에 노끈을 감는 동안 말했다. "웨인이 정말로 언니한테 반한 것 같아. 어제 학교에서 언니에 대해 묻더라. 내가 말하는 걸 깜박했어."

나는 세피의 얼굴을 볼 수 없었지만 세피가 웃고 있다는 걸 알았다. "뭐라고 물었는데?"

"언니가 제일 좋아하는 색깔이 뭐냐고."

노끈이 휙 잡아당겨져 나는 세피가 자기 발목에 끈의 끝을 묶었다는 걸 알았다. 빔보가 내 이불 아래를 슬쩍 엿봤고, 나는 빔보를 쫓아냈다.

"웨인도 클램처럼 치한 체스터한테 공격당했을까?" 세피가 물었다.

클램이 악기 보관실에서 나를 구석으로 몰았을 때 내가 느꼈던 굴욕감과 두려움이 돌아와 너무 조인 밧줄처럼 내 갈비뼈를 휘감았다. "아빠가 알지도 몰라. 난 아빠와 바우어 경사가 그 일에 대해 얘기를 나눴다고 생각해. 나중에 아빠 물건 뒤질 때 도와줄래?"

"뭘 찾을 건데?"

나는 이불 아래서 어깨를 으쓱했다. "나도 모르지." 나는 엄마가 한 말을, 클램을 공격한 남자가 마스크를 쓰고 있었다는 말을 떠올렸다. "단서들이겠지. 바우어가 아빠한테 경찰 보고서 사본을 줬고, 거기 다친 애들의 이름이나 그들에게 무슨 일이 있었는지 작성했다거나?"

우리는 한동안 조용했다.

"정말로 웨인이 나를 좋아하는 것 같아?" 세피가 작게 물었다.

"좋아하지 않을 게 뭔데?" 내가 불안함을 떨치고 줄을 시험하며 앞으로 나섰다. 세피가 말할 필요도 없이 나를 따라왔다. "언니가 코 고는 것 빼고. 오, 그리고 언니한테 당나귀 같은 냄새가 나. 하지만 그 외에는…"

"나 코 안 골거든."

우리는 이제 양손을 앞으로 뻗고, 피부를 타고 오르는 충돌에 대한 기대감을 안고, 앞으로 나아가고, 거의 달리고 있었다. 손질된 잔디가 숲 주변에서 두꺼운 잡초와 바삭거리는 나뭇가지들로 바뀌었다. 우리는 숲으로 들어서고 있었다. 비밀과 썩어가는 나뭇잎들의 냄새가 점점 더 강해지고 공기는 서늘해졌다.

"그리고 너는 당나귀의 여동생 같은 냄새가 나." 세피가 종지부를 찍었다.

나는 웃음을 터뜨렸고, 세피도 그랬다. "나무다!" 내 손이 단단한 나무에 부딪히자 나는 외쳤다. 우리는 둘 다 오른쪽으로 움직이며 서로 머리를 부딪쳤다.

"또 나무다!" 세피가 깔깔대며 발을 헛디뎠다.

나는 세피가 넘어지기 전에 세피의 손을 잡았다. "있잖아, 세피. 엄마 아빠는 언니가 미용사가 되고 싶어 해도 괜찮을 거야." 그렇지 않을 거였다. 하지만 나는 기분이 좋았고, 그걸 나누고 싶었다.

"그럴 것 같아?"

"당연하지." 우리는 몇 분간 말없이 바스락거리며 걸었다. 좁은 도랑이 우리 밑에 나타났을 때 우리 둘 다 넘어졌다. 내가 바닥에 부딪힐 때 내 팔꿈치가 무언가 날카로운 것에 긁혔다. "아야!"

"우리 어디 있는 거야?" 세피가 내 옆에서 물었다. 규칙은 우리가 완전히 길을 잃을 때까지 볼 수도 없고, 이불을 치울 수도 없다는 것이었다. 하지만 세피의 목소리가 너무 가늘었다.

"나도 몰라. 언니 괜찮아?"

천이 부스럭거리는 소리에 세피가 자기 이불을 젖히고 있다는 걸 알 수 있었고, 그건 명백히 규칙에 어긋났다. "세피!"

"나 피가 나."

나는 헉 하고 숨을 쉬며 머리띠를 밀어내고 이불을 젖혔다. 우리는 숲속에 너무 깊이 와 있어서 나무들이 물속 같은 어둠을 드리우고 있었다. 세피와 나는 전에 본 적 없는 축축해 보이는 오크나무숲에 엉덩이를 맞대고 누워 있었다. 양토와 부패와 구리 냄새가 났다. 세피의 무릎이 가느다란 빨간색 줄을 그으며 피 흘리고 있었다. 눈물이 세피의 뺨을 타고 흘러내렸다.

"무슨 일이야?" 내가 물었다.

세피는 곰팡내 나는 숲 바닥에서 충격적일 만큼 하얀 우리 이불을 지나쳐, 바닥에서 튀어 나온, 거의 같은 색 뼈들을 가리켰다.

나는 비명을 질렀다.

# 19

*우리 아빠가 누군가를 죽였다.*

그것은 그냥 그렇게, 생각이 대부분 그렇듯 내 머릿속보다는 내 배 속에 내려앉으며 선명하게 펼쳐졌다. 하지만 내가 그 생각을 움켜쥐고 자세히 보려 하자 그것은 미끄러지듯 사라졌다. 물론 우리 아빠는 살인자가 아니었다. 아빠가 세피의 흐느낌과 나의 고함 소리를 듣고 그 곰팡내 나는 오크 숲에서 우리를 발견했을 즈음에, 나는 터무니없다며 그 생각을 막아버렸다.

아빠가 그 해골은 작은 아이의 것이 아니라 독수리의 것이라고 지적하자—봐, 여기 날개 깃털까지 보이잖니—나는 내가 그런 생각을 했다는 것조차 거의 기억할 수 없었다.

거의.

아빠가 세피를 집으로 데려갔고, 엄마가 세피의 상처 난 무릎을 씻기고 붕대를 감아주었다. 그 와중에 전화가 울렸다. 놀랍게도 아빠가 받으러 갔다. 아빠는 평소 전화로 얘기하는 걸 싫어하기 때문에, 전화가 오길 기다리고 있었던 게 분명했다. 아빠는 정부가 항상 듣고 있으며, 할 말이 있으면 얼굴을 보고 직접 해야 한다고 말했다. 잠시 뒤에 돌아왔을 때 아빠는 우물거리고 있었다. "새 이웃이 오늘 밤에 베이비시터가 필요하다는구나." 아빠가 말했다.

"예이!" 세피가 꺅 소리를 질렀다.

"안 돼." 아빠가 짜증나는 듯이 말했다. "절뚝거리는 시터를 원하지는 않을 거다. 캐시, 네가 할 수 있다고 했다. 그쪽에서 오는 길이니까, 가서 씻어라."


나는 전에 딱 한 번 어느 집 아이들을 봐준 적이 있었다.

지난겨울에, 나는 페르세포네에게 밀러네 아이 돌보는 일을 넘겨받은 적이 있었다. 그 집의 금발의 네 아들들은 키를 제외하곤 구분할 수 없었다. 존, 카일, 케빈, 그리고 주니어. 제일 위가 다섯 살이었고, 그렇게 연달아 아이를 가졌다는 것은 그 애들 엄마가 더 이상은 크게 웃을 수 없고, 그러면 실수로 오줌을 싸게 된다는 뜻이었다(그녀가 집까지 데려다주던 어색한 차 속에서 내게 말했다). 그 애들을 구분할 수 없었기 때문에, 나는 아이들이 말썽을 부릴 때면 애들 이름을 한꺼번에 불렀고, 그런 일이 잦았다. 존카일케빈주니어, 그 성냥에 불붙이지 마. 존카일케빈주니어, 동생 머리 위로 아빠 골프 클럽 휘두르지 마. 존카일케빈주니어, 네 바지 속에서 손 꺼내.

지쳐버린 저녁 끝 무렵, 나는 보풀이 인 적갈색 소파에 아이들을 몰아놓고, 나와 함께 TV를 보게 하는 것이 그 괴물들을 잠재울 유일한 방법이라는 것을 깨달았다. 그 늦은 밤에 이 시골구석에는 〈환상특급(The Twilight Zone)〉밖에 볼거리가 없었다(비열한 수법처럼 보였다). 아이들은 그 이야기가 너무 으스스해지기 전에 잠들었고, 나는 너무 무서워서 애들이 잠들지 않았으면 싶었다. 존카일케빈주니어가 내 무릎에서 잠들지 않았고 코흘리개 천사들처럼 보이지 않았다면 나는 채널을 돌렸을 것이다. 내가 할 수 있는 최선은 눈을 감고 귀를 막는 거였다.

나는 고메즈네와는 좀 더 잘되기를 바랐다.

"너희 부모님은 부지를 아주 깔끔하게 유지하시는구나." 고메즈 씨의 억양은 희미했고, 그의 모음은 미네소타 토박이라기엔 길었다. 그것과 그의 검은 머리가 그가 멕시코에서, 하지만 꽤 오래전에 왔다는 사실을 말해주었다.

나는 픽업트럭의 운전석에서 가장 먼 구석에 끼어 앉아 미소를 지으며 고개를 끄덕였다. 고메즈 씨는 아무 잘못도 하지 않았다. 그건 그냥 낯선 사람과 한 차에 탈 때 나의 표준적인 반응이었다. "고맙습니다." 나는 말했다.

나는 그 길이 짧다는 데 감사했다. 우리 집에서 일직선으로 1.6킬로미터가 조금 넘는 정도였다. 어른들과 대화하는 건 최악이었다. 게다가 고메즈 씨는 창문을 내리고 운전했고, 동네 농부들 중 누군가가 최근에 거름을 뿌렸다. 공기는 비료 처리된 건초와 암모니아 냄새로 매캐했다.

나는 고메즈 씨가 클램이 공격당한 것과 시내의 통행금지에 대해 알고 있는지 궁금했다. 그가 안다면, 가족을 여기로 이사시킨 것을 후회하리라고 나는 확신했다. "새로 이사한 곳이 마음에 드세요?" 내가 물었다.

고메즈 씨는 끄덕였다. 그는 눈가에 안락한 가죽 의자를 연상시키는 깊은 주름이 있었다. "더 큰 집을 갖는 건 좋지."

아빠는 그들이 로체스터에서 이주했다고, 헥터는 농부고 빨강머리의 미네소타 토박이인 그의 아내는 그들이 바에서 만났을 때 첫눈에 그와 사랑에 빠졌다고 했다. 말하는 걸로 보아 아빠는 못마땅한 게 분명했다. 나는 고메즈 씨가 멕시코인이라는 사실이 아빠를 거슬리게 하는 건 아니라고 생각했다. 우리 부모님은 둘 다 나와 세피에게 이민자들은 좋은 사람들이라는 것을 분명히 했다. 문제는 그들이 교육받지 않았다는 것이었다. 페그와 도니에게 책으로 배운 지식이 없다는 건 범죄였다.

부모님의 석사 학위와 내 성적에 대해 생각하면 나는 으쓱해졌다. 머리가 좋은 사람이 되는 건 좋은 일이었다. 아빠는 아빠의 정신이 대부분의 사람들보다 너무 빠르게 돌아간다고 했다. 너무 힘차게 달리기 때문에 정신을 즐겁게 하기 위해 특별히 열심히 노력해야 한다고. 책들은 효과가 있지, 아빠는 말했다. 모든 잡지들도 그렇다고. SF 단편들로 두꺼운 것들, 유명한 기계공들(당신의 잡지를 그렇게 이름 지었다면 당신은 너무 애쓰고 있는 것이다)을 다루는 것들, 그리고 다른 것들, 내가 싫어하는, 다리 사이에 손을 넣고 얼굴에 나른한 미소를 띠고 있는 벌거벗은 여자들의 사진이 넘쳐나는 것들도.

아빠는 고메즈 씨가 시동을 걸자 내 쪽으로 경고를 던졌다. "거기 가면 방심하지 마라, 캐스, 그리고 여기서 벌어지는 일에 대해서는 얘기하지 마. 가족 말고는 아무도 믿어선 안 된다." 어떤 생각이 아빠의 머릿속에 떠올랐다. 나는 그 생각이 아빠의 얼굴을 잽싸게 스치는 걸 볼 수 있었고, 아빠는 엄마에게 몸을 돌렸다. "자기야," 아빠가 좋은 생각을 떠올렸다는 기쁨에 밝아진 얼굴로 말했다. "고메즈

네를 우리 다음 파티에 초대해야 하지 않을까? 우리 모임으로 그들을 맞이할 수 있을 거야."

엄마는 우리에게서 고개를 돌리고 나무 주걱으로 채 썬 녹색 피망을 휘젓고 있었다. 엄마의 어깨가 경직됐다. "어쩌면. 캐시, 밖에 나가서 기다리지 그러니."

나는 기쁘게 나왔다. 엄마는 저녁으로 현미와 두부 볶음을 준비하고 있었다. 나는 고메즈 가족이 내가 아이들을 위해 요리해주길 바라는지 알지 못했다. 나는 그 집에 아이들이 몇 명인지조차 몰랐지만, 그들의 냉장고에 뭐가 있든 엄마가 요리하는 것보다 맛있으리라는 건 알았다.

고메즈 씨의 먼지투성이 포드 픽업트럭에 몸을 실었을 때 내 배는 다 들리게 꼬르륵거리고 있었다. 차로 가는 동안에는 예의 바르게 입을 다물고 있었다. 고블린의 집 근처 모퉁이를 돌 때 깍깍거리는 검은 새들 무리를 뚫고 가지 않았다면 처음 나눈 소소한 대화 이후로 나와 고메즈 씨는 계속 침묵했을 것이다.

내 팔이 반사적으로 들렸다.

"맙소사!" 고메즈 씨가 브레이크를 밟고 방향을 틀며 말했다. 새들은 우리가 거의 그 위를 지날 때까지 길 양옆 웃자란 잔디 속에 숨어 있었다. 우리가 한 마리도 치지 않은 것이 기적이었다.

고메즈 씨가 세피가 산딸기들을 모았던 부근 근처 도랑 가장자리에 차를 완전히 세우기까지 트럭의 뒤쪽 끝이 미끄러졌다. 나는 고메즈 씨 차의 열린 창문으로 쏟아지는 길의 흙먼지를 맡으며 손을 내려 내 여름 원피스의 옷자락을 매만졌다.

"이렇게 늦은 시간에 까마귀들이 모이는지 몰랐어요." 내가 작은 목소리로 말했다.

고메즈 씨가 나를 똑바로 본 건 처음 같았다. 그의 눈을 읽기엔 너무 어두웠다. "사료 트럭이 곡식을 흘렸나 보다." 그가 말했다.

"네에." 내가 대답했다. 달리 할 말이 뭐가 있나?

그가 트럭에 기어를 넣고 남은 800미터를 가는 동안 다른 말은 나누지 않았다. 고메즈 씨는 우리가 그들의 집에 도착했을 때도 나와 함께 내리지 않았다.

"바로 들어가도 된다. 샐리에게 내가 여기서 기다린다고 전해라." 그가 말했다.

나는 끄덕이고 여전히 까마귀 무리를 뚫고 달린 일로 비틀거리며 트럭에서 나왔다.

"계세요?" 나는 이상한 집으로 들어가 망설이며 물었다. 거실에는 상자들이 높게 쌓여 있었고, 내가 본 가장 큰 조립식 소파가 한가운데를 점령하고 있었다. 부엌은 우리 집처럼 아마 왼쪽에 있을 터였다. 나는 무언가 진하고 치즈 냄새가 나는, 아마도 라자냐와 마늘 토스트 냄새를 맡았다. 내 위장이 인증했다.

"여기야!" 고메즈 부인이 활짝 웃으며 부엌에서 고개를 내밀었다. 그녀의 빨강 곱슬머리는 위로 솟구쳐 있었다. "네가 페르세포네구나. 이렇게 급하게 애를 봐달라고 해서 미안하다!"

"카산드라예요." 나는 사과했다. "페르세포네는 제 언니예요. 언니가 오늘 밤에 집에 있어야 해서요."

"아, 네가 와줘서 기쁘구나. 배고프니?"

그녀는 부엌으로 사라졌다. 나는 좋은 냄새를 따라갔다.

그녀의 부엌에는—엄마와 아빠가 뜯어내고 아빠가 직접 만든 메이플 수납장을 채우기 전에 우리 집에 있던 것과 같은—매력 없는 찬장과 노랗고 갈색인 리놀륨 바닥이 있었다. 우리 집에서 그 리놀륨 바닥은 끔찍하게 구식으로 보였지만, 이 부엌에서 그건 햇살처럼 느껴졌다. 세 아이들이 식탁에 앉아 있었는데 여자아이 둘은 나를 마주 보고, 남자아이 하나는 등을 보이고 있었다.

남자애가 돌아봤을 때, 나는 숨을 헉 들이켰다.

그건 프랭크, 점심시간에 이비 옆에 앉아서 건방지게 딱딱거리던 그 신입생이었다.

샐리가 크게 웃었다. "프랭크, 카산드라 얼굴 보이지? 카산드라도 왜 네 나이의 남자애한테 아이 봐주는 사람이 필요한지 궁금한가 보다."

그것도 있었지만, 더 긴급한 문제는 우리가 서로 싫어한다는 사실이었다. 게다가 나는 그가 이렇게 가까이 사는지 몰랐다는 것이 너무 놀라웠다.

그는 우리 버스의 노선상에 있는데도 버스를 타지 않았다. 부모님이 학교까지 데려다주신 게 분명했다.

프랭크는 눈을 굴리고 등을 돌려 먹음직스럽게 녹아든 치즈, 국수, 토마토소스 더미를 파고들었다. 손이 닿는 곳에 가게에서 산 마늘빵이 담긴 은박 포장지가 놓여 있었다. 상추 그릇은 손대지 않은 채였다. 그 옆에 위시 본 웨스턴 드레싱 병이 세워져 있었다. 나는 침이 입 밖으로 흘러내리지 않게 꿀꺽 삼켜야 했다.

샐리가 나를 팔로 감쌌다. 아주 자연스러웠다. "프랭크의 아빠는 남자애들은 애를 돌볼 수 없다고 생각하거든. 그런 성격적인 흠만 빼면, 좋은 사람이란다. 그럼 이제 우리 아들은 만났고. 지금 얼굴보다 소스가 더 많이 보이는 애 있지? 걔가 우리 막내 줄리아란다. 줄리아는 세 살이지. 운 나쁘게 내 머리색을 닮은 쪽이 그 애 언니고, 이름은 마리아. 프랭크가 요령을 알려줄 거야. 비상 상황을 대비해서 전화가 연결되어 있어. 우리는 자정 전에 돌아올 거란다. 질문 있니?"

*제가 여기 살아도 돼요?* "의학적인 문제가 있는 아이가 있나요?"

샐리는 웃음을 터뜨렸지만 포옹처럼 느껴졌다. "걸스카우트 아이 돌보기 수업을 들었나 보구나. 아니, 우리 애들은 막 다뤄도 돼. 라자냐를 좋아한다면 좋겠다. 두 배로 만들었거든." 그녀는 나가기 전에 자기 아이들에게 키스를 한 다음, 내 머리의 가르마 바로 위에 키스했다. "재미있게 놀아라!"

"우유!" 막내가 소리치며 손을 뻗었다.

나는 그 애를 도우러 달려가며, 현관문이 쾅 닫히고 픽업트럭이 출발하는 소리를 들었다. 나는 내 손을 내려다본 다음 수줍게 내 종이 접시를 쥐었다. "너희 아직 접시 안 꺼냈니?"

프랭크가 어깨를 으쓱했다. "우리 아빠가 여기 2주 정도 지내셨는데. 아무것도 안 꺼내놓으셨어. 우리는 지난 일요일에 도착했고, 엄마는 상자를 다 뒤질 시간이 없었지."

"그리고 어쨌든 너는 학교에 가게 했고?"

"으응."

나는 그가 나만큼 불안하다는 걸 알 수 있었다. 그게 나를 좀 더 편하게 했다. 그것과 내가 책임을 맡았다는 사실이. "음, 저녁을 먼저 먹고 설거지하자. 너희 부모님이 집에 오시기 전에 아마 이 부엌을 정리할 수 있을 거야."

나는 안구가 치즈색으로 물들 때까지 라자냐를 먹었고, 그다음에는 우리 넷 모두 청소를 했다. 어린 줄리아는 우리가 일회용 접시와 포크를 던져 넣는 동안 쓰레기봉투를 들고 있었고, 마리는 걸레질을 했고, 프랭크와 나는 남은 음식을 담고 플라스틱 컵을 손으로 설거지했다.

식탁이 치워지자, 프랭크가 나를 도와 여자애들을 위한 크레용과 종이를 찾아냈고, 그 애들이 색칠하는 동안 나와 프랭크는 찬장을 닦고 접시와 날붙이 등을 꺼냈다. 나는 샐리가 우리가 물건을 어디에 넣든 신경 쓰지 않을 거라고 생각했다. 그냥 그런 사람으로 보였다. 프랭크가 자기 엄마와 아빠에 대해 더 많이 말할수록 나는 내가 옳다는 생각을 굳혔다.

"로체스터는 어땠어?" 나는 물었다.

그는 어깨를 으쓱했다. "우리는 여기처럼 시골에서 살았어."

"나는 시내에 살고 싶어." 나는 고백했다. "거기는 할 일이 훨씬 더 많으니까."

그가 고개를 저으며 내 쪽으로 몸을 숙였다. "아니, 그렇지 않아. 시내는 나쁜 일들이 일어나는 데야. 로체스터에서도 누군가 남자애들을 데려가고 있었어, 바로 여기처럼."

나는 눈을 깜박였다. "시내에 사는 남자애들만?"

그는 끄덕였다.

나는 독수리 뼈들, 아빠, 바우어를 다시 떠올렸다. "그래서 이사한 거야? 남자애들이 공격당하는 걸 피해서?" 그렇다면 여기서도 같은 일이 벌어지고 있는 것이 분명 끔찍할 터였다.

"아니." 프랭크가 말했다. "더 큰 집이 필요했거든."

"이 집은 그렇게 크지 않은걸." 나는 그렇게 말한 다음 풀죽는 그 애 얼굴을 보고 미안하다고 느꼈다. 나는 내 말을 주워 담으려고 애썼다. "우리 집처럼 지어졌다고, 그게 다야."

"너희 집에도 섬뜩한 흙바닥 지하실이 있어?"

나는 열렬히 끄덕거렸다. "흙은 괜찮아. 엄마가 통조림을 대부분 거기 보관하고, 아빠도 거기 물건을 보관하는 것 같아. 우리 아빠는 우리가 거기 못 내려가게 해."

프랭크가 몸서리를 쳤다. "흙바닥 지하실은 유령이 나와, 항상."

## 20

그런데 말이다. 만일 당신이 내가 일어났을 때 내게 오늘이 끝날 무렵 단짝 친구가 생길 거고, 그가 남자애일 거라고 말했다면? 나는 당신을 미쳤다고 할 것이다. 하지만 프랭크와 나는 함께 처음으로 시간을 보낸 이후 실질적으로 서로의 문장을 완성해 주고 있는 우리를 발견했다. 프랭크는 아는 사람이 없으며, 그가 그간 내가 오만하다고 생각해서 학교에서 내게 못되게 굴었다는 사실을 이해하고 나자 우리에겐 공통점이 산처럼 많았다. 우선, 우리는 둘 다 〈A특공대〉 보기를 좋아했고, 내가 최신판 《넬리 블라이의 믿거나 말거나》를 가지고 있다고 하자 그는 다음에 꼭 가지고 오라며 약속까지 하게 했다. 나는 내가 하룻밤에 한 꼭지씩만 읽는다고는 말하지 않았다. 그게 이상하다는 걸 알았으니까. 나는 진 이모에 대한 모든 것, 이모가 얼마나 대단하며, 아티스트이고, 내가 원하면 언제든 이모와 함께 살아도 된다고 말했다는 것까지 몽땅 얘기했다.

프랭크는 예상대로 감탄했다. 여자애들이 난리를 치기 시작했을 때, 우리는 TV를 풀어 전원을 연결하고 흐릿한 채널 한 개가 나올 때까지 안테나를 비틀었다. 눈을 못 떼게 하는(사실 그렇진 않지만), 보통 이스턴 아이드 클릭 비틀이라고 알려진 알라우스 오쿨라투스에 대한 프로그램이 방송되고 있었다. 그건 내가 주류 가게에서 고블린과 말 그대로 마주쳤을 때 고블린이 내던 것과 같은 목구멍 뒤쪽 소리를 냈고, 나는 그걸 프랭크에게 전부 얘기했다. 알고 보니 프랭크는 곤충의 세계를 사랑했다.

그 딱정벌레 프로그램이 끊기고, 광고에 하루 종일 쉴 틈 없이 일하며 가족을 먹이고 애들을 재우는 여자가 나왔다. 그런 다음에야 여자는 자신에게 큰 선물을 준다. 혼자 있는 시간. 장면이 욕조 가장자리에 놓인 거품 목욕 병으로 휙 바뀌었다. 병은 파란색이었고, 하얀 딱지가 붙어 있었다. '나만의 시간'이라고 쓰여 있었다.

깊은 남자의 목소리가 전체 광고에서 유일한 말을 웅얼거렸다. "충전하세요. 이 시간을 당신의 시간으로 만들어요."

프랭크가 내 팔을 찔렀다. "들었어? 이 시간을 네 시간으로 만들어야 한대."

나는 그의 팔을 마주 가볍게 때렸다. "닥쳐, 아기야."

프랭크는 낄낄거리며 내 목을 감아 나를 레슬링하듯이 끌어당겼다. 나는 웃음을 터뜨리며 그를 밀친 다음 더 좋은 생각을 떠올리고는 그의 팔을 그의 등 뒤로 움직이지 못하게 할 정도로만 비틀었다. 혹은 그랬다고 생각했다. 그는 꿈틀거리며 나를 바닥으로 잡아당겼고 거기서 우리는 진짜로 레슬링을 하기 시작했다. 우리는 팽팽했지만 내 긴 머리가 나를 방해했다. 우리는 거의 10분 동안, 웃고 거친 말을 뱉으며—닥쳐! 내 바지나 먹어라!—우리 중 누구도 오래

우위를 유지하지 못했다.

마침내 우리는 지쳐서 휴전을 선언했다. 그때 우리는 구석에 있는 맨 매트리스에서 잠들어 있는 여자애들을 발견했다.

"야, 뭐 보여줄까?" 프랭크가 숨을 헐떡이며 물었다.

"당연하지. 잠깐만." 나는 '이불'이라고 표시된 봉투를 열어 퀴퀴한 냄새가 나는 오렌지색 털실로 짠 담요를 꺼내서 줄리아와 마리를 덮었다. "어디서?"

"우리 부모님 방."

"알았어." 나는 손등으로 이마를 훔쳤다. 레슬링 때문에 땀이 났다.

우리는 상자들의 미로를 누비며, 내가 아직 사용하지 않은 가파른 계단 옆으로, 내가 갔던 화장실을 지나 집 뒤쪽을 향했다.

고메즈의 침실은 내 부모님의 것과 같은 크기였지만 엄마와 아빠가 그들 방에 둔 꾸르륵거리는 물침대에 점령되어 있지 않아서 더 크게 보였다. 투명한 달빛이 벌거벗은 창문으로 쏟아지며 더블 매트리스를 밝히고 있었고, 그 외에 모든 것은 그늘진 위안 속에 잠겨 있었다.

"전등 스위치는 어디 있어?"

"나도 몰라." 프랭크가 말하며 곧장 서랍장으로 향했다. "A특공대를 불러야 하는 거 아닐까?"

나는 목소리를 낮추고 기억을 더듬어 그 TV 쇼의 오프닝을 읊기 시작했다. "1972년, 날카로운…."

"으응." 그가 정신이 팔린 채 말했다. 프랭크는 맨 위 서랍을 확 잡아당겨 연 다음 두 번째 서랍을 잡아당겼다.

"내가 도와줄게." 나는 벽의 그림자들을 더듬어가다 전등 스위치에 부딪혔다. 나는 스위치를 딸각 올렸다. 알전구가 방을 밝혔다.
"너희 부모님이 이 방 짐은 벌써 푸셨네?"

"엄마가 아빠한테 자기를 웬 오지로 이주시킬 거면, 엄마의 침대를 준비해놓고 엄마를 첫 주에 춤추는 데 데려갈 계획을 세우는 편이 좋을 거라고 하셨지."

"멋지다." 나는 그들 침대 프레임의 매끄러운 갈색 나무를 손으로 만져보았다. "뭐 찾고 있어?"

프랭크가 자신의 바다 색깔 눈에 흔들리는 표정을 담고 돌아섰다. 그는 서랍에서 찾아낸 둥근 플라스틱 원반을 내밀었다. "이거."

나는 몸을 기울였다. "이게 뭐야?"

그의 목소리는 교회 예배처럼 심각했다. "약."

나는 프랭크에게 의심쩍은 눈길을 보냈다. "어떤 약?"

"엄마는 그걸 엄마의 행복 알약이라고 불러. 아빠는 그게 자른 빵 이래 최고의 거라고 하셔."

내 흉터의 끈이 내 목을 조여왔다. 나는 헥터와 샐리는 우리 부모님과 다르다고 생각했다. "의사가 처방한 거야?"

"나도 몰라." 프랭크는 디스크를 딸각 열고 조개 같은 뚜껑 안쪽에 쓰인 자기 엄마의 이름을 가리켰다. 반쯤 남은 바닥이 하얀색 알약들로 스톤헨지 모형을 이루고 있었다.

나는 깔깔대기 시작했다. 일단 내 배를 간질이기 시작한 웃음은 내 입까지 굴러 내 눈에서 물을 짜냈다. 그 모든 웃음 사이에 내 말을 끼워 넣기 어려웠다. "우리가 이 약을 해봐야 할 것 같아?"

프랭크가 아랫입술을 비죽 내밀었다. "뭐가 그렇게 웃겨?"

"그건 피임약이야!"

프랭크는 흡연금지 표지처럼 빨간 줄이 그어진 아기 그림을 볼 수 있기라도 하듯 그걸 얼굴에 가까이 가져갔다. "확실해?"

"100퍼센트. 스미스 선생님이 지난겨울에 보건 과목에서 몇 개 돌리셨어. 포장은 달랐지만 하얀 거 스물한 개, 녹색 일곱 개가 있었지, 딱 그것처럼."

"아, 젠장."

난 그가 원한다면 진짜 약을 가져다줄 수 있다고 말할까 생각했다. 그를 감탄하게 하려는 유혹은 강했지만, 다음 순간 그가 저 바다 같은 눈으로 나를 쳐다봤고 나는 친절해지는 편이 낫다고 결심했다. "크면 뭐가 되고 싶어?"

그건 멍청한 질문이었고 그도 그걸 알았지만, 우린 둘 다 주제를 바꾸고 싶었다. "조종사." 그가 말했다.

나는 숨을 헉 들이마셨다. "내 남자친구랑 같네!"

프랭크는 얼굴을 찡그리고 엄마의 피임약을 엄마 서랍에 돌려놨다. "네 남자친구가 누군데?"

"엄밀히 따지자면 우린 데이트하고 있지 않아, 아직은." 나는 프랭크를 따라 거실로 돌아갔다. 줄리아와 마리는 아직 잠들어 있었고, 줄리아는 다 들리게 코를 골고 있었다.

"왜 어떤 일이 벌어지기 전에 그 일에 대해 감이 올 때가 있잖아?"

프랭크는 믿지 않았다. 그는 아직 그 약에 대해 틀려서 부루퉁해 있었다. "아니이. 남자친구가 없으면 있다고 말하면 안 되지."

헤드라이트 불빛이 천장을 따라 춤을 쳤다. 그의 부모님이 집에 오셨다. 나는 이런 밤을 끝내고 싶지 않았다. 나는 그에게 다음엔 우리 집에 올지 묻고 싶었다. 나는 잠옷 파티를 한 번도 못 해봤지만 남자애들에게 하룻밤을 보내자고 할 수는 없다. "나랑 자전거 타러 갈래?"

"언제?"

"이번 주에. 남자애들 유괴 사건을 조사하자. 그 미스터리를 풀면 우리는 영웅이 될 거야." 그 말을 하자 옳게 느껴졌다. 그는 내 조수가 될 수 있고, 그러면 나는 그렇게 무섭지 않을 터였다.

그의 어깨가 씰룩거렸다. "보자."

"나랑 자전거 타지 않는 바보는 불쌍하지." 나는 그의 겨드랑이를 찔렀다. 그는 나를 밀쳤지만 웃고 있었다.

"가기 전에 화장실 진짜 빨리 써야겠다." 내가 말했다. "우리가 진짜 잘 돌본 것처럼 보이게 여자애들 좀 더 잘 덮어줄래?"

내가 큰 화장실을 향해 뛰어갈 때 프랭크는 여동생들에게 몸을 숙이고 있었다. 내 계획은 완전히 모습을 갖추진 않았다. 그저 가브리엘과 내가 키스하는, 그리고 들어줄 수준을 넘어 잔소리를 하며 피임약을 나눠주는 스미스 선생님의 어렴풋한 모습일 뿐이었다. 샐리는 통에서 하나가 없어져도 아쉬워하지 않을 테고, 나는 가브리엘과 내가 사랑을 나누기로 결정할 경우에 대비해 그게 필요했다. 나는 서랍을 홱 잡아 열고 그 뚜껑을 연 후, 작고 하얀 알약 하나를 손바닥에 떨어뜨린 다음 통을 닫고 서랍 속에 도로 쑤셔 넣었다. 나는 고메즈 부인의 것을 훔치고 있다는 불쾌한 느낌을 무시했다. 임신하는 것보단 도둑이 되는 편이 나을 테고, 나는 그녀도 거기에 동의하리라는 것을 알았다.

내가 나왔을 때 프랭크는 책을 들고 소파에 앉아 있었다. "밖에서 우리 아빠를 만나는 편이 나을 거야." 그가 엄지손가락으로 현관 쪽을 가리키며 말했다. "아빠는 필요 이상 그 트럭을 오르내리는 걸 싫어하셔."

나는 재킷을 움켜쥐었다. "안녕."

내 심장은 계속 쿵쾅대고 있었다.

"안녕."

## 21

1983년 5월 26일

사랑하는 진 이모,

《넬리 블라이의 믿거나 말거나》를 보내주셔서 감사해요! 내 생일이 6월이라는 건 알 텐데—마침내, 나도 10대가 되어요!

릴리데일에서 한 남자애가 공격당했다는 걸 들었는지 모르겠어요, 어쩌면 두 명? 여기 사람들이 정말 난리예요. 이모는 못 믿을 거예요! 두 번째 남자애에 대한 말이 사실인지 내가 밝혀내서 다음 편지에서 알려드릴게요.

학교는 이제 공식적으로 끝났고, 성적은 나쁘지 않았어요. 나는 우리 반에서 2등을 했어요. 내년에는 에리카를 따라잡을 계획이 있죠. 거기엔 은박지 모자, 전극, 그리고 여름 폭풍이 포함되어 있어요. 그냥 농담이에요! 하지만 올 여름엔 멋진 계획들이 있어요. 이모가 다음에 올 때 전부 얘기해드릴게요. 엄마를 설득하자마자 제 다리털을 밀 거라는(그러니까요!!!) 말로 일단 시작할게요.

오늘 밤에 베이비시터를 하러 갔다가 제 새로운 단짝친구를 만났어요. 그 애 이름은 프랭크고 길 위쪽에 살아요. 나도 알아요—남자애랑 친구가 되다니! 어쩌면 머지않아 진짜 남자친구가 생길지도 몰라요.

이모가 보낸 사진을 보면 토론토는 아름다워 보여요(그리고 그 PO 박스* 고마워요!). 지도를 봤더니 이모가 미네소타에서 그렇게 멀지 않네요. 어쩌면 이모가 잠깐 들를 수 있을까요? 아빠는 요즘 특히 이상해요, 그리고 엄마와 아빠는 토요일에 파티를 열어요.

어쩌면 나 혼자 몰래 나갈까 봐요. 내가 실종되면 도와주세요(하하!). 농담이에요. 하지만 제가 필요하면 언제든 도와주실 걸 알아요.

XOXOXO,

캐시

---

\* PO Box: 우편물을 집에서 받을 수 없을 때 우체국에서 제공하는 유료 우편함 서비스.

## 22

 아침이 평평한 지평선 너머 탁한 갈색 전조였을 때 아빠, 세피, 나는 벌써 밖에 나와 일하고 있었다. 엄마는 학교에 전화를 해야 했다. 아빠는 엄마가 통화를 마치면 우리가 도축을 시작할 거라고 했지만, 그 말을 한 게 한 시간 반 전이었다.
 공기가 내 살을 싸늘하게 했다. 뿐만 아니라 내 마음과 팔까지 싸늘하게 하는 탓에 나는 모자 달린 재킷을 턱까지 채워 입었다. 다리는 맨다리였다. 어차피 헝클어질 거라 머리를 빗을 생각은 하지 않았다. 나는 너무 피곤해서 눈곱조차 떼지 않았지만, 차가운 봄기운이 섞인 여름 공기는 상쾌해서 내 의지와는 반대로 나를 깨웠다.
 "더 나를 수 있잖아." 세피는 우리가 일을 시작한 이후로 계속 툴툴거렸다.
 세피는 이끼가 낀 나뭇가지들을 한 아름 손수레에 떨구었다. 아빠는 누가 침입하면 알 수 있게 아빠가 설치한 올가미 철사들을 제거하며 우리 앞에서 일하고 있었다. 그 뒤에서 오솔길들을 치우는 것이 우리 일이었다. 세피와 나는 아직 다가오는 파티에 대해 얘기하지 않았다. 우리는 너무 무서웠다. 나이가 들수록 그 모임이 더 견디기 힘들어졌다.

나는 나무속에서 쏟아진 작은 벌레들을 긁어내며 솔직히 더 가벼운 내 나무 짐들을 떨어뜨렸다. "내가 베이비시터 일을 맡고 언니가 못 맡은 이후부터 언니가 짜증을 부리더라."

"안 그래."

"그래. 그리고 나는 언니가 무릎 상처 때문에 내가 집에 오기 전에 잠들었다는 말이 거짓말인 거 알아." 우리는 서로를 위해 잠을 안 잔다는 규칙이 있었다. 대개 세피가 아이 돌보는 일을 맡았기 때문에 나는 세피를 위해 수없이 많이 그렇게 했다. 지난밤은 세피가 나를 위해 그렇게 해줬어야 하는 겨우 두 번째 밤이었다.

세피는 내가 자기 얼굴을 볼 수 없게 몸을 돌렸다. "거짓말 아냐. 아빠가 우리 몸을 고치려면 힘이 더 필요하다고 하잖아. 내 무릎에 난 상처 때문에 피곤해서 깨어 있을 수가 없었어. 하지만 봐, 내가 잠을 그렇게 잘 잔 게 좋았지. 오늘 아침엔 다리가 거의 안 아파."

"그래, 뭐, 내가 집에 왔을 때 아빠가 잠들어 있던 게 운이 좋았지."

혹은 내가 아빠는 잠들었다고 상상하고 싶었던 것이리라. 나는 몸서리를 쳤다. 내가 현관부터 내 방까지 어찌나 빠르게 달렸는지 내 발이 바닥을 고작 두 번밖에 스치지 않았다. 집의 어둠은 숨을 공간을 너무 많이 남겼다. "계절 학기는 언제 시작해?"

"월요일." 세피는 샐쭉했다.

"얼마나 오래?"

"2주."

"아, 젠장, 세피, 그렇게 나쁘지 않잖아! 그리고 계절 학기는 완전 쉬워."

세피는 내가 따라잡을 수 있게 속도를 늦추었다. "엄마와 아빠는 내가 합격 점수를 얻을 때까지 아무 데도 못 간다고 하셨어. 사람들을 초대하지도 못한대."

나는 지금이 세피는 사람들을 초대한 적이 한 번도 없다는 걸 지적할 시점이 아니라고 느꼈다. 나도 마찬가지였다, 린이 나를 버린 이후로는 한 번도. 새로운 누군가를 사귀려면 너무 많이 설명해야 한다. 하지만 어쩌면 프랭크는 다를 터였다. "언니랑 나는 그래도 놀 수 있잖아. 고양이 클리닉이 옵니다!"

나는 일곱 살 이후로 여름마다 고양이 클리닉을 열었다. 더 어렸을 때는 주로 고양이들을 높은 데서 뛰게 훈련시켰다. 나이가 들고 고양이들이 뛰는 데 내가 필요 없다는 걸 깨달으면서 나는 좀 더 의료적인 목적으로 전환해서, 고양이들의 감염된 눈을 따뜻한 물에 적신 수건으로 닦아 눈곱이 엉겨 붙어 감긴 눈꺼풀을 부드럽게 열고, 고름을 제거하고, 엄마가 조합에서 구매한 눈을 밝히는 차를 떨어뜨려 주는 등의 일을 했다.

세피가 혐오스럽다는 소리를 냈지만, 세피의 어깨는 풀어졌다. 내가 또 이겼다. "내가 외출 금지된 동안만이야. 그리고 나는 개들의 징그러운 눈은 만지지 않을 거야. 하지만 털은 빗겨주고, 네가 캣닢 다발 말리는 거 도와줄게."

나는 박수를 쳤다.

"여기." 세피가 내 팔에 짐을 올리며 말했다. 우리는 태울 더미가

지 옮길 나무가 두 단 더 있었다. 마침내 태양이 내 뼈를 데워주겠다고 노란 키스로 약속하며 떠올랐다. "너 나한테 얘기 안 했잖아. 새 가족은 어땠어?"

그리고 그렇게, 모든 거리는 녹아 없어지고 우리는 다시 자매가 되었다.

"좋았어!" 나는 내 보석함의 젖니 네 개와 벤 프랭클린 가게 바닥에서 발견했고 다이아몬드이길 바라는 반짝이는 귀걸이 한 짝 옆에 숨겨놓은 피임약을 빼고 그날 밤에 대해 모든 걸 털어놨다.

"잠깐." 세피가 내 말을 끊고 자기 턱을 두드리며 말했다. "프랭크가 자기가 전에 살았던 곳에서도 남자애들이 납치됐다고 말했다고?"

"으응, 그게 뭐?" 내가 물었다.

세피가 내 머리를 튕겼다. "그리고 여기로 이사하고, 클램이 공격당하고? 엄청난 우연의 일치 같잖아."

나는 세피가 튕긴 부분을 문질렀다. "고메즈 씨는 좋은 사람이야."

세피가 눈을 하도 세게 굴려 눈알이 삐걱거렸다. "그게 다들 하는 말이잖아, 바보야. '나는 그 사람이 연쇄살인범인지 몰랐어요! 너무 착해 보였는데!' 너 그 사람을 잘 지켜보는 게 좋겠다."

세피가 옳았다. 그리고 나는 그게 약간 싫었다. "화장실 가야겠다." 내가 말했다.

"빨리 오는 게 좋을 거야."

아빠는 우리 앞에서 여전히 올가미 철사를 제거하고 있었다. 보이지는 않았지만 소리는 들렸다. 나는 엄마가 여전히 대화에 푹 빠져 전화기를 붙들고 있기를 바랐다. 나는 아빠의 작업실을 지나쳐

서 집으로 향했다.

오줌은 마렵지 않았다.

나는 아빠의 물건을 뒤지겠다는, 내가 닭 잡는 날의 일정으로 삼은 계획을 따르려는 참이었다. 고메즈 씨가 아이들을 데려가는 사람이라고 생각하다니 세피가 틀렸다. 고메즈 부인 같은 사람과 결혼하는 사람이 그런 짓을 할 리 없었다. 하지만 우리 아빠와 바우어 경사라면? 그건 얘기가 달랐다.

엄마가 집에서 나오는 길에 나와 마주쳤다. 얼굴이 굳어 있었다.

"무슨 일 있어요?" 나는 엄마에게 물었다.

엄마는 관자놀이를 문질렀다. "아니. 닭 잡을 시간이네."

"닭장 옆에서 만나요." 나는 말했다. "나 얼른 오줌 싸야 해요."

나는 혼자 집에 있었지만 오래는 아니었다. 나는 진흙 자국을 남기지 않도록 현관에 신발을 벗어놓고 엄마와 아빠의 방으로 달려갔다. 그들의 물침대에는 아래 서랍이 없었고, 주머니를 받칠 큰 상자만 있을 뿐이라서 나는 아빠의 침대 옆 탁자에서 출발했다. 거기엔 지저분한 잡지들, 반쯤 피운 마리화나 담배들, 그리고 너무 자세히 보고 싶지 않은 스케치들이 있었다. 나는 아빠의 서랍장에서도 같은 것들에, 추가로 아빠의 옷들을 발견했다.

아빠 냄새를 풍기는 그 서랍장이 싫었지만 나는 코를 막고 계속 파헤쳤다. 내가 무엇을 찾는지는 나도 몰랐다. 아빠와 바우어 경사가 클램을 공격했다고 말하는 서명된 기록? 그들이 그를 해쳤을 때 썼던 마스크? 고메즈 부부가 보이는 것처럼 좋은 사람들이라고 증명하는 무엇?

나는 그런 것은 전혀 찾지 못했다. 사실, 거기엔 세피가 가슴이 생기고 아빠가 특히 더 별나게 굴었을 즈음에 그의 서랍을 뒤졌던 이래 새로운 게 없었다.

시간이 많지 않았다. 세피는 분명 벌써 내가 얼마나 오래 걸리는지 그리고 자신이 얼마나 더 일을 많이 해야 하는지 불평하고 있을 게 분명했다. 어쩌면 아빠가 나를 현장에서 잡을 준비를 하고 집으로 쿵쿵대며 오고 있는지도 몰랐다. 내가 아빠 서랍이 모두 닫힌 것을 확인하고 다시 기회를 얻으려면 한참 있어야 할 테니 정말로 얼른 오줌을 싸고 거의 현관문에 다다랐을 때 우리 지하실이 생각났다.

*흙바닥 있는 지하실엔 유령이 나와*, 프랭크가 말했었다. 항상.

내가 마지막으로 우리 지하실에 갔을 때가 언제였지? 분명 예전에 지하실은 세피와 내가 가도 되는 곳이었지만, 몇 년 전의 한 번을 제외하곤 아래 내려간 기억이 정말로 없었다. 그 생각에 오싹해졌다. 아빠는 지난주에 내내 늦게까지 깨어 있었다. 나는 아빠가 부엌 주변을 살금살금 돌아다니고 있다고 생각했는데, 아빠가 지하실을 들락거리고 있었을까?

내 발이 저장실 쪽으로 향했다.

나는 전등을 딸각 켰다.

나는 내 손이 지하실 문을 향해 뻗어가는 걸 보았다. 문고리는 서늘했다. 나는 문고리를 돌렸다. 축축한 흙냄새가 내 코에 들어찼다. 아래쪽의 완전한 어둠이 더 많은 빛을 찾아 헐떡이며 희미한 저장실 불빛을 잡아먹었다. 나는 내 발을 꼭대기 계단에 올렸다. 계단은 사실 넓지도 깊지도 않고 벽에 붙은 미화된 사다리였다.

맨 위 계단이 내 무게에 삐걱거렸다.

내 심장이 쿵쾅거리고 있었다.

"그냥 빌어먹을 지하실일 뿐이야." 나는 스스로 용기를 북돋기 위해 욕을 하며 커다랗게 말했다.

효과가 없었다. 나는 더 깊이 들어갈 수 없었고 문을 닫기로 결정하자 그 집을 더 빨리 벗어날 기력이 사라졌다. 나는 개처럼 떨면서 신발을 다시 신고 밝은 햇살 속으로 나섰다.

# 23

 세피가 막 생긴 상처 때문에 자신은 닭 잡는 일에서 빠질 거라고 생각했다면 완전히 틀렸다. 우리는 평소처럼 아빠는 닭 머리를 자르고, 엄마, 나, 그리고 세피는 종종걸음 치며 일해야 했다.

 "있잖아요, 엄마." 아빠가 닭 살육을 마치고 집에 들어가자 나는 말했다. 나는 붕대 감은 무릎을 앞으로 내밀고 엄마와 나 사이에 앉아 있는 세피 너머로 말하기 위해 닭 잡는 테이블로 몸을 숙여야 했다. "엄마랑 아빠가 경사… 바우어 씨랑 학교에 같이 다녔어요?"

 "물론 그랬지." 엄마가 말했다. 쓱싹, 닭의 배가 열리고 흉곽 안으로 엄마의 손이 들어가더니 먼저 창자가 쏟아지고, 심장과 모래주머니 같은 좋은 것들이 스테인리스스틸 그릇에 담기고, 고양이들에게 줄 내장이 나왔다.

 "버스 운전사인 칼은? 코널리 선생님은?" 나는 최근에 이상하게 행동했던 모든 사람들을 대고 있었다.

 "둘 다 모르겠구나, 너희 음악 선생님을 말하는 거니?"

 "맞아요." 내가 말했다.

"학부모 면담으로 알 뿐이야. 좋은 분 같더라."

나는 끄덕였다. "고블린에 대해서는 뭘 알아요?"

세피가 그 말에 움찔했다.

"누구?" 엄마가 물었다.

나는 그의 실제 이름을 모른다는 것을 깨달았다. "길 끝에 사는 남자요, 옛 스웬슨네 가다가 왼쪽으로 틀면 바로 있는 집."

"너희들은 그 남자를 고블린이라고 부르니?" 엄마가 몸서리치는 척했다. "그래, 그 사람은 엄마랑 아빠랑 같이 고등학교를 졸업했지. 이상해, 그 남자는. 원래부터 그랬지만, 그래도 그 사람이랑 너희 아빠가 한때는 친구였던 것 같아. 아빠가 이제 그를 견디지 못하지. 그 사람은 병역기피자거든. 바우어 씨는 그래도, 일단 알고 나면 그렇게 나쁘지 않아."

엄마가 여자 친구들끼리 말하듯 세피 쪽으로 몸을 숙였다. "내가 고등학교 때 그와 데이트했었어, 너희들 알았니?"

"바우어 경사요?" 나는 물었다. 그 말을 들으니 얼이 빠졌다.

엄마가 깔깔거렸다. 어린 여자애처럼 들렸다. "그렇게 나쁘지 않아! 내가 늘 결혼해 있었던 건 아니잖니."

세피가 트림했다.

엄마가 쿡 찔렀다. "뭐라고 해야 하지?"

"실례합니다." 세피가 말했다.

"내가 가장 좋아하는 아가씨들이 아직도 일에 열심이구나!" 아빠가 엄마 뒤에서 나타나 양팔로 엄마를 감싸 안았다. 아빠는 기분이 또 달라져 있었다. 술을 마신 게 분명했다.

나는 깃털들을 잡아당기며 세피를 흘끔 보았다. 세피는 다친 다리를 옮겼다.

아빠가 엄마의 목에 키스하자 엄마는 뒤로 기대며 웃음을 터뜨렸다. "지금 말고! 우리 둘 다 더러워질 거야."

아빠가 엄마의 귀에 뭐라고 으르렁대듯 말하자 엄마가 다시 웃음을 터뜨렸다. "좋아. 10분만. 너희들끼리 해라, 얘들아. 엄마는 아빠를 도울 일이 있단다."

"열 마리도 넘게 남았잖아!" 내가 소리쳤다.

"넌 항상 너무 극적이야." 엄마가 손에 물을 뿌리며 말했다.

파리 한 마리가 윙윙거리며 내가 털을 뽑고 있는 닭에 내려앉았다. 그 벌레는 뚱뚱하고 까맣고 윤기가 돌며 닭의 오톨도톨한 피부 위에서 쉬면서 검은 다리를 한데 문지르고 있었다.

"내가 털 뽑기를 마칠게." 세피가 중얼거렸다. "네가 속을 비워."

엄마가 호스를 잠갔다. "다리 적시지 마, 세피. 감염될 거야."

세피는 끄덕였다.

"나는 속 비우기 싫어." 내가 끝까지 지지 않고 말했다.

"좋아, 그럼 같이 털을 뽑자." 세피가 말했다. "다하면, 네가 배를 갈라, 내가 속을 비울게."

"좋아."

나는 나를 향한 세피의 눈을 느끼며 작업하던 악취 나는 닭 사체를 계속 만졌다.

"엄마한테 왜 고블린과 바우어 경사와 다른 남자들에 대해 물은 거야?" 세피가 물었다.

나는 물 한 컵을 울퉁불퉁한 피부에 부어 뽑은 깃털들을 씻어냈다. 물이 분홍빛으로 물들었다. "나도 몰라. 엄마와 아빠가 어렸을 때 어땠을지 궁금한 적 없어?"

"별로."

"나는 가끔 그래. 엄마랑 아빠는 릴리데일에 다녔잖아. 바우어도. 그리고 요전 날 주류 가게에서 아빠가 고블린을 대했던 태도를 보고, 나는 아빠가 예전부터 그를 알았다고 생각했어." 나는 잠깐 말을 멈췄다. "그리고 아빠는 요즘 미친 것처럼 굴잖아. 심지어 평소보다 더 해. 클램이랑 어쩌면 다른 할로 남자애가 공격당한 것과 비슷한 시기에 아빠가 바우어랑 어울리기 시작했다는 게 이상하지 않아? 그리고 고블린을 마주치고 그렇게 화내는 것도?"

세피는 눈을 굴렸다. "엄마가 방금 말했듯이, 아빠는 고블린이 병역기피자라서 그를 싫어하는 거지. 그렇게 별나게 굴지 좀 마."

"닭에다가 손 쑤셔 넣을 건 언니거든."


"우리 뭐 만들어?" 내가 한 발씩 번갈아 깡총거리며 세피에게 물었다.

"내 생각엔 스파게티, 그리고 시금치 샐러드. 그렇게 어렵지 않을 거야."

"세피!"

내가 세피의 손을 잡고 내 뒤 계단으로 잡아당기며 말했다.

"스파게티 하는 거면, 그 드레스들 입어볼 시간이 충분할 거야. 제에에에에에에발."

세피와 내가 닭 씻는 일을 마치고 길 청소를 더 하다가 점심 식사를 하려고 잠깐 쉬고 있을 때 진 이모가 보낸 상자가 배달되었다. 안에는 하얀 박엽지가 들어 있었고, 위에 손으로 쓴 쪽지가 놓여 있었다.

부모님이 좋아하든 말든 계속 예쁘게 자라날 나의 가장 소중한 공주들에게.

내가 그 레이스 같은 종이를 벗겨내자 하나는 석류 씨앗 색깔, 하나는 짙은 가지색인 두 개의 물결치는 호박단 드레스가 드러났다.

그 옷들은 너무 아름다워서 쳐다보기가 아플 정도였다.

그때는 할 일이 너무 많이 남아서 아빠가 그 옷들을 입어보게 허락하지 않을 터라 나는 내 방에 몰래 옷들을 가져다놓았다. 우리 넷은 엄마가 나와 세피에게 저녁 식사를 맡기고 학교에 가서 기말 성적을 제출해야 할 시간이 될 때까지 힘들게 일했다. 우리는 씻었고, 저녁 식사를 시작하기까지는 한 시간이 통째로 남았다. 나는 그 아름다운 옷들을 간절하게 입어보고 싶었다. 세피는 빼는 척했지만, 보조개를 지으며 웃고 있었다. "내가 빨간 거다!"

우리는 계단을 달려 올라갔다. 내가 내 옷장을 열고 드레스가 걸려 있는 곳을 보여주자 세피는 기쁨으로 떨었다. 세피는 옷걸이에서 진홍색 드레스를 낚아채면서, 아래쪽의 내 둥지에는 눈길도 주지 않았다. 세피는 거기서 자고 있는 나를 충분히 여러 번 목격했다.

"나는 보라색 할 거야!" 그 옷은 끈이 없어서 내 유일한 스커트용 옷걸이에 걸려 있었다. 나는 세피에게서 등을 돌려 티셔츠를 벗어 던지고 드레스 속으로 들어갔다. "지퍼 올려줘!"

세피는 자기 드레스를 끌어올리다 멈추고 내 옷을 올려주었다.

옷은 내게 약간 컸다. 나는 부스럭거리며 내 전신 거울에 다가가 바라보았다. 한 손으로 드레스를 잡고 있어야 했지만 나는 2년 이내에 내가 어떻게 그 드레스를 꽉 채우게 될지 볼 수 있었다. 나는 남는 손으로 머리카락을 정수리 위에 말아 올리고 내 모습에 키스를 보냈다. 세피가 자신에게 완벽하게 맞는 빨강 드레스를 입고 내 뒤에 나타났다. 언니는 결코 〈솔리드 골드〉* 댄서 장면을 연출하지는 못하겠지만, 그 드레스는 세피를 우아하고, 내가 이전에 알아채지 못했던 식으로 굴곡 있어 보이게 했다.

"세피." 나는 숨을 내쉬었다. "언니 정말 예쁘다."

세피의 눈이 휘둥그레지며 흔들렸다. "설마."

내가 세피의 몸을 돌려서 우리는 둘 다 나란히 거울을 봤다. "그렇다니까. 가서 아빠한테 보여드리자!" 나는 이 말을 했을 때 약간 의심이 들었지만 우리는 서로에게만 소비하기엔 너무 예뻤다. 나는 세피를 위층으로 끌고 올라갔던 것처럼 아래층으로 떠밀었다. 우리는 아빠가 마침내 자기 의자에서 우리에게 다 무슨 소란이냐고 고함쳐 물을 때까지 구석에서 깔깔거리고 있었다.

"미스 미네소타, 페르세포네 맥다월을 소개합니다!" 나는 세피를 아빠의 시야와 TV 사이로 곧장 떠밀었다. "그리고 그녀의 동행, 미스 프리틴** 미네소타, 카산드라 맥다월입니다!"

나는 여전히 한 손으로 가슴 둘레를 쥐고, 다른 손으로 보라색 호박단 스커트 자락을 획획 거리며 왈츠를 추며 들어갔다. 나는 세피와 나란히 섰지만 모델이라면 그러리라 상상한 대로 시선은 천장을 바라보고 있었다. "우리는 둘 다 세계 평화를 미루고, 돌고래의 암을 치료할 것을 서약합니다." 나는 세피를 쿡 찌르며 킥킥거렸다.

"그리고 여러분의 즐거움을 위해서, 우리가 요정 여왕의 춤을 추

---

\* 〈Solid Gold〉: 1980년대에 방영된, 전문 댄서들이 출연하던 음악 쇼.
\** Preteen: 10~12세의, 청소년기로 진입하기 이전의 아이들.

겠습니다." 세피가 고상하게 움직이며 웃음을 참느라 떨리는 입술로 말했다.

아빠는 얼굴에 얼빠진 미소를 띤 채 술을 내려놓고 박수치기 시작했다. "나를 위해 춤을 춰줘요, 내 공주님들!"

그리고 우리는 그랬다. 어린 여자아이들처럼 빙글빙글 돌고 우쭐해하며 춤을 추다가, 요리할 시간이 되자 옷들을 더럽히지 않도록 우리의 아름다운 가운을 벗고 평상복들로 갈아입었다.

우리는 〈해저드 마을의 듀크 가족〉[*]이 방영할 시간쯤에는 배불리 먹고 설거지를 마쳤다. 나는 세피를 위해서, 아빠가 〈매트 휴스턴〉[**]이 방영될 때까지 채널을 고정해주기를 바랐다. 나는 언니가 리 허슬리만큼 배우에 푹 빠져 있는 걸 본 적이 없었다.

나는 배우들에게 넋을 빼놓을 시간이 없었다. 그게 내가 〈레밍턴 스틸〉을 좋아하는 이유였다. 로라 홀트는 모든 일을 다했다. 그녀는 진짜였다. 그녀는 연애하느라 시간을 낭비하지 않았다.

게다가 엄마는 〈레밍턴 스틸〉이 방영하는 화요일 밤이면 언제나 집에 있었다.

나는 세피가 재방송 중인 〈댈러스〉[***]와 아빠 의자에 앉아 있는 아빠를 번갈아 흘끔거리는 걸로 보아 세피도 나처럼 아빠의 기분을 살피고 있다는 걸 알 수 있었다. 아빠가 너무 풀어지기 시작할 때가, 드라마가 얼마나 멋지든 자러 갈 시간이었다.

다음 광고 시간에 아빠가 세피에게 발 마사지를 해주려고 벌떡

---

[*] 〈The Dukes of Hazzard〉: 1979~1985년에 방영된 미국 드라마.
[**] 〈Matt Houston〉: 1982~1985년 방영된, 리 허슬리 주연의 미국 범죄 드라마.
[***] 〈Dallas〉: 1978~1991년에 방영된, 미국 최장수 드라마.

일어났다. 세피는 다리를 뒤로 당기려고 했다.

"딸, 어쩌면 네가 원하던 그 치아 교정기를 곧 달아줄 수도 있을 것 같구나." 아빠가 말했다.

세피가 횃불처럼 밝아지며 아빠에게 자기 발을 내밀었다. "정말요?"

나는 얼굴을 찌푸렸다. 아니, 절대 아니지. 아빠는 그의 '관대한' 단계에 있었다. 엄마와 세피는 매번 거기 넘어갔다.

"당연하지." 아빠가 말하며 내 한쪽 발에 손을 뻗었다. 나는 두 발을 다 몸 밑에 숨겼고, 아빠는 다시 온 관심을 세피에게 돌렸다. "너희 엄마가 그 낡은 재봉틀을 팔기만 하면 되잖아, 엉?"

아빠가 공모하듯 미소 지었지만 세피는 그 말에 얼굴을 굳혔다. 세피는 엄마의 재봉틀이 할머니의 선물이라는 걸 알았다.

"마실 거 원하는 사람?" 아빠가 세피의 양발을 한참 문지른 다음 말했다. 아빠는 천천히 일어섰다.

"난 물 좀 마실래요." 세피가 말했다.

"캐시?"

"난 괜찮아요." 나는 목이 말랐지만 오늘은 일찍 자는 밤이 되리라는 것을 곧장 알 수 있었고, 두 시간 안에 소변을 보고 싶지는 않았다. "하지만 고마워요."

아빠는 아직 갈 준비가 안 된 듯 우리 앞에서 휘청거렸다. "내가 너희들이 예쁘고, 내가 너희를 사랑한다고 말했던가?"

세피가 내게 더 바짝 파고들었다. "네."

아빠는 사려 깊은 아빠 역할을 위한 오디션을 보고 있는 것처럼 눈을 가늘게 떴다. "너무 예뻐서 남자애들이 곧 데이트를 신청하겠구나. 아니면 아마 이미 그렇겠지."

내 손이 내 목의 흉터로 날아갔다. 그게 내 목을 바짝 누르고, 거의 조르고 있었다.

아빠는 몸을 가까이 숙였지만 휘청거려서 똑바로 서야 했다. "언젠가 그 남자애들이 너희들에게 무슨 짓을 하고 싶어 할지 얘기해야겠다. 어떤 건 좋게 느껴질 거야. 정말 좋게." 아빠는 주로 세피를 쳐다보며 미소를 짓고 천천히 고개를 끄덕였다. "어떤 건 아닐 테고. 너희 엄마가 너희한테 이런 얘기를 조금이라도 하던?"

세피는 이제 나를 완전히 밀고 있었다.

"그건 역겨워요, 아빠." 나는 말했다. 머릿속에 불이 타올랐다. 엄마가 집에 곧 와야 하는데. 엄마는 어디 있는 거야?

"그런 드레스를 입고 내 앞에서 너희 몸을 과시하듯 걸어 다니기 전에 그 생각을 했었어야지. 하지만 그래, 내 생각에도 역겹구나." 아빠가 껄껄거리며 말했다. 아빠는 작은 레프리칸 요정이 발꿈치 부딪히는 소리를 시도했고 거의 성공했다.

"역겨워역겨워, 너희를 가장 사랑하는 남자는⋯." 아빠는 중얼중얼 노래하며 부엌으로 느릿느릿 걸어갔다.

광고 시간이 거의 끝났다. 곧 방영될 〈매트 휴스턴〉 에피소드의 예고편이 방영되었다. 유머와 액션이 흐름을 바탕으로 하는 저 조마조마한 주제가 위로 섞여들었다. 하지만 더 있었다! 소니 보노와 자 자 가보르가 특별 출연하고 있었다.

"말도 안 돼!" 세피가 울부짖었다.

"상관없어." 나는 쉿 소리를 내고는 몸을 숙여 부엌 쪽을 엿봤다. "우린 자러 가야 돼. 지금. 언니도 알잖아."

세피는 침울하게 끄덕였다. 세피의 얼굴은 슬픔으로 부어올랐다. 우리만 빼고 전 세계의 모든 사람이 그 에피소드를 봤고, 이제 우리는 재방송을 놓칠 참이었다. 언니는 아빠 의자 근처에 놓여 있는 오늘 자 〈릴리데일 가제트〉를 가리켰다. "이번 주에 괜찮은 창고 세일이 있다고 들었어. 엄마랑 아빠한테 우리를 데려가 달라고 말해볼까?"

"아빠가 그 신문을 읽었을까?"

"오늘 밤엔 더 이상 읽지 않을 거야." 언니가 말하며 TV를 향해 마지막 비참한 시선을 던졌다.

"언니 말이 맞겠지." 나는 〈릴리데일 가제트〉를 움켜쥐고 세피를 따라 화장실로 향했다.

"우리 자러 가요!" 나는 대충 아빠 방향으로 소리치며 아빠가 그 소리에 우리를 쫓아오는 걸 단념하길 바랐다. 우리는 문을 잠그고, 내가 이를 닦는 동안 세피는 변기를 쓰고, 그런 다음 교대했다. 우리가 화장실 문을 열었을 때 TV는 여전히 요란하게 울리고 있었다. 우리는 서로 걱정스러운 시선을 교환한 다음 계단으로 뛰어갔다. 내가 세피와 함께 세피의 방을 점검한 다음, 세피가 내 방도 똑같이 했다.

"잘 자."

"잘 자." 세피가 말했다.

나는 내 옷장에서 잘 준비를 하고 나서 오늘치 《넬리 블라이의 믿거나 말거나》를 읽지 않았다는 것이 기억났다. 나는 그 참에 창고 세일 정보도 훑어야겠다고 생각했다. 나는 옷장에서 나와 내 손전등을 움켜쥐고 신문을 펼쳤다.

헤드라인이 내게 비명을 질렀다.
또 다른 릴리데일 소년이 공격당하다.

## 24

기사는 소년들이 모두 미성년이기 때문에 이름을 게재할 수 없다고 했지만 나는 첫 번째가 클램이라는 사실을 알았고, 기자는 두 번째 소년의 황폐한 집 사진을 실어놨다. 나와 같은 버스를 타는 누구라도 그게 테디 밀치먼이 사는 곳이라는 걸 말해줄 수 있었다. 테디는 작았고, 조용했고, 강아지 털처럼 부드러워 보이는 검은 머리카락을 가졌고, 겨우 4학년이었다.

그 애는 할로에 살았다, 클램처럼.

경찰은 공격당했다고 보고된 두 아이가 같은 동네 출신이라는 걸 눈치챘을까? 나는 기사를 다시 읽어봤지만 그런 연관을 짓는 무엇도 발견하지 못했다. 나는 내 방 문을 쳐다보며 〈로드 러너〉 만화처럼 문을 박차고 뛰어나가고 싶은 생각이 간절했다. 나는 계단을 굴러 내려가 아빠에게 경찰에 전화해서 남자애들이 할로로 연결된다는 사실을 알리라고 설득하고 싶었다. 경찰이 안다면 그들이 그 지역을 감시할 수 있었다. 그들이 더 많은 남자애들이 공격당하고 기저귀를 차야 할 정도로 혹독하게 다치지 않게, 자기 몸을 무력하게 느끼지 않게 막을 수 있었다.

소리를 들었을 때 내게서 숨이 급하게 빠져나왔다.

아빠가 손톱을 깎고 있었다.

나는 눈을 깜박여 눈물을 삼켰다. 나는 익사할 수준을 넘어서까지 숨을 참고 있는 것처럼 느껴졌다. 너무 심하게 아팠다. 나는 얼굴을 훔치고 조용히 내 옷장을 다시 파고들며 내 일기장과 연필을 꺼냈다. 나는 빠르게 쓸 것이고, 잘 쓸 것이었다. 너무 잘 써서 그게 아빠가 계단을 올라오는 걸 막아줄 것이었다.

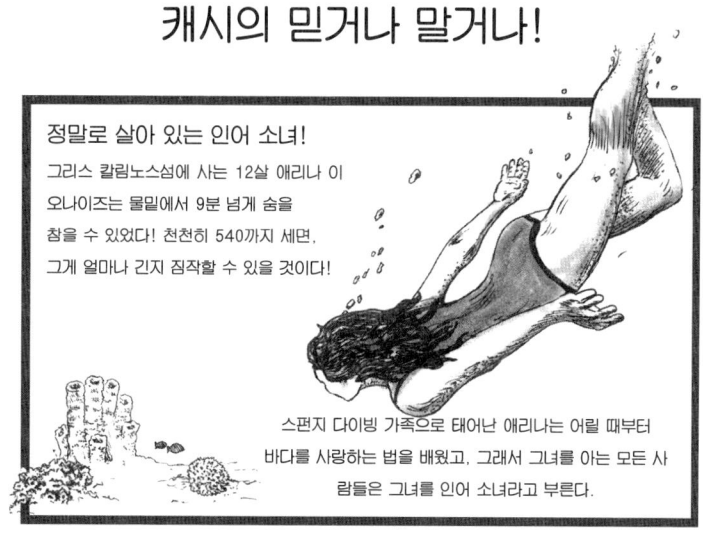

나는 글을 마쳤다.

그런 다음 기다렸다.

# 25

아빠는 네 계단을 오른 뒤 돌아섰다. 아빠가 마침내 느릿느릿 자기 방으로 돌아가고, 그 직후에 엄마가 집에 들어오는 소리를 들었지만, 나는 태양이 지평선을 분홍빛으로 물들이고서야 잠이 들었다. 세피가 내 옷장에서 나를 발견하고 말없이 나를 일으켰다. 내가 세피에게 내 이야기가 아빠가 층계참까지 다 올라오는 걸 막았고, 그래서 내게 감사해야 한다고 말하자 세피는 나를 미친 사람 보듯 쳐다봤다.

아무려나. 밖은 밝았다. 그건 내가 아빠에게 테디 밀치면은 클램처럼 할로에 살았으니 경찰이 누가 그 남자애들을 다치게 하고 있는지 잡을 수 있다고 말할 수 있다는 뜻이었다.

부엌에서 아빠를 발견했을 때, 아빠는 노숙자만큼이나 꾀죄죄해 보였다. 나처럼 잠을 잘 못 잔 것 같았다. 나는 아빠가 그들의 집과 그 할로 남자애들을 사냥하고 있는 괴물을 볼 수 있도록 내가 들고 있는 구겨진 신문을 가리켰다.

"아빠, 이 기사 알아요?"

아빠는 자신의 거친 얼굴을 문지르고 블랙커피를 한 잔 따랐다.

"이 남자애들은 할로에 살아요, 아빠. 납치된 두 애 다. 아빠가 또 다른 남자애도 공격당했다고 했잖아요, 그 애도 할로 출신이라고. 경찰에 얘기해야 해요. 개들은 사실상 이웃이에요, 클램하고 테디."

"경찰도 안다." 아빠가 말했다. 아빠의 목소리는 녹슨 엔진이 끼익거리며 살아나는 것처럼 끔찍하게 들렸다.

나는 기사를 내려놓고 양손을 내 엉덩이에 얹었다. "확실해요?"

아빠는 게슴츠레한 눈을 내게 돌렸다. "경찰이 그 정도도 아직 모른다면 너무 멍청한 거지."

눈물이 내 눈꺼풀로 뜨겁게 밀려 나왔고, 내가 울 것 같다는 생각이 나를 너무 화나게 했다. 아빠는 우는 여자들을 비웃었다. 그게 나, 세피, 엄마라도 상관없었다. 아빠는 그걸 정말 즐겼다. 그래서 나는 눈물을 삼켰다. "그 남자애들이 사실 이웃이라는 걸 경찰에 말하겠다고 약속해요. 개네들이 나랑 같은 버스를 탄다고."

내 목소리의 무언가가 아빠를 멈칫하게 했다. "알았다."

"약속해요."

아빠는 가슴에 성호를 그었다. "맹세합니다."

나는 아빠를 믿을 수밖에 없었다. 그런 다음 내가 맡은 바깥일을 하고, 프랭크에게 말했어야 했다고 생각하는 수밖에. 내가 몰래 주변을 돌아다니고 어두운 곳에 숨어가며 기웃거리고 싶다고, 그리고 우리가 탐정이 되면, 그는 레밍턴 스틸, 나는 로라 홀트가 되면 쓸모가 있을 거라는 말을. 나는 도로 너머 옥수수밭을 응시하며 내 발목 높이인 옥수수들의 끝을 바라보고 자기 피부가 어디서 끝나고 사마귀가 시작되는지 모르는 인도네시아의 나무 인간을, 그리고 내가 얼마나 진 이모가 여기 있기를 바라는지를 생각했다.

파티의 첫 손님들이 도착하기 시작했을 무렵, 세피와 나는 음식을 차릴 테이블들을 모두 준비하고 종이 접시, 플라스틱 포크와 나이프, 그리고 종이성냥 들을 차려냈다. 아빠가 집에서 만든, 병에 담긴 딸기술을 올려놨다. 나는 그걸 한번 마셔봤고, 과일 트림 같은 맛이 났다. 하지만 여자들은 대부분 그 술에 달려들었고, 맛있다며 아빠를 칭찬했다. 남자들은 맥주나 칵테일을 원했는데, 여기가 세피와 내가 투입되는 지점이었다.

우리는 처음 바텐더 일을 하겠냐는 말을 들었을 때 둘 다 무척 자랑스러웠다. 그 일은 그렇게 어렵지 않았다. 손가락 두 개 높이의 위스키에, 나머지는 탄산이나 물. 우리는 상당히 많은 칭찬을 받았지만 날이 갈수록 그 칭찬은 지문 인식처럼 느껴졌다. 오늘은 고맙게도 세피가 그 짐을 맡아 바텐더 일을 하겠다고 나서줬다.

세피는 늘 나를 지켜줬다.

"맙소사, 너희가 이렇게 컸다니!"

나는 막 파티에 도착한 프레이즈 씨에게 미소를 지었다. 그와 그의 아내, 메리 루는 한참 전의 엄마와 아빠의 친구들이었다. 나는 항상 그들을 좋아했다. 그들은 둘 다 교수였다. 그들은 내가 어릴 때 이후 아빠의 파티에 참석한 적이 없었다.

나는 희망차게 그들이 타고 온 차를 흘끔거렸다. "피터와 리사는 같이 안 왔죠?"

당연히 그 애들은 없었다. 사람들은 아빠의 파티에 자기 아이들을 데려오곤 했고, 아, 그건 체리처럼 달콤했었다. 우리는 그 아이들과 우리 부지의 모든 곳을 탐험했다. 아빠가 지금의 절반 정도밖에 조각상을 세우지 않았을 때지만, 그래도 당시엔 정말로 마법의 정원이었다. 우리는 깃발 잡기를 하고, 캔, TV 꼬리표를 차고 놀았다. 파티엔 항상 다들 음식을 싸 왔고 아빠는 통돼지를 구웠는데, 그 냄새가 너무 좋아서 이가 시릴 정도였다. 거기엔 건강식부터 달콤한 하얀색 구름 같은 휘핑크림 위에 진짜 귤이 둥실둥실 떠 있는 것까지, 꿈꿀 수 있는 모든 샐러드가 꽉 찬 터퍼웨어 통들이 쌓였다.

당시엔, 어른들이 크리비지 토너먼트—어느 해는 다른 어른들이 게임하기엔 너무 취해서 세피와 내가 우승한 적이 있었고, 아, 우리는 정말 자랑스러웠다—나 주사위 놀이 게임, 가끔은 발리볼 게임 같은 것에 심취했었다. 그들은 그들 중 상당수가 만나게 된 대학에 대해, 혹은 그들 대부분이 반발했던 전쟁에 대해 얘기했다. 대부분 아빠가 작업실 바깥 작은 온실에서 재배하는 마리화나를 빨며 느슨해져서 웃음을 터뜨렸고, 그러던 어느 순간 모두 서로 섹스를 나누기 시작해야 한다고 결정했다.

나는 그 일이 시작된 해를 기억한다. 나는 아마 아홉 살이었고, 아빠가 크리스티라는 이름의 한 여자와 함께 아빠와 엄마의 방으로 사라졌다. 그 여자는 당시에 어떤 남자와 결혼한 상태였는데 남자의 이름은 생각나지 않고, 난 그냥 그녀가 나를 슬프게 한다는 것만 알았다. 그 여자는 너무 크게 웃고 아빠에게 나무 원숭이처럼 매달리고 자기가 자기 몸의 가장 작은 구석에 사는 듯이 행동하는 그런 사람들 중 한 명이었다.

나는 그 해 여름에 제임스라는 남자애에게 반했었다. 그 애 부모님이 걔를 파티에 데려왔는데, 거기서 제임스는 내가 강한 다리를 가졌다고 말해줬다. 그 말은 당시에는 살면서 누가 내게 해준 가장 근사한 말이었다. 그 애와 나와 다른 몇몇 아이들은 크리스티와 아빠가 엄마와 아빠의 물침대에서 한 일에 대해 속삭였지만, 대부분 우리는 그 일에 대해 많이 생각하지 않았다.

하지만 다음 여름에, 다른 남편들이 다른 남자의 아내들을 데려갔고 여름이 두 번 더 지나고는 한 남자가 엄마를 어느 방으로 데려갔고, 그 뒤로 아무도 더 이상 자기 아이들을 데려오지 않았다. 어른들은 크리비지 게임을 하고 싶은 척하지도 않았다. 그들은 대부분 엄마가 직접 만든 화려한 아라비아 스타일 커버로 다시 싼, 창고 세일 쿠션들이 깔린 커다란 헛간에서 주로 머물렀다.

그곳은 놀기 좋은 장소였지만, 지하실처럼, 엄밀히 말해서 우리는 거기 들어가면 안 됐다.

하지만 세피와 나는 그 헛간을 거부하기엔 너무 무기력했다. 우리는 아빠만이 여는 법을 아는 번호 조합식 자물쇠로 잠긴 앞문으로는 결코 들어가지 않았다. 우리는 덧붙여진 저장고에 난 구멍으로 몰래 들어갔다. 저장고 바닥에 있는 오래된 낙숫물 도랑 구멍에 닿으려면 끈끈한 거미줄을 헤치고 기어가 안에서 꿈틀거리다 콘크리트 블록의 틈을 이용해서 우리 몸을 위로, 위로 6미터쯤 끌어올려야 했다.

헛간 안은 영화 촬영장처럼 보였기 때문에, 그건 매번 그럴 만한 가치가 있었다. 그곳은 소금과 설탕과 사향과 분내 같은 냄새가 났지만, 쿠션들로 된 침대 위에서 끝에서 끝까지 구를 수 있었다. 나는 그 쿠션들 위에서 무슨 일이 벌어지는지에 대해선 생각하지 않았다.

"크레이그!" 엄마가 집에서 뛰쳐나와 프레이즈 씨를 얼싸안았다.

"당신과 메리 루가 여기 웬일이에요?"

메리 루가 그녀의 남편에게서 그 포옹을 넘겨받았다. "너무 오랜만이네요. 조지 호수에서 레이를 마주쳤는데 그가 오늘 밤에 당신네 파티가 있다고 하더군요. 우리가 와도 되죠?"

"물론이죠." 엄마는 메리 루가 내민 와인 병과 감자 칩 박스를 받으며 말했다. "언제나요."

"너랑 페르세포네는 잘 지내니?" 엄마와 메리 루가 집을 향해 사라지자 프레이즈 씨가 내게 물었다.

"잘 지내요." 나는 오후의 햇살에 호박빛으로 따스하게 반짝이는 술병들의 무게에 신음하는 카드 테이블 뒤에 서 있는 세피를 가리켰다. 구름 한 점 없는 날씨였고, 내 관점에서 그건 어른들을 오래 집 밖에 머물게 해주니까 좋았다. "세피가 오늘 바텐더를 맡았어요."

프레이즈 씨가 껄껄거렸다. "그러기엔 좀 어리지 않니?"

그의 목소리에 담긴 솔직한 걱정이 내 안에서 절박한 무언가를 일깨웠다. "프레이즈 씨, 파티는 아저씨가 기억하는 것 같지 않아요."

그는 나를 좀 더 자세히 살필 수 있게 눈 위를 가렸다. "무슨 말이지?"

현관문이 쾅 닫혔다. 엄마와 메리 루가 팔짱을 끼고 걸어 나왔고, 엄마는 몇 달 만에 가장 행복해 보였다. "아무것도 아니에요. 그냥 좀 거칠어요."

그의 미소가 흔들렸다.

나는 그걸 누그러뜨렸다. "하지만 아저씨가 감당 못 할 일은 없을 거예요! 마실 거 드릴까요?"

"술을 마시기엔 좀 이른 것 같구나, 하지만 고맙다."

나는 왜 내 눈이 뜨거워지는지 몰랐지만 그랬고, 그게 싫었다. "저는 가봐야겠어요. 접이식 의자들 놓는 걸 마쳐야 하거든요."

프레이즈 씨는 언덕을 내려가 곡물 창고를 새로 꾸민 아빠의 작업실을 향해 뛰어가는 나를 어리둥절한 표정으로 지켜보았다. 아빠의 작업실은 총 세 개였다. 앞쪽의 브레인스토밍 방, 뒤쪽의 작업실, 그리고 2층 보관용 방. 아빠가 실제 조각을 하는 뒤쪽 작업실만 난방이 되었다. 브레인스토밍 방은 사방에 칠판이 있었다. 아빠가 정말로 무언가를 구상할 때면 아빠는 한꺼번에 네 가지 색깔의 분필을 들고 미친 듯이 휘갈기며 스케치하고, 다음 작품을 구상하면서 윤곽을 그려냈다. 겨울이면 그곳은 너무 추워서 아빠는 분필 가루를 날리며 하얀 입김을 뿜어냈다. 그건 꼭 아빠가 우주 바깥에서 예술을 창조하는 것처럼 보였다.

작업실에는 금속을 자르고 구부리고 용접하는 도구들이 보관되어 있었고, 우리는 눈 보호 장비와 허가가 있어야만 거기 들어갈 수 있었지만, 아빠는 우리가 복층인 2층에서 노는 건 신경 쓰지 않았다. 거기에 아빠는 침대 하나와 책 몇 권을 두고 있었고, 접이식 의자들과 카드 게임용 테이블들이 보관되어 있었다. 나는 모기장 문을 열고 나무 복층으로 이어지는 나무 계단을 오르기 시작했다.

윤기 있는 금속 먼지의 공격이 온 사방을 침략하고 있었다.

나는 침대 뒤쪽에서 여분의 의자들을 발견했다. 침대는 최근에 누가 잔 것처럼 보였다. 아빠한테 손님이 있었나? 나는 한 손에 내가 옮길 수 있는 최대한 많은 플라스틱 띠를 걸고 다른 손은 가파른 나무 난간을 잡았다. 나는 조심스럽게 계단을 내려오기 시작했다.

이 작업실에는 무언가 무서운 점이 있었다. 이곳은 아빠가 행복해 보이지는 않지만 적어도 몇 시간 동안 자신의 본 모습을 드러내도 상관치 않는 듯이 보이는 유일한 장소였다. 심지어 아빠는 가끔 여기서 세피와 나와 숨바꼭질도 했다. 적어도, 우리가 어렸을 때는 그랬다. 나는 셀 수 없을 만큼 여러 번 아빠의 전기 사포가 딸칵거리는 소리에 잠들었었다. 그리고 아빠가 여기서 창조하는 작품? 전에 마법을 믿지 않았다면, 그의 조각을 보면 믿게 될 터였다.

"도와줄까?"

내 뒷목이 뻣뻣해졌다. 내가 언덕 아래로 내려오는 동안 네 대의 차가 더 도착했지만 나는 그 운전자들 중 한 명도 알아보지 못했다. 나는 그 목소리를 알면서도 돌아섰다. "바우어 경사님?"

그가 작업실 문에서 걸어 나왔다. 아빠가 경사 바로 뒤 칠판에 머리가 셋 달린 개를 그려놓았다. 희한한 공간적 우연의 일치로, 그 2차원의 줄이 바우어 경사의 손에 완벽하게 이어졌다. 마치 그가 지하 세계에서 그 충직한 개를 불러낸 것처럼.

"여기선 아냐. 여기서 난 아라미스다."

나는 *여—기서나—나라미스다*라는 그의 말이 무슨 뜻인지 이해하지 못했다. 그는 내 얼굴에서 알아차렸는지 쌕쌕거리는 소리로 웃기 시작했다. "그건 내 이름이야, 아라미스. 우리 증조할아버지 이름이었지."

나는 끄덕였지만 맨 아래 계단으로 내려서지 않았다. 아라미스는 삼총사 중에서 내가 가장 좋아하는 캐릭터였다. 나는 그 이름이 바우어에 붙는 게 맘에 들지 않았다.

경사는 도와주겠다고 해놓고 내 손에서 그 접이식 의자들을 가져가려 하지 않았다. 오히려 그는 내 목에 특별히 시간을 들이며 나를 살펴보고 있는 것 같았다. 나는 그에 맞서 그의 옷깃 사이로 엿보이는, 그의 인식표가 달려 있는 은색 목걸이에 시선을 던졌다. 하지만 그와 함께 여기 갇혀 있는 것은 타운 앤 컨트리 페어에서 지퍼\*를 탔을 때처럼 속이 치미는 느낌을 주었다. 그는 유니폼을 벗고 있었고, 그을리고 근육질인 팔과 선명하게 대비되는 하얀 티셔츠를 입고 있었다.

그는 청반바지를 입고 있었는데, 너무 짧아서 주머니가 밖으로 삐져나왔다. 그는 맨발이었다. 그리고 바세린 같은 무언가를 자기 머리카락에 문질렀다. 수염에도 발랐지만 완전히 섞이지 않아서 그의 퉁퉁한 붉은 입술 근처에 덩어리 져 있었다. 그의 눈은 핏발이 서 있었다.

"바우어 경사님, 여기서 뭐 하시는 거예요?"

그는 성난 목소리를 냈다. "아라미스라고 했잖냐. 네가 날 바우어 경사라고 부르면 이 파티는 스턴스카운티 역사상 가장 짧은 파티가 될 거다. 나는 너보다 그렇게 많이 늙지 않았단다, 너도 알잖니. 나는 네 아버지랑 같이 졸업했다."

그는 한 발 다가왔고 나는 움츠렸다. 그의 너무 붉은 입술에서 모든 미소가 사라졌다. "넌 내가 무섭냐?" 그가 물었다.

"아뇨." 나는 불쑥 내뱉으며 내 말을 증명하기 위해 시멘트 바닥에 내려섰다. 같은 바닥에 서자, 그는 나보다 30센티미터는 더 컸다. 나는 그를 올려다봤다. 나는 그가 비웃으리라 생각했지만 대신에

---

\* Zipper: 높은 기둥 위에서 타는 놀이기구.

놀란 표정이 그의 얼굴을 스쳤다. 그것이 내게 솟구치는 용기를 주었다. "우리 아빠가 공격당한 두 남자애가 모두 할로 출신이고, 아마 그 동네를 추가 순찰해야 할 거라고 얘기했나요?"

그는 자기 코를 내려다봤다. "그래."

거짓말―내 가슴 속의 간질거림이 내게 그걸 알려줬다―이었지만 나는 그가 어느 부분에서 거짓말을 하는 건지, 아빠가 그에게 얘기했다는 건지, 아니면 할로 출신 남자애 두 명뿐이라는 건지 알 수 없었다.

내 입이 분필 가루를 먹은 것처럼 느껴졌지만 나는 어쨌든 말의 공을 힘껏 던졌다. "이 의자들을 다시 집에 올려놔야 해요."

나는 바우어가 응답하기 전에 서둘러 작업실을 나섰다. 그를 감시할 수 있게 다시 돌아가고 싶었지만 내가 볼 것이 너무 두려웠다.

## 26

 마흔세 대의 차가 우리 집 진입로에 줄을 지어 잔디 위 넓은 부분을 채우고, 길 건너 들판을 메웠다. 하양, 검정, 빨강, 녹색 차들이. 하늘에서 보면 거대한 아이 옆에 흩어져 있는 치클렛*들처럼 보일 터였다. 나는 해가 지고 긴 풀이 내 무릎을 핥을 때 차들 사이를 걸으면서 손가락으로 그 서늘한 금속을 훑으며 차들을 세었다.
 파티에는 내가 전에 본 적 없는 사람들이, 그 얘기들이 진실인지 궁금해 하고 있다는 것이 확실해 보이는 사람들이 있었다. 그들은 감자 샐러드, 피클, 디저트 테이블 사이를 누비고, BBQ 소스 속에서 헤엄치는 칵테일 비엔나, 풀드 포크**, 선명한 오렌지 치즈 소스 들이 시럽처럼 찐득하게 끓고 있는 슬로우 쿠커에 연결된 연장 코드를 건너 다녔다.

---

\* Chiclets: 다양한 색감의 정방형 껌 브랜드.
\*\* Pulled Poak: 장시간 조리해서 연하게 만든 돼지고기.

나는 내가 그 맛을 잊지 않았다는 걸 확인하기 위해 그것들을 전부, 몽땅 맛보았다. 배가 아팠지만 나는 계속 그 먹음직하게 아삭아삭한 양상추를 깔고 그 위에 짭짤한 베이컨, 마요네즈, 토마토 덩어리, 입안에서 터지는 연두색 완두콩이 놓이고, 그 전부가 또 한 겹의 마요네즈에 덮여 그 위에 다시 베이컨과 잘게 조각난 체다 치즈가 올라간, 냄비 요리처럼 층을 이룬 샐러드로 계속 돌아갔다. 나는 종이 부스러기를 치우거나 쿠키 접시 주변을 어정거리는 척하면서 잠깐 사이 네 번을 돌아가 내 접시에 그 샐러드를 더 폈다.

사람들이 다 먹자, 크리스티가 옷을 벗었다. 항상 그 여자가 시작이었다. 자신의 삼각진 덤불을 가리키는 처진 가슴과 큰 젖꼭지를 드러내며 반항적인 눈을 하고. 처음 몇 년 동안 나는 그런 그녀를 쳐다봤다. 그 여자는 여기서는 발가벗어도 괜찮다고, 자신은 자유롭다고, 이게 이 파티의 방식이라고 선언하고 싶어 했다.

그때 프레이즈 부부가 떠났다. 나 말고는 누구도 알아차린 것 같지 않았다.

몇몇은 아빠의 소소한 일대일 관심이 필요했지만, 이내 다른 여자들도 벗기 시작했다. 나는 파티마다 아빠가 그들에게 하는 말을 들었다고 맹세할 수 있지만, 아빠가 어떻게 그 점잖은 여성들에게 옷을 벗으라고 했는지는 모르겠다. 어떻게 생각을 돌려놨는지 전혀 알아낼 수 없었다. 아마 나는 매번 음식에 정신이 팔렸던 것 같다. 내가 돌아올 때마다 몇 명이 더 옷을 벗고 있었고, 그런 다음 또 몇 명이 옷을 벗고 있었다. 남자들은 셔츠를 벗었지만 대개 팬티는 걸치고 있었다. 그런 다음 그들 모두 홀딱 벗거나(여자들) 대부분 벗은 채(남자들) 크로켓이나 론 다트\*를 하기 시작했고, 뒷정리에 도움을 전혀 주지 않고 결국 모두 더위 먹은 개들처럼 헛간으로 향했다.

아직 완전히 어둡지도 않았지만 대부분의 사람들이 이미 그 건물로 사라졌다. 불안한 인디언 음악이 거기서 기어 나왔다. 나는 작년에 틈새로 그 헛간 안을 훔쳐봤다. 눈을 떼기도 힘들었지만, 계속 보고 있기는 더 힘들었다. 나는 다시는 보지 않을 것이다.

"슬로우 쿠커들 닦는 거 도와줘." 세피가 명령했다. 엄마가 어떤 남자의 팔에 안겨 그 헛간으로 비틀대며 달려가기 전에, 우리에게 음식을 모두 치우라고 지시했다. 세피는 그걸 자신이 책임을 맡는 걸로 받아들였다.

나는 고개를 저었다. "나는 오솔길들을 걸으면서 아무도 컵을 던지지 않았는지 확인할게."

세피는 전혀 받아들이지 않았다. "음식들을 정리한 다음에는 얼마든지 그러셔. 내가 이걸 전부 혼자 하는 건 어림없어." 세피는 바텐더 일을 마친 뒤에 실제로 엄마의 앞치마 중 하나를 두르고 있었다. 세피는 그게 자신에게 세상에 대고 이래라저래라 할 힘을 준다고 생각하는 것 같았다.

적어도 그건 세피가 더 이상 저 늙은이와 시시덕거리지 않는다는 뜻이었다. 그 남자는 거의 아빠 나이였고, 그들은 온종일 서로가 무슨 말을 하든 너무 크게 웃어대고 있었다. 그것 때문에 토하고 싶을 정도였다.

나는 눈을 동그랗게 뜨고 그 음식 도가니를 쳐다보았다. 고양이

---

\* Lawn Darts: 잔디밭 위에 과녁을 놓고 화살을 던져 그 안에 명중시키는 게임.

가 핥고 있는 쏟아져 질척대는 음식들, 씻어서 주인에게 돌려줘야 하는 눌어붙은 팬들, 위태롭게 높이 쌓인 포크와 컵과 접시 들. "어른들이 도와야지, 안 그래?"

세피는 대답할 생각도 하지 않고 슬로우 쿠커 한 대를 들어올렸다. "알았어." 나는 말했다. "내가 음식을 치우고 쓰레기를 모을게. 하지만 그게 다야. 엄마가 우리한테 그렇게까지 하라고 하지도 않았잖아. 우리가 이렇게 엉망으로 만든 것도 아니고."

세피는 여전히 대답하지 않았다. 세피는 너무 어른처럼 굴고 있었고, 그 앞치마를 하니 너무 성숙해 보였고, 게다가 오후 내내 바텐더 일까지 했다. 나는 세피가 내 보스라고 생각하지 않기를 바랐다.

"안에 가서 쓰레기봉투 가져올게." 나는 마지못해 말했다.

몇몇 뒤처진 사람들이 저 아래 모닥불 옆에서 악기들을 연주하기 시작했다. 만돌린 소리가 따뜻한 밤공기를 어루만졌고 나무를 태운 연기가 위안을 주었지만, 나는 남은 파티는 헛간 안에서 벌어진다고 확신했다. 그래서 베란다에 발을 들였을 때 집 안에서 사람들 소리를 듣고 놀랐다. 나는 발을 멈추며 귀를 돌렸다. 안에 있는 게 누구든 거실에 있어서 아직 나를 발견하지 못했다. 그들의 말이 뭉개지는 걸 듣고, 나는 걱정할 필요가 없다는 걸 깨달았다.

"아아니, 그건 그냥 애새끼들 헛소리야. 개네들은 다 골칫거리야, 그 할로 애들은."

나는 귀를 쫑긋 세웠다. 아라미스가 말하고 있었다. *아라미스는 지독한 코롱을 좋아해, 내가 가장 아끼는 삼총사랑 다르게*, 나는 머릿속으로 바로잡았다. 나는 눈에 띄지 않고 나갈 수 있기를 바라며, 살금살금 찬장으로 다가가 벽 근처에 붙어 있는 검은색 쓰레기봉투를 잡아챘다. 마리화나의 달큰하고 독한 냄새가 방 두 개 건너까지 강하게 풍겼다.

"그들이 모두 거짓말하고 있다고 생각하나? 관심을 끌려고?" 그건 낯익은 목소리였다.

"걔들이 친구라며." 우리 아빠.

"이웃," 아라미스가 정정했다. "거의 그래. 클램칙, 미칠먼, 그 클레퍼트네 애. 걔들 모두 할로에 살아."

클램, 테디, 클레퍼트네 애.

묵직한 얼음 조각이 내 머리부터 배까지 지나는 길의 모든 걸 얼리며 훑어 내려갔다. 저들이 추행당한 남자애들에 대해 얘기하고 있나?

클램, 강아지 털 같은 머리카락의 테디, 거기다 랜디 아니면 짐 클레퍼트. 랜디는 4학년, 짐은 6학년이었다. 그 애들이 모두 공격당했다고? 그렇게 맛있었던 샐러드가 내 배 속에서 부글거리기 시작하며 목구멍 뒤쪽으로 산이 올라왔다. 나는 그 애들과 핼러윈 사탕을 나눴었다.

"하지만 그래, 나는 걔들이 우리한테 하는 말이 다 헛소리라고 봐." 아라미스가 계속했다. "그 애들 중 누구도 그 남자를 특정하지 못하거든. 전부 하는 말이 남자가 마스크를 썼다더군. 신체 묘사도 일치하지 않고. 한 놈은 범인이 키가 크고 강하다는데, 다른 놈은 작고 말랐다고 하니까."

"신문에선 두 녀석뿐이라던데." 낯선 사람이 말했다.

"신문이 다 알진 못해."

또다시 침묵, 그러다 그 낯선 사람이 말했다. "듣기론 그 애들이

성폭행을 당했다더군."

나는 아라미스가 어깨를 으쓱하고, 이내 마리화나 담배를 빠는 날카로운 흡입 소리를 벽을 통해 들을 수 있었다. 그는 입안 가득 연기를 들이마시고 말했다. "누군가 클램칙네 애를 조져놨어, 엉덩이를 찔렀지. 하지만 나머지 둘은 아무 흔적도 없어. 나는 애들끼리 괴롭히다 잘못됐는데, 애들이 너무 두려워서 말을 못 한다고 생각해. 남자애들이 뭐는 꽂아도 되고 뭐는 안 되는지 시험해보다가 선을 넘은 거지."

"자네 지난주에 개리 고들린네 집에 들렀지." 아빠가 거의 비난하듯 말했지만 워낙 약에 취해서 징징대는 듯이 들렸다. "내가 시내로 나가는 길에 그의 집을 지나다 자네 순찰차를 봤어."

"고블린이 여기 살아?" 낯선 사람의 목소리. "하, 그 인간한테 무슨 일이 있는 건지 궁금했는데."

"북쪽으로 다음 집이지." 아빠가 말했다.

고블린. 고들린. 그에게 그 별명을 안긴 건 단어 간의 유사성이었다, 그의 흉측한 얼굴이 아니라.

"그래야 했어." 아라미스가 말했다. "그놈 계부가 취미처럼, 화요일과 목요일마다 해야 하는 소프트볼이나 무슨 헛짓처럼 그 새끼를 강간했던 거 아냐?"

"맙소사." 아빠가 말했다. 그의 목소리가 변했다.

"그것 때문에 잡혀가서 교도소에서 죽었어. 마을 주변에서 이상한 일이 생길 때마다 나는 고블린을 확인해. 코널리네 집에도 들리고, 그 합주부 선생 있잖아? 완전히 게이거든. 내가 의례적으로 방문하는 다른 몇몇 집들이 있는데, 전부 아무것도 안 나왔어. 정말로,

걔네들은 관심 좀 얻으려고 거짓말하는 거야. 할로 애들이 어떤지 알잖아. 아빠는 없고, 엄마는 온종일 TV 앞에서 담배 피고 트윙키*나 씹고."

바우어는 범인을 잡는 데는 전혀 관심이 없어 보였다. 나는 그와 아빠가 무엇을 숨기고 있을지 다시 생각했다.

나는 남자들 중 한 명이 사레가 들려 기침을 하기 시작하는 걸 들었다. 처음엔 연기를 아끼려고 코로만 했지만 이내 더 이상 참을 수 없자 목이 터져라 기침을 했다.

"어이, 자네가 딸이 있는 걸 다행으로 알아, 도니." 아라미스가 수박을 치듯 철썩거리는 소리에 이어 말했다. 기침이 잦아들었다. "남자애들은 이상한 짓들을 하잖아. 말이 나와서 말인데, 자네 막내 목에는 무슨 일이 있었던 거야? 자네가 멱살이라도 잡은 것처럼 보여."

"그렇게 태어났어." 아빠가 으르렁대듯 말했다.

"애가 예뻐, 그런 흉터가 있는데도." 낯선 남자가 말했다. 그의 말이 마치 과장된 해적 역할의 오디션이라도 보는 것처럼 얼마나 메스껍게 들렸는지 충격이 척추를 타고 올랐다.

"빌어먹게 예쁘지." 아빠가 자신의 불안정한 에고를 감추며 사납지만 역시 과장된 목소리로 동의했다. "그 애한테 얼마 낼래?"

아라미스는 웃음을 터뜨렸고 다른 남자는 그를 따라했고, 나는 둘 다 아빠가 농담하고 있다고 생각한다는 걸 알 수 있었고, 그건 아빠가 내일이면 말했는지 기억조차 못 할 일들 중 하나였지만, 그 웃

---

* Twinkies: 안에 크림이 든 부드러운 빵 종류의 간식 브랜드.

음들은 여전히 그들의 주먹을 내 메스꺼운 복부에 쑤셔 넣는 것 같아서 나는 밖으로 뛰쳐나와 새까만 밤의 공기를 벌컥벌컥 들이마셨고, 그게 너무 과했고, 공기조차 들어갈 자리가 없어서, 나는 집 옆으로 뛰어가 내장까지 토해냈다. 위장에서 스튜가 된 것이 몇 통이나 내 입에서 쏠려나와 완두콩과 소시지 덩어리가 섞인 쓴 산이 잔디 위에서 김을 내뿜었다. 구토가 너무 격렬해서 나는 토하면서 목이 막혔다.

다 토하고 나서, 나는 세피를 찾으러 갔다. 지저분한 포트락 테이블들은 내가 떠났던 그대로였다. 세피는 분명 내가 나온 걸 봤을 테고, 확실히 내가 토하는 걸 들었을 테지만, 세피는 토사물을 싫어하니까 나는 세피가 달려와 내 머리카락을 잡아주지 않아도 놀라지 않았다. 나는 세피를 길에서도, 모닥불 주변에서도 찾지 못해서 차들로 달려가 수를 세어보았다. 내가 종아리에 맺히는 이슬을 느끼며 겨자색 달의 차가운 눈 아래 떨리는 몸으로 차들 사이를 들락거리며 창문 안을 엿볼 때, 들판의 풀들은 날카로웠다.

나는 세피를 찾을 수 없었다. 세피는 어디 있는 걸까?

# 27

1983년 5월 28일, 늦게!

사랑하는 진 이모,

어떻게 지내요? 잘 지내길 바라요. 저는 좋아요, 대부분. 누가 우리 학교 남자애들을 공격하고 있는지 감이 오는 것 같아요, 하지만 좀 더 파봐야 해요. TV에서 보면 범인이 이 남자만큼 대담해지면, 정신이 이상해지더라고요. 누군가 이자를 빨리 멈추지 않으면…

저는 ≪넬리 블라이의 믿거나 말거나≫를 정말로 즐기고 있어요. 가끔은 이게 저를 미치지 않게 하는 유일한 것 같아요. 저는 요전 날 밤에 헬리오트로프에 대한 이야기를 읽었어요. 그게 뭔지 알아요? 그건 항상 해를 발견하는 식물이에요. 저는 헬리오트로프가 되고 싶어요. 농담! 이모가 오면 정말 좋을 텐데. 와주실 수 없어요?

XOXOXO,

캐시

# 28

　다음 날 아침, 나는 살금살금 계단을 내려가 끈적거리는 빨간색 일회용 컵들과 음식이 눌러 붙은 종이 접시들, 넘쳐나는 재떨이와 시큼한 맥주병들 주변을 돌아다녔다. 나는 바깥은 치웠지만 안은 치우지 않았다. 나는 성자가 아니었다.

　나는 내 잠옷, 내일 입을 옷, 내 《넬리 블라이의 믿거나 말거나》, 그리고 린의 선물을 배낭에 챙겼다. 내가 포장한 그 선물은 은으로 만든 줄에 10센트 크기의 섬세한 금속 재질의 달 모양 펜던트가 달린 목걸이로, 내게 너무 소중하고 특별해서 상자에서 꺼내지도 않았던 것이었다. 진 이모가 재작년 크리스마스에 그걸 내게 보내주었고, 나는 목걸이를 해봤냐고 묻는 이모에게 두어 번 거짓말을 해야 했다.

　누군가 부엌에서 부스럭거리는 소리를 듣고, 나는 총총히 내 방으로 돌아가 그들이 나가기를 기다릴까 생각했다. 하지만 그러면 린의 파티에 늦을 터였다. 린의 파티는 종일 파티였다! 우리는 롤러스케이트장에서 만난 다음 린의 집에 자러 갈 예정이었다. 엄마는 이미 내가 가도 된다고 허락했다. 내가 일찍 일어났을 때 바깥에 바람이 부는 듯해서, 나는 시내까지 자전거를 타고 가려고 추가로 15분의 시간을 빼놨다. 그 시간을 웬 파티광을 피하느라 버릴 수는 없었다. 나는 어깨를 펴고 부엌으로 돌진하며 그게 아침거리를 뒤지는 비교적 제정신인 누군가이길 바랐다.

"엄마?"

엄마는 밀가루 반죽을 납작하게 눌렀다가 가장자리를 중앙으로 싸서 다시 공을 만들어 손바닥으로 두드리며 반죽을 주무르고 있었다. 엄마는 자고 가는 모든 사람들에게 시나몬 롤을 구워줄 수 있게 어제 반죽을 만들어 냉장고에 보관해두었다. 엄마가 이렇게 일찍 일어나서 식사 준비를 하리라는 것을 알았어야 했다.

우리 엄마에게 음식은 사랑이었다.

"잘 잤니." 엄마는 고개를 들지 않았지만, 그랬다면 엄마의 올빼미 안경 뒤 엄마의 눈이 슬펐으리라 나는 장담한다. 엄마의 피부는 흙빛이었고, 엄마의 머리는 기름기 도는 포니테일로 질끈 묶여 있었다. 꿈틀거리는 파란 정맥이 반죽을 주무르는 엄마의 양 손등에서 고동쳤다.

"좋은 아침. 나는 린네 가요."

엄마가 마침내 나를 쳐다봤을 때, 나는 내 짐작이 틀렸다는 걸 알았다. 엄마의 눈은 슬프지 않았다. 그 눈은 유령 같았다, 텅 빈 집의 크고 무서운 창문들처럼. 그 눈을 보자 가슴에 통증이 느껴졌다.

엄마는 대답하지 않았다.

"세피는 어때요?" 나는 충동적으로 물었다. 지난밤에 나는 너무 피곤해서 나무를 들이받을 때까지 세피의 방을 포함해서 모든 곳을 찾아봤다. 오늘 아침 계단을 내려오기 전에 세피의 방을 다시 확인하지는 않았다. 나는 세피를 깨우고 싶지 않기 때문이라고 스스로에게 말했다.

엄마는 눈을 깜박였다. "괜찮지. 왜?"

"아무것도 아니에요." 나는 어깨를 으쓱했다. "난 오늘 밤에 린네 집에서 자요. 엄마한테 벌써 말했고, 엄마는 이미 괜찮다고 했어요."

엄마는 엄마의 반복적인 주무르기로 돌아갔다. 나는 배낭의 양쪽 고리를 잡아당겼다. 반죽을 치대는 엄마의 가늘어지는 머리카락 사이로 엄마의 두피 일부가 들여다보였다. 나는 엄마가 스스로 크리스티만큼, 혹은 아빠가 엄마의 눈앞에서 같이 잔 다른 여자들만큼 예쁘다고 느끼는지 궁금했다. 나는 문을 향했지만 문고리에 손을 얹고 멈춰 서서 몸을 돌려 엄마를 마주했다. "이혼해도 돼요."

나는 엄마가 웃으려고 입을 열었다고 생각했지만, 대신에 바위처럼 무거운 말들이 굴러 나왔다. "그렇게 쉬운 일이 아니야."

나는 바람에 맞서 자전거를 타기로 계획한 15분에서 이미 5분을 썼다. "내가 해봐도 돼요?" 나는 반죽을 가리켰다.

"먼저 손을 씻어."

나는 그 말을 따랐다. 개수대에는 담배꽁초가 세 개 들어 있었다. 엄마는 담배 피는 걸 싫어했고 엄마의 부엌을 사랑했다. 나는 그것들을 쓰레기통에 던지고, 개수대를 먼저 헹군 다음 엄마가 여름마다 엄마의 허브가 동나기 전에 만드는 수제 바질 비누로 손에 비누칠을 했다. 나는 손을 씻고 닦은 후 엄마가 떼어준 아주 작은 반죽 공을 받았다. 나는 엄마의 동작을 흉내 냈지만 내 반죽을 엄마의 것처럼 골고루 평평하게 만들 수 없었다.

엄마는 밀방망이를 내 쪽으로 내밀었다. "넌 이걸 써야겠다."

나는 그 나무방망이에 밀가루를 뿌린 다음 내 반죽 공의 중앙에 놓고 반죽의 위쪽을 향해 왼쪽, 오른쪽으로, 그런 다음 내 몸을 향해 왼쪽, 오른쪽으로 밀었다. 반죽은 끝부분이 갈라지며 플레이도우처럼 납작해졌다. 나는 반죽을 다시 사각으로 접었다.

깨끗하고 순수한 냄새가 났다. 밀가루, 우유, 설탕, 계란, 이스트, 소금.

"얼마나 끈적거리는지 알겠지? 밀가루를 좀 더 뿌리고 부드러워질 때까지 계속 주물러." 엄마는 눈에 흘러내린 머리카락을 엄지손가락의 평평한 바깥쪽으로 치우며 자신의 반죽 공을 쳐댔다.

나는 부드러운 밀가루 속에 손을 집어넣어 손가락 틈새로 흐르게 했다.

"밀가루 가지고 놀지 마."

나는 눈을 굴렸다. "가게에서 시나몬 롤 파는 거 알죠?"

엄마의 목소리가 날카로웠다. "그것들은 비싸고 화학 성분이 잔뜩 들어가는 거 알지?"

나는 밀가루를 한 줌 떠서 내 반죽 공 위에 뿌린 다음 밀방망이를 위아래로 굴렸다. "엄마가 아빠랑 이혼하면 우리한테 돈이 더 생길 거예요. 아빠는 조각들을 거의 팔지 않잖아요. 많이 먹고 마시고. 엄마가 돈은 다 내고."

엄마의 입술이 팽팽해졌다. 엄마는 내게서 방망이를 낚아채서 엄마의 반죽이 판지만큼 얇아질 때까지 납작하게 만들었다. 엄마는 그 위에 노란 버터 덩어리를 떨구고 흑설탕과 건포도를 뿌렸다. 엄마는 엄마와 가까운 끝 쪽부터 반죽을 팽팽하게 유지하며 말기 시작했다.

"난 그 사람을 사랑해." 엄마가 마침내 말했다. 엄마의 말엔 일말의 패배감이 들어 있었다.

나는 틈을 감지했다. "당연하지, 엄마. 나도 그래요." 나는 끝부분이 사실인지 확신은 없었지만 엄마는 그 말을 듣고 싶어 했다. "아빠를 그만 사랑할 필요는 없어요. 난 그냥 아빠가 옆에 없으면 인생이 좀 쉬워질 것 같아요."

"인생에는 네가 모르는 부분이 많아." 엄마는 칼꽂이에서 식칼을 꺼냈고, 금속이 휙 움직이며 나무에 남기는 날카로운 음이 축축한 공기를 갈랐다. 엄마는 반죽된 롤을 완벽하게 스물네 조각으로 잘라 기름칠한 금속 팬에 단면이 위로 오게 나란히 늘어놓았다.

"그냥 생각해봐요, 그게 다예요."

"그럴게."

나는 그게 사실이기를 바랐기 때문에 엄마를 믿었다.

"난 가야겠어요." 내가 말했다.

"자전거 타고 가려고?" 엄마가 놀란 목소리를 냈다.

"물론이죠."

"내가 데려다줄게."

나는 미소를 지었다. "정말요?"

"그럼."

## 29

롤러스케이트장은 릴리데일 빨래방의 지하에 있었다. 그 빨래방은 연중무휴였지만, 롤러장은 겨울에는 문을 닫았다. 봄과 가을에는 시간제한이 있었지만, 여름이 오면 주 7일, 아침 10시부터 밤 10시까지 문을 열었다. 엄마가 가는 길에 내가 라디오 채널을 고르게 해줘서 나는 이번 주에 어느 노래가 1등인지 알 수 있었.
"〈플래시댄스〉!"
아, 그 영화를 보면 정말 좋을 텐데. 어쩌면 가브리엘과 내가 같이 갈 수도 있겠지.
엄마는 진 이모에게 보낼 내 편지를 떨굴 수 있도록 가는 길에 우체국에 들러주기도 했다. 하지만 롤러장에 도착했을 때, 엄마는 엄마의 차림새 때문에 안에 들어가지 않으려 했다. 나는 배낭을 메고 혼자 터벅터벅 시멘트 계단을 내려갔다.

내가 지하로 내려갈 때 '천사가 잡지 화보에*'의 비트가 발밑에서 울렸다. 섬광등들의 도움이 있는데도 아침의 환한 빛에서 어두운 지하에 적응하는 데 잠깐 시간이 걸렸다.

"캐시, 여기다."

나는 정면의 카운터를 향해 몸을 왼쪽으로 돌려 눈을 두 번 깜박인 다음에야 린의 엄마를 알아봤다. 그녀는 두 개의 거북딱지 빗으로 거대한 금발 머리를 뒤로 넘겨 고정한 뚱뚱한 여자였다.

"안녕하세요, 스트라한 부인."

"다른 애들은 링크에 있단다."

나는 스케이트 타는 아이들을 세어보았다. 네 명. 한 명만 빼고 모두 아는 그 아이들은 웃으며 서로 손을 잡고 하나의 긴 줄을 만들어 디스코 볼 아래서 빙글빙글 돌고 있었다.

"사이즈가 뭐냐?" 카운터 뒤의 남자가 물었다. 〈매드〉 잡지가 카운터 위 그의 팔꿈치 옆에 펼쳐져 있었다. 나는 버스에서 그걸 돌려보던 한 아이 때문에 그 잡지를 알아봤다.

"6일 거예요."

그는 보관대에서 발꿈치에 검은색 마커로 6이라고 쓰여 있는 하얀 가죽 롤러스케이트 한 쌍을 움켜쥐었다. 그건 발뒤꿈치가 벗겨졌고, 끈은 끝부분이 해져 있었다. 스케이트는 그가 카운터 위에 내려놓자 쨍그랑거렸다. "2달러다."

내 심장이 가라앉고 내 뺨이 뜨거워졌다. 나는 반사적으로 말했

---

\* Angel Is the Centerfold: 제이 가일즈의 1981년 노래 〈센터폴드〉의 가사. Centerfold는 잡지 중앙에 삽입되는, 흔히 반나체의 피사체를 담은 대형 화보를 말한다.

다. "괜찮아요, 전 스케이트 타는 거 안 좋아해요."

"정말?" 스트라한 부인이 물었다. 부인이 그 말을 하는 방식은 내게 〈초원의 집〉에서 올슨 부인이 로라에게 말하는 방식을 연상시켰다. "난 여자애들은 전부 스케이트를 좋아하는 줄 알았는데."

나는 바닥을 보고 있었지만 위험을 무릅쓰고 그녀의 얼굴을 흘끗 보았다. 그 얼굴은 부드럽고 표정이 없었지만 그녀의 눈은 반짝거렸다. 나는 말을 하려 입을 열었지만 꿀꺽 소리만 나왔다. 나는 돈을 전혀 가져오지 않았다. 돈이 필요하리라는 걸 몰랐다.

"스케이트 줘, 말아?"

"내가 돈을 낼게요." 스트라한 부인이 핸드백을 열며 말했다. 그녀는 남자에게 20달러를 내밀었다.

나는 그 스케이트에 손을 내밀 수 없었다. 내 손이 옆구리에 들러붙어 있었다.

"부모님은 어떻게 지내시니?" 남자가 잔돈을 거스르는 동안 스트라한 부인이 말했다.

"잘 지내세요."

그녀는 다른 무언가를 묻고 싶어 했지만, 내가 그녀보다 더 빨리 말했다. "아빠는 여전히 조각을 하시고, 엄마는 킴벌에서 종신 교사로 가르치세요. 세피도 잘 지내고요. 물어봐 주셔서 감사합니다." 나는 드디어 롤러스케이트를 안아들고, 스케이트 플로어를 향해 빠르게 걸었다.

나는 스케이트 타는 걸 좋아했다. 정말로 그랬다.

"난 정말 확실해!" 앤드리아가 소리쳤다.

나는 내 침낭을 더 끌어당겼다. 우리 다섯 명—린, 하이디, 바브, 앤드리아, 그리고 나—은 린네 집 마루가 깔린 지하실에서 소파와 TV 사이에 모여 있었다. 하지만 여긴 정말 지하실이 아니었고, 그래서 나는 아빠의 지하실처럼 이곳이 두렵지 않았다. 린네 지하실은 위쪽에 창문들이 있었고, 플러시 카펫이 깔려 있었고, 판을 덧댄 벽에 장난감 가게만큼 많은 장난감들이 있었다. 린과 그녀의 동생은 이 아래에 방이 있었지만, 린의 부모님이 오늘 밤은 타냐를 위층에서 자게 해서 우리는 이 아래층 전체를 쓸 수 있었다.

내가 스케이트장에서 알아보지 못했던 여자애가 린의 사촌인 앤드리아였다. 앤드리아가 킴벌에서 다니는 학교는 엄마가 영어를 가르치는 곳이었지만, 학년은 달랐다. 그 애는 자신의 최신 유행 헤어스타일이 언젠가 곧 우리의 작은 마을에 찾아올 거라고 오만하게 알려주었다. 그 머리는 앞쪽은 길고 수북하게 덮였지만, 뒤쪽은 두피에 바짝 닿게 짧았고 한 가닥 남은 땋은 머리가 밧줄처럼 목에 드리워져 그 애의 셔츠에 잡힌 작은 생쥐를 구하려 하고 있었다. 나는 그렇게나 색다른 머리 모양을 하는 용기에 감탄했다.

그들은 이비에 대해 얘기하고 있었다.

"아니, 정말이야!" 린이 앤드리아를 설득하려 애쓰며 말했다. "걔가 혼자 그 놀이터에 간다니까. 걔랑 가끔은 농장 애들이 몇 명 나타나. 걔네들은 같이 놀이 시간을 보낸다고."

하이디가 뛰어들었다. 그 애는 린이 한 것과 똑같이 자기 머리에 컬을 말고 있었다. "나도 자전거 타고 지나가다 봤어. 이비네 엄마가 놀이터 건너편 자기 집 현관 포치에서 뜨개질하면서 보고 있더라. 엿보고 있더라니까."

"하지만 진짜 피핑 톰은 아니지!" 바브가 꽥 소리를 질렀다. 그 애는 나, 린, 하이디와 마찬가지로 7학년이었지만 나는 그 애를 잘 알지 못했다. 걔는 린이나 하이디처럼 시내에 사는 애였다.

린의 엄마가 우리를 위해 지미스 페퍼로니 피자 세 판과 세븐업 2리터를 가져다주었고 우리는 VCR에서 〈NIMH의 비밀〉*이 재생되는 동안 그걸 먹어치웠다. 나는 계속 보려고 했지만 다들 수다를 떨고 싶어 해서 결국 내가 포기했다. 린은 우리가 나중에 〈늪지의 존재〉**를 볼 거라고 했고, 나는 린의 말이 우리가 정말로 그 영화에 집중할 거라는 뜻이길 바랐다.

"네가 피핑 톰을 봤다는 얘기 들었어." 바브가 린에게 말했다. "그러니까, 오줌 싸는 걸 마주쳤다며."

깔깔거림이 맹렬하게 터졌다. 파티에 마지막으로 도착한 나는 어디에 껴야 할지 아직 알 수 없었다. 나는 조용한 과가 아니었지만, 바브가 웃기는 역할을 맡아버렸다. 그건 보통 내 몫이었지만 그 애가 먼저 도착했다. 덕분에 나는 주로 배경에 숨어야 했지만 린은 내 선물을 가장 좋아했고, 그러니까 그건 의미가 있었다. 내 목걸이는 그 애 목에 걸려 있었다. 그건 정말 예뻤다.

린이 흐뭇해했다. "그런 것 같아. 난 두드리는 소리를 들었어." 린은 작은 지하실 창문 쪽을 가리켰다. 거기 불이 났다 해도, 우리는 거의 느끼지 못했을 것이다. "타냐랑 나는 TV를 보고 있었어. 나는 그게 옆 집 콜비일지도 모른다고 생각했거든?"

---

\* 〈The Secret of NIMH〉: 1982년에 개봉한 애니메이션 영화.
\*\* 〈Swamp Thing〉: DC 코믹스의 캐릭터를 바탕으로 하는 여러 버전 중 첫 실사가 이루어졌던 1982년 영화.

이 말이 우리를 소름 끼치게 했다, 적어도 릴리데일에 다니는 우리 넷은. 콜비는 고등학생이었고, 야구팀의 스타였고, 눈을 찡그리고 보면 데이비드 핫셀호프를 닮았다.

"나는 커튼 옆으로 다가섰고, 누군가 밖에서 물풍선을 들고 있는 것처럼 보이더라, 창문에 진짜 가깝게 붙어서. 밤이라 사실 선명하게 볼 수는 없었어. 하지만 풍선이 찍 물을 뿌렸고, 나는 비명을 질렀고, 아빠가 계단을 달려 내려왔지. 나는 아빠한테 내가 본 걸 말했고, 아빠는 밖으로 뛰쳐나갔지만 아무도 보지 못했어. 아빠는 경찰을 불렀어. 경찰이 신고를 접수했지."

어떤 일이 벌어진 누군가를 아는 것은, 그 애의 비밀을 공유한다는 것은 기분이 좋았다. "그거 무서웠겠다." 나는 말했다.

린이 자기 머리카락을 어깨 뒤로 넘겼다. "그런 것 같아. 야, 너희 부모님은 아직도 그 파티들을 여시니? 우리 부모님이 거기서 괴상한 섹스 사건들이 벌어진다던데."

내 뺨이 타올랐다.

하이디가 껴들었다. "그래, 너희 아빠가 피핑 톰일지도 몰라!"

"아니야!"

"맙소사, 캐시, 하이디는 농담하는 거야." 린이 정말로 충격받은 것처럼 말했다. "그만둬. 그냥 그 파티들에 대해 알고 싶었을 뿐이야."

"부모님은 가끔 사람들을 초대하셔. 네가 바로 지금 사람들을 초대한 것처럼."

전혀 그렇지 않다는 것만 빼고. "야, 내가 학교 마지막 주에 식당에서 이비 옆에 앉았거든. 걔가 놀이 약속에 대해 전단지를 만들고 있더라!"

그걸 크게 말하면서, 그 열기를 이비에게 돌리면서, 무언가가 내 심장과 위 사이로 미끄러지면서 쿵 부딪혔다. 나는 이비가 이 자리에서 스스로를 직접 변호하지는 못해도, 정말로 착하다고 생각했다. 학교 마지막 날, 나는 킨첼호 선생님이 이비에게, 이비가 나름의 재간과 방식으로 썼다고 말하는 걸 엿들었다. 이비는 그걸 당연한 듯 받아들이고 하던 일을 계속했다. 그런 다음, 그날 나중에 나는 이비 뒤에서 걷다가 이비가 유행이 지난 나팔바지를 입은 5학년짜리에게 나름의 '재간과 방식으로' 그 바지를 입었다고 말하는 걸 들었다.

나는 이비에 대해 전부, 그 애가 자신의 보물을 전파하는 방식이 좋았다.

"미쳤네." 앤드리아가 고개를 흔들며 말했다. "하지만 여기서 벌어지는 그 모든 납치 건들을 보면, 그 애를 탓할 수는 없잖아."

린이 발끈했다. "전혀 납치가 아니거든. 그냥 할로 남자애들 몇이 거칠게 구는 것뿐이야, 우리 아빠가 그렇게 말했어."

지난밤, 바우어 경사도 그렇게 말했었다. 하지만 그가 우리 집에 있었다는 건, 그 괴상한 섹스 파티들 중 하나가 지난밤에 있었다는 건 이 여자애들에게 절대 말하지 않을 터였다.

"우리 아빤 그렇게 말하지 않았어." 앤드리아가 반박했다. "아빠는 여기서 무언가 나쁜 일이 벌어지고 있다고 했어."

우리 릴리데일 학생 네 명은 서로 시선을 교환했다. 피핑 톰, 아빠의 파티들, 치한 체스터, 통행금지 사이렌… 그건 혐오스러웠지만, 우리의 혐오였다.

"전혀 위험하지 않아." 린이 턱을 치켜들며 말했다. "난 항상 통행금지시간 이후에 나가. 이틀 전 밤엔 콜비랑 담배도 피웠는걸. 9시 반 한참 지나서였어."

"말도 안 돼!" 바브가 소리 질렀다.

흥분의 떨림이 내 배 속에서 보글거렸고, 나는 내 세븐업 컵을 반쯤 입에 대다 망설였다. "어땠어?"

린이 어깨를 으쓱했다. "별로. 하지만 콜비가 나한테 키스하려는 것 같아."

우리는 그 사실에 모두 넋을 잃었다. 고등학생 남자애에게 키스를 받다니. *상상해보라.* 나는 샴페인이 이런 맛이리라 확신하며 내 탄산음료를 삼켰다.

"어쨌거나," 린이 말을 이었다, "우리 아빠가 코널리는 호모래, 그리고 아마 선생님이 여자애들한테 자기 거시기를 드러내는 염탐꾼일 거래."

세븐업은 너무 빨리 내려갔고, 탄산이 내 코를 찔렀다. "그건 말이 안 돼." 내가 말했다. "선생님이 호모라면, 왜 여자애들 창문에 나타나겠어?"

린이 나를 향했다. "그럼 그건 네 아빠 파티에 가는 누군가겠네. 어떤 섹스광."

모두가 나를 보고 있었다. 나는 무슨 말을 해야 할지 떠오르지 않아 카펫만 쳐다봤다. 여기 오다니 어리석었다. 나는 심지어 롤러스케이트를 타다 넘어져서 양 무릎 바로 아래 피부가 까지기까지 했다. 나는 엄마에게 나를 일찍 데리러 오라고 전화할까 생각했지만 그러면 린은 나를 결코 다시는 초대하지 않을 것이었다.

"얘들아, 알겠다!" 하이디가 말하며 나를 구해줬다. "우리 염탐꾼을 염탐하러 가자!"

바브가 움찔했다. "무슨 소리야?"

린이 먼저 알아차렸다. "그래! 코널리 선생님을 감시하러 가자!"

나는 VCR 시계를 쳐다봤다. 8시 27분이었다. "통행금지 전에 돌아올 수 있을까?"

"그러길 바라야지." 린이 심술궂게 말했다. "아니면 치한 체스터가 너를 데려갈지도 몰라."

# 30

 태양이 지구판 위로 떨어지고 있었고, 벨벳 같은 어스름이 우리 피부에 닿았다. 시내는 시골과 성격이 달라서 황량함과 개구리 노래는 덜했고, 멀리서 들리는 쾅 소리와 희미한 대화 소리가 마치 소리가 터널을 건너오듯이 들렸다. 나는 주변에 그렇게 많은 사람들이 있다는 걸 아는 것이, 집집마다 켜진 불빛들을 보고 사람들이 거기서 안전한 삶을 살며 TV를 보고 팝콘을 먹고 평범하게, 우리가 필요할 때면 설탕 한 컵을 내어줄 준비를 하고 있다는 걸 아는 것이 위안처럼 느껴졌다. 나는 누군가의 그릴에서 풍기는 맛있는 냄새를 들이켰고, 긴장이 풀렸다. 다른 사람들과 밤에 나오니 정말 기분이 좋았다.
 "우리가 이러고 있다니 믿어지지 않아!" 린이 명랑하게 말했다.
 "우리 아빠가 나를 죽일 거야." 앤드리아가 말했다.
 우리 일당 다섯 명은 좁은 길을 계속 걸었다. 우리는 쓰레기통들에 바짝 붙고, 〈미녀 삼총사〉처럼 차고 옆에 납작하게 껴서 손가락을 가짜 총처럼 들기까지 했다. 우리의 웃음이 너무 커지자 린이 쉬잇 조용히 시켰다.

"선생님 집은 저 너머야." 린이 밀스트리트의 탁 트인 부지 너머 검은 덧문들이 달린 우뚝 솟은 하얀 집 뒤쪽을 향해 손가락질을 하며 말했다. "선생님은 아직도 부모님이랑 살아."

나는 코널리가 아무 잘못도 하지 않았다는 것을 알고 있었다. 그의 안에 그런 건 없었다.

"오 맙소사, 내가 고등학교를 졸업하고도 아직 우리 엄마 아빠랑 살고 있으면 나를 쏴줘." 하이디가 말했다.

이제 거의 완전히 어두웠다. 짙은 색 차, 아마도 녹색 차가 헤드라이트를 켜고 밀스트리트를 돌았다. 우리는 꺅 소리를 지르고 라일락 덤불 아래 고개를 숙였다.

"코널리는 내가 제일 좋아하는 선생님이야." 나는 다른 애들의 따뜻한 몸이 내 몸에 바짝 붙어 5월 밤의 이빨 빠진 냉기에 맞선 인간 코트가 되어줄 때 고백했다. 내가 그의 이름을 말하면서 선생님을 뺀 건 처음이었다.

린이 눈을 굴렸다. 나는 그 애의 어조에서 그걸 들을 수 있었다. "선생님은 괜찮아. 그런데 좀 과하게 옷을 입는 것 같지 않아?"

"나는 선생님이 옷 입는 게 좋더라." 바브가 말했다.

내 심장이 부풀었고, 바브의 용기가 내게 용기를 주었다. "내가 선생님 집에 뛰어가서 그 집을 건드릴게."

날카롭게 들이키는 숨소리가 내가 맞는 말을 했다고 알려주었다. 우리 다섯 명은 그 순간을 함께했다, 세상에 맞서는 믿을 수 없이 강한 여자애들. 무엇도 우리를 상처 입힐 수 없었다.

"확실해?" 린이 물었다.

"그러지 않아도 돼." 앤드리아가 말했지만 마당의 불빛을 반사하는 앤드리아 눈의 반짝임은 반대로 말하고 있었다.

"너 정말 용감하다." 바브가 말하며 내 손을 눌렀다.

"나한테 더 좋은 생각이 있어." 린이 전투 임무를 지도에 표시하는 장군처럼 우리가 숨어 있는 곳에서 부각된 하얀 집까지의 거리를 가늠했다. "선생님 집을 건드리기보다, 문 가까이 있는 꽃을 꺾어 오자. 그게 너의 전리품이 될 거야."

"오케이."

나는 거리를 가늠하며 일어서서 다리를 구부렸다. 바람이 나무 위에서 부스럭거렸다. 짜증이 난 나뭇잎들이 손을 한데 비비는 것 같은 소리를 냈다. 나는 아직도 숯 그릴의 냄새를 맡을 수 있었다. 나는 왼쪽을, 그다음에는 오른쪽을 흘끗거렸다. 쏟아지는 빛들이 집 안에서 반짝이며 나를 안심시켜주었다. 코널리네 집은 어두웠다. 올빼미 한 마리가 낮고 외롭게 후후 울었다. 소름이 온몸을 간질였다. 나는 내가 웃고 있다는 걸, 적어도 내 이가 보인다는 걸 알았다. 내 몸 안에서는 전혀 그렇게 느끼지 않았다.

"지금이야!" 린이 속삭였다.

나는 출발했다. 작은 자갈돌들이 내 발길질에 거리 위로 흩어졌다. 빠르게 솟구치는 내 테니스화는 나지막이 쿵쿵 소리를 내며 밀 스트리트를 가로질렀다. 코널리의 집은 가까이 갈수록 커지는 듯했다. 차 한 대가 길 끝을 부르릉거리며 지나쳤고 내 맥박이 급히 뛰었지만, 나를 막지는 못했다. 내 오른발이 코널리네 마당의 다듬어진 잔디 위에 착지했다. 흙이 내 발밑에서 살아 있는 듯이 느껴졌다.

올빼미가 다시 울었고 나는 계속 달렸다.

코널리의 집 안에서 불빛이 깜박였다. 나는 내 뒤쪽 라일락 덤불에서 비명 소리를 들었지만, 꽃들이 고작 몇 발짝 떨어져 있는데 멈출 수는 없었다. 바람이 나무 꼭대기에 다시 불기 시작해서 나무껍질을 떨리게 하며, 그 메마르고 거슬리는 피부와 피부가 닿는 소리를 한층 더 커지게 했다. 나는 거의 다 와 있었다. 나는 꽃들을 향해서 손을 뻗었다. 작약이라고 생각했지만, 아니었다. 그건 장미덤불이었고, 그 줄기에는 사악한 가시들이 돋아 있었다.

내 손이 그 줄기를 말아 쥘 때 통행금지 사이렌의 울부짖음이 시작되었고, 그 가시가 내 살을 찔렀다. 땀이 눈썹을 타고 흘렀고, 나는 통증을 이기고 장미를 비틀어 꺾어냈다. 빈손으로 돌아가다니, 어림도 없었다. 나는 고함 소리를 들었다고 생각했지만, 크레센도로 끔찍하게 커져가는 사이렌의 비명 소리에서 그것을 분리하기란 불가능했다.

*에에에에에에에엥.*

장미 가시에 찔린 부위가 점점 뜨거워졌고, 꽃은 내 손과 하나가 되었다. 나는 내가 노출되는데도, 안을 보려면 발끝으로 서야 했고 그러면 내 탈출이 느려질 텐데도, 코널리 집 창문 안을 들여다보았다. 무엇이 내게 그런 행동을 하게 했는지 모르겠다. 아마도 안쪽에서 어떤 움직임이 내 관심을 끌었거나, 그저 내 호기심이 너무 컸거나, 아니면 내 이야기를 꾸밀 무언가를 더 원했는지도 모른다.

나는 가운을 입고 냉장고를 뒤지는 코널리를 보게 되리라 예상했다. 혹은 부엌 테이블에 아버지와 앉아서 최근에 병원에서 집으로 오신 어머니에 대해 얘기하고 있거나. 왜냐하면 퍼글리시 선생님이 어머니가 심장마비를 겪었다고 하지 않았나?

그러면 말이 됐으리라.

하지만 코널리 선생님의 양손을 어깨에 얹은 클램이 집 안에 있다?

그건 내 머릿속에 들어맞지 않았다.

나는 그 모습에 한 번, 두 번 눈을 깜박였다.

나는 그들의 얼굴을 다 알아볼 수 없었다, 정확하게는. 적어도, 나는 스스로에게 그렇게 말했다.

그런 다음 나를 안전한 쪽으로 떠미는 사이렌 소리의 자성을 띤 힘에, 나는 몸을 돌려 라일락 덤불로 뛰어갔다. 내가 돌아가자, 네 명의 여자애들 모두 나를 의기양양한 무리로 맞이하며 내 등을 두드렸고, 우리는 한 덩어리가 되어 린의 집으로 뛰어왔다. 내 손끝에서 뜨거운 피가 장미 봉오리 위로 흘렀다.

## 31

나는 말하지 않았다.

할 수 없었다, 코널리 선생님에 대해서는.

그들이 물었을 때, 나는 부엌에서 아무도 못 봤다고 말했다.

단 한 사람도.

나는 린의 집으로 돌아가자마자 피를 씻어냈고, 파티 내내 내 손을 감추었다. 장미 줄기에서도 피를 씻어내야 했다. 찔린 자국은 깊었는데, 처음 솟구친 이후로는 그렇게 많은 피가 흐르지 않았다. 엄마는 아침에 나를 데리러 오자마자 그 상처들을 발견했다.

"무슨 일이 있었니?"

"장미 한 송이를 뽑았어요." 나는 손을 내 가슴에 부드럽게 대며 말했다. "작약인 줄 알았어."

엄마는 피곤한 눈으로 스트라한네 집을 쏘아보고 나를 돌아보며 한동안 나를 살폈다. 엄마는 세피를 계절 학기에 내려주고 나를 데리러 왔다. 엄마는 한숨을 쉰 다음 밴에 기어 1단을 넣었다. 우리가 말없이 집에 도착하자 엄마는 나를 화장실로 데리고 가 약장에서 과산화수소병과 집에서 만든 연고를 꺼냈다.

"우리 딸들한테 안 좋은 한 주네."

나는 엄마가 내 손바닥에 완벽하게 둥근 세 방울의 과산화수소를 떨굴 때도, 그게 내 뼛속 깊이 침투해서 뼈를 건드린 다음 내 골수를 머금고 분홍빛으로 부글거리며 표면으로 다시 올라올 때도 울지 않았다. 나는 엄마가 내 손가락을 부드럽게 잡아 구멍마다 고이는 따듯한 물줄기 아래에 갖다 댈 때 움찔하지 않았다. 나는 엄마가 도로 포장용 타르와 허브 냄새가 나는 흐릿한 호박색에 바세린 질감이 나는 연고가 담긴 병을 열 때 한숨을 쉬었다.

엄마는 상처 구멍을 연고로 메웠고, 연고는 내 팔 위로 고통을 사냥하고 뚫린 구멍으로 고통을 되몰아 내 몸 밖으로 내보내며 나를 치료했다. 엄마는 내 손에 거즈를 세 번 감고 내 팔을 쓰다듬었다. 나는 지난밤에 본 것을 엄마에게 지독히도 말하고 싶었다. 엄마는 무엇을 해야 할지 알 터였다. 내가 코널리 선생님을 입 밖에 내려 할 때 엄마가 나를 놀라게 했다.

"인생의 비결은 고통을 너무 오래 감출 수 없다는 것이지. 마법도 마찬가지고."

엄마가 내게 진 이모를 연상시킨 건 처음이었고, 나는 그때 엄마를 껴안았다. 내가 어릴 때 그랬던 것처럼 따뜻한 엄마 목의 오목한 부위에 파고들면서. 엄마는 굳었지만 나를 밀어내지 않았다.

그때 아빠가 우리를 발견했다.

아빠는 기분이 좋지 않았다. 그 기분이 아빠를 앞서 방에 들어왔다, 액체 상태로 위험하게. "이건 우리가 오늘 남은 닭들을 죽일 수 없다는 뜻이겠군."

나는 신음을 삼켰다. 닭을 죽이는 건 이제 멈추어야 했다. 이 계절에는 아니었다. 하지만 이따금 파티 이후 아빠에겐 대청소가 필요했다. 숲에 길을 더 내고, 농장 고양이들을 길 위로 몰아내서 줄이고, 쓰레기봉투들을 하치장에 끌어내고, 알을 못 낳는 닭들을 도태시키고.

엄마의 목소리는 긴장한 듯이 들렸다. "손이 낫기 전에는 물에 닿으면 안 돼."

아빠가 얼굴을 찡그렸다. 아빠는 손도끼를 들고 집에 들어왔고, 그건 성나고 부적절해 보였다. "그럼 얘한테는 마른 일을 찾아주지. 어서 와라, 캐시. 남은 데 마저 치워야지."

나는 엄마가 함께하겠다고 자원하기를, 한 발 나아가 나를 위해 나서서 아빠에게 내가 하루 쉬어야 한다고 말해주길 바라며 엄마를 흘끔거렸다. 엄마는 몸을 돌렸다. 나는 터덜터덜 위층에 올라가 작업복으로 갈아입고 후텁지근한 아침으로 나왔다. 토요일 파티의 모든 증거는 사라져 있었다. 나는 아빠에게 세피가 오늘 아침 계절 학기를 들으러 가기 전에 기분이 어땠는지 묻고 싶었지만, 아빠와 나는 그런 얘기는 하지 않았다. 아빠는 나뭇가지 더미를 손가락으로 가리켰다. 아빠는 그걸 태울 더미로 옮기고 싶어 했다.

나는 시키는 대로 잔가지들을 나른 다음, 아빠가 오래된 나무들이 자라는 잡목림에서 찔리지 않고 전기톱으로 밑동을 베어낼 수 있게 쳐내고 있는 오크나무와 느릅나무 가지들을 모으러 다시 돌아왔다. 한 손으로 가지들을 모으는 일은 더디게 흘렀지만, 레몬색 태양이 하늘 가득 퍼질 때쯤에는 그 작업으로 몸이 데워졌다. 아빠가 땀을 흘리자 닭고기 수프 냄새를 풍겼음에도, 이게 닭을 잡는 것보다는 훨씬 나았다. 아빠가 셔츠를 벗자 흐르는 땀이 개울이 된 것이 보였다. 아빠가 머리에 두른 파란색 반다나가 땀이 눈으로 떨어지는 건 막아주었지만, 땀은 아빠의 등으로 쏟아져 아빠가 자기 몸통만큼 큰 통나무를 들어 올릴 때 아빠의 겨드랑이 털에 방울져 매달렸다.

우리가 일하는 동안 태양이 뜨거운 눈으로 세상 꼭대기에 기어올라 우리 위에 용암을 퍼부었다. 아빠는 11시에 드디어 내게 물 마실 시간을 허락했다. 나는 풀 맛은 아랑곳하지 않고 호스에서 물을 들이켰다. 나는 물을 내 머리 위에, 내 등에 뿌리며 수은색의 얼음장 같은 물을 삼켰다. 몸이 좀 식어서 일하던 곳으로 돌아갔을 때 나는 아빠를 찾을 수 없었다. 아빠는 뒷길에도 보이지 않았다.

남은 부지를 뒤지기엔 너무 뜨거웠다. 나는 물을 떨구지 않게 한 손으로 내 옷의 밑단을 쥐어짜고 엄마에게 아빠가 어디 있는지 아냐고 물으러 집으로 들어갔다. 나는 모기장 문이 쾅 소리를 내지 않게 조심했고, 잠깐 귀를 기울이며 포치에 서 있었다. 나는 부엌에서 한 주 동안의 빵을 굽는 엄마를 발견하리라 생각했지만 엄마는 교사 봉급을 늘리려 맡은 제본 작업들 중 하나를 하고 있을지도 몰랐다.

"아무도 안 돼."

나는 몸을 곧추세우고 귀를 기울였다. 믿을 수 없게도, 아빠가 통화 중이었다.

"나는 가격을 논하고 싶지 않아." 아빠의 목소리가 점점 동요됐다. "안 돼."

아빠 쪽에서 말이 멎더니, 아빠가 다시 가시 철망처럼 팽팽한 목소리로 말했다. "지하실에 있지. 내가 바본 줄 아나?"

나는 오도가도 못 하고 갇혀 있었다. 내가 마음을 정하기 전에 전화가 부서지더니, 아빠가 눈에는 불을 켜고 손은 주먹을 꽉 쥔 채 포치로 들이닥쳤다. "얼마나 들었냐?"

나는 입을 열었다 닫았다.

"됐다. 다시 일하러 가자."

나는 멍하니 아빠를 따라 갔다. 나는 지나는 길에 쇠스랑과 새 건초 다발을 들고 닭장 안에 들어가는 엄마를 발견했다. 엄마는 닭장을 완전히 청소하고 있었다. 세상에서 가장 끔찍한 일. 닭들은 비명을 지르고 날개를 쳐대며 마른 닭똥과 건초 먼지를 흩날릴 터였다. 엄마는 마른 건초뿐 아니라 물받이 아래와 닭들이 먹으면서 똥을 싸는 모이 주변의 잔뜩 질척이는 젖은 건초도 끌어내야 할 터였다. 닭장 안은 템페라 페인트 같은 냄새가 났고, 그보다 더 더러웠다. 보통 거길 청소하는 건 나와 세피의 일이었다. 엄마는 내 손 때문에 그 일을 하고 있는 게 분명했다.

나는 고개를 떨구었다.

아빠는 우리가 지나칠 때 엄마를 알아차리지도 못했고, 우리가 일할 때 말을 하지도 않았다. 나는 아빠에게 안 보이는 것처럼 느껴졌는데, 그건 내 생각에, 존재하는 가장 좋은 방법이었다. 나는 린의 방에 대해 생각하고 있었다. 그 애는 자물쇠가 있었고, 그 안에서 안전했다. 그 애는 자기 매트리스 위에서 잤다. 그 아래나 자기 옷장 속이 아니라.

나도 그러고 싶었다.

하지만 아빠가 이럴 때 아빠에게 말을 거는 건 위험했다. 아빠는 자신의 분노를 칼처럼 둘렀고, 누구도 그 칼들이 자신을 향하는 걸 원치 않을 것이다. 아빠가 처음 술을 마시기 시작할 때는 그 무기를 내려놓는 달콤한 지점이 있었다. 그건 작은 창문이었고, 30분 정도, 아빠는 거기서 자신을 속여온 모든 것을 잊어버렸다. 아빠는 우리가 갈 여행에 대해서, 혹은 아빠에게 나와 세피가 있고 아빠가 우리를 사랑하기 때문에 아빠는 불멸의 존재라는 얘기들을 하곤 했다. 그 창문 속에서는 내가 아빠를 웃게 할 수 있었다. 아빠의 눈에는 주름이 졌고 아빠의 입은 너무 크게 벌어져서 나는 아빠가 고등학교 때 이를 뽑아야 했는데 아빠의 엄마가 구멍을 채울 여력이 없어서 그냥 남긴 빈 자리들을 볼 수 있었다. 아빠를 미소 짓게 할 때 나는 내 몸의 두 배쯤 부풀어 올랐다.

우리는 지금 그런 꿀단지 속에 있지 않았지만 그건 아빠 속 어딘가에 늘 살고 있는 게 틀림없었다. 좌우간 내가 그걸 정확히 맞추기만 하면 상관없었다. 나는 마음을 정했다. 아빠의 기분에 상관없이 나는 린과 같은 안전을 요구할 거였다. 나는 어깨에 힘을 주고 목청을 가다듬었다.

"내 방문에 자물쇠를 달고 싶어요."

아빠는 비웃음을 흘릴 정도만 멈칫한 다음, 나무에 도끼를 휘둘렀다. 늘어선 활엽수들 속 그 외로운 전나무에서 송진 냄새가 흘러나왔다. "내가 네 방에 들어가고 싶으면, 그냥 부수면 되지."

나는 쪼그라들어 내 옷 속으로 무너졌다. "내 방이에요."

아빠가 다시 도끼를 휘둘러 나무를 베어냈다. 아빠는 길을 내고 시야를 넓히고 석류석 같은 수액을 흘리는 낮은 가지들을 쳐내며 이 정글을 밀어낼 터였다. 아빠는 우리 숲에서 야생 정글의 모든 기미를 한 번에 나무 하나씩 제거할 거였고, 자신의 영역이 침범을 받았는지 알려줄 올가미 철사를 설치할 터였다. 아빠는 자기 안에 완전히 바리케이드를 친 채로 이 세상을 배회했고, 우리는 모두 그의 적이었다. 나, 엄마, 세피, 검은 딸기며 덤불.

도끼가 나뭇잎들과 밝고 흙 같은 펄프 찌꺼기를 으깨며 올라갔다 떨어지고, 올라갔다 떨어졌고, 젖은 나무는 저항하다가 그의 끊임없는 처벌에 마침내 포기했다.

나는 자물쇠 얘기를 다시는 꺼내지 않았다.

# 32

아빠 엄마와 참피나무 아래서 점심을 먹으며 쉴 때까지도 나는 내가 프랭크를 방문하게 될 줄 몰랐지만, 그 충동은 나타나자마자 옳게 느껴졌다. 우리는 그 할로 남자애들한테 무슨 일이 벌어지고 있는지 조사해야 했다. 누구도, 길의 잘못된 쪽 출신 남자애들조차도 내내 공포 속에서 살아서는 안 되는 거였다. 나는 내 음식을 쑤셔 넣고 화장실에 가겠다며 빠져나왔다. 엄마와 아빠는 곧 식사를 마칠 테지만 내가 곧장 프랭크에게 전화하면 아빠가 쿵쿵대며 들어오기 전에 프랭크가 시간이 있는지 알 수 있을 거였다.

나는 내 방으로 달려가 프랭크의 전화번호를 움켜쥐고 계단을 달려 내려오며 단번에 마지막 세 계단을 뛰어내렸다. 나는 수화기를 들고 번호 네 개를 돌렸다. 이 자리에서 아빠가 바로 보였다. 아빠는 한 손으로 지저분한 접시들을 받치고 몸을 숙여 엄마에게 키스했다. 아빠는 나에게 까칠했지만, 적어도 지금은 엄마에게 달콤하게 굴고 있었다.

"여보세요?"

"안녕, 프랭크! 나 캐시야. 야, 오늘 자전거 탈래?"

"안 돼. 할 일이 있어."

"내일은 어때?"

아빠가 엄마에게 키스를 마치고 넓은 보폭으로 잔디를 짓이기며 집 쪽으로 성큼성큼 걷기 시작했다.

프랭크는 대답하는 데 시간을 너무 끌고 있었다.

"우리 부모님은 내가 밤에 나가는 걸 싫어하셔." 그가 마침내 말했다.

모기장 문이 삐걱거렸다. 아빠가 베란다로 들어왔다.

"밤 말고, 낮에 타자."

"아마…."

4초만 더 지나면 아빠가 부엌에 들어설 테고, 나를 바라보며 누구랑 얘기하고 있는지 물을 테고, 그게 남자애라는 걸 알자마자 가지 말라고 할 터였다.

"타는 거다! 내가 내일 들를 테니까 자세한 부분은 만나서 얘기하자." 내가 수화기를 내려놓자마자 아빠가 나타났다.

"누구였냐?"

"코널리 선생님이 합주부 여행을 위해서 팝콘 파는 걸 도와달래요." 나는 거짓말을 했다, 일종의. "내일 가도 돼요?"

아빠는 코를 킁킁대며 나를 살펴봤다. "먼저 할 일을 하고 나면."

"일찍 일어나서 할게요. 고마워요, 아빠!" 나는 아빠가 마음을 바꾸기 전에 급히 사라졌다. "나는 다시 일하러 가는 게 좋겠네요. 밖에서 봐요."

"멈춰."

내 피부가 가려워졌다. 나는 돌아서 아빠를 마주봤다. 아빠는 날카로운 눈으로 나를 감시하고 있었다. "오늘 할 일은 충분히 했다."

나는 말없이 아빠의 십자선 안에 서 있었다.

"씻고 설거지 해. 엄마하고 나는 주류 가게에 간다. 오는 길에 네 언니 태워 올 거야." 아빠 말의 표면에는 아무것도 없었지만 그 아래서 괴물이 맹위를 떨치고 있었다.

나는 끄덕였다. 파티에서 무슨 일이, 평소보다 더 심각한 어떤 일이 벌어진 게 틀림없었다. 아빠는 셔츠와 VW키를 잡아챘다. 그리고 햇살 속으로 되걸어가 엄마의 손을 잡았다. 밴이 진입로를 떠날 때까지 내 피부는 따끔거리기를 멈추지 않았다.

그제야 나는 내가 집을 혼자 차지했다는 것을 깨달았다! 거의 일어나지 않는 일이었다. 나는 서둘러 설거지를 하면서 내가 선 티*를 마시며 마침내 도서관 대기 1순위가 되어 빌린 《다락방의 꽃들》을 읽을 시간이 있을지 궁금했다.

나는 모기에 물린 부위를 긁으며 내 겨드랑이를 킁킁거렸다. 샤워한 지 이틀 정도 지났다. 그것부터 처리하는 게 좋을 것 같았다. 나는 방으로 달려가 내가 제일 좋아하는, 밑단에 빨갛고 파란 장식이 달린 하얀 여름 원피스를 꺼냈다. 나는 항상 샤워할 때 옷을 가져갔다. TV 드라마에서, 나는 욕실에서 자기 방까지 수건만 두르고 걸어가는 여자애들을 봤다. 우리 집은 그렇게 할 수 있는 집이 아니었다.

욕실에 들어가서 나는 집에 나 혼자뿐인데도 문을 잠갔다. 내 머

---

\* Sun Tea: 끓이지 않은 물에 찻잎을 넣고 햇살 속에 두어 우려먹는 차.

리카락에 잎이 하나 붙어 있었다. 나는 잎을 떼어 쓰레기통에 버리고, 머리끈을 뺀 다음 땋은 머리를 풀었다.

우리 집 물은 너무 센 경수\*라 샤워하기 전에 머리를 빗지 않으면 젖은 다음에는 빗질을 할 수 없었다.

나는 반바지와 팬티를 발목까지 내리고 변기에 앉아 오줌을 쌌다. 나는 항상 그러듯 피 얼룩이 있는지 팬티를 확인했다. 엉덩이 쪽으로 원래 있는 얼룩의 그림자만 있을 뿐 아무것도 없었다. 나는 발가락과 엉덩이를 세워 바닥에 내려섰다. 내 코카콜라 티셔츠를 벗고, 조용히 샤워기로 향했다.

수도꼭지는 내가 돌리자 끽끽거렸고, 경수의 가스 찬 냄새가 내 콧구멍에 들어찼다. 온도가 적당히 따듯해지자 나는 상처 난 손을 샤워실 문 바깥쪽으로 뺀 채 안으로 들어가 얼굴부터 물에 적신 다음, 고개를 샤워기 아래 들이밀었다. 물이 내 목을 두드렸다. 나는 내 젖가슴 위에 보호 지점을 만들었다. 나는 멀쩡한 손으로 가슴이 자랐는지 쥐어보았다. 버스에서 남자애들이 한 줌보다 큰 건 낭비라고 했지만, 나는 걔네들이 누구 손을 말하는지 알 수 없었다.

나는 엄마의 검은 손잡이가 달린 면도기를 곁눈질했다. 엄마는 내가 고등학교에 갈 때까지 면도하는 걸 금지했다. 엄마는 서두를 것 없다고, 몸에 털이 있는 건 자연스러운 거라고 했고, 그쯤에서 나는 듣기를 멈췄다. 세피는 지난여름에 면도를 시작했고, 세피의 다리는 매끄럽고 완벽한 크림색이었다. 어쩌면 엄마가 수영복 입은 나를 보지 않는 한 눈치채지 못할 이 위쪽은 밀 수 있을지도 몰랐다.

---

\* 이온이 많이 들어간 천연수로, 비누가 잘 풀리지 않는다.

좌우간 엄마는 우리를 수영장에 거의 데려가지 않으니까.

나는 면도기를 쥐었다. 면도날의 첫 미끄러짐은 굉장히 만족스러웠다. 면도날은 내 길고 거무스름한 허벅지 털 사이로 깨끗한 길을 냈다. 몇 분 만에 나는 다리 한쪽의 4분의 1을 깨끗하게 밀었다. 멈추는 게 미친 짓이리라.

나는 나머지 부분을 밀려고 몸을 숙였다.

그때 머리 위에서 헬리콥터 소리가 들렸다. 내 간이 철렁했다. 세인트클라우드 인근에 군사 기지가 있었지만 그들은 이렇게 멀리까지 절대 나오지 않았다. 나는 이 지역에 헬리콥터가 뜬 것이 또 다른, 근처에 사는 남자애가 공격당했다는 뜻이 아니기를 바랐다.

프랭크 같은 아이가 아니기를.

나는 고개를 저었다.

프랭크는 안전하다. 우리는 교외 아이들이었다.

나는 면도기 머리를 내 왼쪽 발목 바깥쪽 복사뼈 위에 댔다. 나는 허벅지에 한 것처럼 면도기를 대고 슥 그었다. 종아리 위로 5센티미터쯤 올라왔을 때 피가 나기 시작했다. 새로이 벗겨진 근육 위로 충격적인 빨강이. 물이 닿기까지는 아프지 않았지만, 이내 내가 이제껏 경험한 가장 순수한 고통이 일었다. 나는 물줄기 밖으로 뛰쳐나왔다. 내 발목에서 피가 솟구쳤다. 면도기에는 내 새끼손가락만큼 긴 띠 같은 살점이 걸려 있었다. 나는 살점이 떨어져 배수구로 빨려 들어갈 때까지 욕조 옆에 면도기를 두드렸다. 피는 계속 솟구치고 있었다. 내 발목에서는 새빨간 색으로, 배수구 근처에 다다르면 상어의 물처럼 분홍색으로.

왜 멈추지 않지?

나는 내가 과다출혈로 쓰러지고 아빠가 샤워실에서 발가벗은 나를 발견할까 걱정되기 시작했다. 나는 수도꼭지를 잠그고 가능한 한 욕조 밖으로 멀리 몸을 숙여 손가락으로 간신히 화장지 가장자리를 낚아챘다. 나는 가까스로 화장지를 내 쪽으로 가까이 당겨와 한 움큼 뜯어서 발목에 댔다. 맙소사, 세피가 여기 있어서 내가 어쩌면 좋을지 물을 수만 있다면. 시간이 가기 전에 수혈이 필요할지도 몰랐다.

세피.

나는 여전히 세피가 파티가 있던 날 밤 어디로 갔는지 알지 못했다.

## 33

"세피?"

세피는 어제 오후 엄마와 아빠가 주류 가게에 다녀오며 데려왔을 때 말을 하려 하지 않았다. 공부해야 한다고 하면서. 면도 중 생긴 내 상처에도 전혀 관심을 보이지 않았다. 저녁 식사 시간까지 자기 방에 틀어박혔다가 내려와 먹고 뒷정리를 한 다음 곧장 올라가 버렸다.

나는 그 후로 내 옷장 속에서 유령이 나오는 숲과 잡아채는 손들로 가득한 최악의 꿈들을 꾸었다. 그런 밤을 또 하루 견딜 수 없어서 오늘은 세피와 같은 시간에 일어날 수 있게 알람을 맞췄다. 나는 손을 엉덩이에 올리고 욕실 앞에 서서, 아직 주무시는 엄마와 아빠 때문에 낮은 목소리를 냈다. 나는 물이 흐르는 소리, 다음엔 세피가 물을 뱉는 소리를 들었다.

"왜?" 마침내 세피가 말했다.

"계절 학기는 어때?"

세피가 문을 홱 열었다. 세피의 얼굴은 자서 부어 있었다. "어제 얘기했잖아. 괜찮다고."

"난 오늘 프랭크랑 자전거 탈 거야. 우리가 학교에 들러서 언니한테 인사할 수 있을지도 몰라."

세피는 어깨를 으쓱했다. "맘대로 해."

나는 세피에게 손을 뻗었지만 닿기 직전에 멈췄다. "아빠의 파티 날 밤에 어디 갔었어?"

마침내 그 말이 크게 울려 퍼졌다. 세피의 시선이 옆으로 미끄러졌다. 나는 그 눈에서 내가 본 것이 무엇인지 몰랐다. 죄책감? 두려움? 세피는 욕실 거울로 걸어갔고 나는 따라갔다. "자러 갔어."

"아니, 안 갔어. 내가 확인했어. 그다음엔 길을 전부 가봤고."

세피는 거울 속에 비친 자신을 보면서 긴 머리를 빗었다. 세피의 입술은 부풀어 보였고, 눈 아래는 멍든 것처럼 검었다. "길에 가본 다음에 내 방에 다시 와봤어?"

"아니."

세피의 얼굴에서 덧문이 떨어졌고, 갑자기 언니는 다시 나의 세피가 되었다. "그럼 날 놓친 거지, 바보야! 나도 여기저기 다니면서 쓰레기를 확인한 다음 자러 갔어."

나는 세피의 논리에서 구멍을 찾으려 했지만 발견할 수 없었다. 그렇다고 세피가 거짓말을 하고 있다는 사실은 달라지지 않았다. "농장 고양이들 중 한 마리가 쓰레기를 먹은 것 같아. 나중에 걔들 봐주는 거 도와줄래?"

"그럼. 아마." 세피는 내게 문을 닫기 시작했다. "난 혼자만의 시간이 좀 필요해, 캐시. 준비해야 된다고."

나는 꼬박 1분 동안 닫힌 문 앞에 서서 내 언니가 어디로 가버렸는지 궁금해하며 그 색칠된 나무를 바라보고 있었다. 세피는 아직도 내 붕대 감은 손에 대해 물어보지도 않았다. 내 작은 견고한 부분이 무너졌다.

"너희 아빠가 나를 좋아하지 않는 것 같아." 나는 말했다.

프랭크는 내가 이제껏 본 가장 예쁜 자전거인 자신의 허치 BMX에 올라 헐떡이며 언덕을 오르고 있었다. 용을 죽이는 기사가 노 스피드\*를 탄다면, 그건 저 반짝이는 크롬 골격에, 바퀴살에 스페이드 잭을 끼워 그가 자전거를 탈 때 룰렛 휠 같은 소리를 내는 허치일 것이다. 프랭크는 오지로 이사한 것을 자신이 너무 나쁘게 여기지 않도록 부모님이 그 자전거를 사주었다고 말했다. 나는 그게 공정한 거래라고 생각했다. 비록 그 자전거가 릴리데일에 들어가려면 어느 방향에서 가든 올라야만 하는 거대한 언덕에 맞게 만들어지진 않았지만.

"아빠는 모든 사람에게 그렇게 행동하셔." 프랭크가 곧 자전거를 끌게 될 사람의 마지막 수단으로 서서 페달을 밟으며 말했다.

"너희 엄마는 나를 봐서 좋으신 것 같더라."

이른 오후의 태양에 얼굴이 발개진 프랭크가 자전거에서 내려 자전거를 도로 옆으로 끌고 갔다. 나는 프랭크와 그의 아빠가 밭에서 일하다 점심을 먹으며 쉬고 있을 때 찾아갔다. 프랭크의 아빠는 프랭크를 나와 보내려고 하지 않았지만 그의 엄마가 고집을 부렸다.

---

\* No-Speed: 기어가 고정된 자전거.

그녀는 내가 내년의 합주부 여행을 위한 팝콘 판매에 도움이 필요하다고 설명하자 두 배로 고집을 부렸다.

"다른 사람들이 너를 어떻게 생각하는지에 신경을 많이 쓰는구나." 프랭크가 헐떡이며 말했다.

나는 내 자전거에서 뛰어내려 그의 뒤로 걸었다. 마법의 연고 덕분에 감사하게도 상처는 벌써 딱지가 앉아 있었지만 나는 신중하게 내 손을 보호했다. 나는 프랭크의 뒤통수에 일어난 뻣뻣한 머리카락을 만져주었다. "너희 부모님은 왜 너를 밤에 못 나오게 하셔?"

프랭크는 멈춰서 나를 똑바로 쳐다봤다. "진심은 아니겠지."

우리는 거의 언덕 꼭대기에 이르렀다. 스턴스카운티는 우리 양쪽으로 퀼트처럼 펼쳐져, 농가와 헛간 들이 네모난 옥수수밭과 콩밭의 중앙에 박혀 있었고, 멀리 코로나 호수가 보였으며, 바탕에는 진흙길과 작은 개울이 누비고 있었다. 미네소타의 여름에는 수많은 미묘한 차이의 녹색들이 존재했다. 샐러리 같은 연녹색, 에메랄드 같은 진녹색. 한 가지 색에 그렇게 수없이 다른 풍미가 있다고는 생각지 못하리라.

나는 방어적으로 내뱉었다. "공격당한 애들 얘기라면 걱정할 필요 없어. 개네들은 그냥 선을 넘은 할로 말썽에 휘말렸을 뿐이야." 나는 내가 바우어 경사의 말을 흉내 내고 있다는 사실을 깨달았다. 그게 맘에 들지 않아서, 나는 다시 시도했다. "그게 아니라면, 너랑 나랑 무슨 일이 벌어지는지 알아낼 거야. A특공대가 그러는 것처럼."

"할로 말썽?"

나는 그와 나란히 걸을 수 있게 걸음을 빨리 했다. 활짝 핀 꽃나무들의 냄새가 내 코를 간질였다. "할로는 기찻길 반대쪽에 있는 동네야. 거기는…" 나는 '나쁜 애들'이라고 말하려는 걸 겨우 멈췄다. "거기는 좀 거친 남자애들이 어울리는 동네야."

프랭크는 어깨를 으쓱하고, 차 한 대가 지나가자 내게 좀 더 바짝 붙으며 반대편으로 자갈돌을 찼다. "뭐든 간에, 우리 엄마는 조금도 그 일부가 되고 싶지 않아 하셔. 엄마는 신문에서 밤에 애들을 내보내면 안 된다는 내용을 읽으셨거든. 게다가 너희 동네 남자애들은 이상해."

"이제 네 동네이기도 하거든." 열기가 내 가슴으로 치밀어 올랐다. 우리가 앞질렀던 사슴파리들이 우리를 따라잡아 머리 근처에서 맴돌았다. "'이상'하다니 무슨 말이야?"

"어떤 애들은 늑대 인간을 생각나게 해, 물린 것처럼. 그리고 이제 변하고 있는 거지." 프랭크는 고개를 뒤로 젖히고 울부짖었다.

"그만해!" 나는 말했지만 웃고 있었다. "야, 너희 동네에서는 안 그랬어? 납치됐던 애들?"

프랭크는 어깨를 으쓱했다. "아마. 우리 부모님은 그때 많이 싸우셨어. 나는 주로 그 부분에 관심을 뒀지."

나는 멈췄다.

프랭크는 세 걸음 더 걷고 멈췄다. "왜?" 그가 물으며 돌아서서 햇살에 눈을 찡그리며 나를 쳐다봤다.

"너 방금 나한테 너희 가족에 대한 말을 했어." 내가 그러면, 우리 집 생활에 대한 어떤 사실을 입 밖에 내기라도 하면 아빠는 정말로 화를 낼 터였다.

"그래서?" 프랭크는 묻고 내가 설명하길 기다렸다.

대답하기보다, 나는 그 따뜻함이, 나를 그에게 연결시키는 그 실의 느낌이 내 피부를 타고 움직이게 두었다. 프랭크가 나와 무언가를 나눴다. 나도 똑같이 하리라. "야, 너 합주부 선생님 알지, 코널리 선생님?"

"그런데?" 프랭크가 다시 말했다. 우리는 언덕 정상에 올랐는데도, 프랭크는 다시 자전거에 오르지 않았다.

"두 밤 전에, 내가 친구 몇 명이랑 선생님 댁에 들렀거든. 선생님 집 안에서 클램을 봤어. 공격당했던 애 있잖아?"

프랭크가 낮게 휘파람을 불었다. "코널리가 걔를 공격했다고 생각해?"

그 생각은 내 머리를 스쳤었다. 하지만 프랭크의 입에서 나오는 그 생각을 듣자, 코널리 선생님이 얼마나 멋지고 친절하고 착한지 모르는 입술을 거치자 그건 터무니없게 들렸다. "아니." 내가 말했다. "선생님은 아마 클램을 도우려고 하셨던 걸 거야. 어쩌면 걔를 합주부에 들게 하려던 거겠지."

나는 프랭크가 그걸 의심하지 않아서 기뻤다. 나는 코널리 선생님이 클램을 공격한 다음 자기 집으로 초대할 거라고 믿지 않았지만, 또한 클램이 수업에 대해 얘기하러 들렀다고 믿지도 않았다. 그건 내가 클램에게 직접 물어야 할 문제였다. 어쩌면 오늘 그를 찾아낼지도 몰랐다.

우리는 다시 자전거에 뛰어 올라 언덕 반대쪽을 달려 내려와 요들을 부르며 시내로 미끄러져 들어갔다. 우리는 6킬로미터를 33분에 돌파했다. 기록은 아니지만 최악도 아니었다.

"저거 이비야?" 프랭크는 엉덩이를 한쪽으로 기울이고 페달을 밟고 서서 미끄러지고 있었다. 프랭크가 밴더퀸 공원 쪽으로 고갯짓을 했다.

나는 손으로 차양을 만들었다. "그런 것 같은데."

다른 아이 두 명이, 한 명은 이비 옆에서 그네를 타고, 다른 하나는 미끄럼틀을 타며 근처에서 놀고 있었다. 나는 그 애들이 일부러 모인 건지, 아니면 그냥 같은 시간에 공원에서 서로를 발견한 건지 알 수 없었다. "다른 두 명은 가을에 너랑 같은 학년이 될 거야. 쟤네들 이름은 기억이 안 난다."

"남자애들은 없네." 프랭크가 관찰했다.

"이른 시간이잖아." 나는 아무렇게나 말했다. "이리 와봐. 저 하얀 집이 코널리 선생님 집이야."

프랭크가 내게 시선을 돌렸다.

"난 팝콘 판매에 대해 확인하고 싶어. 내가 그 얘기 한 거 기억하지."

나는 주문서를 비롯해 팝콘 전단을 가지고 있었기 때문에 우리가 코널리 선생님네 집에 들를 이유는 사실 없었다. 나는 내가 그냥 밝은 빛 속에서 그를 봐야 했던 거라고 생각한다. 하지만 미리 전화할 생각은 하지 못해서, 어떤 남자가 저 사나운 장미 덤불 바로 옆의 코널리 선생님 집 뒷문으로 나오고 코널리 선생님이 그 남자를 보내기 전에 포옹하자, 나는 초대도 받지 않고 그냥 코널리 선생님 침실로 걸어 들어간 것처럼 얼굴이 붉어졌다.

코널리 선생님은 자신의 친구가 차를 몰고 사라지고 나와 눈이 마주칠 때까지 미소를 짓고 있었다. "카산드라?"

"안녕하세요, 코널리 선생님!" 나는 소리치고 진입로로 자전거를 타고 갔다. "얘는 제 친구 프랭크예요." 내 목소리는 너무 컸다.

코널리 선생님은 내가 낯선 아이와 함께 여기 서서 선생님에게 소리치고 있는 게 세상에서 가장 평범한 일이라는 듯이 서 있었다.

"반갑구나, 프랭크." 코널리 선생님은 프랭크가 자전거에서 내려 보도로 걸어가자 말했다. "근사한 자전거를 가졌구나."

프랭크가 흠뻑 젖은 새처럼 헐떡거렸다. "감사합니다."

코널리 선생님은 미소 지었다. "너는 어디 다니니?"

"가을부터 릴리데일 다녀요." 나는 대화에 끼어들며 말했다. "하지만 지난주에 이틀 정도 나왔어요."

코널리 선생님이 손을 내밀었다. "합주부에 들어오면 좋겠다."

코널리 선생님 집 안에서 커다란 긁는 소리가 들렸고, 선생님의 눈이 번뜩였다. 선생님은 손을 거두었다. "저건 내 고양이야. 식단 조절을 해야 하지만, 내가 먹이를 주지 않으면 내 삶을 비참하게 만들지."

나는 미소를 유지했다. 그 소리는 고양이처럼 들리지 않았다. 나는 코널리 선생님에게 클램에 대해 묻고 싶었지만 내가 그를 엿본 하급 스파이라는 걸 설명하지 않고는 물을 수 없었다.

"들어와서 물이라도 마실래?" 코널리 선생님이 옆으로 비켜서며 말했다. 선생님은 걱정하는 듯이 말했다.

나는 허리띠에 찔러 넣은 전단을 들어올렸다. "안 돼요! 우리는 팝콘을 팔아야 하거든요."

선생님 뒤쪽으로 복도가 보였다. 나는 볼이 붉은 도자기 인형 장식품들이 테이블들과 그것들을 위해 만들어진 선반들마다 가득 차 있는 걸 보고 깜짝 놀랐다. 그건 그 안에서 산다기보다 헤집고 다녀야 할, 먼지 털 게 엄청난, 장식이 너무 많은 집의 모습이었다. 복도 끝에는 앞뒤로 짤깍거리는 메트로놈이 있었다.

*짤각 짤각. 짤각 짤각.*

나는 그걸 가리켰다. "항상 메트로놈을 켜두세요?"

그는 어깨 뒤를 흘끗 보았고, 다시 돌릴 때는 얼굴에 후회하는 듯한 미소를 띠고 있었다. "한번 음악 선생은 영원히 음악 선생이지, 여름에도. 하지만, 아니, 항상 켜두지는 않아. 그냥 가브리엘의 레슨을 준비하고 있었지. 가브리엘이 금방 올 거다."

나는 다 들리게 헉 하고 숨을 들이마셨다. 가브리엘. 분명 내 사랑이 깜박이는 네온사인으로 내 얼굴에 쓰여 있었을 것이다.

"너도 여기서 레슨을 받는 걸 생각해봤던 걸로 기억하는데. 제안은 아직 유효하단다, 카산드라."

나는 왜 내가 그렇게 멍청이가 됐는지 묻지 않는 그를 그 자리에서 껴안고 싶었다. "생각해볼게요." 나는 선택지가 있기라도 한 양 말했다. "가브리엘에게 안부 전해주시겠어요?"

"물론이지." 그는 미소 지으며 말했다. 구름이 태양을 휙 가렸고, 갑자기 나는 그의 눈을 볼 수 없었다. "그리고 너희 둘이 들어오지 않을 거라면, 이만 팝콘 팔러 가보렴. 어두워진 후에 밖에 있고 싶진 않을 테니까. 요즘 같은 때는 말이다."

## 34

 우리는 릴리데일에서 스물세 집을 방문했다. 그중 열네 집은 아무도 없었고, 일곱 집은 이미 다른 누군가에게 팝콘을 샀다고 했으며, 두 집은 캐러멜 콘, 체다 콘, 플레인 콘이 섞인 걸 주문했다. 낯선 사람들의 집 문을 두드리는 일은 결코 쉬워지지 않았다. 구걸하는 것처럼 느껴졌다. 그만하자고 하려던 참에 프랭크가 먹을 것에 대해 물었다.
 "배고프다. 네 배낭에 뭐 들었어?"
 처음으로, 나는 그보다 훨씬 더 어른처럼 느껴졌다. "피넛 버터 샌드위치랑 사과."
 "우리 소풍 갈까?"
 태양은 오후 2시를 향해 고동쳐가며 그 뜨거운 입김으로 내 잔머리를 돌돌 말고 있었다. "강가로 가자. 이쪽에 지름길이 있어." 나는 시내 서쪽 주변의 숲지대 쪽으로 방향을 틀었다. 내 왼쪽으로 포장된 도로가 빙 둘러 크로우 강변 공원까지 이어져 있었지만 숲을 질러가는 길은 강까지 바로 이어졌다. 릴리데일 초등학교와 중학교는 매년 오월제 휴일의 소풍을 그곳으로 가곤 했다. 우리는 그 소풍에서는 수영하도록 허락받지 못했지만, 오늘은 너무 더워서 나를 그 물에 들어가지 않게 하려면 말 여러 마리가 필요할 터였다.

  내가 숲 사이로 바퀴 자국이 패인 길을 따라 뛰어갈 때, 나무에 녹색으로 물든 태양 광선이 숲의 바닥을 얼룩덜룩 물들였다. 우리는 마법의 땅에, 트롤과 버섯 요정, 공주와 왕비를 숨기고 있는 잡목림에 있었다. 나는 '나의 시간' 광고 속 여자의 욕조가 여기 어딘가에 있다고 농담하려 했지만 너무 과한 것 같았다. 강은 언뜻 수은 가닥으로 보였지만, 전부 보이기도 전에 흐르는 물 냄새가 나를 덮쳤고, 나는 야호 소리쳤다.

  프랭크가 따라 했다. "저 물은 정말 기분 좋겠다!"

  나는 자전거와 배낭을 기슭에 던지고 갈대들을 지나 강으로 뛰어들었다. 기분 좋게 차가운, 햇빛을 담아 반사하고 있는 물이 내 반바지 밑단까지 찼다. 내 발은 모래를 파고들었다. 나는 내 멀쩡한 손으로 흐름을 느끼며 프랭크를 찾아 뒤를 흘끗 보았다.

  내 옆에서 거대한 물살이 폭발했다.

  "맙소사!" 내가 고함치고 웃음을 터뜨렸다.

  프랭크가 수면에 떠올라 돌고래 분수처럼 입에서 물을 뿜어냈다.

  "너 캐논볼\*했구나!"

  "그렇게 믿는 게 좋을 거야." 그가 말하며 몸을 뒤집어 배를 위로 하고 해를 마주했다. 그는 팔다리를 유유히 휘저으며 느린 물살을

---

\* Cannonball: 양 무릎을 껴안고 몸을 공처럼 말아 다이빙하는 것.

타고 흘러갔다.

나는 그의 발쪽으로 물을 뿌렸다. "멍청아, 바닥에 긁히지 않은 게 다행이다."

"긁혔어." 그는 한쪽 발을 들어 올렸고, 나는 강바닥의 돌이 발을 베어 그어놓은 것을 보았다. 그의 주름 잡힌 하얀 발에서 피가 거미 줄처럼 흘러내렸다. "가치가 있었어."

나는 고개를 저었다. 그러다 어떤 생각이 떠올랐다. "우리 피를 나눈 형제가 되어야겠어!"

프랭크는 자기가 볼 수 있게 발을 비틀었다. 물속에 떠 있으니 상당한 묘기였다. "네 피는 어디서 나는데?"

나는 내 배낭 속에 든 것들을 떠올렸다. "내가 스위스 군용 칼 챙겨왔어."

그의 눈이 휘둥그레졌다. "직접 긋겠다고?"

"그렇게 하는 거잖아." 나는 햇살에 눈을 찡그렸다. "아니면 막 생긴 딱지를 뗄 수도 있어."

프랭크는 손으로 물을 떠 담으며 다시 물속으로 들어갔다. 젖은 머리카락이 그의 이마를 덮었다. "딱지 피로도 피를 나눈 형제가 될 수 있어?"

"피는 피지." 나는 방어적으로 말했다. 나는 물을 헤치며 그에게 다가가 균형을 잡기 위해 그의 어깨를 짚고 내 발목 바깥쪽 위에 모스 부호처럼 말라붙은 면도하다 생긴 딱지 끝을 뗐다. 그 아래 피부는 놀랄 만큼 투명했고 이내 피로 붉어졌다.

프랭크가 자기 발을 내 정강이에 댔다. 내 생각엔 우리가 엎어지기 전에 그럭저럭 서로 피나는 부위를 맞댄 것 같았다. 우리는 철벅

거리며 다시 올라왔다. 아마 이제는 젖어도 괜찮겠지만, 나는 내 구멍 뚫린 손을 물 위로 올려두고 있었다.

"그건 우리가 영원히 친구라는 뜻이야." 내가 말했다.

젖어서 번들거리는 갈색 머리카락이 얼굴에 달라붙고 커다란 바다색 눈을 크고 순진하게 뜬 프랭크는 엄숙하게 고개를 끄덕였다. "친구보다 더 좋은. 피를 나눈 형제."

"프랭크." 나는 용기를 잃기 전에 말했다. "너희 아빠가 범죄자라는 걸 알게 되면 넌 어떻게 하겠어?"

프랭크는 고개를 갸웃했다. "어떤 범죄자?"

"사람들을 해치는 사람."

"고발해야지." 프랭크는 망설임 없이 말했다.

무언가가 내 다리를 스쳤고 나는 펄쩍 뛰었다. "내가 우리 자전거를 물가로 옮기고 점심 준비할게."

나는 물가로 첨벙첨벙 걸어가서 기슭에 있는 키 큰 잡초 다발을 움켜쥐고 몸을 끌어올렸다. 내가 클램과 거의 눈과 눈을 맞대기까지 그를 보지 못한 건 그 잡초 높이 탓이었다.

호흡이 목구멍에서 얼어붙었다.

그의 자세는 공격적이었고 그의 눈도 마찬가지였다. 그의 태도는 그와 악기 보관실에 갇혀 있던 정확히 그 순간을 연상시켰다. 이번엔 내가 혼자가 아니라는 것만 빼고. 내겐 프랭크가 있었다.

"우리 강에서 수영하고 있는 거냐, 시골 쥐야?"

나는 내 심장이 쿵쿵대는 소리 때문에 거의 그의 말을 들을 수 없었다. "여긴 공공 하천이야."

리키 팅크와 웨인 존슨이 그의 어깨 근처에 나타났다. 리키는 심지어 평소보다 붕대를 더 감고 있었다. 여름이라 사마귀에서 진물이 나는 게 분명했다. 웨인은 히죽거리고 있었다.

"공공 알몸은 어때?" 클램이 물었다. 적어도 그건 클램처럼 생겼지만 음악실에서처럼 사실은 그가 아니었다. 나는 이곳 남자애들이 늑대 인간 같다던 프랭크의 말을 떠올렸다. 리키랑 웨인도 변했을까?

"나 지난밤에 코널리 선생님 집에서 너를 봤어." 나는 빠르게 말을 쏟아냈다.

리키와 웨인이 멈칫했다.

"뭐?" 클램이 말했다. "어이가 없네."

그가 너무 당당해서 나는 내가 상상했나 생각했다. 하지만 아니었다. 그는 거기 있었다. 나는 옆얼굴만 겨우 봤지만, 그건 분명 클램이었다. "거기서 뭐 하고 있었어?"

그의 눈 뒤에서 무언가가 이를 악물었다. "나는 거기 없었어."

"그자는 어떻게 생겼어, 클램?" 내가 물었다. "너를 공격한 사람 말이야."

웨인이 헉 하고 숨을 들이켰다. 클램은 나를 이미 나를 죽이고 내 뼈를 어떻게 할지 고심하는 것처럼 쳐다보고 있었다.

나는 클램의 분노의 힘에서 물러섰다. 내 심장이 내 흉곽에서 튀어나오려 하고 있었다. 나는 내가 심장마비로 죽을까 봐 진심으로 걱정하며 내 목의 맥박을 찾았다.

"네 그 흉터는," 클램이 그걸 가리키며 말했다. "누가 널 목매달려고 했던 거냐?"

"쟤가 그걸 갖고 태어난 거 알잖아." 리키가 말했다.

리키는 평상시처럼 날 위해 나서주며 말했다. 안도감이 내 몸을 감쌌다.

프랭크가 내 뒤쪽 물에서 일어섰다. "캐시?"

"어디 보자, 네 친구가 누구냐?" 클램이 강둑 옆으로 걸어가 평범한 신사인 양 손을 내밀었다.

"그 손 잡지 마." 내가 소리쳤다. 나는 돌아서서 직접 프랭크를 돕고 싶었지만 웨인과 리키가 누구 편인지 확신할 때까지 그들에게 등을 보일 수는 없었다.

"맙소사, 이 자전거 좀 봐!" 리키가 프랭크의 BMX로 달려갔다. 그는 자전거를 일으켜 다리를 걸치더니 앞바퀴를 들고 타는 시늉을 했다. "야호!"

"야, 그거 내 거야!" 프랭크가 물에서 나와 리키 쪽으로 덤벼들었지만 리키가 어떤 장막에 둘러싸인 것처럼 바로 앞에서 멈춰 섰다. 리키의 반창고 중 하나가 풀어져 프랭크 자전거의 핸들에 걸렸다.

웨인이 폭소를 터뜨렸다. 클램은 내게 더 가까이 다가서서 내 흉터에 손가락을 얹고 쓸었다. 그의 손길이 뜨거웠다. 그의 이에는 초록색 무언가가 껴 있었고, 힘든 하루 일을 끝낸 우리 아빠처럼 치킨 수프 냄새가 났다.

"너도 네 언니 같냐?" 그가 물었다.

"뭐?" 내가 내뱉었다.

클램이 킬킬거렸다. 더럽고, 긁는 소리였다. "너도 세피 같은지 궁금하다고. 너도 네 언니처럼 칩을 좋아하는지. 세피가 제일 좋아하는 브랜드는 프리토레이\*거든."

---

\* Frito-Lay: 미국 유명 감자 칩 브랜드. Free to Lay로 읽으면 쉽게 눕힌다는 뜻이 된다.

리키와 웨인이 그의 웃음에 껴들었다.

"그래!" 웨인이 말했다. "세피는 일요일 아침처럼 편하지!"

냉기가 발끝에서 시작되어 진흙탕처럼 내 혈관으로 기어들며 나를 덮쳤다. 그들의 웃음, 그들의 말의 무언가가 나를 가슴 저미도록 외롭게 했고, 두려움은 쓸쓸함으로 대치됐다. 나는 그들을 벗어날 수 없었다, 도리가 없었다. 나는 세 명의 남자애들에 맞선 한 여자애인 데다가 보호할 프랭크가 있었다. 내 뇌는 나 자신에게 가서 자라고, 무슨 일이 일어나든 빨리 잊으라고 말하고 있었다. 클램이 내 왼쪽 가슴을 건드리지만 않았다면 나는 넘어갔을 것이다.

"모기가 거기 앉았나 보네." 클램이 다시 찔렀다. "그게 널 물었나 본데?"

리키와 웨인이 다가오는 것이 곁눈으로 보였지만 나는 더 이상 신경 쓰지 않았다. 나는 클램이 내 목은 건드리게 됐지만, 가슴을 건드리는 것은 지나치게 개인적이었다. 나는 그 독이 내 피부에, 그런 다음 내 근육에 스미는 것을 느꼈고, 내가 그걸 도로 그에게 다 쏟아내지 않는다면 그건 내 뼈에 영원히 자리 잡을 것을 확신했다.

나는 고함치고 할퀴고 발로 차면서 클램에게 달려들었다. 내 팔다리는 너무 빨리 움직여 나에게조차 흐릿했다. 나는 내 손톱 아래 모이는 그의 살을 느꼈고, 그 감각이 나를 더 격렬하게 싸우도록 자극했다. 누군가 내 허리를 잡아챘고, 나는 운 좋게도 내 팔꿈치를 그의 턱에 꽂았다.

나는 풀려났고, 몸을 돌려 나를 잡았던 게 웨인이라는 것을 확인했다. 그의 눈은 휘둥그레 커졌고, 그의 손은 피가 흐르는 입에 닿아 있었다. 나는 클램을 돌아보며 침을 뱉었다. 똑같이 믿지 못하는 표정이 그의 얼굴에 떠올랐다. 내가 그렇게 겁에 질리지 않았다면 그들의 놀란 표정은 우스꽝스러웠을 터였다.

"뛰어, 프랭크!"

강둑에서 입을 떡 벌리고 나를 보고 있는 프랭크는 열한 살이라기보다는 다섯 살에 가까워 보였지만 그는 나이가 몇이건 똑똑한 애였고, 자신의 크롬 BMX에 뛰어올라 언덕 위로, 그리고 숲 바깥으로 내 앞에서 빠르게 페달을 밟았다. 나는 배낭을 움켜쥐고 내 자전거에 올라 생명이 거기 달린 듯이 페달을 밟으며 클램과 웨인이 나를 잡으면 내게 하겠다는 끔찍한 짓들에서 멀어졌다.

## 35

"너 이시스\*처럼 싸우더라!"

나는 두 해 전 여름, 할머니 할아버지의 집에서 어느 드라마를 본 적이 있다. 아름다운 과학 선생님인 앤드리아 토마스가 한 이집트의 발굴 현장에서 투트모스의 부적을 발견한다. 그녀가 그걸 햇빛에 노출시켜 이시스를 불렀을 때 그녀는 마법의 힘을 부여받는다. 좋은 작품이었다.

"하지만 네 손에서 피 나." 프랭크가 말을 맺었다.

나는 내 손잡이를 내려다봤다. 내 상처 난 손 위의 붕대에 피가 튀어 있었다. "내 피 아냐."

프랭크가 웃음을 터뜨렸다. "너 진짜 제대로 한 방 날렸구나."

아드레날린이 잠잠해지면서 으스레한 감각을 남겼다. 나는 처음으로 용기를 내서 뒤를 돌아봤다. 클램, 웨인, 리키는 따라오지 않았

---

\* Isis: 고대 이집트의 최고 여신. 오시리스의 아내이자 호루스의 어머니.

다. 내 마지막 투지를 놓자 다리가 후들거렸다. "자갈길에서 돌자."

"물론." 프랭크가 말했다. "야, 네가 걔한테 달려들다니. 왜 그렇게 열심히 싸운 거야?"

"이쪽 집들에서 팔아보자." 나는 내 자전거를 도로에서 첫 번째 진입로로 돌렸다. 나는 프랭크가 그러는 것처럼 강에서 일어난 일에 대해 얘기하고 싶지 않았다. 나는 자부심과 수치심을 동시에 느꼈고, 그걸 어디에 저장할지 알지 못했다.

"좋아." 프랭크는 DQ*에 있는 아이만큼이나 명랑했다. 그는 우리가 때로 진입로로 자전거를 몰고 들어가 밭에 나가는 농부들이나 빨래를 너는 주부들을 붙잡아가며 집까지 가는 동안 내내 그런 식이었다. 나는 다섯 개를 더 팔고야 말할 준비가 되었다.

"여기 남자애들이 늑대 인간이 되고 있다는 네 말이 맞았어."

"내가 그랬잖아!" 우리는 내가 타는 버스가 지나갈 뿐 직접 가본 적은 없는, 옆 길 앞에 있었다. 프랭크의 집까지 1.6킬로미터, 우리 집까지 3.2킬로미터쯤 떨어진 지점이었다. 우리는 각자의 길을 가기 전에 한 집만 더 들르기로 했다.

"걔네들은 물렸어." 프랭크는 계속했다. "그리고 이제 걔들은 너를 물고 싶어 하는 거야. 내가 우리 아빠한테 말해보려고 했지만 아빠는 그냥 남자애들은 그런 거래."

"너는 안 그렇잖아." 내가 말했다.

프랭크는 어깨를 으쓱하며 페달을 밟고 나갔다. "이쪽에는 딱 한 집만 있는데." 그가 뒤로 외쳤다. "누가 사는 집 같지 않아. 확인해볼

---

* 미국 아이스크림 전문점.

까?"

나는 그를 따라잡고는 이내 앞서 진입로로 들어갔다. 그 집은 예전에 농장이었던 것처럼 보였고, 우리 엄마 아빠의 집이나 프랭크의 집과 구조가 같았다. 허물어가는 농가에, 덩굴 식물로 덮인 창고, 붉은 별채는 보수되어 아마도 작업장으로 쓰이는 것 같았다. 진입로에서는 차가 보이지 않았지만 집이 그걸 가리고 있을 수도 있었다. 나는 내 뒤에서 프랭크의 타이어가 내는 든든한 으드득 소리를 들으며 더 안쪽으로 자전거를 타고 갔다.

나는 집을 완전히 돈 뒤에야 경찰차를 발견했다. 내가 브레이크를 너무 급하게 밟아서 내 자전거의 뒷바퀴가 옆으로 미끄러졌다.

"으아! 포키 피그.*" 프랭크가 말하며 내 옆에 자전거를 세웠다.

모기장 문이 쾅 소리를 냈고, 나는 집을 향해 휙 돌아섰다. 내 혀가 입안에서 점점 부풀었다. "바우어 경사님, 여기 사시는지 몰랐어요."

그는 게슴츠레한 눈으로 뭔가 담긴 머그잔을 손에 들고 있었다. 그는 손가락으로 머리카락을 넘기고 자기 뺨에 까칠하게 자란 수염을 긁었다. "빌렸지. 집에 좀 문제가 있어서."

몇 년 전에 하이디와 린, 내가 아직 친구였을 때, 하이디의 부모님이 이혼을 했다. 하이디의 아빠는 할로에 있는 퍼플소서 모텔에 방 하나를 빌렸다. 그는 거기서 6개월쯤 머무른 뒤 사라졌다.

"그러시다니 안타깝네요." 내가 말했다.

그가 투덜거렸다. "넌 여기서 뭐 하는 거지?"

나는 내 가방에서 전단지를 휙 잡아당겼다. 내가 그걸 가지고 오

---

\* Porky Pig: 〈루니 툰〉 만화에 등장하는 돼지 캐릭터.

지 않았다면, 이 진입로로 자전거를 끌고 오지 않았다면 좋았을 텐데. 나는 리키, 웨인, 클램이 강에서 보인 행동에 대해 아무 말도 하지 않을 터였고, 프랭크 역시 그러리라는 것을 알았다. 그건 무언의 규칙이었다. "합주부를 위해 팝콘을 팔고 있어요."

그는 전단지보다는 내 얼굴을 계속 응시했다. "난 리즈한테 살 거다."

그의 딸이 세피와 같은 학년이었다. "귀찮게 해서 죄송합니다."

그의 미소가 나를 놀라게 했다. 그건 진짜처럼 보였지만, 그의 태도와 어울리지 않았다. "괜찮다. 만나서 반갑구나."

그는 내가 보기엔, 프랭크 쪽은 눈길도 주지 않았다. 나는 인사도 없이 내 자전거를 돌려 그의 진입로 밖으로 페달을 밟았다.

우리의 목소리가 들리는 범위에서 벗어났을 때 내가 말했다. "난 너희 아빠가 틀린 것 같아, 프랭크. 그냥 남자애들이라 그런 게 아니라고. 난 그게 릴리데일과 관련된 것 같아."

프랭크의 자전거 바퀴살에 끼워진 카드의 찰칵 소리와 우리의 자전거 바퀴가 자갈돌을 으드득거리는 소리만 들린 지 오래라, 나는 그가 내 말을 듣지 못했다고 생각했다. 마침내, 프랭크는 말했다. "내 생각도 그래. 어이, 저 사람 집은 꼭 우리 집처럼 생겼다. 저 사람도 오싹한 흙바닥 지하실이 있을까?

나는 갑자기 집에 가고 싶지 않았다. 나는 내 목소리에서 절박함을 지우려고 애썼다. "너 지금 바로 집에 가야 돼?"

"응."

나는 오른쪽 앞에, 게임 판처럼 평평한 초원 위에 게임 말처럼 자리한 그의 집을 볼 수 있었다. "우리 고블린네 들를 수도 있는데."

"누구?"

"고블린! 너희 집이랑 우리 집 사이 모퉁이에 사는 남자 말이야."

"녹색 차를 타고 다니는 사람?"

"응, 그 사람." 나는 빠르게 생각하고 있었다. "그 사람은 요주의 인물이래, 바우어 경사가 그렇게 말하는 걸 들었어. 어쩌면 뭐가 릴리데일 남자애들을 늑대 인간으로 바꾸고 있는지 알 수 있을지도 몰라."

"무단 침입을 할 순 없어."

"안 그래. 그냥 근처를 둘러보는 거지." 나는 각오하고 흘끔 봤다. 프랭크의 입이 일자로 다물어져 있었다. 나는 그의 부모님이 고블린에 대해 뭐라고 말했는지 궁금했다.

"난 안 가고 싶어." 그가 말했다.

"겁나?"

그의 턱이 떨렸다. 가끔 난 그가 겨우 열 살이라는 걸 잊었다. "난 겁쟁이가 아냐. 내가 먼저 갈 거야!"

그는 번개같이 출발했다. 나는 그를 따라잡기 위해 페달을 밟았다. "속도 줄여." 나는 소리쳤다. "조용히 가야 해."

"일하러 갔겠지." 프랭크는 큰소리로 대꾸했지만 속도를 줄였.

내가 앞으로 나섰다. "내 뒤를 따라와."

이 구역에 있는 모든 농장들은 똑같이 지어졌다. 집, 헛간, 별채, 각각을 둘러싼 나무, 그리고 그 너머의 들판까지 모두 동일한 배치로. 고블린의 집은 대부분의 집보다 좀 더 노출되어 있었지만, 그는 여전히 산딸기가 자라는 곳에서부터 서쪽 면까지를 보호하는 훌륭한 잡목림을 보유하고 있었다. 나는 내 자전거를 배수로로 끌고 가면서 프랭크를 그쪽으로 데려갔다. 배수로는 비 때문에 질척거렸고, 내가 키 큰 수풀 속에 섰을 때 토탄 같은 냄새를 풍겼다. 나중에 진드기가 붙었는지 내 몸을 확인해야 할 터였다.

"네 자전거는 여기다 둬." 나는 본보기 삼아 내 자전거를 세우며 속삭였다. 저쪽에서는 우리 자전거가 이 키 큰 수풀 때문에 보이지 않으리라. 나는 주먹을 쳐들었다. "이건 멈추라는 표시야." 나는 주먹을 펴고 손가락을 흔들었다. "이건 가라는 뜻."

프랭크는 민첩하게 경례를 붙였다. 나는 얼굴에 미소를 띠고 수풀이 너무 부스럭거리지 않게 주의하며 푹신한 흙바닥을 낮은 포복으로 기었다. 질척한 바닥이 왜소한 숲으로 바뀌었고, 우리는 군집한 오크나무로 뛰어들었다. 우리는 고블린의 집에서 100미터 내에 들어와 있었다.

내가 주먹을 쳐들자 프랭크는 즉시 멈췄다. 나는 클로버 꽃가루가 날리는 공기와 함께 웃음을 삼켰다. 우리는 이 일에 정말로 능숙했다.

나는 주변을 훑었다. 고블린의 집은 우리 집, 바우어 경사의 집, 프랭크의 집의 허름한 버전이었다. 고블린은 최근에 무언가를 구웠고, 그 아래로, 나는 언뜻 스치는 시큼한 냄새를 맡았다. 그는 소를 몇 마리 소유하고 있었다. 소들은 붉은색 헛간 뒤 들판에서 발을 구르며 음매 울고 있었다. 그는 낡은 헛간을 차고로 개조했다. 문이 열려 있었지만 각도와 차양 때문에 나는 고블린의 차가 안에 주차되어 있는지 아닌지 알 수 없었다. 나는 그의 집 창문을, 적어도 1층 창문들을 탐색했다. 그의 지하실 창문들은 깜깜했다. 나는 내가 무엇을 찾기를 기대했는지 몰랐다. 나는 그저 그의 부지에 세피보다 더 깊이 들어왔다는 것이, 따뜻한 여름날에 내 심장이 즐겁게 고동치는 걸 느끼는 것이 행복했다.

"내 생각은 아니…"까지 말했을 때 바이스 같은 손아귀가 내 목을 움켜쥐었다. 공포가 내 치아 사이에 쓴 열매처럼 터졌다.

"애새끼들이 내 사유지에서 뭘 하고 있는 거냐?"

고블린은 나와 프랭크의 목덜미를 잡아 우리 얼굴이 바닥을 보게 들었다. 그의 억양은 거칠고 순수한 시골 미네소타 사람의 것이었다. 그가 다섯 마디 이상을 붙여야 한다면 우리는 '나가 그걸 받지'와 '너가 좀 빌려줄 수 잇나?' 같은 우리 부모님이 무지의 표시라고 말했던 것을 듣게 되리라.

"우릴 보내줘요!" 나는 소리쳤지만 내 목소리는 억눌렸다.

"놔주지." 그가 우리를 너무 빨리 놓는 바람에 내 머리가 홱 젖혀졌다. 나가떨어진 프랭크는 서둘러 내 뒤로 와 숨었다. 고블린의 화나 보이는 개는 목 뒷부분 털을 곤두세우고 우리 둘을 지켜봤다. 그 개의 오른쪽 얼굴이 부어 있었다.

나는 고블린과 그의 개를 번갈아 보며 무섭다기보다 걸렸다는 느낌이 들었다. 나는 떨리는 다리로 일어섰다. "당신은 우릴 잡을 권리가 없어요."

"흠, 그럼 너희는 내 땅에 들어올 권리가 없어." 그는 미소 지었다. 모자 차양에 눈이 가려졌지만, 그의 입은 활짝 벌어져 있었다. 그는 이가 없었다.

"우린 당신 개를 쓰다듬어 주고 싶었어요." 프랭크가 일어나 고블린의 개에게 자기 손을 내밀었다.

고블린은 웃음을 터뜨렸고, 이번엔 정말로 친근하게 들렸다. 내 어깨가 귀에서 조금 떨어졌다. 우리는 무단 침입하던 중이었다. 어쩌면 그는 모를지도 몰랐다.

"아무도 클리피를 쓰다듬으려고 하지 않아. 이놈은 늙은 개다."

나는 그 개의 부어오른 머리를 가리켰다. "무슨 일이 있었어요?"

웃음이 뜨거운 베이컨 기름 위의 물처럼 지글거리며 사라졌다. "너랑은 상관없어." 그가 얼굴을 찌푸렸다. "넌 도니의 딸이구나."

나는 대답이 필요하다고 생각하지 않았다. "우린 가야 돼요."

고블린은 프랭크를 봤다. "그리고 넌 새로 온 애지, 길 바로 위에, 아니냐? 너희 아빠가 농부지?"

그의 말에는 무언가 탐욕스러운 것이 있었지만, 그의 미소는 돌아왔다. 그가 고개를 기울여, 나는 그의 검고 반짝이는 한쪽 눈을 볼 수 있었다.

"우린 정말로 가야 해요." 이번에는 허락을 기다리는 대신, 나는 프랭크의 손을 움켜쥐고 물러났다.

나는 고블린이 우리를 멈출까 봐 걱정했지만, 그는 모자챙 아래로 그저 보기만 했다.

"다신 오지 마라." 마침내 그가 투덜거렸다. "우리 개는 낯선 사람을 안 좋아해. 다음번엔 이놈이 너희를 잡아도 내가 책임질 수 없다."

# 36

 나는 자전거를 타고 프랭크를 그의 집까지 바래다주었다. 그게 내가 프랭크를 위험에 처하게 한 뒤에 해줄 수 있는 최소한의 일이었다. 그는 작별 인사도 없이 자기 집으로 들어갔다. 집까지 자전거를 타고 오는 길은 비참했고, 내가 진입로로 들어설 무렵 폭우로 바뀐 보슬비 탓에 더 끔찍했다. 이 얼마나 기념비적으로 형편없는 날인가. 게다가 더 이상 나쁠 수 없다고 생각했을 때, 나는 집 앞에서 나를 기다리고 있는 아빠를 발견했다.
 "어디 갔었냐?" 아빠는 웃통을 벗고 있었다. 아빠는 차양 아래 서 있었지만 빗방울이 아빠의 가슴 털에서 반짝거렸다. 엄마는 어디에도 보이지 않았다.
 "말했잖아요. 팝콘 팔고 있었어요."
 아빠의 눈이 가늘어졌다. "어디 보자."
 "내가 진짜로 팝콘을 가지고 있는 건 아니에요." 나는 집에 자전거를 기대놓고, 자유로워진 손으로 팔짱을 꼈다. "지금은 주문을 받고 나중에 배달해요."

"주문받은 건 있고?" 아빠의 목소리는 치명적일 만큼 부드러웠다.

"으응." 나는 배낭을 어깨에서 홱 내려, 내가 좀 팔았다는 데 감사하며 전단지를 꺼냈다. "보여요?"

아빠는 녹색 공작석 같은 눈을 내게 조준했다. "넌 긁힌 것 같구나."

거짓말이 굴러 나왔다. "자전거 탈 때 고블린네 개가 쫓아오는 바람에 넘어졌어요."

아빠의 눈이 점점 가늘어지다 이내 또렷해졌다. "언제?"

"방금. 망할 개 같으니. 하지만 나를 따라잡진 못했어요." 그 개에게 비난을 돌리는 편이 나았다. 아빠는 이미 놈을 싫어했으니까.

화제를 돌리는 걸 보니 아빠는 그 얘기를 받아들이는 듯했다. "우린 시내에 나갈 거다."

"아빠랑 엄마요?" 아빠의 잠잠함이 놀라웠다. 고블린이 끝내 전화해서 내가 무단 침입했다고 말했나? 아빠가 개 이야기가 거짓말인 걸 아나?

"너랑 나. 내가 살 게 좀 있어. 오는 길에 세피를 태워 오자."

내 눈꺼풀이 경련했다. 나는 이런 기분으로 아빠와 시내까지 차를 타고 가고 싶지 않았지만, 빠져나갈 방법이 보이지 않았다. 나는 목청을 가다듬었다. "자전거 먼저 치울게요."

차 안은 긴장감이 가득했다. 유일하게 좋은 부분은 아빠가 셔츠를 입었다는 것뿐이었다. 비록 아빠가 구멍 난 청바지까지 갈아 입지는 않았지만. 조수석 바닥에 난 구멍으로 보이는 VW밴 아래 지나치는 길의 회색과 검은색이 아빠가 지나치게 오른쪽으로 붙어 방향을 틀 때면 하얗게 갈라진 깊은 틈 때문에 도드라졌다.

아빠의 기분이 안 좋은 때조차 나는 늘 내 밑에서 지나치는 도로에 신이 나곤 했다. 그건 내가 크면 어디든 갈 수 있다는 걸, 바닥 모를 청록색 바다들을 탐험하고 얼음 같은 눈이 덮인 산들을 오르고 수도승들과 차를 마실 수도 있다는 걸 상기시켰다. 낡은 밴의 바닥에 뚫린 구멍을 통해서 세상의 크기를 떠올리게 된다는 아이러니는 내게 효과가 없지 않았다.

우리는 아빠가 첫 번째 정지 신호에 걸릴 때까지 서로 한 마디도 하지 않은 채로 시내에 들어섰다. "너를 도서관에 내려줄 거다."

내 피가 환희로 들끓었다. 나는 지난밤에 《다락방의 꽃들》을 다 읽은 참이었다. "고마워요!"

"30분 주마."

"아빠는 뭐 할 건데요?"

아빠의 손가락 마디가 운전대 위에서 하얗게 변했다. "아빠는 약속이 있어."

"누구랑?"

"네가 상관할 일이 아냐."

나는 릴리데일 번화가 중심에 위치한 도서관 앞에서 밴에서 뛰어내렸다. 나는 내 뒤로 문을 쾅 닫고 아빠의 약속에 대해 생각하며 아주 살짝 불안해졌다. 정확히 30분 뒤에 나는 새로 빌린 네 권의 하드커버 책들을 움켜쥐고 도서관 밖에 서 있었다. 나는 책들을 보물처럼 안고 있었는데, 그것들이 정말 그랬기 때문이었다. 비는 그쳤지만, 보도는 지렁이 천지였다. 나는 거기 10분 동안 서 있었고, 아빠는 오지 않았다.

나는 양발에 번갈아 체중을 실었다. 작은 여자애가 길 건너 벤 프랭클린에서 한 손엔 자기 아빠의 분홍빛 손가락을 잡고 다른 손엔 졸리 랜처 스틱스*를 들고 나왔다. 그 애의 시체처럼 초록색이 된 입술 덕에 그게 무슨 맛인지 알 수 있었다. 스틱스는 요즘 인기 있는 거였고, 버스에서 스틱스 초록색 사과 맛이나 불타는 맛을 먹는 애들이 많았다. 정말 먹어보고 싶었지만, 난 거지가 아니었다. 나는 내 책들을 더 꼭 끌어당겼다. 돈을 가져왔다면 좋았을걸. 내가 맛본 캔디류는 극히 적었다. 세피와 나는 레몬 맛 사탕과 루트 비어 배럴스**와 브리지 믹스***를 좋아했는데, 그건 우리가 우리 할머니 할아버지 집에 방문했을 때 거기 있던 것들이기 때문이었다.

그 여자애와 그 아이의 아빠가 거리를 걸어 내려왔다. 건널목에 다다랐을 때, 아이 아빠가 아이를 안아 올리다가 너무 빨리 움직이는 바람에 아이가 자기 사탕을 떨어뜨렸다. 그 밝은 녹색 사탕이 빗물 배수관으로 향하는 물줄기 속에 떨어졌다. 아이가 비명을 질렀지만 아빠는 그 애가 사탕을 줍게 하지 않았다. 그들은 모퉁이를 돌아 사라졌다.

나는 그 떨어진 사탕을 향해 걷는 나 자신을 발견했다. 그걸 맛봐야만 하는 열병이 나를 사로잡았다. 나는 인도에 눈을 고정한 채 간신히 그걸 지나쳐 벤 프랭클린 문 쪽으로 걸음을 옮겼다. 어쩌면 누군가 떨어뜨린 돈을 발견할지도 몰랐다. 25센트짜리 동전 한 개만

---

* Jolly Rancher Stix: 길쭉한 막대 모양 젤리 브랜드.
** Root Beer Barrel: 술통처럼 생긴 루트 비어 맛 캔디.
*** Bridge Mix: 다양한 과일, 견과류, 크림 등에 초콜릿을 입힌 간식.

있으면 됐다. 아니면 내가 가게 안으로 들어가서 바로 내 주머니로 미끄러진 매끄러운 새 사탕 막대 하나를 집까지 들고 가 내 새로 빌린 책들 중 한 권과 함께 옷장 속에서 음미할 수도 있지.

내가 차가운 벤 프랭클린 문고리를 손에 쥐고, 비에 부푼 지렁이들의 비린내로 울렁거리는 속으로 안에 들어가 어떻게 해서든 사탕 몇 개를 얻으려 했을 때, 시끌벅적한 소음과 두꺼운 담배 연기 기둥을 내뿜으며 리틀 존스의 문이 열렸다.

아빠가 나왔고 바우어 경사가 그 뒤를 따랐다. 경사는 평상복을 입고 있었다. 그들은 악수를 하며 서로 어깨를 두드렸고, 그런 다음 아빠는 길 반대쪽 끝에 주차한 우리 밴으로 성큼성큼 걸었다. 나는 도서관 앞에 서 있기 위해 달려왔고, 그곳에서 아빠는 나를 발견했다.

그날 밤, 아빠가 손톱을 깎는 날카로운 딸깍 소리에 이어 어느 때보다 빨리 맨 아래 계단을 밟는 소리를 들었을 때, 나는 그게 내 잘못이라는 걸 알았다. 나는 온종일 불운했다. 처음엔 강에서 클램과, 그다음엔 고블린과. 그게 아빠까지 불러왔대도 말이 됐다. 하지만 아빠는 내 글이 아빠가 계단 꼭대기에 이르지 못하게 막는다는 걸 몰랐다.

아빠는 지금껏 오른 중에 가장 높이 올라 여섯 번째 계단을 지나려 했지만, 내 연필이 내 일기장 위를 날았고, 모든 단어가 벽돌로 쌓아올린 벽만큼 두껍게 말의 거미줄을 쳐서 그를 밀쳐냈다.

# 캐시의 믿거나 말거나!

상어의 공격에서 살아남은 소녀!

열 살인 베티나 호긴스가 태즈먼해에서 가족과 함께 수영하고 있을 때 거대한 백상어가 소녀의 발목을 잡고 바닷속으로 끌고 가기 시작했다. 베티나의 엄마는 딸의 손목을 잡고 놓지 않았다. 상어는 포기했고, 베티나는 살아서 다시 수영할 수 있었다.

마지막 단어를 썼을 때, 나는 힘껏 글을 쓰느라 윗입술에 맺힌 땀을 맛봤다. 집은 조용했다. 아빠가 그 여섯 번째 계단에 몇 년이나 머무는 것처럼 느껴진 뒤에야 마침내 내 글이 효과를 발휘했다. 아빠는 터벅터벅 계단을 내려가 자기 방으로 돌아갔다. 나는 아빠의 발걸음 하나하나를 이 집의 심장 소리처럼 느낄 수 있었다.

나는 그때 그 자리에서, 내일, 엄마에게 무슨 일이 벌어지고 있는지 말하기로 결심했다.

아빠는 우리가 우리 집에서 일어나는 일에 대해 결코 말하면 안 된다고, 외부 세계에선 아무도 이해하지 못할 거라고, 그런 고자질이 우리가 아빠에게 할 수 있는 최악의 짓이라고 말했다.

하지만 엄마는 외부 세계에 있지 않았다.

엄마는 가족이었다.

## 37

나는 목에 경련을 느끼며 옷장 속에서 깨어났다. 떨림이 내 손목까지 전해졌다. 어쩌면 오늘 밤엔 다시 내 침대에서 잘 수 있을지 몰랐다. 어쩌면 엄마에게 엄마가 잠든 뒤에 아빠가 계단을 올라오고 있었다는 걸 말하고 나면 그걸로 엄마가 아빠를 떠나는 데 충분할지도 몰랐다! 나는 옷장에서 튀어나와 흐릿한 아침 공기 속으로 뛰어들었고, 내 방 밖에서 세피와 거의 부딪힐 뻔했다.

"뭐 하는 거야?" 내가 물었다.

세피는 눈을 굴렸다. "계절 학기 갈 준비하지, 멍청아."

"엄마랑 아빠가 벌써 일어났어?"

"응." 세피는 계단을 내려갔다. "짐 싸고 계셔."

설렘이 텅 빈 느낌에 자리를 내주었다. "뭐 때문에?"

나는 맨 아래 계단을 밟고 부엌으로 들어섰을 때 내가 원하는 답을 얻었다. 엄마는 이미 옷이 가득 찬 여행용 가방에 칫솔을 집어넣고 있었다. "우리 여행 간다!"

아빠가 개킨 티셔츠를 들고 부부 침실 쪽에서 나타났다. "찾았어! 이거 맞을까?"

"당연하지, 자기." 엄마가 말하며 아빠에게서 셔츠를 받아 가방에 집어넣었다.

나는 머리를 맑게 하려고 흔들었다. "우리 어디 가요?"

아빠가 내게 활짝 웃었다. "나랑 네 엄마만이다. 우리는 덜루스*까지 차를 몰고 갈 거야. 짐 켄덤이 파티를 연다는구나. 켄덤네 기억하니?"

나는 눈에서 잠을 닦아냈다. 엄마와 아빠는 우리 없이 여행을 간 적이 없었다.

"오토바이 있는 사람들이에요?" 세피가 물었다.

"맞아!" 아빠가 말했다.

"우린 누가 봐줘요?" 내가 물었다. 두려움이 안도감과 다투고 있었다. 아빠는 없지만, 엄마도 없다.

"세피는 자신과 동생을 돌볼 만큼 충분히 컸지." 아빠가 내게 장담했다.

엄마는 눈을 가늘게 떴지만 반박하지 않았다.

세피는 내 옆에 서 있었다. 우리의 어깨가 맞닿아 있었다. 세피는 갓 샤워한 냄새가 났고, 나는 더러운 냄새가 났다. "언제 와요?" 세피가 물었다.

아빠는 어깨를 으쓱했고 목소리엔 장난기가 섞였다. "다신 안 올지도 모르지."

---

* Duluth: 미네소타주 북동부에 있는 도시.

"도니." 엄마가 장난스럽게 아빠의 어깨를 친 다음, 아빠 손을 잡았다. "우린 내일 일찍 돌아올 거야. 짧은 여행이지. 우리한테 휴가가 필요하다고 결정했을 뿐이란다. 오늘 저녁엔 닭고기를 구워 먹으렴. 파티는 안 된다. 세피, 계절 학기엔 혼자 가야겠다. 엄마가 고메즈네 전화했고, 너희한테 문제가 생기면 그 집에 전화해도 된다는구나."

세피가 내 손을 잡았다. 우리는 우리 부모님을 거울처럼 반사하고 있었다.

고메즈네 집 쪽에서 자갈길을 내려오는 타이어 소리에 우린 모두 열린 부엌 창문 쪽을 향했고, 나는 고메즈 부부가 지금 우리를 확인하러 오고 있나 생각했다. 아니면 그건 엄청 이른 우편배달이고 진 이모가 또 다른 소포를 보내는 걸지도! 혼란스러운 이 아침, 처음으로 좋은 일에 내 심장이 덤벼들었지만, 녹색 차가 언덕을 올라 우리 집 진입로에 나타나자 곤두박질쳤다.

고블린.

## 38

나는 내가 인생 최악의 말썽에 휘말릴 참이라고 확신했다.

우리는 한 덩어리가 되어 바깥으로 나섰다.

아빠는 밴 위에 아빠의 조각품 중 하나인 카약 크기의 파랗고 노란 튤립을 묶어놨다. 나는 짐이 가득 찬 우리의 어울리지 않는 밴이며, 낡았지만 제일 좋은 옷을 차려 입은 우리 부모님 때문에 우리가 분명 캘리포니아로 떠나는 조드 가족처럼 보일 거라고 생각했다. 나는 고블린이 그런 인용을 이해할 거라고 생각하진 않았다. 그는 《분노의 포도》를, 혹은 다른 어떤 책도 읽을 사람처럼 보이지 않았다.

"게리," 고블린이 차를 세우고 시동을 끄지 않은 채 차에서 나오자 아빠가 말했다. 아빠의 뻣뻣한 태도를 보니, 아빠가 주류 가게에서 고블린를 마주친 것보다 우리 땅에서 고블린을 마주친 것을 훨씬 더 싫어한다는 걸 알 수 있었다. 그건 우리가 동의하는 한 가지였다.

고블린이 모자를 거의 내가 그 아래를 엿볼 수 있을 만큼 높이 올렸다가 다시 제자리로 잡아당겼다. 챙이 그의 얼굴을 가렸지만, 그의 팽팽한 얇은 입술과 커다랗고 울퉁불퉁한 코는 어제처럼 눈에 띄었다. 그의 목에서 팔 아래로 꿈틀대는 혐오스러운 뱀 문신도 마찬가지였다. "내 사냥개를 찾고 있다."

아빠가 움직여 나와 세피 앞에 섰다. 고블린의 첫 마디가 나를 고자질하는 것이 아니라는 데 놀란 나는 아빠 옆으로 내다보기 위해 목을 길게 늘였다.

아빠가 여전히 대답이 없자 고블린이 질문을 반복했다.

"내 개 말이야. 본 적 있나?"

"아니." 마침내 아빠가 말했다. "하지만 난 떠돌이 개들을 쏠 권리가 있지. 지켜야 할 애들이 있으니까."

그 말엔 의도가 실려 있었고, 고블린은 그걸 알았다.

"내 개는 떠돌이가 아냐."

아빠가 비웃었다. "그럼 그놈이 어디 있는지 알아야지?"

나는 그 개가 수컷이라는 걸 아빠가 어떻게 아는지 궁금했다. 아니면 그저 추측하고 있는 걸까? 하지만 그때 나는 내 속을 뒤집어놓는, 뼈들을 햇빛에 드러내게 하는 가장 끔찍한 생각이 들었다. 그 개가 나를 쫓아왔다는 내 말 때문에 아빠가 가서 고블린의 개를 죽였을까?

"내가 그 녀석을 찾고 있다고 말했잖아." 고블린은 자기 집 쪽을 바라봤다. 그의 집은 완만하게 경사진 옥수수밭 너머 한 점이 되어 있었다. 내가 최대한 빨리 뛴다면, 15분 이내면 숨차게 도착하리라. "남자애가 당한 얘기 들었지?"

그 급작스러운 주제 변경이 엄마를 뻣뻣하게 만들고, 나와 세피를 감싸 안게 했다.

"한 명 이상이지." 아빠가 말했다. "신문에 나왔잖아."

고블린이 고개를 저었다. "아니, 이건 새로운 얘기야. 마크 클램칙."

내 어깨가 안도감에 처졌다. "그건 두어 주 전이야."

고블린이 쌕쌕거리는 소리를 냈고, 나는 그가 웃고 있다는 걸 깨달았다. 그 소리에 내 등줄기를 따라 식은땀이 흘렀다.

"그놈이 다시 공격받았어."

나는 움찔했다.

"도니." 엄마가 우리를 놓고 아빠의 셔츠를 잡으며 말했다.

아빠는 엄마를 밀치고 고블린에게서 겨우 댓 발짝 떨어진 앞으로 걸음을 옮겼다. "내 땅에서 나가주면 좋겠군."

대답할 때까지 걸린 시간으로 보아 고블린은 그걸 예상치 못한 것 같았다. "그다지 우호적이지 않군." 그가 마침내 말했다. "이러다 고등학교처럼 되겠어. 자네와 레미 바우어가 내게 덤벼들었을 때처럼 말이야."

아빠는 말없이 버티고 서 있었다.

고블린은 주류 가게에서와 같은 느낌을 받은 것이 틀림없었다. 왜냐하면 그때와 똑같이 그 목구멍 뒤에서 나는, 마치 어떤 작은 것이 그의 목소리 상자 밖으로 나오려고 두드리는 것 같은 ―큭큭큭― 소리를 냈기 때문이다. 그는 코담배 뭉치를 뱉은 다음 자기 차로 다시 기어들어 문을 쾅 닫았다.

그는 차를 앞으로 돌려 떠날 수 있게 진입로 앞쪽으로 예의 바르게 후진시키지 않았다. 대신에 그는 덜커덩거리며 운전대의 기어를 내리치듯 바꿔, 고무 타는 냄새가 날 정도로 급히 떠났다.

"전화할 데가 있어." 아빠가 엄마에게 말했다. "그런 다음 덜루스로 떠나지."

# 39

자전거를 타고 우리 집 진입로를 오르는 프랭크는 마치 이제 막 뜨는 태양 같았다. 바보 같지만 나는 그만큼 행복했다. 나한테 나를, 그러니까 나만을 보러 우리 집에 와주는 친구가 있다. 린과 내가 친구였을 때조차 린은 우리 집에 오지 않았지만, 프랭크는 여기 있고 싶은 것처럼 우리 집을 향해 돌진하고 있었다.

나는 얼마나 신났는지 감출 생각도 않고 손을 힘껏 들어 올려 그에게 흔들었다.

나는 내 입 주변에 손을 모았다. "빨리 와, 프랭크!" 나는 소리쳤다. "이 생일 초대장들은 저절로 만들어지지 않는다고!"

그게 프랭크 엄마에게 프랭크가 나와 이틀 연속 자전거를 타도 된다는 허락을 받기 위해 내가 써먹은 전략이었다. 내가 금요일의 내 파티에 초대장을 만드는 데 도움이 필요하다는 것. 나는 프랭크가 어제 일로 아직 화가 나 있는지 아닌지 알 수 없었지만 그는 일단 엄마가 허락하자 오는 데 동의했다.

내 생일 파티는 코로나 호수 공원에서 열릴 예정이었다. 공원에는 깊은 물로 곧장 떨어지는 한 단짜리 금속 미끄럼틀 외에도, 두 개의 다이빙대가 딸린 선창과 부잔교가 있었다. 엄마는 내 파티를 거기서 열어도 괜찮다고 했지만 우리는 초대장에 대해선 얘기하지 않았고, 그런 다음엔 엄마 아빠가 마을을 빠져나가기 전에 묻는 걸 잊고 말았다. 나는 혼자 초대장을 만들어서 모두의 우편함까지 직접 자전거를 타고 나르기로 결심했다. 나는 린의 파티에 왔던 같은 아이들에다 프랭크를 더하고 앤드리아를 뺐는데, 킴벌까지 자전거를 타고 갈 도리가 없었기 때문이었다.

프랭크는 양손을 하늘로 치켜들고 진입로의 남은 반을 활주해 내려왔다. 그의 멋진 BMX에서 아침 햇살이 반짝거렸다. 그는 함성을 지르며 흐르듯 내려왔다. 꽤 긴 머리카락을 뒤로 곧장 날리면서. 멈추기엔 거의 너무 늦었다 싶었을 때, 그는 브레이크를 밟아 끼익 소리를 내며 자갈돌들을 내 다리에 튀겼다. 그의 뺨은 불그레했고, 그의 미소는 강렬했다.

"이건 어때?" 그가 숨차게 물었다.

"멋지네." 나는 동의했다. "이제 거실에 들어가서 시작하자."

프랭크는 자전거를 엄마의 화단 모서리에 떨궜다. 나는 뭐라고 했지만, 벽에 대고 말할 뿐이었다. 민더가 그의 한쪽 다리에 비비고 빔보가 다른 다리에 비볐다. 그는 멈춰서 둘 다 쓰다듬었다. "난 이미 일하고 있어."

"고양이 쓰다듬기?"

"아니." 그는 일어서서 햇빛에 눈을 가리고 수목한계선 사이로 언뜻 보이는 자기네 농장을 가리켰다. "난 내일부터 밭에서 일해. 아빠가 돌을 고르면 시간당 3달러씩 주신대."

"그건 내 절반만 일하고도 내가 베이비시터로 받는 돈의 세 배잖아!"

그의 턱이 목으로 들어갔다. "돌 골라봤어? 엄청 무겁다고."

"아무려나." 나는 프랭크보다 앞서 집으로 걸어가면서 계산을 하고 있었다. 열 시간이면 30달러를 벌 수 있다. 일주일이면 150달러! "아저씨가 도움이 더 필요하실까?"

그는 어깨를 으쓱했다. "아마도."

나는 그가 나의 재정 상태에 별 관심이 없다는 걸 알 수 있었다. "내가 돌 고르는 일을 할 수 있게 도와주면, 내가 너를 고양이 클리닉에 참여하게 해줄게."

"돈 버는 거야?"

"동전 한 푼도 안 되지." 나는 그를 거실로 안내했다. "있잖아, 어제는 미안했어, 너를 고블린과 말썽에 휘말리게 해서."

"괜찮아." 프랭크는 그걸로 만사가 해결됐다는 듯이 고개를 끄덕였다. 그는 내가 미술 재료들을 늘어놓은 식탁을 가리켰다. "네가 초대장을 직접 만들려고?"

"우리가. 너한테 줄 것부터 시작하자." 나는 하얀 종이를 들어 올리며 활짝 웃었다. "초대장에 뭐라고 써줄까?"

"네 파티가 언제라고?"

"금요일." 나는 오늘 아침 그에게 전화했을 때 말했었다.

그는 자기 반바지의 뒷주머니에 양손을 찔러 넣었다. "안 되는데. 갈 수 없겠어. 난 일해야 해."

그의 말은 태평했지만 내 뺨은 불타올랐다. 나는 사실 프랭크에게 줄 초대장을 이미 만들어놓았다. 그건 내가 프랭크를 마술처럼 놀라게 하기 위해 판지 더미 아래 숨겨져 있었다. "금요일이 내 진짜 생일이야."

"멋지네." 그가 말하며 의자에 주저앉았다. "케이크 좀 남겨놔."

나는 그 옆에 앉았다. 나는 반짝이, 풀, 스팽글, 실, 펀처, 그리고 판지 들을 늘어놓았다. 우리는 색색깔 동그라미, 하트, 네모 등 뭐든 재미있어 보이는 것들을 오리기 시작했다. 내가 안에 파티 정보를 쓰고 프랭크가 장식물들을 풀로 붙였다.

이렇게 가까이 있으니, 나는 프랭크가 여자애처럼 속눈썹이 긴 눈을 가졌다는 걸 알 수 있었다. 나는 내 옆에 붙은 그의 온기가 좋았다. 우리는 실없는 농담 따먹기를 주고받으며 서로 기댔다. 우리는 너무 편안해져서 프랭크는 내게 로체스터의 자기 친구들에 대해, 그리고 그들이 얼마나 그리운지에 대해 얘기했다. 나는 세피가 12월 이후로 이상하게 굴고 있다는 것과 내가 크면 작가가 될 거라는 얘기를 쏟아냈다. 그는 자신이 미국 공군에 들어갈 거라고 선언했다. 나는 지난 가을에 프로그래밍을 배운 애플II 컴퓨터에 대해 자랑했고, 그는 예전 학교에 있었던 오레곤 트레일 게임에 대해 얘기해서 나를 눌렀다.

프랭크와 얘기를 나누는 건, 너무 쉬웠다.

"너희 엄마 아빠가 이걸 들고 시내까지 차 태워주실 거니?" 마지막 초대장이 직접 만든 봉투에 들어가자 그가 물었다.

"부모님은 여행 중이셔."

그는 충격으로 뒤로 넘어가는 척했지만, 그의 얼굴에 깃든 놀라움은 진짜였다. "너희 부모님이 너랑 누나 둘만 집에 두고 떠나셨다고?"

나는 팔짱을 꼈다. "그래. 그래서 뭐?" 나도 알았다. 하지만 나는 그가 말하게 하고 싶지 않았다. 나는 더 이상 별난 가족에 속하고 싶지 않았다.

"언제 돌아오시는데?"

"내일 일찍. 우리는 급한 일이 생기면 너희 엄마 아빠에게 전화하기로 되어 있어."

"하." 프랭크는 그에 대해 생각하는 듯 보였다. "아이스크림 있어?"

"가공 식품은 먹으면 안 돼." 나는 그렇게 매섭게 말하려던 것이 아니었다.

그는 머리를 긁었다. 소리가 컸다. 긁적긁적. "난 가야겠다."

내 말을 주워 담을 수 있다면 좋을 텐데. "있지, 나도 너랑 자전거 탈래. 어쨌든, 난 시내에 가서 이걸 전부 전달해야 하거든. 너도 릴리데일에 갈래?"

"모르겠어."

"내 친구 가브리엘의 집을 지나갈 수도 있겠다." 나는 가브리엘에게 줄 초대장을 만들기를 꿈꿨지만 결국 만들지 않았다. 하지만 가브리엘이 우연히 자전거 타는 우리를 발견하고 무슨 일인지 내게 묻는다면, 나는 가볍게 그를 내 생일에 초대할 수 있을 터였다.

"치과의사네 가브리엘?"

나는 침을 너무 빨리 삼켜서 기침을 하기 시작했다. "가브리엘을 알아?"

"으응, 뭐, 우리 아빠가 알지. 아빠가 그 집 땅 일부에 농사를 짓거든. 걔가 네 친구야?"

"그런 셈이야." 이제 내가 가브리엘의 집을 자전거 타고 지날 일은 없었다. "다시 생각해봤는데, 그냥 우편으로 보낼까 봐. 우리 우표 있어."

"그래." 프랭크가 말했다.

프랭크는 부엌으로 나를 따라왔고, 나는 우리에게 각각 핑크 골드 루바브 에이드를 한 잔씩 따랐다. 내가 병을 도로 냉장고에 넣을 때 프랭크가 천장 쪽을 가리켰다.

"우리 집에도 저런 구멍이 있어. 열기가 위로 올라가라고."

나는 시큼해서 눈물이 고이는 눈으로, 달콤하게 꿀을 넣은 그 음료를 꿀꺽거렸다. "여기도 마찬가지야. 저 위엔 내 방이 있어. 야, 뭐가 멋질지 알아?"

"뭔데?"

"우리가 까치발을 하지 않아도 냉장고 위를 볼 수 있을 만큼 키가 크면 어떨까? 나는 그렇게 클 때까지 기다리질 못하겠어. 그렇게 큰 걸 상상해봐."

프랭크는 자기 눈을 굴렸다. "넌 자랄 거야, 너도 알잖아."

나는 그의 팔을 꼬집었지만, 세게 꼬집지는 않았다. "잘났다, 셜록."

"그럼 계속 파봐, 왓슨."

나는 깔깔 웃었다. 그런 말은 들어보지 못했다. 그건 로체스터 애들이 하는 말이 분명했다.

"난 집에 가야겠다." 프랭크가 말했다.

"같이 자전거 탈래."

우리 둘은 지나가며 고블린의 집을 응시했다. 기척이 없었지만 거긴 기척이 있을 때가 드물었다. 프랭크의 엄마와 아빠는 우리가 나타났을 때 아이스크림 섞은 술을 마시고 있었다. 고메즈 부인은 우리에게 들켜서 당황하며 재빨리 그들이 평소엔 낮에 절대 마시지 않는다고 맹세하고, 딸들은 늦은 낮잠을 자고 있으며, 그들은 내일 본격적으로 밭일을 시작할 테고, 인생은 한 번뿐이지 않느냐고 했다.

나는 그녀를 사랑했다.

우리 할머니 할아버지는 힘든 하루 일을 브랜디 알렉산더나 그래스호퍼로 마감했고, 나와 세피가 한 모금씩 마시게 해주었다. 몇 년 뒤에 아빠의 위스키를 몰래 마실 때까지 나는 독주가 그런 맛인 줄 알았고, 그제야 나는 진짜 술은 가솔린 맛이 난다는 걸 깨달았다.

고메즈 씨는 술을 내려놓고, 프랭크와 내가 이미 온종일 어른 없이 놀았는데도, 나를 집까지 태워주겠다고 고집했다. 나는 고메즈 씨에게 그러지 않아도 된다고 했지만, 고메즈 부인이 내게 고메즈 씨는 신사답게 구는 것에 대한 믿음이 있기 때문에 내가 지는 싸움을 하고 있는 거라며 그만하는 편이 나을 거라고 했다.

차를 타고 오는 길은 그가 나를 집에서 태워 갔을 때처럼 불편했다. 적어도 이번엔 그의 트럭으로 날아드는 까마귀 떼는 없었다. 우리는 날씨에 대해 얘기를 나눴다. 다시 비가 올 것 같았다. 나는 그와 고메즈 부인이 우리에게 긴급 상황이 생겼을 때 전화해야 하는 사람들이 된다는 것에 대해 생각했다.

그때 그 질문이 내게서 흘러나왔다. "아저씨네 가족은 왜 여기로 이사하셨어요?"

나는 내 쪽의 사이드미러에 비친 내 모습이 그렇게 묻는 걸 봤다.

나는 그 질문을 물리고 싶었다. 그건 너무 개인적이었다.

고메즈 씨는 이쑤시개를 자신의 입 한쪽에서 다른 쪽으로 옮겼다. 그는 시골 냄새를 풍겼다. 그의 회색 티셔츠는 겨드랑이가 얼룩져 있었고 흙먼지를 뒤집어쓰고 있었다. 그는 깜박이를 켜지도 않고 고블린의 집을 지나 돌았다. 나는 그가 대답할 거라고 생각하지 않았다.

"우리 애들이 우리 땅에서 자랐으면 했다, 내가 그런 것처럼." 마침내 그가 말했다.

나는 그 뒤에 또 다른 사적인 질문을 품고 있었다. "프랭크는 아저씨가 여기 다른 가족들보다 먼저 이사하셨다고 했어요. 가족이 그립지 않으셨어요?"

그는 한 손은 여전히 운전대 위에 놓은 채로, 이 질문에 이쑤시개를 빼고 그걸 쳐다봤다. "가끔은 휴식도 좋지."

그가 나와의 대화를 뜻하는 것이 분명해서 나는 시나몬 디스크\*처럼 혓바닥으로 타들어가는 다른 질문들을 묻기보다 내 입을 다물기로 했다.

---

\* Cinnamon Disc: 계피 맛이 나는 사탕 이름.

## 40

나는 세피가 〈리얼 피플〉*을 보려 하지 않을 때 짐작했어야 했고, 〈젊은 프랑켄슈타인〉**을 방영하는 CBS 수요일 밤 명화 극장에 콧방귀를 뀌었을 때 확실히 알았어야 했다.

"난 벌써 봤어. 두 번이나." 세피는 욕실에서 마스카라를 듬뿍 바르고 있었다. "하지만 넌 TV 실컷 봐도 돼. 나는 진짜 재미를 볼 거야."

"어떻게?"

엄마와 아빠는 우리에게 돈을 전혀 남기지 않았다. 고메즈 씨가 나와 내 자전거를 떨구어 준 뒤에, 나는 세피가 계절 학기에서 돌아오길 기다리며 올해 첫 고양이 클리닉을 열었다. 세피가 나타난 다음, 우리는 채소를 전부 버리고 소금과 버터를 넉넉하게 써서 닭을

---

* 〈Real People〉: 1979~1984년 미국 NBC에서 방영된 리얼리티 쇼.
** 〈Young Frankenstein〉: 1974년에 개봉한 미국 영화.

통째로 구워 저녁 식사를 준비했다. 그런 다음 엄마 아빠가 일찍 집에 와도 문제가 없도록 부엌을 정리했다.
 TV를 보는 거 외에 뭐가 남았지?
 세피가 검은색 브러시로 긁으며 눈썹을 늘리는 사이 세피의 입은 완벽하게 O자를 만들었다. 그다음 세피는 만화 속 여자 토끼처럼 빠르게 눈을 깜박였다. "친구들을 초대할 거야." 세피가 말했다.
 "뭐? 언니는 친구가 없잖아."
 나는 그런 의미가 아니었지만, 세피의 눈은 온통 촉촉해졌다. 만일 그 소금기 도는 방울이 한 방울이라도 떨어지면 마스카라는 끝장이었다.
 "네가 뭘 알아!" 세피가 말했다.
 세피의 반응이 나를 놀라게 했다. 나는 그저 사실을 말하고 있을 뿐이었다. "미안해. 그냥 언니가 누구에 대해 말하거나 누구를 초대한 적이 없잖아." 나는 세피를 프리토레이라고 말한 클램에 대해 떠올렸고 내 입은 텁텁해졌다. "오는 게 여자애들이야, 남자애들이야?"
 세피는 어깨를 으쓱하고 마스카라를 자신의 본 벨 체리 립글로스와 파란 아이섀도와 함께 파라핀지로 만든 샌드위치 봉투에 집어넣었다. "넌 우리랑 어울릴 필요 없어. 그냥 방해하지만 마."
 공기가 탁해졌다. "세피, 엄마랑 아빠가 남자애들이 집에 오면 싫어하실 거 알잖아."
 세피는 느긋하게 내 옆을 지나 계단을 향하며 맨 위 단추를 풀었다. "엄마와 아빤 모르실 거야."
 "내가 말하면 아시겠지."

세피는 획 돌아서서 영화에서처럼 내 멱살을 잡았다. "네가 말하면," 세피는 식식거렸다. "나는 온 세상에 네가 옷장 속에서 잔다고, 괴물이 무서워서 밤에 네 방을 떠나지도 못한다고 말할 거야. 가브리엘한테도 확실히 알리겠어."

세피의 뜻밖의 분노가 내게 충격을 주었다. 내게 못된 말들을 했던 모든 사람 중에 세피가 포함되리라고는 전혀 생각하지 못했다.

"언니가 누굴 오게 했건 난 상관없어." 나는 홱 하고 벗어나 거실로 쿵쿵 걸어갔다. 나는 세피에게 눈물 닦는 모습을 보이고 싶지 않았다. "걔들이 TV 보는 날 방해하지 않는 게 좋을 거야."

차 한 대가 진입로에 들어왔을 때 나는 TV에 얼굴을 고정하고 있었고, 그 차가 몇 분 뒤 떠났을 때도 창문 밖을 흘끔거리지 않았다. 나는 들뜬 한순간 누가 오기로 했건 마음을 바꾸지 않겠다고 생각했지만, 이내 세피가 문을 열고 어떤 남자애 말소리에 너무 크게 웃어대는 것을 들었다. 여기 온 게 누구건 운전하기엔 너무 어린 것이 틀림없었다. 나는 내가 아는 목소리인지 들어보려 안간힘을 썼지만, 프랑켄슈타인 괴물이 너무 크게 신음하고 있었다. 나는 집중하고 있으면서도 느긋해 보이려고 리클라이너에 자리를 잡았다.

웨인과 리키가 달콤하고 질척거리는 코롱 냄새를 앞세워 거실 입구에 모습을 드러냈을 때 내 목은 조여들었다. 그들은 더운 날인데도 단추 달린 셔츠에 청바지를 차려 입고 있었고, 우리 집은 우리가 오븐을 썼기 때문에 거의 적도의 온도까지 치달아 있었다. 웨인은 아마도 내가 강가에서 그를 친 탓에 턱에 멍이 들어 있었다. 두 남자애 모두 아빠의 집에서 보니 작고, 부자연스럽게 보였다.

리키가 먼저 말했다. "뭐 봐?"

나는 내 집에서 내가 전시된 것처럼 느끼도록 만든 그를 노려볼 준비가 되어 있었다. 가구의 초라함, 정말 작은 TV, 그리고 내 몸까지 나는 모든 것을 과도하게 의식하고 있었다. 하지만 그의 구부러진 어깨는 내게 그도 나만큼이나 어색하다는 걸 알려주었다. "〈젊은 프랑켄슈타인〉."

"난 한 번도 본 적 없는데." 리키가 말했다.

나는 시선을 날렸다. 멍청하고 또 멍청했다.

"캐시, 리키를 즐겁게 해줄래?" 세피가 남자애들 뒤에서 나타나며 얼굴만큼이나 거슬리는 목소리로 말했다. "난 웨인한테 내 방 보여주러 갈게."

"그래, 귀여운 캐시." 웨인이 세피의 격식 차린 태도를 흉내 내며 말했다. "우리 리키를 즐겁게 해주길 부탁할게. 걔는 불알 뒤쪽을 긁어주는 걸 좋아해."

세피가 그를 치자, 웨인은 킬킬거렸다. 리키는 얼굴을 붉힐 품위는 있었다.

"그만해, 이 쓰레기야." 세피가 웨인을 밀치며 말했다. "쟤넨 그냥 애들이잖아."

"웨인은 나보다 고작 한 살 위거든!" 나는 소리쳤지만 그들은 듣고 있지 않았다. 웨인은 세피에게 팔을 두르고 있었고, 세피는 자기 손을 그의 바지 뒷주머니에 쑤셔 넣고 있었다. 나는 그들이 세피의 방에 올라가 무엇을 할지 생각하니 울고 싶었다. 세피가 아직도 나와 매일 윌로웍스를 하고 놀 거라고 생각진 않았다. 난 그냥 세피가 언제 무경험에서 쉬움까지 갔는지 확신할 수 없었다.

"내가 너랑 시시덕거릴 거라고 생각하지 마." 나는 너무 화가 나서 리키를 쳐다보지도 않고 말했다.

영화는 마을 사람들이 프랑켄슈타인의 성에 몰려가는 지점에 이르렀고, 덕분에 나는 내 심장 박동이 진정될 때까지 TV를 응시할 구실을 얻었다. 그 장면이 끝날 무렵, 나는 호기심이 일었다. 리키는 앉은 뒤로 한 마디도 뱉지 않았다. 나는 곁눈질로, 교회에 온 것처럼 손을 무릎에 모으고 아빠의 의자 끄트머리에 걸터앉은 리키를 볼 수 있었다.

"긴장 풀어도 돼. 나는 물지 않아."

리키는 자기 반창고를 쳐다보았다. 그는 내게 《초원의 집》에서 잉걸스가 입양했던 소년 앨버트를 약간 떠올리게 했다. 그는 불안했고, 보조개가 있었고, 무사마귀투성이 손가락으로 우리 집 거실에 있지 않았다면 귀여울 터였다.

"아무튼, 왜 온 거야?"

그는 한쪽 어깨를 으쓱했다가 내렸다. "웨인이 좋은 시간이 될 거라 그래서."

"넌 항상 웨인 말대로 하니?" 그에게 말하면서 나는 우월한 기분이 들었다. 내가 맘대로 밀어붙일 수 있는 것처럼. 그 힘이 나를 놀라게 했다.

다시 그 한쪽 어깨의 으쓱거림. "걔는 나랑 제일 친한 친구니까."

나는 내가 더 크게, 더 못되게 느껴졌다. "걘 버스에서 너랑 거의 말도 안 하잖아. 개랑 클램이 제일 친한 친구 같던데."

리키는 TV를 보며 세차게 눈을 깜박거렸다.

나는 완전히 파고들었다. "클램이 정말로 다시 공격받았어?"

리키는 내가 그를 후려친 것처럼 휙 물러났고, 갑작스러운 수치심이 내 입을 시큼하게 만들었다.

그는 나를 보려 했지만 눈을 그만큼 높이 들지 못했다. "그럴 거야. 할로에 사는 남자애들 대부분이 최소한 쫓긴 경험이 있어."

TV 화면이 광고로 넘어갔다. 첫 번째 광고는 시퐁 마가린이었다. 대지의 여신이 나무가 우거진 협곡에 앉아 곰과 라쿤에게 동화를 들려주고 있었다. 그 광고는 내가 가장 좋아하는 광고 중 하나였지만 나는 그걸 볼 수 없었다. "무슨 뜻이야?"

리키가 이번엔 무감각하게 나를 쳐다봤다. 그는 그 어느 때보다 더 앨버트를 닮아 있었다.

"역겨운 얘기야." 그가 경고했다.

"말 안 해도 돼." 나는 말했다. 정말이었다. 나는 못되게 굴어봤지만 그게 전혀 맘에 들지 않았다.

그는 거실 책꽂이에 가득 찬 페이퍼백들에 다가가 손가락으로 훑었다. "책이 많네."

나는 둘러봤다. 나는 거기 워낙 익숙해져서 더 이상 알아차리지도 못했다. "우린 책 읽는 가족이야." 나는 언젠가 아빠가 식료품점 계산대의 여자분에게 그렇게 말하는 걸 들었다. 그 여잔 내가 얼마나 똑똑한지 아빠에게 칭찬하면서 손을 뻗어 아빠의 팔을 주물러댔다.

리키가 자기 코 옆을 긁었다. "우리 집엔 책이 하나도 없어."

나는 우리 집 정도의 서가를 갖춘 집에 가본 적이 없었고, 그래서 그가 책이 없다는 게 전혀 놀랍지 않았다.

"전혀." 리키가 계속했다. "내가 어렸을 때 엄마가 읽어준 적도 없어. 우리 새엄마도."

"너희 부모님은 이혼하셨어?"

"응. 우리 엄마가 아빠를 떠났어."

나는 몸을 기울였다. "어떻게 엄마가 그렇게 하게 했어?"

"어?"

내 심장 박동이 느려졌다. "어떻게 엄마가 아빠를 떠나게 했냐고?"

리키는 내가 방금 귀로 똥을 싼 것처럼 나를 쳐다봤다. "엄마는 도망갔어. 난 3학년이었지. 그 뒤로 엄마를 보지 못했어."

"오." 나는 엄마가 아빠뿐 아니라 자기 자식들도 떠날 수 있다고는 생각하지 못했다.

리키는 자기 반창고 중 하나를 마법의 지니를 풀어놓으려는 것처럼 만지작거리고 있었다. "그 일은 클램이랑 다른 할로 애들 몇 명한테 일어난 것처럼 똑같이 나한테도 일어났어. 클램은 처음 잡혔을 때 그 강가 옆에서 담배를 피우고 있었어. 테디 미칠먼도 그랬을 거야. 나는, 난 집에서 아빠의 고함소리를 더 이상 참을 수 없어서 벗어나려고 밖으로 달아났어. 어떤 남자가 우리가 어제 너랑 멋진 자전거 있던 애를 발견한 그 공원 입구 바로 옆에서 나를 움켜잡았어."

그는 시선을 낮췄다. "그 일은 미안해. 우린 그냥 좀 장난치고 있었어. 너를 다치게 하지는 않았을 거야." 무언가가 그의 눈 뒤에서 장난을 쳤고, 그는 웃음을 터뜨렸다. "아무튼, 네가 클램을 친 것처럼은 아니었을 거야. 넌 웨인도 제대로 한 방 먹였지."

난 클램이 괜찮은지 물을까 했지만, 내가 신경 쓰는 것처럼 보이고 싶지 않았다. "누가 널 잡은 거야?"

리키의 얼굴이 종이 색깔이 되었다. "그 남자는 마스크를 쓰고 있었어. 그가 내 주머니를 움켜쥐었어. 나는 남자가 나를 털려고 하는 줄 알았지만 다음 순간 그가 내 거시기를 쥐어쨌지. 나는 가능한 한 세게 그자를 찼지만 남자는 나를 더 세게 쥐면서 자기 앞에 대고 날 문질렀어. 으르렁거리는 소리 같은 걸 내더니 나를 놔줬어." 리키는 목 뒤를 긁었다. "난 클램이 두 번 다 그랬던 거나 테디처럼 차에 끌려가진 않았어. 걔들은 차로 어딘가에 갔다가 일이 끝나자 버려졌대."

나는 메슥거리고 떨렸다. "경찰한테 말했어?"

"아니."

"왜?"

"네가 말해봐."

내 얼굴이 대답으로 화끈거렸다. 나는 파티에서 바우어가 한 말을 그대로 떠올릴 수 있었다. 아아니, 그건 그냥 애새끼들 헛소리야. 걔네들은 다 골칫거리야, 그 할로 애들은. 경찰은 아이들을, 길의 그 쪽에 사는 애들 말을 믿지 않았다.

"내 생각도 그래." 그가 내 표정을 읽으며 말했다.

영화로 돌아갔다. 우리는 몇 분간 그걸 보다가 리키가 다시 말했다. "내가 여기 온 다른 이유도 있어. 웨인의 친구인 거 말고 말이야."

나는 움찔했다. 우리는 괜찮게 시간을 보내고 있었는데, 이제 그가 망치려고 했다.

"너희 아빠가 용접공이라고 들었어." 그가 말했다.

나는 당황했다. "그랬지. 아빠는 이제 조각들을 만드셔."

리키가 엄지손가락과 집게손가락 들을 그 사이에 작은 수정 구슬을 들고 있는 것처럼 한데 문지르며 반복적인 동작을 하기 시작했다. "나도 알아. 하지만 나는 용접공이 되고 싶어. 너희 아빠가 나를 가르쳐주실 수 있을까?"

"우리 아빠가 너한테 용접을 가르쳐줄지 알고 싶어서 여기 왔다고?"

"그래!" 그가 내가 본 어느 때보다 더 신이 나서 일어나 앉았다. "예술적인 용접이건 실제 용접이건. 내 대학 입학에 도움되는 거라면 뭐든."

"그럼 세피한테 여쭤보라고 해." 나는 아빠에게 리키가 누구라는 둥 혹은 우리 집에 왔었다는 둥 설명하는 데에는 전혀 관심이 없었다.

"좋아, 네 생각에 그게 좋을 것 같다면." 리키는 다시 TV를 보고 있었지만, 나는 진지함의 망토가 그의 얼굴에 드리워진 것을 알 수 있었다. "야, 우리 모두 세피가 어떤지 알지만, 넌 그렇게 안 해도 돼."

내 말이 얼어붙었다. "세피가 어떤데?"

"너도 알잖아."

나는 알았다. 그게 나를 외롭게 만들었다. "세피가 이런 지 얼마나 됐어?"

리키는 다시 자기 코를 긁었다. "얼마 안 됐어. 이번 겨울부터? 하지만 세피는 계절 학기 남자애들을 빠르게 넘어뜨리고 있어. 할로의 거의 모든 애들이 세피를 건드려봤어."

나는 다시 그 외로움을, 내 심장이 그 뿌리부터 썩어버린 것 같은 깊은 통증을 느꼈다. 머리 위 천장에서 무언가가 쿵 소리를 냈고, 이내 깔깔거리는 소리가 났다. "세피에 대해서 다들 알아?"

"난 모르겠어. 세피는 우리까지 내려오기 전에 꼭대기부터 돌았거든. 남자애들이 어떤지 알잖아."

"모든 남자애들은 아니지. 가브리엘은 아니야." 아니면 프랭크는. 리키는 그 이름을 모르겠지만.

리키는 동의하는 콧방귀를 뀌었다. "그래, 가브리엘이라면 절대 네 언니를 쫓지 않겠지."

나는 자부심과 수치심을 동시에 느꼈다. 더 이상 세피에 대해 말하고 싶지 않았다. "너를 잡았던 남자는 어떻게 생겼어? 내 말은, 마스크 말고는?"

리키의 목소리가 퉁명스러웠다. "그건 분명 코널리야."

내 폐 속의 공기가 얼어붙었다. "뭐?"

"그래, 우리 모두 그게 코널리라고 확신해. 치한 체스터는 완전히 게이거든."

나는 벌떡 일어나 그를 우리 집 밖으로 쫓아낼 준비를 했다. "그렇더라도, 그게 선생님이 남자애들을 공격한다는 뜻은 아냐!"

리키는 고개를 저었다. "그런 게 아냐. 그가 공격할 때 가지고 다니는 메트로놈 때문이야. 테디와 클램도 나도 똑같이 들었어. 그자가 만지면서 내는, 낡은 시계처럼 짤각거리는 소리. 그자가 자기 손으로 하는 짓보다 그 소리가 더 기분 나빠. 짤각, 짤각, 짤각."

# 41

1983년 6월 1일

사랑하는 진 이모,
제발 와주세요. 이모가 필요해요.
마음을 담아.

캐시

## 42

 나는 오렌지크림색 하늘, 메밀 와플 냄새, 그리고 가족 시트콤 소리에 깨어났다. 웨인과 리키는 자정 전에 떠났고, 엄마와 아빠는 그 후에, 다만 해가 뜨기 전 언젠가에 돌아왔다. 엄마는 우리가 내려갔을 때 세피와 나를 위해 와플을 준비해놓았다. 아빠는 미소를 지으며 커피를 마시고 일정을 짜고 있었다. 세피는 곧장 그 기분에 아무렇지 않게 빠져들며 자신의 가장 달콤한 모습으로 테이블에 다가갔다.
 난 아니었다. 나는 메이플 시럽에 흠뻑 젖은 와플이 담긴 내 접시 위로 의심스럽게 몸을 구부렸다. "왜 다들 그렇게 기분이 좋아?"
 아빠가 웃음을 터뜨리며 담백하게 내 머리카락을 흐트러뜨렸다. "네 엄마랑 내가 휴가가 필요했나 보다, 캐스. 우리 없는 동안 너희는 잘 지냈냐?"
 나는 내 입에 포크 가득 음식을 쑤셔 넣고, 눈을 크게 뜨고 있는 세피를 응시했다. 세피의 침묵이 내게 평화를 지키자고 간청했다. 세피는 나보다 먼저 말했다. "우리가 해야 할 일을 다 했어요. 난 어제 제 시간에 수업에 가서 끝날 때까지 있었고요."

엄마가 환하게 웃었다. "그거 멋지구나! 네 아빠가 오늘은 너를 태워주실 거야." 엄마는 이번 여행에서 최소한 힘들었던 지난 5년은 회복한 것 같았다. 마지못해 나도 약간 기운을 냈다.

"나도 일 다 했어요."

"네 고양이들은 어떻게 지내지?" 아빠가 물었다. 아빠는 내 고양이 클리닉에 대해 물은 적이 없었다.

"잘 있어요." 나는 우유가 담긴 유리병을 잡으려고 식탁 건너편에 손을 뻗으며 말했다. "민더가 어딘가에 새끼들을 낳았는데 아직 찾지 못했어요. 빔보는 눈이 또 감염됐지만 내가 아이브라이트 차로 씻어냈고요."

"역시 우리 딸이야." 아빠가 말했고, 나는 몸을 더 세우고 앉았다. "네 성적은 어때, 세피?"

"계절 학기에서요?" 세피의 포크가 입에 반쯤 가 있었다. "음, 모르겠어요. 아마 더 열심히 공부할 수 있을 거예요."

"내가 도와줄게!" 내가 제안했다. 반사적이었다.

"고마워." 세피는 진심 어린 태도로 말했다.

나는 마주 보고 웃었다. 부스스해진 머리와 행복한 눈을 한 세피는 다시 내 언니와 닮아 보였다. 어쩌면 세피는 내가 생각한 만큼 끔찍하게 변하지 않았는지도 몰랐다. 나는 새로이 힘을 내서 내 음식에 덤벼들었다. 집에서 만든 시럽은 학교에서 팬케이크 먹는 날에 제공되는 록 캐빈에는 조금도 못 미쳤지만, 퍼석한 오래된 계란보다는 훨씬 나았다.

"그리고 여름 방학 때 일을 얻는 것도 진지하게 생각하고 있어요." 세피는 망설이며 말했다. "대학 등록금을 모으려고요."

아빠는 동의하듯 고개를 끄덕였다. "그거 좋은 생각이구나. 페그, 당신 생각은 어때?"

엄마는 그 생각을 굴려보는 것 같았다. "어디서 일할 건데?"

세피는 턱에 흘러내린 시럽을 닦았다. "아직 정하지 못했어요. 아마 웨이트리스?"

"내가 학교에 데려다줄 때 지원할 곳을 골라보자." 아빠가 제안했다.

온 집안이 거품 위를 떠돌고 있는 것 같았다. 모든 게 괜찮았다. 괜찮은 것 이상이었다! 엄마와 아빠의 휴가 때 뭔가 좋은 일이 일어났고, 그게 그들을, 전 세계를 바꿔놓았다. 어쩌면 그들이 엑소시즘을 받은 건지도 몰랐다. 이대로만 간다만 나는 상관없었다.

이번이 우리가 처음으로 보낸 좋은 시간은 아니었다. 우리가 여행갈 때마다, 구식의 낡은 VW밴에 짐을 실을 때마다 아빠는 행복해졌고, 아빠가 기분이 좋으면 인생은 최고였다. 어쩌면 이번엔 아빠가 아빠의 즐거움을 영원히 붙잡을지도 몰랐다. 아빠가 영원히 살려둘 수 있는 반딧불이가 담긴 병을 말이다.

나는 심지어 세피와 아빠가 시내에 갈 준비를 하는 동안 엄마와 내가 우리의 더러운 작업복을 입고 정원으로 향해야 하는 것조차 신경 쓰지 않았다. 나는 평소에 이슬이 증발하기 전에 밖에서 일하는 것을 싫어했다. 젖은 신발은 최악이었고, 잡초며 흙이 손가락에 들러붙어 손톱 아래를 파고들었다. 하지만 이 안개 낀, 후텁지근한 아침에 엄마가 홍얼거리고 있었고, 나는 하루를 엄마와 함께 보낼 터였다.

"어제 파티 초대장을 만들었어요."

엄마는 처음에 내가 무슨 말을 하고 있는지 확실치 않은 것처럼 고개를 갸우뚱했다. "오, 그거! 네 생일이 내일이지. 어떤 케이크를 원하니?"

"초콜릿 프로스팅을 얹은 악마의 음식요. 그리고 옆에 바닐라 아이스크림이 같이 있는 거." 나는 밀어붙이고 있었는데, 생일이기 때문이었다.

엄마는 웃음을 터뜨렸다. 그건 증기 오르간 소리 같았다. "가능할 것 같구나. 몇 명이 올 거니?"

"세 명 초대했어요."

엄마는 미소를 지었고, 나는 이불처럼 그 사랑 속으로 파고들 수 있었다. 아주 오랜만에 처음으로, 내 인생에 희망이 있는 것처럼 느껴졌다. 내겐 단짝 친구가 있었다. 나는 그 강가에서 스스로를 지켰다. 우리 가족은 상대적으로 평범하게 굴고 있었다.

우리 집 전화의 거센 비명이 공기를 방해했다. 엄마와 나 둘 다 멈칫했지만 이내 계속 일했다.

"점심 파티로 초대장을 만들었니?"

"응." 내가 말했다. "오늘 잡초 제거는 얼마나 해야 해요?"

엄마가 다시 웃었지만, 앞선 웃음보다는 메말라 있었다. "전부."

나는 세피가 돕지 않는다고 징징거리려 했지만, 우리가 둥둥 떠 있는 마법의 거품을 깨뜨리고 싶지 않았다. 멀리서 차 한 대가 부르릉거리며 지나갔다. 빨간 날개의 찌르레기가 고블린의 집 쪽에서 지저귀는 소리를 냈다. 빨간 날개의 찌르레기는 축축한 땅을 사랑했다.

엄마가 한 줄 움직이더니 손뼉을 쳤다. "이 사랑스러운 시금치 좀 봐! 저녁에 먹어도 되겠다. 그거랑 닭고기 구이랑. 또 먹어도 되겠지? 우리가 닭 잡은 이후로 계속 먹고 싶었거든."

"페그."

나는 아빠가 우리 뒤로 다가오는 소리를 듣지 못했다. 정원 삽을 무기처럼 들고 몸을 홱 돌리는 걸 보니 엄마도 마찬가지였던 게 분명했다. "도니. 무슨 일이야?"

처음에 나는 아빠가 이렇게 이른 아침이면 낮게 감싸는 희미한 안개 속에 서 있다고 생각했지만, 이내 아빠가 온통 하얗게 질려 있다는 걸 깨달았다.

"도니?" 엄마가 삽을 떨어뜨리고 아빠에게 달려가며 반복했다. 엄마는 아빠의 가슴에 손을 올렸고, 아빠가 대답이 없자 아빠의 허리에 양팔을 감았다. "무슨 일이야?"

아빠는 엄마를 마주 안지 않았다. "또 다른 남자애가 납치됐는데, 이번엔 돌아오지 않았어."

나는 복부에 경련을 느꼈다. 마침내 내가 생리를 시작하는 것처럼. "누구?"

아빠는 나를 쳐다보지 않았다. 그저 엄마의 어깨 너머 수천 킬로미터 밖을 응시하고 있었다. 엄마가 뒤로 물러났다. "누구였어, 도니?"

"가브리엘 웰스턴. 치과의사네 아들."

내 피가 진창으로 변했다.

가브리엘이 납치됐다면, 그건 내 잘못이었다.

내 잘못.

내가 오늘 아침 경계를 늦췄다. 내가 지난밤에 리키가 내게 했던 모든 말들을, 아이들이 저 바깥에서 아직도 공격당하고 있다는 걸 잊고 너무 이기적으로 굴었다. 내 가족이 오늘 아침에 몇 시간 평범하게 굴어서, 그들이 아주 작은 OK 조각을 제공해서, 나는 그 외에는 아무것도 신경 쓰지 않았다.

아빠의 목소리는 아주 멀게 느껴졌다. "바우어 전화였어. 그들이 그 합주부 선생을 체포했대. 코널리."

*아냐아냐아냐아냐.* 나는 내 자전거로 달려갔다. 나는 숨을 쉴 수도, 볼 수도, 느낄 수도 없었다. 내 용기가 작동 중이었다. 나는 내 자전거 손잡이에 걸려 있는 배낭을 낚아채서 내 어깨에 걸쳤다.

"캐시!" 엄마가 소리쳤지만 나를 막으려고 하지는 않았다.

나는 바우어 경사의 집을 향해 출발했다. 페달을 너무 빨리 밟아서 내 바퀴 아래서 길이 아우성을 쳤다. 바우어는 아이만이 볼 수 있는 것을 알아야 했다. 공격당한 모든 남자애들을 연결 짓는 건 할로가 아니었다.

그건 그들이 모두 24번 버스를 탄다는 것이었다.

## 43

내 뇌가 내 몸을 뒤쫓으며 따라잡으려고 세차게 돌았다. 하지만 나는 속도를 늦춰줄 수 없었다. 나는 모퉁이를 거세게 돌며 고블린의 집을 지나쳤고, 그런 다음 프랭크의 집을 지나 바우어 경사네 길로 달려 내려갔다.

나는 버스 경로에 대해 그에게 말해야 했다.

일단 알면, 그가 가브리엘을 찾아 집으로 데리고 올 수 있을 것이다. 내가 바우어네 집 진입로로 미끄러져 들어갈 때 태양은 수목한 계선을 데우고 있었다.

"바우어 경사님!" 나는 소리치며 그의 집 쪽으로 자전거를 돌렸다. "집에 계세요?"

나는 바퀴가 아직 돌고 있는 자전거에서 뛰어내려 그의 모기장 문으로 달려가 두 주먹으로 그 나무틀을 두드렸다. 경찰차가 그의 진입로에 주차되어 있었다. 그는 쉬는 날이거나 야간 근무를 한 것이 틀림없었다. 나는 모기장 문을 열어젖히고 베란다로 들어가 곧장 그의 현관문을 두드렸다.

대답이 없자 나는 양손을 얼굴 양옆에 대고 그를 부르며 안을 들여다보았다. 그의 부엌이 현관 바로 앞에 있었다. 부엌 뒤쪽으로 열린 문이 있었고, 그 검은 정도가 내게 그 문은 그의 지하실로 연결되어 있다는 걸 알려주었다. 내 몸의 모든 세포가 그게 흙바닥 지하실이라고, 프랭크가 짐작했던 그대로 축축하고 냄새나는, 우리 집 아래에 있는 것과 똑같은 것이라고 확신했다.

"어이, 영원한 목걸이를 가진 꼬마 아가씨."

나는 내 피부 가죽을 뒤에 남길 만큼 펄쩍 뛰었다. 바우어 경사는 내내 모기장이 쳐진 포치 안에 앉아서, 내가 문 하나를, 그런 다음 다른 문을 두드렸을 때도 아무 반응 없이, 거의 천장까지 쌓인 뜯지 않은 상자 뒤에서 미동도 없이 앉아 있었다. 그는 상자들을 치우면서, 하지만 그보다 더한 무언가, 그를 짓누르는 보이지 않는 무언가를 지고 천천히, 느릿느릿 내 쪽을 향했다. 나는 그의 포치에서 뒷걸음치며 삐걱거리는 모기장 문을 지나 그의 집 현관 계단을 더듬거리며 내려와 내 자전거로 향했다.

그가 나를 쫓아 밖으로, 포치에서 햇살이 쏟아지는 그의 마당으로 내려왔다. 그는 프랭크와 내가 팝콘을 파느라 여기 왔던 때보다 백 살은 늙어 보였다. 늘어진 턱살은 수염에 덮여 있었고, 피부는 오래된 고기처럼 잿빛이었다.

"네 애비가 너를 보냈냐?" 그가 물었다. 그의 목소리는 돌을 깎는 장치에서 밤을 지새운 것처럼 들렸다. "내가 전화했다고 하든?"

"제가 스스로 왔어요." 나는 내 자전거까지 뒷걸음질 쳤다.

"너도 알지, 너희 집에서 우리가 하는 일. 그건 완전히 합법이야.

어른들이 하는 일이지. 그게 다다." 그는 그 말을 불분명하게 발음했다. "아무한테도 말할 필요 없어."

"알아요." 나는 내 몸의 모든 털을 느꼈다.

"네가 누구한테 말한다 해도 그들은 널 믿지 않을 거다. 네가 콜네 딸의 립스틱을 훔친 뒤로는 아니지. 아무도 도둑을 믿지 않아."

나는 끄덕였다. 나는 헐떡거리고 있었다.

"네 아빠가 너한테 가브리엘에 대해 얘기했지, 엉?" 그가 튀어나온 자기 배를 문질렀다. 그의 낡은 셔츠는 단추가 다 열려 있었다. "저들이 이제 거물들을 투입했어. 납치된 애가 부잣집 애니까 이제 저들이 내 도시를 뒤집고 산산조각 내겠지. 자기들의 높은 말에 올라타서 우리가 하는 모든 게 잘못됐다고 할 거야."

나는 목청을 가다듬었다. "드릴 말씀이 있어요, 바우어 경사님."

나는 내 심장이 속사포처럼 빨리 뛰어서 벌새로 변해 내 입 밖으로 날아갈 거라고 생각하면서도 진입로 끝까지 들릴 만큼 크게 목소리를 높였다. "공격당한 남자애 셋 다 저랑 같은 버스를 타요. 클램, 테디, 이제 가브리엘까지. 거기다가 추행당했지만 아무한테도 말하지 않은 다른 할로 남자애들 몇 명도요. 그 애들 모두 24번 버스를 타요."

바우어 경사는 거의 숨바꼭질을 하고 싶기라도 한 듯 눈을 가렸다가 머리 위로 손을 쓸어 올렸다. "나도 알아."

내 속이 뒤집혔다. "어쩌실 거예요?"

"나는 내 빌어먹을 일을 할 거다. 그게 내가 할 일이지, 너만 괜찮다면, 미스 얌전아." 그가 갑자기 자기 마당에서 초라한 잡종 개를 내쫓는 것처럼 손을 들어 올리며 발을 굴렀다. 그 움직임에 그의 셔츠의 열려진 앞섶에서 인식표들이 빠져나와 서로 맞부딪혀 짤칵거렸다. "이제 꺼져, 이 꼬마 립스팁 도둑아!"

그의 인식표들 소리에 나는 너무 겁이 나서 별들이 보였다.

왜냐하면 내가 바우어는 피해자들 모두 24번 버스를 탄다는 걸 아무에게도 말하지 않았다고 확신하는 동시에, 누가 그 남자애들을 공격하고 있고 왜 그렇게 오래 잡히지 않았는지 알아차렸기 때문이었다.

리키가 치한 체스터가 공격할 때 내는 소리를 잘 묘사했다. 그자가 만지면서 내는, 낡은 시계처럼 짤칵거리는 소리. 그자가 자기 손으로 하는 짓보다 그 소리가 더 기분 나빠.

짤칵. 짤칵. 짤칵.

## 44

나는 내 자전거 손잡이에 달려들어 오른쪽으로 자전거를 돌리며, 붕붕대는 벌들이 가득한 머리로 진입로를 질주했다. 나는 자전거를 타고 떠나며 뒤를 돌아보지 않았다. 바우어에게 그런 만족감을 주지 않을 터였다. 나는 고블린의 집을 지나쳐 내 집을 향하지 않고 북쪽을 고수했다. 고블린의 개는 여전히 아무 데서도 보이지 않았다. 나는 우리 아빠가 그 개를 죽였을 거라고 생각했다.

나는 정해둔 목적지가 없었다.

바우어에게 떠날 기회를 주기 위해 시간을 죽이고 있는 중이었다.

왜냐하면 이제 그가 남자애들을 추행하는 그 사람이라는 걸 알았으니까. 그의 인식표들이 그의 젖혀진 셔츠에서 빠져나와 내게 그 금속성의 소음을 낸 그 순간 알아차렸다.

지난밤, 리키의 말들이 내 머리 뒤쪽 무언가를 간질였는데, 이제 바우어에게서 그 소리를 듣고 보니 그게 무엇인지 확실히 알았다. 그건 내가 아빠의 파티에서 크리스티에게 들이박고 있는 그를 봤을 때 들은 것과 같은 소리였다.

그의 인식표들.

*짤칵 짤칵, 짤칵 짤칵, 그가 나쁜 짓을 하고 있을 때.*

나는 10분을 기다린 다음 바우어의 집으로 돌아가기 위해 자전거를 돌렸다. 그가 나오는 걸 보면 배수로에 숨으려 했지만, 걱정할 필요 없었다. 그의 마당에서 경찰차가 사라졌다. 그가 그런 상태로 일하러 갈 수 없었다. 할 수 있나? 나는 그의 창문을 엿보고 싶었지만 너무 무서웠다. 그의 집이 나를 지켜보는 것만 같았다. 은박지 비슷한 무언가로 가려진 지하실 창문들만 빼고.

태양이 내 뒷목을 태우기 시작해서, 나는 배수로 쪽으로 페달을 밟았다. 나는 자갈길에 자전거를 기울여 놓고, 경사면을 미끄러져 배수관의 금속 입구에 걸터앉아 내 발을 미지근한 물에 담갔다. 가느다란 다리가 달린 수생 곤충들이 표면을 지치며 스케이트를 탔다. 진흙 수렁에 사는 거북이 이끼가 낀 부분에서 햇볕을 쬐고 있었다. 거의 정오에 가까워졌다고 판단했을 때, 내가 일어서자 거북이 겁을 먹고 물에 퐁당 빠졌다.

*가브리엘이 납치됐다.*

내가 만난 가장 다정한 남자애가.

나는 그 생각이 방울져 굶주리는데도 먹이를 주지 않으려 애썼다. 가브리엘은 틀림없이 극도로 겁에 질렸을 것이다. 엄마를 소리쳐 부르고 있는데, 아무도 그의 말을 들을 수 없는지도 모른다. 나라면 그랬을 것을 나는 알았다. 나는 길로 다시 올라가 내 자전거를 타고 릴리데일로 향했다.

1.6킬로미터쯤 밖에서 나는 처음으로 주립 경찰 차량들 뒤를 따

르는 군용 트럭을 목격했다. 시내에 다다르자 모빌 주유소 근처 전봇대에 붙은 포스터가 보였다. 가브리엘의 얼굴이 내게 미소 지었다. 실종. 나는 몸을 돌렸다. 두 번째 포스터가 한 길 위 벤 프랭클린 가게 앞에 나타났다. 실종.

파머스 앤 서플라이어스 주립 은행 간판이 메시지를 깜박거렸다.

*가브리엘을 집으로! 오늘 밤 7시 촛불 시위*

나는 그 간판 앞에 멈춰 섰다. 계속 나아가려 했지만 더 이상 절망감에서 벗어날 수 없었다. 그건 강한 발톱을 가진 독수리처럼 내 어깨에 내려앉았다. 그때 나는 거리에 아이들이 없다는 걸, 어른들만 좀비처럼 발을 질질 끌며 걷고 있다는 걸 눈치챘다. 나는 코널리 선생님을 만나서 바우어에 대해 얘기해야 했다. 그 누구도 나를 믿지 않겠지만, 코널리는 믿을지도 몰랐다.

나는 그의 집보다 먼저 피켓 시위 참가자들을 발견했다.

그들 중 누구도 알아볼 수 없었다. 그들이 쓴 문구들은 분노에 차 있었고, 무서웠다.

*가브리엘을 해방하라! 신께서는 죄인을 증오하신다!*

코널리 선생님의 집 앞에서 서성이고 있는 이들은 여섯 명이었고, 모두 나이 든 사람들이었다. 알지도 못하는 누군가를 증오하는 그들을 보자니 분노가 일었다. 나는 시위꾼들에게 분노를 날려 보내며 밴더퀸 공원으로 향했다.

나는 지난번에 자전거로 지나치며 봤던 같은 장소에서 그네를 타고 있는 이비를 발견했다. 나는 핸들을 홱 꺾어 연석을 뛰어 넘고 잔디를 밟으며 놀이터로 향했다.

"안녕, 이비." 나는 이비가 놀라지 않게 소리쳤다.

이비가 기대하기라도 한 듯이 차분하게 얼굴을 돌렸다. "안녕."

나는 한 다리를 안장 너머로 넘겨 한쪽으로 균형을 잡으며 이비 쪽으로 자전거가 구르게 됐다. 그리고 콩자갈 위로 자전거를 떨구고, 이비 옆 자전거에 주저앉았다. "가브리엘 얘기 들었어?" 나는 물었다.

이비는 손을 뻗어 공원을 가리켰다. 이비의 여우 코와 날카로운 작은 이가 햇빛에 반짝거렸다. "다들 들었지."

"누가 그 애들을 해치고 있는지 안대?" 내 목소리에 떨림이 스며들었다.

이비는 다리를 앞으로 뻗어 다시 그네를 타기 시작했다. "누군지는 모르지만, 어딘지는 알아. 그 남자애들 전부 그 강가의 수영하는 구덩이 근처에서 공격당했어. 경찰이 주변을 탐문해서 검은 차가 거기 자주 서 있었다는 사실을 발견했지만, 이내 파란 차랑 녹색 차랑 은색 차도 그랬다는 걸 발견했지. 그 남자애들은 자기들이 그게 코널리 선생님이라고 생각한다는 거 외엔 아무것도 몰라."

산이 내 목구멍 뒤에서 타올랐다. "선생님이 자백했어?"

이비는 어깨를 으쓱했다. "네 짐작이나 내 짐작이나 마찬가지야."

"나는 선생님이 그랬다고 생각 안 해." 나는 내 그네를 밀려고 다리를 흔들기 시작했다. 내 목소리는 자신이 없었다. "누가 그랬는지 알 것 같아."

이비는 감명받은 것 같지 않았다. 이비는 더 세게 발을 굴렀다. 우리의 그네가 스칠 때 이비의 말이 나를 따라잡았다. "그럼 네가 경찰서에 가야지."

나는 바우어를, 그의 꼬부라진 말을 생각했다. 네가 누구한테 말한다 해도, 그들은 널 믿지 않을 거다, 네가 콜네 딸의 립스틱을 훔친 뒤로는 아니지. 아무도 도둑을 믿지 않아. "그들은 신경 쓰지 않을 거야."

이비는 너무 높이 올라가서 태양을 맛볼 수 있을 것처럼 보였다. 최고점에 이르자 이비는 거의 미끄럼틀 꼭대기와 평평해졌다. "그럼 네가 혼자 해야지." 이비가 소리쳤다. "중요한 건 다 그런 법이잖아."

이비는 등을 활처럼 구부리며 솟구쳐 그네에서 뛰어내렸다. 이비는 고양이처럼 땅에 내려앉아, 착지한 부근에 놓인 파란 더플 백을 향해 걸어갔다.

"거기 뭐가 들었어?"

"인형들." 이비가 말했다. "놀래?"

나는 더 잘 볼 수 있게 발 구르기를 멈췄다.

"인형 갖고 놀기엔 나이가 너무 많은걸." 내가 말했다.

"네가 그렇다면야." 이비가 양배추 인형, 래게디 앤과 앤디, 그리고 네 개의 낡은 바비 인형 복제품을 꺼냈다. 그런 다음 플라스틱 휴대용 케이스를 꺼내어 열고, 고고부츠와 힐을 비롯한 온갖 종류의 자그마한 의상들을 드러냈다.

나는 내 그네에서 날아 내려 가까이 다가갔다.

나는 이비 옆 땅에 털썩 앉았다. "내가 갈색머리 인형에 옷 입혀도 돼?"

"그럼." 이비는 그 인형을 건넸다.

우리는 한 시간 넘게 그 인형들을 가지고 놀았다. 아기 짓 같았지만 나는 질리지 않았다.

"너희 엄마가 너를 여기서 온종일 놀게 허락하셔?" 내가 물었다.

이비는 공원을 에워싼 덤불장미 길 한가운데 있는 황갈색 집을 가리켰다. "창문으로 보고 계셔."

나는 내가 이비를 여우상이라고 생각했던 걸 믿을 수가 없었다. 물론, 이비는 뾰족한 코에 날카로운 작은 이를 가졌지만 세상엔 더 나쁜 것들이 있다.

"있지," 내가 말하며 내 배낭을 뒤졌다. 나는 프랭크 앞으로 만든 초대장을 발견하고는 프랭크의 이름이 적힌 봉투에서 초대장을 꺼냈다. 나는 그걸 이비에게 건넸다. "나 생일 파티 할 거야. 너도 올래?"

이비는 그 초대장을 바라봤다. "고마워, 하지만 안 갈래."

이비는 아무 핑계도 대지 않고 그저 간단하고 직접적으로 말하며, 내 굴욕을 내게 곧장 돌려주었다. 고맙지만 됐어. 그걸 어떻게 수습할지 생각하느라 1분쯤 걸렸다. 나는 마침내 그걸 받아들였다. "뭐, 혹시 마음이 바뀌면, 생일 파티는 코로나 호수 공원에서 내일 정오에 할 거야." 나는 그게 진실일지, 이제 군대가 여기 와 있고 가브리엘이 실종됐는데도 여전히 파티들을 해도 되는지 알 수 없었다. "점심 식사랑 케이크랑 수영이 있을 거야."

"고마워." 이비가 다시 말했다. 이비는 오지 않을 것이다.

"난 가봐야겠다."

"그래." 이비가 말했다. 이비는 놀이에서 눈을 떼지 않았다.

나는 배낭을 어깨에 걸치고 내 자전거에 다시 뛰어올랐다. 코널리의 집 앞에 이를 때까지 내가 그 집으로 다시 가고 있다는 걸 알아차리지 못했다. 피켓 시위대는 가고 없었다. 나는 그의 문 바로 앞까지 자전거를 타고 가 노크를 했다. 나는 그가 집에 없을 거라고 생각했기 때문에 뭐라고 말할지 전혀 계획이 없었다. 그가 대답했을 때 나는 안장에서 떨어질 뻔했다.

"코널리 선생님!"

그는 프랭크와 내가 방문했던 날 이후로 먹지도, 자지도, 혹은 면도를 하지도 않은 듯이 보였다.

그는 나를 알아보지 못하는 듯이 쳐다보다가, 이내 내 어깨 너머를 두리번거렸다. "여기 있으면 안 돼."

그의 텅 빈 시선이 나를 겁먹게 했다. 나는 바우어에 대해 그에게 말할 용기를 잃었다, 적어도 당장은. 나는 그걸 발전시킬 필요가 있었다. "제가 팝콘을 얼마나 팔았는지 알려드리고 싶었어요."

짜증 같은 불길이 그의 얼굴에 번졌다. "나랑 같이 있는 모습이 보이면 안 돼. 난 위험한 사람이다. 못 들었니?"

"지난밤에 클램이 여기 있는 걸 봤어요." 내가 발을 쳐다보며 말했다. 그리고 그때 나는 내가 왜 여기로 자전거를 돌렸는지 깨달았다. 나는 내 눈이 나를 속였다고, 당연히 자신은 클램을 자신의 부엌으로 들이지 않았다고, 릴리데일의 남자애들에게 이 모든 끔찍한 일이 일어나고 있는 마당에 그럴 리가 없다는 말을 코널리에게서 들어야 했다.

"내가 마당에서 일을 해달라고 그를 고용했다." 코널리가 불안한 목소리로 말했다. 그런 다음 그는 내 면전에서 문을 닫았다.
    자전거를 타고 집에 오는 길에, 무언가 묵직한 것이 내 안에 자리 잡았다.

# 45

나는 어린이로 잠들었지만 청소년으로 깨어났다.

진짜 열세 살. 나는 다른 느낌을 받았고, 확신을 품었다. 태양은 빛나고 있었고, 새들은 지저귀고 있었으며, 나는 거의 나를 둘러싼 세상이 무너지고 있지 않은 척, 내 발꿈치를 할퀴는 잿빛 공포보다 앞선 척할 수 있었다. 나는 아침 식사로 콘플레이크, 우유, 바나나를 먹었다. 엄마가 특별히 나를 위해 산 이름 있는 콘플레이크였다.

나는 나갈 시간이 될 때까지 고양이들과 놀았다.

"생일을 맞을 준비가 됐니?" 내가 밴에 짐을 싣는 엄마를 발견했을 때, 엄마가 물었다.

"난 태어났을 때부터 생일 맞을 준비가 되어 있었어요."

엄마는 이 농담에 웃지 않았다. 나는 엄마가 이해한 것 같지 않았다. 아니면 오늘은 웃을 가치가 별로 없는 날일지도 몰랐다. 엄마는 케이크를 만들었지만 아이스크림은 샀고, 거기다 더해서 켈로그 콘플레이크, 슬라이스 햄과 치즈, 흰 빵, 머스터드, 포테이토칩을 샀다.

엄마는 상하는 것들을 밴 뒤에 밀어 넣은 아이스박스 속 얼음 위에 놓았다.

세피는 계절 학기에 가 있었다. 아빠는 주변에 없는 듯 보이지 않았다. 일찌감치 코로나 호수로 향하는 밴 안에는 엄마와 나뿐이었다.

"몇 명이나 초대했는지 다시 말해봐." 엄마가 물었다.

"세 명."

엄마는 밴의 얼굴 가리개를 내려 얼굴에 비치는 햇빛을 가렸다. "파티하기 좋은 날이네."

"파티해줘서 고마워요."

엄마는 끄덕였다. 엄마는 머리카락을 하나로 묶고 엄마가 직접 만든 산호색 반바지에 어울리는 셔츠를 입고 있었다. 엄마의 하나뿐인 샌들은 그 여름 착장에 어울리지 않았지만 상태가 좋았다. 린과 그 애 엄마는 아마 알아차리지도 못할 터였다.

엄마가 나를 휙 넘겨봤다. "뭘 보고 있어?"

"아무것도 아니에요. 엄마 멋있다." 나는 무릎에서 상상의 먼지를 털어냈다. 엄마는 내가 면도한 걸 알아채지 못했다. 엄마는 그리고 어제의 내 자전거 여행에 대해 묻지 않았고, 나는 얘기하지 않았다. "래미 바우어는 어릴 때 어땠어요?"

엄마는 다시, 이번엔 더 날카롭게 나를 쳐다봤다. "바우어 씨 말이니?"

"고블린이 그 사람을 래미라고 불렀어요."

엄마는 얼굴을 찡그렸다. 나는 엄마의 눈썹과 입가에 새로운 주름이 새겨진 것을 보았다. "괜찮았어. 뭐, 그만하면 멋있었지."

"왜 헤어졌어요?"

엄마는 흘러내린 머리카락을 귀 뒤로 넘겼다. "고등학교 때 일이야. 지속될 게 아니지. 네 아빠가 늘 내 사람이었어."

"바우어 씨가 고등학교 때 말썽을 부렸어요?"

엄마는 이 말에 웃었다. 종잇장 같은 소리가 났다. "그랬던 것 같구나. 싸움이며 그런 거. 하지만 모든 사람이 두 번째 기회를 누려 마땅하단다, 그렇게 생각하지 않니?"

"모든 사람요?"

"그럼. 우리 이웃을 보렴." 엄마는 지나치는 중이던 프랭크의 집 쪽을 고개로 가리켰다. "고메즈 씨는 교도소에 갔었단다."

"말도 안 돼."

"정말. 아라미스가 말해줬어, 무슨 일 때문인지는 말하지 않았지만."

"엄마, 내 생각엔 바우어 씨가…."

"남자애들이 다쳐서 심란해한다고? 당연히 그렇지. 그리고 가브리엘을 찾으려고 전력을 다하고 있어."

나는 밧줄처럼 내 목을 조여드는 흉터를 느끼며 지나가는 작은 언덕들을 바라보았다. 자갈길이 포장도로로 바뀌었다. 엄마는 바우어 경사에 대한 내 말을 듣지 않을 것이다. 나는 내 주장을 펼치려고 입을 열었지만, 완전히 다른 말이 굴러 나왔다. "난 아빠가 무서워요."

엄마의 발이 가속 페달을 꽉 밟아 차가 앞으로 튀어나갔다. "너랑 네 상상이란. 극적으로 굴지 좀 마."

심장이 흉곽 밖으로 튀어나오려 했다. 나는 입술을 꾹 다물었다. 마침내, 나는 이걸 끄집어낼 참이었다. "아빠는 항상 기분 나쁜 말을 해요."

엄마의 손이 운전대를 움켜쥐었다. "다신 이런 얘기 하지 마."

엄마는 내 말을 듣고 있지 않았다. 한 번도 내 말을 들어주지 않았다. 하지만 나는 밤마다 내 글로 계단을 올라오는 아빠를 막은 것처럼, 내가 제대로 정확하게 말들을 늘어놓는다면 엄마를 이해시킬 수 있을 거라고 확신했다. "왜 우리가 아빠랑 같이 살아야 해요?"

"말했잖아. 난 아빠를 사랑해. 그 사람은 좋은 남편이야."

나는 고개를 저었다. "아니, 아빤 그렇지 않아요."

"네가 모르는 게 아주 많아."

나는 다시 창밖을 내다봤다. 오두막집들이 다가오다 지나쳤다. 공원은 바로 앞이었다. 내가 모르는 게 많겠지. 우선, 나는 엄마가 나를 이렇게 입 다물게 할 때마다 내 배 속에 자리 잡는 뜨거운 작은 돌을 어째야 할지 몰랐다. 나와 세피를 사냥하는 아빠를 어째야 할지 몰랐다. 아빠가 이제 남자애들을 스토킹하는 바우어 경사를 돕고 있다는, 혹은 적어도 바우어 경사가 그러는 동안 못 본 척하고 있다는 나의 두려움을 어째야 할지 몰랐다.

"저거 린네 차 아니니?" 엄마가 우리가 들어선 주차장 저 끄트머리를 가리켰다. "린네가 일찍 왔구나!"

엄마는 밴을 은색 세단 차량 옆에 세웠고, 우리 둘은 내렸다. 우리는 아이스박스 위에 마른 음식들을 놓고 그 무거운 파랗고 하얀 박스를 들고 공공 피크닉 테이블을 향해 언덕을 내려갔다. 린과 린의 엄마는 이미 오크나무 아래 있는 최고 자리를 맡아놓고 있었다. 나는 아이스박스를 놓고 손을 흔들 수 없었지만, 가까이 다가가자마자 소리쳤다. "안녕, 린!"

린은 자기 엄마를 흘끔 본 다음 나를 봤다. 자기 엄마가 뭐라고 말하자 린은 우리에게 달려왔다. "도와줄게."

"고맙다." 엄마가 말했다. 엄마의 표정은 긴장되어 있었다.

"앤지." 엄마가 피크닉 테이블에 다다르자 말했다. "잘 지냈어요?"

"전 잘 지내요, 고마워요. 당신은요?" 스트라한 부인은 파란 테두리를 두르고 양 어깨에 금단추가 세 개씩 달린 하얀 원피스를 입고 있었다. 그녀의 하얀 샌들은 완벽하게 어울렸다.

"잘 지내요." 엄마가 말했다.

그들은 소소한 대화를 주고받으며 짐을 풀기 시작했다. 처음엔 어색했지만, 린과 내가 놀이터를 향해 걸을 때, 나는 엄마가 긴장을 풀기 시작하는 걸 봤다. 어쩌면 그게 엄마가 아빠를 떠나게 만들 방법인지도 몰랐다. 보통 사람들과 어울리는 게 얼마나 좋은지 엄마도 알아야 했다.

"수영하러 갈래?" 나는 린에게 물었다. "아니면 바브랑 하이디가 올 때까지 기다릴까?"

린이 내게 진심이야? 하는 시선을 던졌다. "난 하이디랑 바브가 안 올 것 같아."

나는 가짜 미소를 띠었다. "초대장이 너무 늦었지."

"그게 아니라," 린이 말했다. "가브리엘 실종된 거 못 들었어?"

"들었어." 내가 말했다.

"네 파티를 취소했어야지. 우리 엄마가 그렇게 말했어."

나는 갑자기 화가 나서 나무를 발로 찼다. "넌 왜 왔는데?"

린이 어깨를 으쓱하더니 회전목마 위에 올라탔다. "왜냐하면 네가 내 파티에 왔으니까."

우리는 우울한 기분으로 그네나 미끄럼틀처럼 바보 같은 아기들 놀이를 하면서 조용히 좀 더 놀았다. 콩자갈 깔린 놀이터에서 장례식을 열 수 있다면 그게 이런 느낌이리라.

"수영하러 안 갈 거면 먹는 게 좋겠다." 내가 마침내 말했다.

"그래."

우리는 피크닉 테이블로 터덜터덜 걷기 시작했다. 음식이 너무 많았다. 우리 넷이 먹기엔 당황스러울 정도였다. 내가 나 자신의 생일 파티를 벗어날 방법을 찾고 있을 때 나는 하이디가 올라오는 것처럼 보이는 차 한 대를 발견했다. 하이디의 엄마가 차에서 나와 피크닉 테이블을 향해 언덕을 뛰어 내려왔다. 그녀의 얼굴은 건조기 통에 줄이 낀 운동복 바지처럼 온통 팽팽했다.

"결국 하이디가 왔네!" 내가 의기양양하게 말했다. 하지만 흥분은 가라앉았다. 하이디가 아무 데도 보이지 않는 데다, 언제부터 엄마들이 뛰어 다녔담? 린과 나는 하이디의 엄마와 동시에 피크닉 테이블에 다다랐다.

"경찰이 그를 잡았어요!" 하이디의 엄마가 숨 가쁘게 외쳤다. "가브리엘을 데려간 남자를 잡았어요!"

나는 미끄러지며 멈췄다. 내 심장이 고동쳤다. 가브리엘!

엄마와 스트라한 부인이 벌떡 일어섰다. 스트라한 부인이 말했다. "그 치한? 그들이 놈을 잡았어요? 가브리엘을 찾았대요? 애가 살아 있나요?"

하이디의 엄마는 허리를 숙여 오른손은 무릎 위쪽 맨살을 짚고, 왼손은 허공에 흔들며 숨을 돌릴 필요가 있다는 걸 우리에게 알렸다. "그들이 베키 앤더슨의 뒷마당 창문 안을 들여다보고 있는 변태를 잡았어요. 그리고 가브리엘을 데려간 자와 같은 놈이라고 생각해요."

"그게 누구였어요?" 엄마가 물었다.

"아널드 피에로."

엄마는 피크닉 테이블 옆을 움켜쥐었다. 스트라한 부인이 엄마를 도와야 했다.

"샤클리 외판원?" 스트라한 부인이 엄마에게 부채질을 해주며 물었다.

"네, 그 사람은 자기가 방문 판매 중에 들렀다고 주장했지만, 그 가엾은 애 방 창문에 얼굴을 대고 손을 자기 바지 속에 넣고 있다가 잡혔대요."

린과 나는 시선을 교환했다. 피핑 톰!

"가브리엘은요?" 스트라한 부인이 우리 모두의 머릿속에 가득한 그 질문을 되물었다.

"가브리엘 얘기는 없어요. 하지만 시간문제일 뿐이에요. 우리가 말하는 중에도 경찰서에서 아널드를 심문하고 있으니까요."

나는 분명 기운이 났고, 기뻤다. 정말이다.

다만 내 본능이 내게 적어도 누가 그 남자애들을 덮치고 있는지에 대한 부분에서는 경찰이 잘못된 남자를 잡았다고 말하고 있었다. 나는 아널드 피에로를 몰랐지만 그는 확실히 바우어 경사가 아니었다.

하지만 나는 내 생일 케이크를 먹었고, 내 하나뿐인 선물을 열어봤고—바로 나의 매직 8공*, 아직 새것이고 상자에 들어 있는—엄마가 짐 싸는 걸 도왔고, 아마도 내가 기뻐야만 하는 때에 왜 이렇게 불안하게 느껴지는지 생각했다. 엄마는 집에 오는 길에 쉴 새 없이 지껄였는데, 전엔 이런 적이 없었다. 엄마는 굉장히 안심한 것 같았다.

나는 엄마가 나처럼 바우어 경사가 아빠의 도움을 받아 남자애들을 추행하는 사람이었다고 걱정한 게 아닌지 궁금했다.

나는 엄마가 하는 모든 말에 고개를 끄덕였다.

나는 우리가 우리 집 우편함을 지나 마당까지 올라왔을 때조차, 그리고 우리 집 진입로에 주차된 경찰차를 발견했을 때조차 엄마에게 전부 다 잘못됐다고, 가브리엘은 안전하지 않다고, 그 포식자는 여전히 밖에 있다고 말하지 않았다.

---

* Magic 8-Ball: 공을 돌려 행운을 점쳐 보는 장난감.

# 46

나는 세피와 아빠에게 말하고 있는 경찰을 알아보지 못했다. 그의 차에는 주 경찰이라고 쓰여 있었다. 아빠는 아이를 보호하는 아빠의 모습으로 세피에게 팔을 두르고 있었다.

"저기 왔어요!" 세피가 밴에서 내리는 나와 엄마를 가리켰다. 쓸데없이, 라고 나는 생각했다.

나는 경계하며 경찰차에 못 미처 멈춰 섰다. 경찰은 내게 자기 손을 내밀었다. "안녕? 나는 켄트 경관이야. 두 사람이 페기와 카산드라지?"

나는 그의 손을 잡지 않았지만 엄마는 잡았다.

"가브리엘에 대한 일인가요?" 그 말들이 내 이에 쿵쿵 부딪혔다.

경찰이 조심스럽게 아빠에게 시선을 던졌다. "어느 정도는."

"우리가 고들린 씨에 대해 아는 걸 알고 싶어 하시는구나." 아빠가 말했다.

켄트 경관은 말하는 동안 내 목의 흉터를 보지 않으려고 애썼다.

"내가 네 아빠랑 언니에게 말하고 있던 대로 우리는 가브리엘 웰스턴의 실종과 관련된 모든 단서들을 확인하고 있단다. 개리 고들린은 요주의 인물이지. 너희 중 누구라도 거기서 뭐든 이상한 일을 목격한 적 있니?"

"하지만 가브리엘을 데려간 남자를 잡았잖아요." 나는 커다랗고 멍청한 바보처럼, 그게 사실이 아닌 걸 알면서도 그렇게 말하면 그게 진실이 될 것처럼 느끼면서 말했다. "공원에서 들었어요. 치한이 베키 앤더슨의 창문으로 엿보고 있었다고."

"아널드 피에로요." 엄마가 아빠에게 이상한 시선을 던지며 확인했다.

켄트 경관이 몸을 더 곧추세우며 무심하게 자신의 총에 손을 올렸다. "체포했습니다. 그저 철저히 하고 있는 거죠. 고들린 씨에 대한 정보를 주시겠습니까? 당신들이 아는 사람들을 초대한 적 있나요? 정상적이지 않은 소리들이 들렸다던가?"

"그는 아무도 초대하지 않아요." 내가 말했다.

경관이 격려하듯 끄덕였다.

"그는 항상 나를 무섭게 해요." 세피가 말했다.

그 경찰이 험악하게 웃었다. "그건 그의 집을 재수색하기에 적합한 명분이 아닌 것 같구나."

말과 이미지들이 내 머릿속에서 빙빙 돌았다. 피핑 톰이 체포되었다. 가브리엘은 아직 실종 중이다. 바우어 경사의 인식표는 그런 소리를 냈지만, 경찰은 고블린이 관련 있다고 생각한다. 파티에서 바우어가 한 말들이 내게 다시 울렸다. 고블린의 계부가 무슨 취미처럼, 매주 화요일과 목요일마다 해야 하는 쓰레기 짓처럼 놈을 강간했던 거 알지?

"'적합한 명분'이라는 게 정확히 무슨 뜻이에요?" 내가 물었다.

"경찰이 사람들의 집에 들어갈 때는 정당한 이유가 있어야 한다는 거야." 아빠가 서늘한 목소리로 말했다. 경고처럼 들렸지만 그게 나를 향한 건지, 경찰관을 향한 건지 알 수 없었다. "경찰은 사람들을 괴롭힐 수 없어."

"맞다. 네가 뭔가 수상쩍은 걸 봤다면, 도움이 될 거다."

나는 소리치고 싶었다. 그게 고블린이라고 생각한다면 가봐요, 가봐요가봐요가봐요.

그런 다음 바우어 경사 집에 가요.

나는 목청을 가다듬으며 내가 만들 수 있는 유일한 말들을 위한 자리를 만들었다. "가브리엘을 만난 적이 있다면, 그를 찾을 때까지 멈추지 않을 거예요. 가브리엘을 안다면 스턴스카운티의 모든 집 안을 들어가 볼 거예요. 가브리엘은 중요한 사람이에요."

경찰관은 모자를 벗었다. 그는 진지해 보였다. "나는 가브리엘만 한 아들이 있단다."

그 언뜻 보인 친절이 내가 말을 하도록, 내가 아는 모든 걸 내뱉도록 거의 설득했다. 그 남자애들이 모두 나와 같은 버스를 탄다는 것, 그 버스가 바우어가 살고 있는 바로 옆을 지나간다는 것, 그 공격들이 바우어가 자기 집에서 쫓겨난 것과 동일한 시기에 시작된 게 틀림없다는 것, 바우어가, 그의 인식표가 그가 흥분하면 짤각거리는 소리를 낸다는 것, 같은 소리를 남자애들을 공격한 남자가 낸다고 리키가 말했다는 것. 나는 심지어 아빠에 대해, 그리고 우리의 상황이 가브리엘처럼 긴급하진 않지만, 경찰이 여유가 생기면 우리 아빠가 바우어를 도와 남자애들과 지하실들과 관련된 무슨 짓을 하고 있는지 알아봐줄 수 없는지, 그리고 또 제발 우리 아빠가 계단을 올라오기 전에 나와 세피를 구해줄 수 없는지 말하려고 했다.

나는 입을 열었다.

켄트 경찰관이 눈썹을 치켜 올렸다. 들어 주마, 그 눈썹이 말했다.

아빠와 엄마가 둘 다 경직됐다.

그 말들은 내 입술 끝에 맺힌, 절실하게 뱉고 싶은 쓴 약이었지만, 나는 그럴 수 없었다. 나는 입을 꾹 다물었다. 소용없을 터였다. 바우어가 경찰은 이미 모든 남자애들이 내 버스 노선에 타는 걸 안다고 말했다. 바우어가 경찰이었다. 게다가, 아빠가 나와 세피에게 우리가 할 수 있는 최악의 짓은 고자질이라고 100번도 넘게 말했다. 나는 내 발에 시선을 고정한 채 그 모든 걸 입안 가득한 독약처럼 삼켰다.

켄트 경관이 아마도 나를 보고 있었을까, 나도 모르겠다. 나는 그가 말할 때까지 바닥에서 시선을 뗄 수 없었다.

"뭔가 보게 되면 연락하렴." 마침내 그가 말했다. 나는 고개를 들었고, 우리의 눈이 마주쳤다. "엿본 거라도 우리가 얻으면 들어가서 네 친구를 찾아볼 수 있단다."

아빠가 내 앞으로 나서며 켄트 경찰관이 내미는 명함을 받았다. 나는 아빠가 세피를 너무 꽉 잡는 바람에 세피의 맨 어깨에 남긴 손자국을 보았다.

경찰관은 잠깐 내게 눈길을 주고는 자기 차에 올라 차를 몰고 사라졌다.

## 47

 아빠는 경찰이 차를 몰고 사라지자마자 술을 마시기 시작했다. 아빠의 기분은 타르처럼 새카맸다. 나는 아빠에게 소리치고 싶었다. 아빠가 내 삶에서 매일 매순간 모든 관심을 가져갈 권리는 없다고. 다른 사람들도 감정과 걱정과 욕구가 있다고요, 대단히 감사하네요.
 하지만 나는 한 마디도 하지 않았다.
 나는 부엌에서 요리책을 열심히 보고 있는 엄마를 발견했다. 내 근육이 떨리고 피부는 너무 조였다. 더 이상은 정말로 생각하고 싶지 않았다. 자러 가기엔 너무 일렀다. "내 방에 가서 책 읽을게요."
 "저녁 준비하게 도와줘."
 오후 4시였다. "지금?"
 "그래. 세피 불러."
 "남은 음식 먹으면 안 돼요? 내 파티에서 음식 거의 먹지 않았잖아요."
 엄마의 입술이 얇아졌다. "말대꾸했으니 일을 더 해야겠구나. 가서 계란 가져와."

나는 엄마에게 오늘이 내 생일이라는 걸 거의 상기시킬 뻔했다. *거의.* "알았어요."

나는 세피를 부엌으로 보낸 후 쿵쿵거리며 밖으로 나왔다. 해는 너무 밝았고, 매미 소리는 너무 컸고, 공기는 너무 축축했다. 닭장 안의 꼬꼬댁거리는 닭들은 나를 짜증나게 했다. 나는 네 개의 따끈한 갈색 달걀을 모았다. 달걀들을 안아들자마자 나는 내가 아빠의 작업실 옆에 그것들을 내던지고 싶을 따름이라는 걸 알았다.

나는 언덕을 내려가며 집을 딱 한 번만 흘끔 돌아보았다. 아빠는 남은 하루를 자기 의자에 궁둥이를 붙이고 앉아 보낼 터였다. 나, 엄마, 세피는 아빠를 기다려주고, 저녁 식사를 날라다주고, 아빠가 먹은 뒤엔 치워줄 터였다. 아빠가 돈을 거의 벌지 않는데도. 우리는 아빠의 삶이 얼마나 끔찍했는지 들어줄 공간을 최대한 마련하기 위해 우리의 감정과 경험을 짓누르리라.

오늘도 그럴 테고, 내일도 그럴 테고, 영원히 그럴 것이다.

나는 욕설을 중얼대며 달걀 네 개를 작업실 뒤쪽(나는 바보가 아니었다)에 던졌다. 깨진 달걀 하나마다 이 가족의 망가진 인간 하나씩. 그 끈적거리는 오렌지색이 작업실 옆으로 미끄러졌다. 나는 거친 숨을 고르며 내 얼굴을 훔쳤다.

*생일 축하해, 캐시.*

집 쪽을 향해 돌아서는 순간, 나는 그 창고에 들어가기로 결심했다. 나는 파티에서 바우어 경사와 마주친 후로 그 안에 들어가지 않았다. 그는 그 구조에 아주 익숙해 보였다. 나는 앞문을 홱 열어젖혔다. 머리가 셋인 개 그림이 여전히 칠판에 그려져 있었다.

나는 가파른 나무 계단을 기어올라 잠든 흔적이 있었던 침대로 올라갔다.

침대는 여전했다. 침대 옆 탁자 위에 〈펜트하우스〉와 〈이지라이더〉 잡지들이 꽁초가 가득한 재떨이와 종이 한 장 옆에 나란히 놓여 있었다. 종이 위에 쓰인 정보는 세 칸으로 정리되어 있었다. 제일 왼쪽에는 이름들이, 가운데는 숫자와 온스, 그리고 제일 오른쪽에는 달러 액수가. 어떤 금액에는 줄이 그어져 있고, 어떤 건 그렇지 않았다. 처음 이름들은 파티의 고정 손님들 일부와 일치했다. 아빠가 그들에게 대마나 버섯을 팔고 있는 게 분명했지만, 종이에 쓰인 손 글씨는 아빠 글씨가 아니었다.

나는 그 종이를 내 바지 뒷주머니에 쑤셔 넣고, 어기적거리며 집으로 향했다.

## 48

"난 일하러 간다." 엄마가 저녁 식사 후에 선언하듯 말했다.

아빠는 너무 취해서 반대할 수도 없었다.

"성적은 다 매긴 줄 알았는데요." 나는 물었다.

"당연하지." 엄마는 무심하게 말했다. "하지만 여름 동안 내 화분들을 집으로 가져오는 걸 깜박했거든."

세피와 나는 둘 다 창문 밖을 쳐다보았다. 하늘에 낮게 걸린 해가 대기를 라벤더색으로 물들이고 있었다. 엄마가 이 시간에 직장에 나가는 건 드물었지만 엄마는 차 열쇠를 들었다.

"언제 와요?" 세피가 물었다.

"늦게." 엄마가 아빠의 정수리에 키스하며 말했다. 아빠는 입에 키스하기 위해 엄마를 끌어당겼다. 엄마의 어깨가 닭 날개처럼 긴장했지만, 엄마는 아빠가 키스를 마치게 놔둔 다음 지갑을 움켜쥐고 밖으로 나섰다.

아빠가 인사불성으로 취해서 입을 벌리고 아랫입술에는 침을 반짝이며 자기 리클라이너에 눕기까지 한 시간이 더 걸렸다. 덕분에 내게 TV 통제권이 생겼다. 〈제국의 역습〉이 방영될 예정이었다. 이번이 그 영화를 볼 내 첫 번째 기회가 될 터였다. 나와 세피만 빼고, 전 세계 모든 아이들이 3년 전에 그 영화를 극장에서 관람했다. 나는 애들이 피유피유 소리를 내고 다크 사이드에 대해 얘기할 때 걔들이 무슨 얘기를 하는지 아는 척했었다.

"내가 팝콘 만들게." 나는 세피가 나타났을 때 말했다. 세피는 엄마가 나간 이후로 자기 방에 있었든지 통화를 하고 있었든지 그랬다.

"난 나가."

"뭐?" 나는 TV에서 눈을 뗐다. 세피의 머리카락이 파라 포셋* 만큼이나 예쁘게 말려 있었다. 꼭 끼는 티셔츠 너머로 젖꼭지 윤곽이 보였다. "누구랑?"

"웨인이랑 차코."

"아빠가 그래도 괜찮대?"

세피는 아빠를 향해 얼굴을 찡그렸다. "아빠가 깨기 전에 돌아올 거야."

"엄마는 어쩌고?" 나는 미칠 것 같았다. 이 집에 아빠랑 단둘이 있고 싶지 않았다.

"몰래 들어올 거야. 엄만 내가 없는지도 모를걸."

"세피, 제발." 나는 애걸했다.

세피는 생각해보는 듯이 내게 얼굴을 찌푸렸지만, 그때 헤드라이

---

\* Farrah Fawcett: 1970년대 TV 시리즈 〈미녀 삼총사〉에 출연한 미국의 배우로, 고유의 금발 헤어 스타일로 유명했다.

트 불빛이 벽을 비쳤다. "괜찮을 거야, 캐시. 일찍 자러 가. 아빠가 널 괴롭히지 않을 거야."

나는 입을 떡 벌리고, 나가는 세피를 지켜봤다. 폭죽과 짧고 강렬한 음악이 울리며 NBC 금요일 밤의 극장 오프닝이 화면에 나타났다. 공작새가 황금빛 'NBC' 위로 예쁜 날개를 활짝 펼쳤다. 나는 아빠를 흘끔 보았다. 침이 말라가고 있었다.

"오늘 밤, NBC 금요일 밤의 극장은…."

그 말이 나를 설레게 했다. 나는 TV로 관심을 돌렸다. 나는 〈제국의 역습〉을 볼 것이다! 엄마든 세피든 아빠가 깨기 전에 오겠지. 오지 않으면 난 그냥 세피가 말했듯이 일찍 잠자리에 들면 된다.

나는 내 배 속을 차갑고 끈적끈적하게 휘젓는 느낌을 억눌렀다.

모든 게 괜찮을 거다.

# 49

 나는 깃털 하나로도 나를 넘어뜨릴 만큼 소파의 앞쪽에 걸터앉아 있었다. 루크와 다스베이더가 클라우드시티 깊숙한 곳에서 싸우고 있었다. 그들의 광선검이 서로 맞부딪히고 울리며 루크의 파란 검이 다스베이더의 붉은 검을 아래쪽에서 받아 올렸다. 그건 내 평생 목격한 최고였다, 그 영화 전체가 다.
 "저건 진짜 싸움이 아냐."
 나는 침을 힘껏 삼켰다. 너무 오래 깜박이지 않아서 눈이 뜨거웠다. 나는 화면에서 관심을 돌리고 싶지 않았지만 아빠는 무시당할 사람이 아니었다. "〈제국의 역습〉이에요, 아빠. 아빠도 좋아하실 거예요."
 "나는 싸움을 좋아하지 않는다, 캐시. 내가 싸웠을 때 난 사람을 죽여야 했어. 그건 놀이가 아냐. 그거 아냐?"
 나는 대담하게 힐끔 보았다. 아빠는 움직이지 않았고, 심지어 입가에 굳은 하얀 침을 핥지도 않았다. 오직 아빠의 눈만이 뜨여 나를 쫓고 있었다. "나도 알아요, 아빠. 진짜 싸움은 재미있지 않죠."

아빠의 웃음은 끔찍했다. "베트남에선 아니지, 그건 아니야."

아빠의 주정엔 단계가 있었다. 최악 중 하나는 아빠가 아빠의 부모님에 대해, 같은 얘기를 또 하고 또 할 때였다. 아빠는 자신이 징병당한 것을 자기 어머니의 탓으로 돌렸다. 가끔은 그런 다음 한 단계 더 내려가 자신의 계부에게 맞았던 일에 대해, 퍼렇게 멍든 부위를 피부가 찢어질 때까지 계속 맞았다고 얘기했는데, 그렇게까지 음울해질 때는 아주 가끔이었다. 그리고 그보다 더 드물게, 아빠는 자신이 어떻게 마력을 발휘하고 바람과 비를 조종하고 동물들이 아빠의 말을 이해하게 하는지 긴 이야기로 빠져들곤 했다.

우린 그 모든 주정 단계들을 지나친 상태였다.

나는 화면을 다시 돌아봤다. 다스베이더가 루크를 몰아붙여 비상용 플랫폼으로 이어지는 불가능하리만치 좁은 통로로 뒷걸음치게 하고 있었다. 아빠는 비열한 상태로 깨어났다. 나는 내가 자러 가야 한다는 걸 알았다.

"나랑 이 영화 같이 볼래요?" 나는 물었다. "다들 봤대요."

내 눈이 아빠를 향해 깜박거렸다. 아빠는 마침내 입술을 핥았지만 그 하얀 자국의 일부만 사라졌을 뿐이었다.

"넌 네가 벌써 여잔 거 같으냐?" 아빠가 물었다.

나는 일어섰다.

아빠가 일어섰다. 아빠의 어조가 구슬리는 쪽으로 변했다. "자, 앉아라. 아무 뜻도 없었다. 난 그냥 네가 언제 그렇게 거만해져서 나더러 이래라저래라 하는지 궁금했을 뿐이야."

"피곤해요, 아빠. 자러 갈래요." 나는 TV를 향해 마지막으로 애절

한 시선을 던졌다. 루크가 구석에 몰렸다. 빠져나올 길이 없었다.

나는 자리를 떴다. 다리가 뻣뻣했다.

나는 계단 아래 멈춰서 귀를 기울였다.

삐걱대는 소리가 들렸다. 아빠가 리클라이너를 접는 소리. 내 목이 조여왔다.

나는 현관으로 내달음질치고 싶은 충동을 느꼈지만 계단이 가까웠다. 나는 단숨에 올라와 내 방 문을 열어젖힌 다음, 쾅 닫고 들어와 내 체중을 전부 실어 문에 기댔다.

맨 아래 계단이 아빠의 체중에 불평할 때 나는 신음했다. 엄마와 함께 갔어야 했다. 세피에게 나를 혼자 두고 떠나지 말라고 했어야 했다. 설사 그게 내가 모르는 이와 차 뒤에 함께 타야 한다는 뜻이더라도. 아빠는 나를 잡을 터였다, 아빠가 마침내 나를 잡을 테고, 내 매트리스 아래나 내 옷장 속에 숨어도 효과가 없을 터였다. 내 눈이 내 방을 쏜살같이 가로질렀다. 내겐 침대 하나, 옷장 하나, 그리고 집에서 만든 책꽂이 선반들이 있었다.

옷장이 내가 움직일 수 있는 유일한 물건이었다.

두 번째 계단이 망설이며 삐걱거렸다.

"캐시, 너랑 그 영화 같이 봐주마." 아빠가 낮은 목소리로 외쳤다.

가브리엘이 내 아빠에게 소리쳐줄 아이였다. 그가 유일했다. 프랭크, 어쩌면 코널리 선생님도. 진 이모라면 틀림없이 나를 구출해줄 것이다. 하지만 뒤의 셋은 여기 없었고, 가브리엘은 영원히 사라졌다. 나는 아빠가 그 애가 납치돼서 돌아오지 않았다고 말한 순간 그걸 알았다. 누구도 나를 구해주지 못할 것이다. 영화와 책과 TV는 모두 가짜였다. 가끔은, 어쩌면 꽤 여러 번, 아이들은 정말로 심하게 다치고, 그걸로 끝일지도 몰랐다. 그 진실의 무서운 충격이 타오르는 동시에 얼어붙듯이 나를 후려쳤다.

아빠가 세 번째 계단을, 그리고 네 번째, 다섯 번째 계단을 거미처럼 빠르게 올랐다. 밧줄이 내 허파 주변을 조여들었다. 나는 옷장 반대쪽으로 달려들어 옷장과 벽 사이에 내 몸을 끼워 넣었다. 무릎을 가슴에 껴안고 조용히, 꾸준히 옷장을 밀었다. 내가 옷장 미는 소리를 아빠가 들으면 서둘러 올 테니까.

나는 조용히 한다고 했지만 아빠가 마지막 몇 계단을 오르는 소리를 놓칠 만큼 소음을 낸 것이 틀림없었다. 덕분에 층계참 특유의 삐걱 소리를 들을 때까지 아빠가 층계참에 서 있다는 것을 알지 못했다. 내 심장 박동이 흉곽을 박살냈다. 옷장이 굴복해서 끼익거리며 바닥을 10센티미터쯤 가로질렀다. 나는 거기 기대 앉아 숨을 고르려 했다.

나는 옷장의 끼익 소리를 가리기 위해 뭔가 말을 해야 했다. "피곤해요. 자고 싶어요."

아빠의 목소리는 바로 내 방문 앞에서 들렸다. "아빠랑 같이 TV 보고 싶지 않아?"

나는 비명을, 내 입 뒤에서 튀어나오려는 내 위장을 삼켰다. 엄마가 금방이라도 들어올 것이다. 아니면 세피가. 아니면 문 앞의 옷장이 아빠를 못 들어오게 하리라. 나는 겁에 질린 개처럼 헐떡거리고 있었다. 공기를 들이마시려 했지만 공포를 더할 뿐이었다. 나는 바닥에 있는 쇠창살에 시선을 던졌다. 그 구멍으로 내려가는 건 턱도 없었다. 내가 창문 쪽으로 가서 모기장을 뜯고 지붕으로 뛰어내리려는 참에 문 반대쪽에서 발을 끌며 걷는 소리가 들려왔다.

"뭐, 나 혼자 가서 보마." 거의 속삭임이었지만 딱 내게 들릴 만큼 컸다.

나는 아빠가 계단을 터덜터덜 내려가는 소리를 들었다.

나는 바닥으로 미끄러졌다.

결국, 나는 잠이 들었다. 흐느끼는 소리에 깨지 않았다면 해가 뜰 때까지 그 자리에 남아 있었을 것이다.

## 50

 울음소리는 나지막했다.
 너무 여렸다.
 길 잃은 아이의 울음. 그 소리가 내 꿈을 누비며 내 아기를 구해야 한다고 나를 설득해 내 몸보다 뇌를 먼저 깨웠다. 나는 미동조차 없이 이상하게 친숙한 그 소리를 알아내려 했다. 나는 옷장과 책꽂이 사이에 끼어 있었다. 집은 그 울음소리 말고는 쥐 죽은 듯 조용했다. 내 디지털라디오 시계가 내가 20분도 채 자지 않았다는 것을 알려주었다. 엄마나 세피가 집에 왔나?
 한껏 곤두선 내 귀는 갈피를 못 잡고 헤맸다. 가브리엘이 우는 소리인가? 나는 저린 양다리에 회복될 시간을 주며 일어섰다. 나는 내 방에 안전하게 머물 수도, 몰래 빠져나가 누가 우는지 볼 수도 있었다. 하지만 그게 속임수라면? 아빠가 방문 저쪽에서 기다리고 있다면?
 하지만 그 울음소리는 부엌에서 들려오는 것 같았다. 나는 살금

살금 내 바닥에 난 구멍으로 다가가 무릎을 꿇었다.

부엌이 아니었다.

그 소리는 식료품 저장실에서 들려왔다.

혹은 지하실이거나.

내 내장이 미끌미끌해졌다.

나는 10부터 거꾸로 셌다. 나는 내가 방에 남아 있을 수 없다는 걸 알았다. 난 그저 무언가가 나를 나가지 못하게 막아주길 바라고 있을 뿐이었다. 아무 일도 없자, 나는 다시 무릎에서 신음소리를 내며 일어나 옷장을 원래 이동했을 때보다 더 조용히 제자리로 밀었다. 내 방 문고리는 내가 돌리자 반발했고, 그 끼럭 소리가 집 안에 울려 퍼졌다. 나는 멈춰서 귀를 기울였다. 울음소리는 여전히 들려왔다.

나는 방문을 열어젖혔다. 내 땀에서 풍기는 쉰 냄새가 내 콧구멍을 찔렀다.

*가야 해, 캐시. 가야 해.*

나와 계단 사이 층계참은 비어 있었다, 아빠가 구석에 도사리고 있는 게 아니라면. 나는 운에 맡기고 그 빈 공간을 가로질렀다. 어떤 손도 나를 움켜잡지 않았다. 나는 괴물이 따라잡을 기회를 잡기 전에 계단을 달음질해 내려와 모퉁이를 돌고 한 번 더 돌고 한 번 더 돌아 식료품 저장실에 섰다.

아빠가 있었다.

아빠는 바닥에 주저앉아 벽에 기대어 무너진 듯이 흐느끼고 있었다.

나는 심장 옆으로 침을 삼키려 했다. 아빠는 아마 나를 보지 못했을 것이었다. 나는 뒤로 물러서기 시작했다.

아빠는 움직이지 않았다. 발치에 고인 부엌의 달빛에 비친 아빠의 부어오르고 무너진 얼굴이 비참해 보였다. 나는 아빠가 우는 모습을 본 적이 없었다. 아빠를 떠날 수 없었다.

"아빠? 괜찮아요?"

흐느낌이 아빠를 벗어났다. 나는 망설이며 한 걸음 내디뎠다. 아빠는 바닥을 박차고 내게 달려들지 않았다.

"아빠?"

아빠의 목소리는 멀리서 오는 것처럼 들렸다. "여태 뭐 하고 있어?"

나는 머릿속에 처음 떠오른 걸 말했다. "잠이 안 왔어요."

아빠는 예상한 것처럼 고개를 끄덕이며 손으로 얼굴을 문질렀다. "내가 기술을 가르쳐줘야겠구나."

아빠는 그 말을 오싹하게 하지 않았다. 나는 아빠에게서 파도처럼 밀려드는 술 냄새를 맡을 수 있었지만, 아빠는 지금 당장은 나를 사냥하고 있지 않았다. 나는 숨을 더 깊이 들이마셨다. "어떤 기술요?"

아빠는 몸을 세워 앉으며 주절거렸다. "잠이 오지 않을 때는, 숨을 다섯 번 깊이, 발가락 끝까지 들이쉬고 참을 수 없을 때까지 숨을 참아. 그런 다음 전부 내려놔, 네 작은 손가락 하나까지. 네 귀 속의 잔털까지."

나는 아빠가 나를 보고 있지 않는데도, 이 말에 미소를 지었다. 그 말은 우리가 좀 더 어릴 때 아빠가 우리에게 했던 말이었다. *나는 너희들 귀 속의 잔털까지 사랑해.*

*웩! 우리는 말했었다. 귀지가 가득하다고!*

그래도 사랑해, 왜냐하면 아빤 너희들을 사랑하니까.

"그런 다음 눈을 반쯤 감고 25까지 세고, 그런 다음 완전히 감고 100까지 세는 거야. 할 수 있겠어?"

내 오른쪽 눈에 커다란 눈물방울이 맺혔다. 나는 고개를 끄덕였다.

"좋아." 아빠가 말했다. 아빠는 바닥에서 몸을 떼려 했지만 기우뚱했다. 아빠는 두 번째 시도에서 일어섰다. "그럼 내가 필요 없겠구나. 나는 산책하러 가야겠다."

아빠는 지하실 문을 가리켰다. "저 안엔 가지 마라. 지하실은 남자들이 자기 비밀을 감춰두는 곳이니까."

### 캐시의 믿거나 말거나!

**괴물과 맞닥뜨리고도 살아남은 시골 소녀!**

미네소타 릴리데일의 카산드라 맥다월은 희귀한 도니 괴물과의 만남에서 살아남았다고 기록된 유일한 청소년이다. 그 사악한 존재는 자신이 위험하지 않다고 소녀를 속이려 했지만, 카산드라는 (대부분) 속지 않았다. 소녀는 살아남아 다시 또 싸울 것이다!

# 51

나는 토요일 아침에 아래층에 내려가며 불안했지만, 그럴 필요 없었다. 아빠는 조용했지만 나쁘지는 않았다. 엄마는 한동안 그랬던 것보다 한층 더 고요해 보였다. 세피는 얼굴에 은밀한 미소를 띠고 있었다. 우리는 집안일들을 했다. 아빠가 멈춰 서서 내게 걱정할 필요 없다고, 가브리엘은 아마 이미 집에 왔을 거라고 말해주기까지 했다. 우리는 오솔길을 치우고 마당에 뿌리덮개*를 깔고 잔디를 깎았다.

저녁 먹을 무렵이 되자 우리는 모두 지쳤지만 같은 노래를 듣고 있는 것 같았다. 그건 우리 가족이 특출한 한 가지였다—매일을 전날과 분리하는 것, 그날 하루로 끝나는 듯이 대하는 것. 어제는 *나쁜* 날이었다. 오늘은 지금까지는 좋은 날이었다.

나는 심지어 내가 이제껏 품고 있던 나쁜 예감을 의심하기 시작

---

* 갓 심은 작물, 나무를 덮어 보호해주는 톱밥, 거름, 비닐 등.

했다. 가브리엘은 아마 집에 왔을 것이다. 나는 아침에 일어나자마자 그의 집에 자전거를 타고 갈 것이다.

그에게 사랑한다고 말하는 걸 미루기엔 삶이 너무 짧다.

그렇게 결심하자 태양이 한 달이나 지속된 일식에서 마침내 나온 듯한 느낌이 들었다. 나는 다시 숨을 쉴 수 있었다. 우리는 디저트로 남은 케이크와 아이스크림을 먹고 TV 앞에 털썩 주저앉아 〈러브 보트〉*를 시청했다.

"자기." 아빠가 아빠 의자 발치에 앉아 바닐라 아이스크림을 먹고 있는 엄마에게 말했다. "내가 조각을 한 점 팔았다고 말하는 걸 깜박했네."

엄마가 몸을 휙 돌렸다. "돈! 정말 멋지다. 어떤 거야?"

"당장은 구상만 있어. 거대한 거북. 뉴욕에 있는 남자가 나더러 그걸 만들어달래."

엄마의 빛이 흐려졌다. "돈을 받는 일이야?"

아빠가 껄껄 웃더니 엄마의 등을 문질렀다. "걱정 마. 재료값으로 1,000달러를 준대."

"세피의 교정기 값도 거기서 나올 수 있겠네요." 내가 말했다. 나는 아이스크림이 진한 초콜릿 생일 케이크에 녹아들며 케이크를 축축하고 달콤하게 만들게 했다.

"그래! 물론이지." 아빠가 말했다. "세피, 너는 어때? 아빠 작품이 너한테 나라 제일의 미소를 사줄까?"

세피는 자신의, 내가 보기엔 아무 문제 없는 이를 완전히 드러내

---

\* 〈The Love Boat〉: 1977~1986년 미국 ABC에서 방영한 드라마.

며 환하게 웃었다. "그거 정말 멋지겠어요, 아빠."

"넌 어때, 캐시? 들어올 돈으로 넌 어떤 사치를 하고 싶지?"

나는 접시를 들어올렸다. "케이크 더 많이!"

모두가 웃었다. 분위기가 너무 느긋하고 행복해서 아빠가 치한 체스터를 잡은 기념으로 또 한 번 근사한 파티를 열자고 제안했을 때도 내 속이 거의 뒤집히지 않았다. TV에 광고가 떴고, 나는 케이크에 그 돈을 쓰는 것보다 더 좋은 게 생각나서 엄마와 아빠에게 몸을 돌렸다. 나는 《매드》*를 정기구독하고 싶었다. 엄마랑 아빠는 아직 나에게 생일선물을 사주지 않았다. 나는 파티로 충분한 것 같았기 때문에 선물을 달라고 하지도 않았다. 하지만 선물을 줄 생각이라면….

내 입이 공을 던지려고 막 벌어졌을 때, 나는 엄마의 얼굴에서 누가 전원을 뽑은 것처럼 색이 빠지는 것을 보았다. 엄마는 TV를 응시하고 있었다. 고개를 돌리자, 가브리엘의 엄마가 화면에 나와 있었다. 그녀는 흐느끼고 있었다.

처음에 나는 그녀가 행복해서 울고 있는 거라고 생각했다. 경찰이 가브리엘을 찾았어요!

하지만 그녀는 기쁜 게 아니었다. 무너져 있었다.

"이건 멈춰야 해요." 그녀는 ABC 뉴스 마이크가 입가에 내밀어지자 눈물로 얼룩진 얼굴로 말했다. 화면 아래 자막이 이것이 뉴스 속보라는 걸 알리고 있었다. "우리는 우리 아들들을 구해야 합니다."

"무슨 일이야?" 세피가 물었다.

---

* 《Mad》: 1952년 창간된 미국 풍자 잡지.

"쉬잇." 아빠가 소리를 키웠다. 이제 화면엔 바우어 경사가 나왔다. 그 뒤로 데리퀸이 보였다. ABC 뉴스 사람들이 릴리데일에 있었다.

"또 다른 릴리데일의 남자아이가 오늘 오후에 해를 입었습니다." 바우어 경사가 엄숙하게, 그리고 단호하게 말했다. "이 사건으로 우리가 경범죄인 무단 침입으로 구금 중인 남자가 우리가 바란 바와 달리, 6월 1일 밤 가브리엘 웰스턴을 납치한 자와 같은 사람이 아니라고 확신하게 되었습니다. 릴리데일과 그 주변 지역은 완벽하게 통제됩니다. 어른의 감독이 없이는 어떤 아이도 외출할 수 없습니다."

세피가 내 발목을 잡고 너무 세게 그러쥐어 세피가 잡은 주변 피부가 퍼렇게 변했다. 케이크가 입안에서 톱밥으로 변했다. 나는 접시에 그걸 뱉었다.

"우리는 이 사건에 두 명의 용의자를 두고 있습니다." 바우어 경사는 경찰모가 자기를 해치기라도 하듯 모자를 가다듬으며 말했다. "우리는 둘 다 추적하고 있습니다."

"코널리와 고들린이지." 아빠가 너무 빨리 말했다.

"코널리 선생님은 아니에요." 나는 몸을 홱 돌려 아빠를 노려보며 말했다. 나는 아빠 쪽으로 내 모든 분노를 퍼부었지만, 그건 두려움에 얼룩진 공포였다. 왜냐하면 또 다른 남자애가 공격당했다면, 더 이상 그건 바우어 경사일 수 없을 테니까. 바우어 경사는 시내에서 다른 경찰들과 온종일 일하고 있었을 터였다. 아닌가?

아빠가 TV를 가리켰다. "네 친구한테 물어볼 수 있겠구나. 그 애가 마지막 피해자 같으니까."

나는 움찔했다. 나는 아빠가 무엇을 말하는지 보고 싶지 않았지만, 내 얼굴이 화면 쪽으로 끌려갔다. 뉴스 진행자가 나와 있었다. 화면 바닥의 배너에 '릴리데일에서 네 번째 공격 확인'이라고 쓰여 있었다. 뉴스 진행자는 낯익은 집 앞을 가로지르는 길 위에 서 있었다.

웨인 존슨의 집이었다.

세피가 숨을 들이켰다.

개구리 울음소리만 들리는 가운데 멀리서 차 한 대가 부르릉거리는 소리가 들렸다. 차는 점점 더 가까이 다가오며 그 굵직하고 높은 소리가 자갈돌을 구르는 바퀴 소리로 바뀌었다. 소리는 계속 다가왔다. 나는 차가 지나치기를 기대했다, 우리 모두 그런 것 같았다. 하지만 차의 헤드라이트 불빛이 우리 집 쪽을 향하면서 우리는 모두 거실에 못 박혔다.

## 52

"진 이모!"

나는 지옥에서 풀려난 박쥐처럼 이모의 차로 달려가며, 한 달 치 느낌표를 이모를 맞이하는 데 모두 써버렸다. 이모는 차에서 뛰쳐나와 가느다란, 파촐리향이 나는 팔로 나를 감싸 안았다. 나는 이모를 보는 게 너무 기뻐서 제대로 숨을 쉴 수가 없었다. 나는 아기의 가쁜 호흡으로 공기를 계속 들이마셨고 그게 나를 쿵, 기절할 시간인 것처럼 몽롱하게 만들었다. 이모는 늘어뜨린 구불거리는 머리며 물결치는 옷하며, 너무 아름다울 따름이었다.

내 기도들이 응답을 받았다.

"굉장한 여름을 보냈더구나, 꼬마 아가씨." 이모는 나를 안전하게 꼭 안으며 중얼거렸다. 나는 이모를 올려다볼 정도로만 물러섰다. 이모는 정말 아름답고, 화려하고, 강했다. 이모는 엄마보다 열 살 아래였지만 그뿐만이 아니었다. 이모는 생동감이 넘쳤다. 지는 해가 이모의 피부를 황갈색으로 바꿔놓았다. 이모의 발찌가 요정들처럼 짤랑거렸다. 반딧불이가 이모에게 신호하듯 퐁 나타나더니 숲으로 사라졌다.

"세피도." 내가 가리키며 말했다. 엄마, 아빠, 세피가 나를 따라 집에서 나왔지만 이모에게 달려간 건 나뿐이었다. 진 이모가 여기 있었다! "세피도 안아줘요."

"당연하지." 이모가 말했다. "이리 오렴, 공주님."

세피는 유리처럼 차갑게 우리 쪽으로 걸어왔다.

"밥 먹었어?" 엄마가 물었다.

"배고파 죽겠어." 이모가 말하며 자신의 자매에게 미소를 지었다. "목도 마르고."

이모는 이 말을 하면서 아빠에게 윙크를 했지만, 나는 그래도 괜찮았다. 이모는 어린 소녀일 때부터 아빠를 알아왔으니까. 아빠는 이모에게 오빠 같았고, 늘 그래왔다는 걸 나는 아빠의 서랍에서 발견한 이모의 편지를 보고 알았다.

이모는 나와 세피에게서 몸을 한 바퀴 돌리며 땅을 바라볼 만큼만 물러섰다. "난 항상 이 시기의 미네소타를 사랑했지! 엄마랑 아빠가 이모를 위해 준비할 동안 우리 아가씨들이 그동안 무슨 일이 있었는지 말해주면 어때. 맘에 드니, 꼬맹이들?"

나는 고개를 끄덕이고 이모를 집 안으로, 그런 다음 거실로 이끌고 가 소파에 앉혔다. 이모는 가운데에 앉았다. 세피는 이모가 주변에 있을 때면 언제나 그렇듯 작아져서 자기 안으로 들어가 버렸고, 그건 내가 혼자서 이모에게 최근의 소식을 다 전해야 한다는 뜻이었다. 그리고 나는 그렇게 했다―강가에서 공격당한 남자애들, 코널리 선생님, 그리고 선생님이 어째서 아무 잘못이 없는지, 가브리엘, 그리고 경찰이 가브리엘을 어떻게 찾아야 하는지, 하지만 이제 웨인이 당했으니 경찰이 그럴 것 같지 않다는 것.

거기서 나는 중지당했다.

"그만, 이제 그만." 이모가 내게 팔을 둘렀다. "너처럼 좋은 친구가 있으니, 가브리엘은 괜찮을 거야."

하지만 이모는 그걸 알지 못했다. 내 얘기를 언제부터 안 들은 거지? 이모는 손을 뻗어 아빠가 내미는 술을 받았다.

"고마워요, 도니. 평소처럼 강한 술인 걸 알겠네요." 이모는 다시 윙크했다. 이모가 항상 저렇게 윙크를 많이 했던가? "여전히 그거 해요?"

아빠의 눈썹 사이 주름이 종이 한 장을 끼울 만큼 깊어졌다.

"작품 말이에요, 바보 같기는." 이모가 말했다.

나는 엄마를 흘끗거렸다. 엄마는 아빠 옆에 엄마가 늘 앉는, 아빠의 리클라이너보다 작고 좀 더 딱딱해 보이는 의자에 앉아 있었다. 엄마의 얼굴은 돌 같았다. 나는 우리가 이모를 마지막으로 봤을 때를 기억해보려 했다. 이모에게 워낙 편지를 많이 써서 이모가 늘 곁에 있는 것 같았지만… 정말로 1년이 지났나?

아빠는 우리가 아빠의 순간적인 번뜩임을 못 본 것처럼 이모의 농담에 웃고는 화난 얼굴을 감췄다. "어제 큰 작품을 팔았지."

나는 여전히 엄마를 보고 있었다. 엄마의 얼굴은 오히려 점점 더 딱딱해졌다.

"언니가 결국 형부를 바꿔놨구나!" 이모가 외쳤다. 이모는 손등에 대고 아빠에게 속삭이는 척했다. "난 항상 언니가 형부를 고칠 수 있을 줄 알았어요."

아빠는 이 말에 요란하게 웃었다. 아빠가 1년에 두 번 여는 아빠의 파티들에서만 선보이는, 목젖이 다 보이는 웃음이었다. 내 심장이 얼어붙었다가 이내 고동치기 시작했다. 아빠와 이모가 바로 내 머리 위에서 시시덕거리고 있었다. 둘이 항상 그랬던가? 나는 세피를 힐끗 보았다. 세피의 어깨는 처졌고, 눈은 미안한 듯 젖어 있었다.

세피는 이 끔찍한 걸 내내 알고 있었다.

이제 내가 그걸 알게 된 걸 미안해하고 있었다.

나는 내 안의 깊고 어두운 동굴로 미끄러져 들어갔다. 이모는 모든 걸 바로잡지 않을 터였다.

누구도 할 수 없었다.

엄마가 일어섰다. "내가 샌드위치 만들게."

우리는 엄마가 부엌에서 부스럭대는 사이 불편하게 앉아 있었다.

"그래서, 내가 보낸 《넬리 블라이의 믿거나 말거나》는 마음에 드니?" 이모가 물었다.

나는 이모의 입에서 그 제목을 뜯어내고 싶었다. "으응."

"지금 이게 뭐지? 1년 동안 이모한테 일주일에 두 번씩 편지를 쓰더니 갑자기 부끄러워?"

나는 미소 지으려고 했지만 내가 광대처럼 느껴졌다. 그건 거기 있었다, 너무 분명해서 영화 화면을 가로질러 쓰이는 편이 나을 정도였다. 내가 그걸 어떻게 몰랐을까? 이모는 자신의 일부를, 세피가 지난 12월에 잃었던 것과 같은 조각을 잃은 채였다. 나는 자기 의자 끝에 걸터앉아 이모에게 원숭이처럼 웃고 있는 아빠를 돌아봤다. 그게 아빠였다. 장악하고 짓밟고 우리가 죄다 치우게 만드는 커다란, 기운찬 원숭이.

내 목구멍에 외침이, 그들 모두를 수치스럽게 할 비명이 맺히고 있었다.

그때 엄마가 TV용 쟁반에 햄 샌드위치와 초콜릿 케이크 한 조각을 들고 돌아왔다. 엄마는 계속 고개를 숙이고 있었고, 쟁반을 이모에게 건넸다. "여기 있어."

"고마워." 이모가 술을 들이키더니 잔을 아빠에게 건넸다. "한 잔 더 부탁해요."

아빠는 탐욕스러운 시선으로 일어나 잔을 받았다. "바로 돌아오지. 그다음엔 우리 술을 들고 내 작업실로 내려가자. 너한테 보여줄 새로운 게 있어."

이모는 샌드위치에 달려들었지만 눈에 뭐가 들어간 것처럼 눈을 깜박거렸다. 그건 이모가 내게 가르쳐준 이물질 제거법을 연상시켰다. 위쪽 속눈썹을 잡아서 눈꺼풀이 뒤집어져 속이 드러나게 해. 그 상태로 눈을 감아서, 아래쪽 속눈썹이 눈꺼풀 안쪽에 깜박이게 해. 그러면 그 안에 뭐가 꼈든 없애줄 거야. 언제나 효과적이지.

"진 이모, 이모가 아빠의 작업실에 가지 않았으면 좋겠어요." 내가 말했다.

진이모는 내 턱을 간질였다. 나는 이모의 샌드위치에서 양파 냄새를 맡았다. "하라는 대로 다 하지요, 땅콩. 너희 둘이 잠든 다음에 내려가면 돼."

엄마가 움찔했다.

나는 이모가 나를 구해준다는 데에 모든 걸 걸었었다. 이모는 그러지 않거나, 그럴 수 없을 터였다. 그렇게 생각했지만 나는 확실히 해야 했다. "이모, 이번 여름에 이모한테 가서 같이 살고 싶어요."

이모는 이 말에 깔깔 웃었고, 상추 조각이 이모의 입에서 튀어 이모가 입은 페전트스커트* 무릎에 착륙했다. "여름 내내는 고사하고, 오늘 밤에 내가 어디서 잘지도 모르는걸."

"오늘 밤엔 여기서 자도 돼." 엄마가 이를 악물고 말했다.

"혹은 여기 머물면서 잠은 안 자거나." 이모가 수줍게 말했다.

엄마는 끄덕였다. 굳은 동작이었다. "혹은 안 자거나."

"세피, 네 여름에 대해 말해주렴." 이모가 내 언니를 향해 몸을 돌리며 말했다. 이모는 벌써 샌드위치를 반쯤 먹었다. 이모는 등 뒤로 폭포처럼 쏟아지는 갈색 머리에, 파란 눈을 돋보이게 하는 밝은 공작새 깃털 귀걸이까지 너무 예뻤다. 이모는 빠르고 덧없는 한 마리 나비였고, 아빠의 규칙에 따라 게임을 하는 또 한 사람이었다.

나는 세피에게 말하는 이모를 지켜봤지만, 그들이 하는 얘기는 듣지 않았다. 지금껏 내내 나는 이모를 영웅으로 생각했다. 음, 여기서 당신이 알아야만 하는 것이 있다. 영웅들은 당신을 돕기 위해 기꺼이 자신들의 삶을 잠시 멈춘다는 것. 이모는 그렇지 않았다. 이모는 평범한 사람이었다.

"엄마, 미안해요." 내가 갑자기, 너무 크게 얘기해서 모두 말을 멈췄다.

엄마는 무릎에 손을 포개고 그 오토만 가장자리에 앉아서 우리 셋 쪽으로 몸을 기울이고 있었지만 단절되어 있었다. "뭐라고?"

나는 벌떡 일어나 엄마에게 달려가 힘껏 엄마를 안았다. "너무 미안해요."

---

\* Peasant Skirt: 품이 넉넉하고 헐렁하게 입는 스커트.

엄마는 내 팔을 토닥였다. 엄마의 웃음은 놀라움이 담겨 있었다. "뭐가?"

"그래, 캐시―보―배시, 뭐가?" 진 이모가 웃으며 물었다. "내 사랑은 어디 있어?"

"진 이모도 사랑해요." 그리고 난 이모를 사랑했다. 하지만 엄마를 사랑하는 것처럼은 아니었다.

"제일 중요하게도, 내 사랑은 어디 있어?" 아빠가 양손에 가득 찬 술잔을 들고 느긋하게 들어서며 물었다. 아빠는 잔 하나를 이모에게 건넸다. 이모는 잔을 받으며 세피에게 더 바짝 붙었다. 이모는 내가 비운 자리를 두들겼고, 아빠는 팔을 진 뒤로 돌리며 그 자리에 털썩 주저앉았다. 내 품 안에서 엄마가 씰룩거렸다.

"오늘 밤 여기 아름다운 숙녀들이 너무 많구나!" 아빠가 말했다. 아빠는 사교적으로 취해 있었지만 거기엔 날이 서 있었다. "나는 누구랑 자지?"

"도니!" 이모가 놀란 척하며 말했다. 이모는 아빠의 다리를 철썩 때렸다. "자기 아내랑 자야죠."

"있지," 아빠는 너무 우렁차게 말했다. "어떤 문화에서는 가족 내의 모든 여자들이 한 남자의 연인이 되거든." 아빠는 농담으로 하는 말이었고, 혹은 적어도 우리는 모두 그런 것처럼 행동해야 했다. 내가 기억하는 한, 아빠가 한 말이 특히 더 오싹한 것들일 때면 그렇게 하는 게 우리의 약속이었다.

이모는 세피에게 몸을 숙였다. 이모의 목소리는 시끄러웠고, 그들의 얼굴은 너무 가까이 붙어 있었다. "저러니까 네 할아버지가 생각나는구나." 이모가 눈썹을 꿈틀거리며 말했다. "할아버지도 훌륭한 술꾼이었거든, 딱 네 아빠처럼."

난 그게 웃기다고 생각하지 않았다. 엄마도 그랬던 것 같다. 헉 하고 숨을 쉬더니 나를 옆으로 밀고 벌떡 일어섰으니까.

"진, 네가 떠날 때가 된 것 같다."

이모의 눈썹이 솟구쳤다. "지금 농담하는 거지, 페기."

"당장." 엄마가 명령했다.

"언니는 항상 진실만 빼고 나머지는 다 용서할 수 있었지, 안 그래?" 이모가 일어서며 물었다. 이모의 얼굴은 작고 팽팽하게 당겨졌다. "말하지 마, 느끼지 마, 과거를 현재로 끌어오는 건 환영이야."

"헛소리는 집어치워." 엄마가 말했다. 엄마는 떨고 있었다. "우리 딸들이 자기들 아빠랑 시시덕대는 이모를 볼 필요가 없을 뿐이야. 이 애들은 끔찍한 소식을 들었어. 네가 이 가족을 존중할 수 없다면, 이 자리에 있을 이유가 없어."

"어이, 어이, 그만." 아빠가 태평한 목소리로 말했다. 아빠는 이모의 손을 잡고 소파에 다시 끌어 앉히려 했다. "넌 가족이야. 언제든 환영이라고."

엄마와 이모는 대치했다. 그들 사이에서 공기가 갈라졌다. 아빠는 이 순간 그들에게 천장에 붙은 눈곱 정도였다.

"캐시, 세피, 난 가야 할 것 같구나." 마침내 진 이모가 말했다. 이모는 여전히 엄마를 쳐다보고 있었다. 이모는 우리가 가지 말라고 말하길 기다리기라도 하듯 움직이지 않았다.

누구도 그러지 않았다.

누구도 쿵쿵대며 나가는 이모를 막지 않았다. 우리 넷은 현관문이 쾅 닫힐 때 조각상처럼 가만히 있었다. 이모의 차가 출발하고 나서야 엄마의 어깨가 떨어졌다.

"당신이 행복하길 바라." 아빠 목소리에 섞인 독이 나를 놀라게 했다. 아빠는 가장 시꺼먼 증오를 담아 엄마를 쳐다보고 있었다.

"몇 년째 그러지 못했어." 엄마가 말했다. "세피, 캐시, 가서 자."

우리 둘 다 아직 깜깜하지 않다고 항의하지 않았다.

계단을 반쯤 올랐을 때, 세피가 내 손을 꼭 잡았다. "오늘 밤에 나랑 자자. 부탁이야."

# 53

세피는 자기 침대 속에서 나를 껴안았다. 우리 둘 다 떨고 있었다. 나는 너무 떨어서 이가 부딪힐 정도였다.

엄마와 아빠는 아래 거실에서 소리 지르고 있었다.

"당신은 보는 여자마다 떡을 치려고 하지!"

아빠의 가시 돋친 목소리는 낮게 우르릉거려서 나는 겨우 몇 마디만 알아들었다. "…운이 좋은… 당신은 전성기를 지났…."

엄마가 찢어지는 목소리로 소리쳤다. "난 당신을 떠날 수 있어!"

"세피." 내가 속삭였다. "난 바우어가 그 남자애들을 공격한다고 생각했는데, 더 이상은 자신이 없어."

"뭐?"

아빠의 목소리가 이번엔 크고 분명하게 들려왔다. "나도 내 몫을 해. 나랑 바우어의 부업이 당신이 버는 돈의 두 배라고."

나는 엄마와 아빠의 목소리를 잠재울 만큼만 내 목소리를 높였다. "공격당한 애들은 전부 우리 버스를 타. 리키, 가브리엘, 웨인, 클램, 테디. 리키는 자기가 잠혔을 때 짤각거리는 소리를 들었다고 했어, 바우어의 인식표가 내는 짤각 소리처럼."

"지난밤에 웨인이 나한테 그건 코널리 선생님의 메트로놈이라고 했어." 세피가 일어나 앉으며 말했다.

"코널리가 아이들을 공격한다면 메트로놈을 가져갈 리가 없지." 나는 스스로 자신의 말을 믿고 싶어 하며 말했다. "그건 멍청하잖아. 게다가, 선생님은 그렇지 않아. 바우어가 그렇지."

달빛이 세피의 창문으로 새어 들어와 세피의 눈 위로 한 가닥 빛줄기를 남겼다. 세피는 이야기의 조각들을 한데 모으고 있었다. "클램이 계절 학기에서 나한테 그 소리를 들려줬어. 인식표가 짤각거리는 소리는 아니었어."

아래층에서 엄마와 아빠가 잠잠해졌다. 나와 함께 기다리고 있는 듯이.

"어떤 소리였는데?" 내가 물었다.

세피가 눈을 감았다. 나는 세피의 목구멍 뒤쪽에서 그 소리를, 들었다기보다 느꼈다.

큭-큭-큭.

마치 작은 무언가가 세피의 목소리 상자에서 나오려고 하는 듯이.

그 소리를 듣자 내 피부가 한 꺼풀 벗겨지는 것 같았다, 살아 있는 것만으로도 고통스러운 듯이.

나는 그 소리를 알았으니까.

그건 고블린이 주류 가게에서 나와 마주쳤을 때, 그다음엔 우리 진입로에 나타나 자기 개 문제로 아빠와 실랑이했을 때 그 목구멍 뒤에서 내던 소리와 같은 소리였다.

남자애들을 추행했던 건 바우어가 아니었다. 그런 적이 없었다. 내내 고블린이 벌인 짓이었고, 경찰은 그걸 알았지만 그를 막을 수 없었다. 아빠는 엄마 말처럼 고블린이 병역기피자라서 그를 싫어한 게 아니었다. 아빠가 그를 증오한 건, 괴물은 괴물을 싫어하기 때문이었다.

"세피, 그게 그 소리라면, 그건 고블린이 남자애들을 공격하고 있다는 뜻이야."

그 말들이 내 입에서 밀려나왔다, 뜨겁고 고통스럽게. "말이 돼. 그는 우리 버스를 자주 따라오고, 공격당한 남자애들은 모두 24번 버스를 타. 게다가, 우린 그가 그 똑같은 소리를 내는 걸 두 번 들었어."

나는 세피가 내가 방금 말한 것과 자신이 아는 모든 걸 연결시키고 있다는 걸 알 수 있었다. 세피는 몸서리쳤다. "엄마 아빠한테 말해야 해."

그들은 여전히 싸우고 있었지만 지금은 그들의 교양 있는, 교육 받은 목소리로 서로를 조각내고 있었다. 아빠는 엄마에게 엄마가 더 이상 예쁘지 않고, 자신은 더 잘할 수 있다고 말했다. 엄마는 아빠가 시한폭탄이고, 사실은 아빠가 주장하는 것처럼 PTSD를 가지고 있지 않다고 말했다. 둘 다 자신들의 두려움을 밖에 내보낸 상태였다. 의도한 건 아니었다. 그들은 결코 그런 적이 없었다.

"엄마 아빠는 아무것도 안 할 거야."

"그럼 경찰에 가자." 세피가 말했다.

나는 토할 것 같은 느낌이었지만 눈을 굴렸다. "바우어가 나는 립글로스를 훔치다 잡혔기 때문에 아무도 나를 안 믿을 거랬어."

"그래서 아무것도 안 하자고?"

나는 잠시 생각했다. "도망가자!"

"그게 어떻게 가브리엘을 돕는데?"

"사람들이 아이들을 믿어주는 곳으로 도망가는 거야. 내가 고블린이랑 아빠에 대해서 말할게." 나는 내가 언니보다 더 나이 든 것처럼, 혹은 더 완전한 것처럼 느꼈고, 그 깨달음이 나를 그 어느 때보다 공허하게 만들었다.

나는 세피를 끌어안았다. "아빠는 달라지지 않을 거야. 언니도 그거 알지? 아빠는 계속 언니를 괴롭히고, 나한테도 올 거야. 우리가 아빠를 넘기면, 언니도 그 모든 남자애들이랑 섹스하는 걸 멈출 수 있을지도 몰라."

세피는 종이처럼 하얗게 질려서 물러났다. "난 그 모든 남자애들이랑 섹스하지 않아."

"괜찮아, 세피. 난 그래도 언니를 사랑해."

세피 얼굴의 피부가 그 아래서 벌레들이 씨름하듯이 꿈틀거렸다. "넌 여자가 아니니까 이해할 수 없을 거야."

그 말에 내 심장이 거의 끊어질 만큼 뒤틀렸다. "세피, 제발. 나랑 가자. 프랭크도 데려가는 거야. 그리고 우리 셋이서 어딘가 안전한 곳으로 도망치자."

"난 못 해." 세피가 다시 침대에 누워 목까지 이불을 끌어올렸다. "게다가, 그런 곳은 없어."

엄마와 아빠의 싸움이 바로 우리 밑에서 다시 불붙었다.

나는 세피와 함께 이불 아래로 파고들기를 간절히 원했다. 우리가 함께 잔 지 몇 년이나 지났고, 내가 침대 위에서 쉴 만큼 용감해진 건 몇 달 만이었다. 세피가 이 마지막 말을 속삭이지만 않았다면, 나는 굴복했을 것이다.

"프랭크가 고블린이랑 이웃이지 않아?"

## 54

프랭크.

 나와 고블린의 집까지 같이 자전거를 타고 가자고 그를 설득하고, 고블린의 손을 내 유일한 진짜 친구에게 올리게 하다니, 나는 고블린에게 그를 갖다 바친 거나 마찬가지였다.

 나는 고블린의 탐욕스러운 눈과 정보를 찾아 프랭크를 구슬리는 그의 말을 다시 떠올렸다.

 그리고 네가 바로 길 위쪽에 새로 이사 온 애지? 너희 아빠가 농부고?

 고블린이 그 남자애들을 해치고 있다면, 그는 가브리엘을 자기 집에 잡아두고 있을 테고, 그가 나의 프랭크를 잡아가는 건 시간문제일 것이었다. 고블린은 조금도 속도를 늦추지 않고 있었고, 잡힐 때까지 계속 남자애들을 해칠 테니까.

 하지만 내가 가브리엘을 구하면 그가 경찰에 모든 걸 말할 수 있을 테고, 고블린은 체포되리라. 프랭크는 안전할 것이고, 할로 남자애들은 더 이상 그런 위험한 공포 속에서 살지 않아도 되리라.

"난 내 방에서 자야겠어." 나는 세피에게 말했다.

세피는 부루퉁해졌지만 나를 보내줬다.

내 방에 닿자, 나는 쥐처럼 조용하게 내 운동복 상의를 걸치고, 내 배낭에 손전등, 스위스 군용 칼, 용기를 북돋아줄《넬리 블라이의 믿거나 말거나》, 그리고 지침을 얻기 위한 나의 새 매직 8구슬을 집어넣었다. 엄마와 아빠가 아직도 싸우고 있었기 때문에 현관문을 통해 나갈 수는 없었다. 그들이 나를 볼 테니까.

나는 살금살금 계단을 내려가 왼쪽으로 꺾어 화장실로 향했다. 화장실 창문은 모기장이 없어서 보통 닫혀 있었다. 나는 창문을 들어 올리고, 밤의 뜨거운 키스 속으로 기어 나와 내 뒤로 창문을 밀어 닫았다.

"안녕, 사랑해." 나는 엄마와 세피에게 속삭였다.

내 발목에 닿는 부드러운 감촉이 나를 놀라게 했다. 나는 눈을 적응시킨 다음, 몸을 굽혀 고양이를 쓰다듬었다. "빔보 야옹아, 너는 내가 가는 곳에 올 수 없어."

나는 발끝으로 내 자전거에 다가가 받침다리를 차올리고, 부드러운 밤으로 페달을 밟았다. 자갈돌들이 내 자전거 바퀴에 부딪혔다. 나무들은 꼭대기에서 중얼거리며 곤충들을 잠잠히 시켰지만, 나는 그들이 무슨 말을 하는지 알아들을 수 없었다. 나는 바로 내 앞에서 춤을 추며 내가 지나칠 때면 반짝이다가 이내 무(無)로 사라지는 반딧불이들이 길을 안내하게 했다.

나는 고블린의 집에 다다르자, 아빠와 함께 살며 살아남기 위해 습득한 방법으로 기운을 차렸다. 두려움을 모은 다음 쑤셔 넣어. 나는 비틀거리며 세피가 한참 전에 산딸기들을 훔쳤던 장소에서 멈췄다. 뒷바퀴가 자갈을 밟는 쉬익 소리가 밤의 노래를 흐트러뜨렸다.

고블린은 집 안에 불을 켜두고 있었다. 그의 집 구조가 우리 집처럼, 그리고 이 시골의 다른 모든 농가들처럼 지어졌다면 그 불은 그의 집 거실이었다. 나는 내 목의 흉터를 문질렀다. 녹음된 웃음소리가 밤의 공기를 가로질러 퍼졌다. 어느 방향에서 오는 소린지 몰랐지만 누군가가 TV를 보는 소리가 내게 보다 안전한 느낌을 주었다.

고블린의 집 근처 거대한 라일락 덤불이 숨기에 완벽한 장소일 터였다. 그가 나가거나, 아니면 그가 잠자리에 든다는 신호로 거실 전등이 꺼지리라. 그러면 나는 그가 잠들 때까지 잠깐 기다렸다가, 그의 집으로 몰래 들어갈 터였다. 가브리엘이 안에 있으면 내가 그를 꺼내 올 것이었다. 내가 고블린에 대해 틀리고 그가 자신의 집에서 나를 잡으면, 나는 그가 지난 두 번 무단 침입한 나를 발견했을 때처럼 사과하리라.

내가 그 라일락 쪽으로 가고 있을 때, 달빛이 산딸기 구역 한가운데에 있는 무언가에서 반짝거렸다.

나는 자전거를 떨구고 그 쪽으로 다가갔다.

전에 세피가 바로 그 자리에 서 있었다. 달빛을 잡아당기고 있는 게 뭐든, 세피가 그 딸기들을 먹었을 때는 없었던 것이다.

그쪽으로 뻗는 내 손이 떨리고 있었다.

왜냐하면 그걸 만지기도 전에 그게 뭔지 알았기 때문이다.

가브리엘의 종이비행기 목걸이.

## 55

　나는 라일락 덤불의 보호 속에서 고블린의 집을 바라보며 고통스럽고 혼란한 무기력함을 느꼈다. 내가 이 일을 다 끝내지 못하면 내가 얼마나 나이가 들든, 얼마나 안전하든, 얼마나 크든, 얼마나 부자이든, 나는 쫓기는 아이로 그 잿빛 절망 속에서 영원히 떠돌 것이다.
　나는 저 깊은 곳에서, 진실이 거하는 곳에서 그걸 알았다.
　끈적끈적한 밤의 공기가 내 목에 반갑지 않은 숨결로 닿았다. 모기들이 날카로운 자장가를 속삭이고 최면을 걸며 앵앵거렸다. 머리가 무거워지고 까닥거리다 홱 치켜지고 또 까닥거렸다. 그래서 나는 거실 불이 꺼지는 걸, 혹은 모기장 문이 여닫히는 나지막한 탁 소리를, 혹은 차 문이 날카롭게 딸각거리는 소리를 알아차리지 못했다. 차에 시동이 걸리며 내 심장이 천둥 같은 외침으로 나를 깨울 때까지.
　*봐 봐 봐*
　나는 움찔했다. 내 눈이 잠으로 간질거렸다. 나는 눈을 문지르며 초점을 맞추었다. 고블린이었다. 그가 시내를 향해 차를 출발시켰다.

나는 라일락 덤불에서 튀어나와 그의 잔디밭을 가로질러, 그의 포치를 넘어, 그의 집 문으로 향했다.

문은 열려 있었다.

그 문으로 걸어 들어간다는 생각에 대한 반발심이 물리적인 힘이 되었다. 그 생각은 극도로 부적절하게 느껴졌다. 잘못된 장소, 잘못된 시간, 여기 있으면 안 된다는 경고가 진드기 떼처럼 내 피부를 스멀거렸다.

귀여운 캐스, 너의 여름이 너무 빨리 가지 않기를! 또 만나자, 약속이야.

가브리엘의 종이비행기 목걸이는 내 뒷주머니에 들어 있었다. 그 목걸이를 거기 밀어 넣을 때, 종이 한 장이 만져졌다. 나는 종이를 꺼내 달빛에 비춰 보았다. 그건 내가 아빠의 작업실에서 발견한 쪽지였다. 나는 그게 뭔지 짐작이 갔다. 아빠와 바우어의 마약 판매 기록. 그걸로 그들이 왜 그렇게 많은 시간을 함께 보냈는지, 왜 아빠가 엄마에게 아빠와 바우어의 '부업'이 엄마보다 더 많은 돈을 벌어들인다고 했는지, 왜 바우어가 자신의 창고 창문을 가려놨는지, 그리고, 아빠가 우리를 우리 집 흙바닥 지하실에 못 들어가게 하는지 설명이 됐다.

그들은 그 아래 불법적인 재배 공간을 두었다.

나는 멍하게 고블린의 문 안으로 발을 디뎠다.

나는 그의 거실에 선 나 자신을 발견했다. 썩은 과일처럼 눅눅하지만 달큰한 냄새가 났다. 거실은 내 오른쪽, 부엌은 내 왼쪽으로, 부엌 너머에는 문 닫힌 지하실이 딸려 있었다. 우리 집과 같다면 안

방은 곧장 앞으로 가서 복도 끝에, 화장실은 그 맞은편에 있었다. 2층에는 틀림없이 지붕 선을 따라 천장이 비스듬한 작은 방이 셋 있고, 그중 두 방에는 옷장이 딸려 있으리라.

하지만 나는 그 방들에 들어갈 필요가 없었다.

새까만 창문들이 달린 지하실이 고블린이 가브리엘을 숨길 유일한 장소였다.

지하실은 남자들이 비밀을 숨기는 곳이니까.

나는 고블린의 어수선하고 더러운 부엌의 갈라진 리놀륨 바닥을 살금살금 걸어갔다.

나는 내가 거기 있으면 안 된다는 것을 알았다. 창문을 가로지르는 달이 내게 경고하고 있었다. 하지만 나는 확신 없이 떠날 수 없었다. 내가 그러면 고블린은 프랭크를 잡을 테고, 가브리엘은 결코 집에 돌아오지 못할 테고, 아빠는 나를 홀랑 마신 다음 계속 빨아 먹을 수 있게 내 뼈들을 뱉어내리라, 지금 세피에게 그러고 있듯이.

그래서 나는 지하실 문으로 걸어갔다.

너무 익은 복숭아 냄새를 향해서.

나는 문고리를 움켜잡고 돌려 계단 꼭대기에서 멈춰 섰다. 그 아래 어둠은 너무도 완전해서 소리를 집어삼켰다. 내가 미처 나라는 걸 깨닫기 전에 쌕쌕거리는 소리가 들렸고, 공포가 내 허파를 조여들었다. 도망치고 싶었지만, 그 아래로 내려가는 것보다 더 나쁜 유일한 것은 돌아가서 내 아빠가 마침내 계단을 다 올라와 내 방에 들어오길 기다리는 것이었다.

나는 손전등을 딸각 키면서 목구멍 속 날카로운 모서리 옆으로 침을 꿀꺽 삼켰다.

밝은 노랑이 주변의 완전한 검정을 강조하며 어둠을 왠지 더 짙게 만들었다.

나는 고블린이 일찍 돌아올 경우를 대비해 내 뒤로 지하실 문을 닫았고, 깊숙이 이어진 계단을 전부 세면서 그 오래된 나무가 경고하는 삐걱거림을 내 이로 느꼈다. 나는 일곱 번째 계단, 그러니까 절반쯤 내려왔을 때 지하실의 규모를 충분히 알아볼 수 있었다.

내 피가 쿵쿵거리는 가운데, 나는 단단히 다져진 흙바닥 너머 축축한 벽들에 내 손전등 빛으로 계란노른자 같은 동그라미를 그렸다. 그 하나로 트인 공간은 우리 집 아래 있는 것과 같은 크기로, 지하실이라기보다는 지하 저장실에 가까웠다. 퀴퀴한 냄새가 내 입술과 콧구멍에 달라붙고 내 머리카락을 덮었다.

내 빛은 반대편 벽을 등진 어두컴컴한 통조림 병들 위를 달렸고, 상자들이 쌓인 테이블을 발견했고, 중앙에 외롭게 매달린 한 개짜리 알전구를 비췄지만, 그 빛은 계속 한구석으로, 흙 사이로 담배 크기의 밝은 틈이 있는, 고동치는 구석으로 돌아왔다.

나는 고블린이 집에 왔다는 걸 알리는 무슨 소리가 없는지 귀를 기울였지만, 시골 바람이 모든 소리를 죽여버렸다. 개구리조차 노래를 멈췄다. 나는 물집 잡힌 피부처럼 두꺼운 공포를 헤치며 남은 여섯 계단을 내려왔다. 단단히 다져져 기름처럼 반짝이는 흙에 발을 디디자 더 이상 무덤 같은 흙냄새 위가 아니라 동굴 물 같은 그 안에서 헤엄쳐야 했다.

이 아래는 아이들을 위한 보호책이 없었다.

내 손전등이 그 옳지 않은 구석에 있는 하얀 조각을 더 가까이 보라고 요구하며 나를 끌고 갔다. 들리는 소리라곤 내 심장 소리뿐이었고, 그 후미진 구석의 맥박 소리는 침묵보다 더 끔찍했다. 구석에 가까이 갈수록, 달큰하고 시큼한 냄새가 점점 심해졌다. 나는 정신이 나간 채로 비틀거리며 마지못한 꼭두각시처럼 내 몸을 끌고 그쪽으로 다가갔다.

나는 다가가기도 전에 내가 무엇을 보고 있는지 알았지만 계속 걸어갔다 왜냐하면,

오 안돼안돼안돼안돼안돼안돼

내 위장이 뒤틀렸다.

나는 주저앉지 않기 위해 벽을 움켜쥐었다. 내 손이 거칠고 축축한 시멘트의 냉기에 닿았다. 나는 그 축축함에 움찔했다. 내 손전등이 흙 속의 그 하얀 줄을 비춘 채로 몇 박자 지난 뒤에야 내 뇌가 그 단어를 떠올릴 수 있었다.

*손가락*

사람의 손가락 한 개가 흙 사이로 비스듬하게, 유령의 색을 띠고 비명을 지르며 삐죽 솟아 있었다.

*가브리엘의 손가락*

나는 신음했다.

지하실 문이 휙 열리고 소심한 노란색 불빛이 계단으로 흘러들었다.

"그 아래 누구야?"

나는 훌쩍이지 않으려고 혓바닥을 깨물었고, 구리 동전 맛 피가 내 입에 가득 찼다. 고블린이 내게서 열세 계단 위, 밝은 사각형 테두리 안에 구부정하게 서 있었다. 길에 주차한 것이 틀림없었다. 그래서 내가 그가 도착하는 것을 듣지 못하고, 그가 집으로 들어서는 것을 놓치고, 아무 경고도 듣지 못했으리라.

그는 내가 그 손가락을 본 걸 결코 용서치 않을 터였다.

나는 손전등을 끄고 축축한 벽에 등을 대고 섰다. 나는 벽으로 움츠러들려고, 돌과 흙이 되려고 해봤다. 둘 다 해칠 수 없는 거니까, 하지만 효과가 없었다. 나는 떨리는 살로 만들어진 여자아이인 채였다.

"그 아래 누구냐고 물었다."

한순간, 정신 나간 윙윙대는 1초간, 나는 대답할까 생각했다.

*저예요. 캐시. 저는 아무것도 볼 생각 없었어요 아무한테도 말하지 않을게요 제발 가게 해주세요.*

"거기 있는 거 알아. 숨 쉬는 게 들린다고."

나는 눈물을 삼켰다. 내 피에 공포에 찬 산이 흘러들었다.

고블린은 내 공포를 들었다.

그가 계단을 달려 내려오며 자신의 손전등으로 사방 구석을 찔렀다. 그 빛이 나를 찔렀다. "허?"

그는 나를 이 지하실에서 발견하리라 예상치 못했다. 그는 자신의 손전등 불빛으로 내 발치의 손가락을, 가브리엘의 손가락을 비추고는 다시 내 얼굴로 돌아왔다.

나는 눈을 깜박여 그 노란 빛을 피하려 했지만, 그 빛은 내 눈에 고였다.

내 발은 흙바닥에 들러붙었다. 나는 고작 악몽 속의 속삭임을 낼 수 있을 뿐이었다. 도와주세요.

새 가죽이 긁히는 것 같은 소리가 고블린이 웃고 있다는 걸 내게 알렸다.

나는 그 순간 그가 바깥에 남겨져 된서리를 맞은 호박 등처럼 속부터 썩고 있다는 것을 깨달았다. 그는 자신의 어둠에 먹이를 주는 남자였고, 어둠은 너무 게걸스러워져서 온몸을 다 주어야 그걸 만족시킬 수 있었다.

그는 발을 끌며 다가와 내 손목을 거의 어루만지듯 건드린 후 내 팔을 뒤로 꺾었다. 통증이 극심했다. 그는 아이들을 다루는 법을, 옳은 방법을 알지 못했다. 그의 손아귀 아래 내 피부가 미끄러지며 타들어갔고, 나는 〈미녀 삼총사〉와 사브리나와 그녀가 항상 어떻게 빠져나갔었는지를 떠올렸지만 그건 TV였다. 이건 현실이었고, 나는 죽을 거였고, 내가 할 수 있는 것은 내가 민더의 입에서 너무 늦게 빼낸 아기 토끼처럼 울기 전에 오줌을 지리는 것뿐이었다.

그 기억이 내게 투지를 불러일으켰지만, 그가 강철이라면 내 팔다리는 은박지였다.

그는 나를 자기 몸으로 끌어당겼다.

그는 자신의 뜨거운 앞발로 내 눈을 가렸다.

다른 손은, 호기심 비슷한 무엇으로 내 목을 조르는 데 썼다.

그때 나는 그 소리를 들었다.

큭-큭-큭.

내 고함이 지하실을 메웠고 마디마디 불꽃놀이처럼 터졌다. 당신들이 나를 믿었어야지.

## 56

고블린이 내 목을 짓누르자 내 시야가 좁아졌다.

귀여운 캐스… 또 만나자, 약속이야.

가브리엘은 자신의 서약을 존중했다. 세상에서 가장 다정한 그 소년은 자신의 약속을 지켰고, 이 지하실에서 싸늘하게, 한 괴물만을 유일한 목격자로 죽어가야 했다.

그리고 나는 그에게 합류할 것이었다.

나는 거의 나른해져서 그것도 괜찮다고 느꼈다.

펑펑 터지던 불꽃들이 사라졌다. 모든 것이 잿빛으로 변하더니 잉크색이 되었다. 나는 말을 할 수 없었다. 내가 막 영원한 어둠이라고 생각했을 때, 내 뇌가 가장 근사한 일을 했고, 내게 고별 파티를 열어주었다.

내 인생 최고의 순간들을 담은 영화를 보여주었다.

고양이 엉덩이에 선글라스들을 끼우고, 세피는 콧소리를 내고, 오줌을 살짝 지릴 때까지 웃어대던 세피와 나.

어린 세피와 내게 온갖 목소리를 내며 책을 읽어주는 엄마.

엉덩이로 춤추는 법을 보여주는 진 이모.

놀이터에서 나를 괴롭히는 남자애 셋을 발견하고 아마존 전사처럼 맹렬하게 그 애들을 넘어뜨리는 세피.

그리고… 아빠? 나는 내 고별 영화에서 아빠를 봐서 놀랐지만 그는 거기 있었다, 시끄럽고 성난 모습으로. 어떻게 된 일인지 알아내기도 전에 땅바닥이 일어나 내 옆얼굴을 후려쳤다.

분명히 아팠지만 다시 숨을 쉴 수 있었고, 갑자기 나는 정신없이 숨을 들이켰다. 공기를 들이마시다 헐떡이고 기침을 너무 세게 해서 나는 토했다. 숨을 더 많이 삼킬수록 시야가 점점 더 넓어져서 바늘구멍보다 넓어졌다. 가장자리가 흐릿해졌고 진홍색으로 물들어갔다. 아빠가 거기 있었다. 고블린의 손이 내 목을 감았던 것처럼 고블린의 목에 손을 감고.

고블린은 아빠를 때리고 발로 찼지만 아빠는 그를 놔주지 않았다.

고블린이 더 이상 저항하지 않자 아빠는 그를 떨어뜨렸다. 고블린의 흉곽이 오르내렸지만 그는 정신을 잃었다. 아빠가 내게 돌아섰다.

나는 아빠의 눈에서 모든 것을 읽었다.

엄마는 자러 갔다.

아빠는, 그 어느 때보다 화가 나서 손톱을 깎았다.

그런 다음, 마침내, 내 방에 들어왔다.

하지만 내가 거기 없었다.

그리고 아빠는 나를 찾으러 왔다.

아빠는 분명 배수로에서 내 자전거를 발견하고 고블린의 집으로 뛰어 들어와 내 목을 조르는 그를 발견하고 앙갚음을 한 게 틀림없었다.

다 괜찮아 보였고, 그래서 나는 망각이 주는 위안으로 돌아갔다.

# 57

나는 병원에서 깨어났다. 흙냄새가 너무 강해서 나는 몸부림쳤다. 내가 어디 있는지 깨달았을 때조차 멈추는 데 시간이 좀 걸렸다. 엄마와 세피가 내 침대 맡에 있었지만, 아빠는 없었다. 그들은 눈 밑에 똑같이 주머니를 달고 있었다. 사실, 그들은 서로 아주 닮아 보였다. 전에는 그걸 몰랐다.

엄마가 즉시 내 쪽으로 달려왔다. "캐시! 어떠니?"

나는 '엄마가 나한테 말해줘야죠'라고 말하려 했지만 그 말은 껄껄거리는 소리로 나왔다.

엄마는 내 병원 쟁반에서 물이 담긴 컵을 잡아채서 빨대를 내 쪽으로 기울여주었다. 그 차가운 액체는 처음에는 불붙은 석탄 덩이들이 내려가는 것처럼 느껴졌지만, 일단 내 바짝 마른 목구멍이 적셔지자 아무리 마셔도 충분하지 않을 정도였다. 엄마는 물을 마시는 내게 상황을 설명했다. 고블린이 내 손목을 비틀어 그걸 부러뜨렸고, 죽기 직전까지 내 목을 졸랐다. 의사들은 내 흉터 조직이 나를 구했다고 하는데, 그건 생각해보면 엄청나게 웃겼다. 그들은 나를 24시간 지켜봐야 하지만, 손목 외에는 내 몸이 멀쩡해질 거라고 생각한다고 말했다.

"아빠는 어디 있어요?" 내 목소리는 평소보다 깊었지만 돌아왔다.

엄마가 대답하기 전에, 웰스턴 부인이 내 병실 안에 나타났다. 그녀의 머리카락은 흐트러져 있었고 한동안 감지 않은 것처럼 보였다. 그녀가 달려와 부드럽게 나를 안자, 내가 그 두 번째 부분에 대해 맞았다는 걸 냄새로 알 수 있었다. 나는 그녀 생각에 마음이 비참했지만, 안기는 건 정말 기분 좋게 느껴졌다.

"고맙다." 그녀는 흐느꼈다.

눈을 깜박이자 눈꺼풀 뒤쪽에 그 손가락이 보였다. 어쩌면 평생 그럴 테지. "그게 가브리엘이었나요?"

그녀는 끄덕였다.

"여기 계시면 안 돼요." 내가 말했다. 내 말은 그녀가 그와 함께 있어야 한다는, 적어도 그의 시신과 함께 있어야 한다는 뜻이었지만, 말이 잘못 나왔다. 그제야 나는 그 목걸이가 생각났다.

"내 바지 여기 있어요?" 나는 엄마에게 물었다.

엄마는 고개를 끄덕이고 좁은 옷장에서 바지를 꺼내왔다. 엄마는 내게 그걸 건넸다. 나는 뒷주머니에 손을 넣어 부스럭대는 종이와 가브리엘의 종이비행기 목걸이의 서늘한 금속을 느꼈다. 나는 후자를 그녀에게 건넸다.

"오, 세상에." 그녀는 목걸이가 휴지 조각으로 만들어진 듯이 그걸 들었다.

"고블린의 집 밖에서 발견했어요. 우리가 자기를 찾을 수 있게 가브리엘이 던져놓은 게 분명해요." 나는 내 생각에 확신이 없었지만, 가브리엘에 대해 무언가 좋은 이야기를 하고 싶은 마음이 간절했다.

그녀는 다시, 하지만 더 부드럽게 울기 시작했다. "우리 아들을 내게 돌려줘서 고맙구나."

그녀의 고통은 너무 컸지만 그녀는 그 고통을 내게 온통 쏟아내지 않도록 자제하려 애쓰고 있었다. "가브리엘이 죽어서 유감이에요." 내가 말했다.

그녀는 고개를 끄덕이며 목걸이를 손가락으로 만지작거렸다. "네가 이걸 가졌으면 좋겠다." 그녀는 내게 목걸이를 다시 건네며 말했다.

나는 다치지 않은 손을 들었다. "그럴 수 없어요!" 나는 그녀에게서 아무것도 받고 싶지 않았다. 그녀는 이미 너무 많은 것을 잃었다. 게다가, 아마도 경찰에게 증거품으로 그것이 필요할 터였다.

"아니, 부탁이야." 그녀가 말했다. "그럼 우리에게 의미가 클 거야. 가브리엘이 조종사가 되고 싶어 했던 것 아니?"

알았다.

결국, 나는 목걸이를 받았고, 이렇게 마무리된 나의 이야기에서 인생에는 큰 계획이 있다는 걸 당신이 깨닫지 못한다면, 당신은 가망이 없는 것일지도 모른다.

## 58

웰스턴 부인과 나는 몇 마디 더 나누었다. 우리는 연락하기로 약속했다. 그녀는 나갔지만, 엄마와 세피는 여전히 방구석에서 우리 셋이 서로 모르는 것처럼 맴돌고 있었다.

문을 두드리는 소리 덕에 무슨 일인지 알아낼 필요가 없어졌다.

"카산드라?"

나는 켄트 경관은 알아봤지만, 그와 함께 있는 여자는 아니었다. 그는 그들 뒤로 문을 닫았다.

"이분은 디디에 씨란다. 사회복지사지. 우리가 너랑 얘기를 나누고 싶구나."

나는 가브리엘의 목걸이를 쥐었다. 내 청바지가 내 위에 펼쳐져 있었고, 마약 판매 종이 모서리가 뒷주머니에 보였다. 엄마가 내게 다가왔지만, 켄트 경관이 손을 들었다.

"괜찮으시다면, 우린 아이와 따로 얘기하고 싶습니다. 허락하시겠습니까?"

엄마는 끄덕였지만 가련해 보였다. 엄마와 세피가 나갈 때, 나는 복도에서 얼핏 비치는 색깔들을 보았다. 이비와 프랭크였다. 프랭크는 병원에 있는 나를 방문한다기보다 졸업 파티에 가자고 청하러 온 것처럼 꽃을 들고 있었다. 얼간이 같으니.

 나는 고블린의 지하실 냄새 외에는 아무 냄새도 맡을 수 없는데도 미소를 지었다.

 나는 내 이야기를 할 참이었다.

나는 소설에서 이 에필로그를 제외했다. 캐시의 미래가 그녀와 함께 불길을 통과한 독자 여러분에 의해 쓰이길 바랐기 때문이다. 하지만 독자가 내 버전을 원한다면 여기 있다. 아래 거대한 스포일러가 있다. 책을 다 읽기 전에는 읽지 마시길.

## 에필로그

나는 깊은, 고르지 못한 숨을 들이쉰다. "해치우자." 나는 남편에게 말한다.

릴리데일에는 장례식장이 세 개 있다. 우리는 가장 허름한 것 뒤에 주차한다. 주차장에 다른 차는 네 대뿐이다. 나는 그중 하나도 알아보지 못한다.

노아가 내 팔을 누른다. "들어갈 필요 없어."

나는 그의 바다처럼 푸른 눈과 이제는 희끗희끗한 머리카락을 보며 그에게 미소를 짓는다. 우리는 대학에서 만났다. 그의 부모님은 평범하다. 그는 다정하고, 거울처럼 정직하다. 근사한 아버지이기도 하다. 완벽하진 않고, 실수도 한다. 가끔 나를 너무 화나게 해서 나는 어둠 속에서 그의 옆자리에 누워 그에게 가운뎃손가락을 들어 보이기도 한다. 그래도, 그는 좋은 남자다.

우리의 아들들도 좋은 남자들이 될 것이다.

처음 노아와 내가 결혼했을 때, 그는 아이를 갖지 말자는 데 동의했고, 우린 10년 가까이 그 말을 지켰다. 상당한 설득이 필요했지만, 나는 마음을 바꿨다. 내 소중한 아기들. 나의 두 아들은 이제 10대지만 아직도 가끔 나는 그 애들이 자는 걸 지켜보고, 그 애들의 달콤한 순수함을 냄새 맡고, 그 애들에 대한 내 사랑으로 둘로 쪼개질 것만 같다.

나는 그 애들에게 너무 집착하지만 이제 당신도 내 이야기를 아니까 이해할 것이다.

"사실 난 들어가야 해." 나는 노아를 웃길 목적으로 말한다. 수년의 세월이 흐른 뒤에도 그건 여전히 숨기 편한 장소이다. "난 이미 회신을 했거든."

그는 이걸 곧장 꿰뚫어본다. "캐시," 그가 벨트를 풀고 몸을 돌려 내 얼굴을 잡으며 말한다. "이럴 필요 없어."

다만 난 그래야 한다. 이 장례식은 의무다.

나는 그가 죽었다는 것을 확인해야만 한다.

나의 관심이 밝은 노란색 테니스공들로 다리를 감싼 보행 보조기에 의지해서 천천히 장례식장 쪽으로 다가오는 한 남자에게 쏠린다. 상당한 거리에서도, 나는 그가 바우어 경사를 연상시킨다는 것을 알아차린다. 그의 키는 여전하지만 나이에 쪼그라들었다. 35년이란 시간은 사람에게 그렇게 하리라.

하지만 어쩌면 그건 바우어가 아닐지도 모른다. 어쩌면 우리 아빠와 함께 복무했던 누군가일지도. 지난 수십 년 동안 아빠가 친구를 만들었을 수도 있다. 나는 도니 맥다월에게 친구가, 두려움으로 강제하지 않고도 그의 옆에 머물 진짜 친구가 있다는 걸 상상할 수 없지만, 우리가 진실로 알 수 있는 건 우리 자신밖에 없고, 그것도 우리가 운이 좋아야 아는 거라고 생각한다.

나는 노아에게 안심시키는 미소를 던진다. "장례식 내내 머물지는 않을 거야."

바우어 또는 바우어가 아닌 그는 장례식장 직원의 도움으로 안으로 들어간다. 그 외엔 누구도 아빠의 장례식에 참석하는 데 관심이 없는 것 같다. 이해가 간다. 그는 자신의 빌어먹을 삶을 낭비했다. 그 모든 머리, 그 모든 재능, 사랑받을 그 모든 기회들. 그는 그 모든 걸 바닥에 차버렸고, 그 점심값을 훔쳤고, 다음 표적을 물색했다. 실패할 거면 크게 하든가 집에 가라, 그런 거겠지.

내가 여기 있는 걸 알면 분명 기자들이 따라왔을 것이다. 혹은 아니거나. 나는 필명을 써서 출판했다. 추적하기 불가능하지 않지만, 번거로울 테다. 지하실 속 릴리데일의 악마 이야기는 처음엔 뉴스에서, 그다음엔 내 소설이 출간되었을 때 전국을 강타했지만 이제는 관심이 식었다.

*자다가 심장마비가 왔어*, 세피의 문자는 그렇게 말했다. 아빠가 고통을 겪지 않았다고. 수치에 가까운 일이다.

노아의 얼굴이 꿈틀했지만(난 그 표정을 안다. 그는 무언가 말하고 싶다. 내가 너무 걱정스러운 것이다. 알겠는가? 그는 좋은 남자다.), 그는 고개를 끄덕이고 차 밖으로 나온다. 그는 차를 돌아와 나를 위해 내 쪽 문을 잡아주고, 내 손을 잡는다.

나는 물에 빠진 여자처럼 공기를 들이킨다. 내가 여기 있는 것은 단지 세피를 보기 위해서, 세피를 뒤트는, 세피를 좀먹는 아빠의 그림자 없이 그녀를 제대로 보기 위해서다. 세피는 몇 년 전, 함께 살자는 내 고집이 너무 과해졌을 때부터 더 이상 내 전화를 받지 않다. 세피를 보면 나는 세피를 감싸주고 세피가 웃음과 꿈이 가득한, 꿀처럼 달콤하게 순진무구했던 토끼 이빨 소녀라는 걸 상기시켜주고 릴리데일에서 벗어나게 할 것이다.

나는 거의 고통스러울 만큼 그러길 바란다.

그나저나, 그날 밤 병원에서? 나는 켄트 경관에게 모든 걸 털어놨다. 엄마는 내가 그러리라는 걸 알았다. 분명 그랬을 것이다. 그리고 그것이 엄마가 다툼 없이 나가며 등 뒤로 문을 닫은 이유였다.

엄마가 그 무거운 짐을 내가 홀로 견디게 떠맡겼다는 것이 나는 잊히지 않았다.

바우어와 아빠는 결국 마약 거래로 교도소에 가게 됐다. 각각 3년씩.

나는 아빠가 세피에게 무슨 짓을 하고 있고 내게 하려고 하는지도 켄트 경관에게 얘기했다. 아빠, 엄마, 세피는 부인했다. 아빠가 왜 그랬는지는 알겠지만, 엄마와 세피가 왜 다 털어놓지 않는지는 결코 이해하지 못했다. 혹은 어쩌면 이해했지만 인정하고 싶지 않은지도 모르겠다.

어쨌든, 엄마가 나와 세피의 양육권을 얻었다. 우리 셋은 50킬로미터 떨어진 킴벌로 이사했다. 엄마는 무슨 시합이라도 하는 양 너무 빨리 재혼했다. 엄마는 두 번째 결혼으로, 적어도 표면적으로는 행복했다. 모두에게 멋진 요리를 해주고, 여행을 다니고. 하지만 당신이 그 표면 아래로 엄마를 가라앉혀 보려 하면, 무슨 일이 있었는지 얘기해보려 하면, 엄마는 울버린처럼 덤벼들 것이다. 난 그 아래 깊은 어둠 속으로 감히 들어가고 싶지 않은 엄마를 이해한다, 정말이다. 그곳은 괴물들이 사는 곳이다. 하지만 자유로 향하는 문이 있는 곳이기도 하다. 엄마와 나는 연례적으로 통화를 나눌 뿐이다. 당신을 정말로 후벼 파는 일을 모른 척하고 싶어 하는 사람과 함께하기는 어렵다.

나는 가브리엘의 목걸이를 내 다른 어린 시절 보물들과 함께 벨벳 줄이 쳐진 보석함에 보관했다. 그 보석함은 나와 함께 대학까지 갔고, 그런 다음 노아와 나의 첫 아파트까지 갔다. 그건 내가 나를 유명하게 해준 소설의 초고를 쓰는 동안 내 옆에 있었다. 말한 것처럼, 나는 그 책을 썼을 때 목걸이 부분은 제외했다. 그 부분은 나 혼자 간직하고 싶었다. 대신에 나는 고블린이 흥분할 때 내는 큭-큭-큭 소리, 남자애들이 공격당했을 때 들은 것과 같은 소리를 근거로 바우어를 설득해 고블린의 집을 다시 한 번 수색한 것으로 줄거리를 세웠다.

사람들은 그걸 믿었다.

삶은 계속됐다.

교도소에 수감되어 죽는 날까지 있을 개리 고들린에게조차. 미네소타에는 그와 같은 괴물들이 복역을 마친 뒤에도 결코 거리를 걷지 못하도록 보장하는 시민 교화 프로그램이 있다. 나는 누군가가 그에 대한 다큐멘터리를 만들었다고 들었다. 결코 보지는 않았다. 내가 어떻게 볼 수 있겠나? 게다가, 거기엔 배울 것이 아무것도 없다. 그는 물렸고, 그게 그를 늑대 인간으로 변하게 했다. 그런 다음 그는 혼자 남지 않기 위해 다른 남자애들도 늑대 인간으로 만들려고 했다. 프랭크가 말한 것처럼.

가브리엘의 엄마야말로 다큐멘터리로 만들었어야 하는 사람이다. 그녀는 실종된 아이들의 위치를 더 빠르게 파악할 수 있도록 전국에 있는 모든 데이터베이스를 연계하는 전국적인 납치 아동 보고 시스템을 만들었다. 그녀는 자신의 아들을 빼앗긴 그 고통을 세상 전부를 보살피는 훌륭한 무엇으로 변모시켰다. 나는 아직도 하루에도 열두 번씩 그를 떠올리고, 그때마다 가브리엘이 무엇을 놓쳤는지 생각하면 매번 슬퍼진다. 웰스턴 부인에게 내가 막내 이름을 그를 따서 지었고 아이는 이제—그녀의 가브리엘보다 더 많은—열네 살이며, 그만큼이나 다정하다고 편지를 쓸까 생각해봤다.

나는 결국 용기를 내지 못했다.

고블린 집에서의 그날 밤 이후 나는 아빠를 보지 못했다. 전화도 하지 않았고, 이메일도 하지 않았다.

아빠도 똑같이 했다.

나는 출소한 아빠가 두 발 달린 거북처럼 제자리로 돌아갔다고 세피를 통해 들었다. 세피는 아빠를 확인하면서도 안전하게 거리를 두어서 거의 자유롭게 풀려난 듯이 보였다. 하지만 세피는 30대 초반에 이 남자에서 저 남자로 갈아타는 것도, 누군가를 신뢰하는 데 필요한 모든 우정을 박살내고 태우는 것도, 간호 일을 하며 자기만 뺀 모든 사람들을 보살피는 것도 질려버렸다. 그래서 그녀는 다시 아빠와 집으로 돌아갔다. 그 오래된 농가에서 둘이 사는 것, 그것이 그녀의 인생이 되었다. 그게 나를 고통스럽게 했지만, 나는 내가 그녀를 거기서 빼낼 수 없다는 걸 알았다. 도니 맥다월이 아직 살아 있는 동안에는.

대신 나는 세피에게 돈을 보내기 시작했고 나와 노아, 아이들과 함께 살자고 세피가 내 전화를 안 받을 때까지 애걸했다.

나는 엄마가 우리를 킴벌로 이사시키고 10년쯤 뒤에 이비와 프랭크를 찾아봤다. 이비는 릴리데일에 꽃집이 있다. 나의 프랭크 고메즈를 추적하기엔 프랭크 고메즈가 너무 많았지만 나는 그가 자리를 잘 잡았으리라 생각한다. 그에겐 배짱과 상냥함이 있었다, 이비처럼. 나는 코널리가 교직은 그만뒀지만 마을에 남았다고 들었다. 그가 그 지옥에서 벗어났다면 좋았을 텐데. 그는 릴리데일이 그에게 줄 수 있는 것보다 훨씬 더 받을 가치가 있었다.

나로 말하자면, 나는 아들들을 키우고, 남편을 사랑하고, 친구들 덕분에 웃고, 여행하고, 때로는 잊고, 그리고 내 책을 쓴다.

세피는 내가 결국 작가가 되었다는 것을 좋아하지만, 내 책이 전부 자신과 우리 가족에 대한 글이라고 생각한다. 그녀가 옳을지도 모른다. 사람들은 그렇게 이상하다. 나를 보라. 나는 아직도 아빠를 생각하며 매일 일출을 본다.

하루도 빠짐없이.

내가 데리러 갈게, 세피.

## 캐시의 믿거나 말거나!

마법의 헬리오트로프!
헬리오트로프는 어떤 경우에도 해를 찾을 수 있는 꽃이다! 가장 흐린 날조차 헬리오트로프는 하늘에 있는 해의 위치를 가리킬 것이다. 기운을 낼 필요가 있다면, 헬리오트로프에게 한 수 배우기를!

## 말할 수 없는 것들
Unspeakable Things

1판 1쇄 발행  2022년 7월 26일
1판 1쇄 인쇄  2022년 7월 28일

**지은이** 제스 루리
**옮긴이** 안현주

**발행인** 김태환
**편집** 신진
**표지 및 본문 디자인** 미소소

**펴낸 곳** 네버모어
**출판등록** 2016년 1월 7일 제385-2016-000002호
**주소** 경기도 안양시 동안구 귀인로 258, 108동 305호
**전화** 070-4151-5777
**팩스** 031-8010-1087
**이메일** nevermore-books@naver.com
**SNS** https://twitter.com/nevermore_books

**ISBN**  979-11-90784-12-2

※ 이 책은 네버모어가 저자와의 계약에 따라 발행한 것이므로
   본사의 서면 허락 없이는 어떠한 형태나 수단으로도 이 책의 내용을 이용하지 못합니다.

※ 잘못된 책은 구입처에서 교환해 드립니다.

※ 책값은 뒤표지에 있습니다.